İL … I

ME … S PICTURE DICTIONARY

İNGİLİZCE - TÜRKÇE

HER KELİMESİ RESİMLİ SÖZLÜK

MK Publications

Kocasinan Cad. Yasa Sk.
Karavelioğlu Apt, N0: 28/B
34750 K. Bakkalköy
Kadıköy/İstanbul

Tel :(9) 0216 469 5015
Fax :(9) 0216 469 8312
Web :www.mkpublications.com.tr
e-mail :info@mkpublications.com.tr

ISBN 978-975-98941-7-7

THIRD EDITION - September 2011

Editor : Murat Kurt

Proofread by Robert Blaye Lanz

Design: Murat Kurt

Printed in Istanbul
by **Yıkılmazlar Matbaası**
0212 6306473

Subject Pronouns Öznel Zamirler		Object Pronouns Nesnel Zamirler		Possessive Adjective İyelik Sıfatları	
I	- Ben	me	- beni, bana	my	- benim
You	- Sen	you	- seni, sana	your	- senin
He	- O (Erkek)	him	- onu, ona	his	- onun (Erkek)
She	- O (Dişi)	her	- onu, ona	her	- onun (Dişi)
It	- O (Cansız)	it	- onu, ona	its	- onun (Cansız)
We	- Biz	us	- bizi, bize	our	- bizim
You	- Siz	you	- sizi, size	your	- sizin
They	- Onlar	them	- onları, onlara	their	- onların

Possessive Pronouns İyelik Zamirleri		Reflexive Pronouns Kendi Zamiri	
mine	- benimki	myself	- kendim, kendi kendime
yours	- seninki	yourself	- kendin, kendi kendine
his	- onunki (Erkek)	himself	- kendi, kendi kendine
hers	- onunki (Dişi)	herself	- kendi, kendi kendine
its	- onunki (Cansız)	itself	- kendi, kendi kendine
ours	- bizimki	ourselves	- kendimiz, kendi kendimize
yours	- sizinki	yourselves	- kendiniz, kendi kendinize
theirs	- onlarınki	themselves	- kendileri, kendi kendilerine

DAYS / GÜNLER

Monday - Pazartesi
Tuesday - Salı
Wednesday - Çarşamba
Thursday - Perşembe
Friday - Cuma
Saturday - Cumartesi
Sunday - Pazar

SEASONS / MEVSİMLER

Spring - İlkbahar
Summer - Yaz
Autumn/fall - Sonbahar
Winter - Kış

MONTHS / AYLAR

January - Ocak
February - Şubat
March - Mart
April - Nisan
May - Mayıs
June - Haziran
July - Temmuz
August - Ağustos
September - Eylül
October - Ekim
November - Kasım
December - Aralık

NUMBERS / SAYILAR

0- zero, nought

1 - one	11 - eleven	21 - twenty-one	
2 - two	12 - twelve	22 - twenty-two	
3 - three	13 - thirteen	23 - twenty-three	
4 - four	14 - fourteen	24 - twenty-four	40 - forty
5 - five	15 - fifteen	25 - twenty-five	50 - fifty
6 - six	16 - sixteen	26 - twenty-six	60 - sixty
7 - seven	17 - seventeen	27 - twenty- seven	70 - seventy
8 - eight	18 - eighteen	28 - twenty-eight	80 - eighty
9 - nine	19 - nineteen	29 - twenty-nine	90 - ninety
10 - ten	20 - twenty	30 - thirty	100 - one hundred

1,000 - one thousand

1,000,000 - one million

1,000,000,000 - one milliard , one billion

Amerikan İngilizce'sinde billion milyar, trillion trilyon anlamına gelir. Türkçede biz "trilyon"un Amerikan İngilizcesindeki karşılığını kullanırız.

Symbols - Semboller

= equals, is equal to, is
+ plus / and
- minus / subtracted from
x times / multiplied by
÷ divided by

add	- topla
subtract	- çıkar
multiply	- çarp
divide	- böl

Sayılar kendi dilimizdeki sıra ile okunur.

42 - forty-two 53 - fifty-three

Yüzden büyük sayılar okunurken onlar basamağından önce 'and' kullanılır.
348 - Three hundred and forty-eight.

İki yüz, üç bin, beş milyon vs. derken 'hundred', 'thousand', 'million' gibi isimler tekil olarak kullanılır.

200 - two hundred 2000 - two thousand

Futbol maçı sonuçları verilirken sıfır 'nil' diye söylenir.

Fenerbahçe 1 (one) - Arsenal 0 (nil)

ORDINAL NUMBERS / SIRA SAYILARI

1st	first	1. birinci	11th	eleventh	11. on birinci
2nd	second	2. ikinci	12th	twelfth	12. on ikinci
3rd	third	3. üçüncü	13th	thirteenth	13. on üçüncü
4th	fourth	4. dördüncü	14th	fourteenth	14. on dördüncü
5th	fifth	5. beşinci	15th	fifteenth	15. on beşinci
6th	sixth	6. altıncı	16th	sixteenth	16. on altıncı
7th	seventh	7. yedinci	17th	seventeenth	17. on yedinci
8th	eighth	8. sekizinci	18th	eighteenth	18. on sekizinci
9th	ninth	9. dokuzuncu	19th	nineteenth	19. on dokuzuncu
10th	tenth	10. onuncu	20th	twentieth	20. yirminci

10th	tenth	10. onuncu	60th	sixtieth	60. atmışıncı
20th	twentieth	20. yirminci	70th	seventieth	70. yetmişinci
30th	thirtieth	30. otuzuncu	80th	eightieth	80. sekseninci
40th	fortieth	40. kırkıncı	90th	ninetieth	90. doksanıncı
50th	fiftieth	50. ellinci	100th	hundredth	100. yüzüncü
21st	twenty-first	21. yirmi birinci			
32nd	thirty-second	32. otuz ikinci			
43rd	forty-third	43. kırk üçüncü			

Birinci, ikinci, ellinci bir tane olacağından bu sayılar 'the' ile birlikte kullanılırlar.

Monday is the first day of the week. *(Pazartesi haftanın ilk günüdür.)*

Today is the 22nd of October. *(Bugün Ekimin yirmi ikisidir.)*

March is the third month of the year. *(Mart yılın üçüncü ayıdır.)*

Today is the second day of the month. *(Bugün ayın ikinci günüdür.)*

Pronunciation
Okunuşu

a	cup */kap/*	cut */kat/*
a:	car */ka:/*	far */fa:/*
e	bed */bed/*	set */set/*
æ	cat */kæt/*	fat */fæt/*
i	hit */hit/*	sit */sit/*
i:	bee */bi:/*	see */si:/*
o	dog */dog/*	fog */fog/*
o:	cork */ko:k/*	door */do:/*
ö:	bird */bö:d/*	fir */fö:/*
u	book */buk/*	look */luk/*
u:	too */tu:/*	soon */su:n/*
th	tooth */tu:th/*	tenth */tenth/*
eı	hair */heı/*	pair */peı/*
iı	near */niı/*	hear */hiı/*
uı	poor */puı/*	tour */tuı/*
ıu	go */gıu/*	boat */bıut/*
au	now */nau/*	pound */paund/*
ay	tie */tay/*	buy */bay/*
ey	say */sey/*	pay */pey/*
oy	boy */boy/*	toy */toy/*

Kelimelerin okunuşları yanlarında italik harflerle verilmiştir. İtalik harflerle yazılan okunuşu Türkçemizde olduğu gibi okuyunuz.

Abbreviations
Kısaltmalar

adj	adjective /sıfat
adv	adverb /zarf
Am E	American English Amerikan İngilizcesi
art	article / **a**, **an** ve **the**
Br E	British English İngiliz İngilizcesi
conj	conjunction bağlaç
fw	function word işlev kelimesi
int	interjection ünlem / nida
mv	modal verb yardımcı fiil
n	noun / isim
p	pronoun / zamir
ph v	phrasal verb birleşik fiil
pr	preposition / edat
sb	somebody / biri
sth	something / birşey
v	verb / fiil, yüklem

Kelimelerin okunuşlarının yanında kelimenin cümle içindeki görevi belirtilmiştir. Bu tabloda kısaltmaların karşılıklarını bulabilirsiniz.

a /ey/ *art, n* **a harfi, bir**

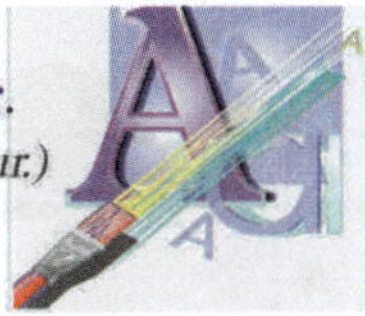

He's **a doctor**.
(O bir doktordur.)

abdomen /'æbdımın/ *n* **karın**

He has a smooth **abdomen**.
(Onun düz bir karnı var.)

ability /ı'bilıti/ *n* **yetenek**

They have the **ability** to dance.
(Onların dans etme yeteneği var.)

able /'eybıl/ *n* **...ebilmek**

She will be **able** to walk soon.
(Yakında yürüyebilecek.)
Superman's **able** to lift heavy objects. *(Süpermen ağır nesneleri kaldırabilir.)*

aboard /ıbo:d/ *adv, pr* **gemi, tren, uçağa veya uçakta**

Jane and Sam are **aboard** the yacht. *(Jane ve Sam yattalar.)*

about /ı'baut/ *adv, pr* **hakkında**

What is she talking **about**?
(Ne hakkında konuşuyor?)

about2 **yaklaşık, civarında**

Mary came home at **about** mid-night. *(Mary gece yarısı civarında eve geldi.)*

above /ı'bav/ *pr, adv* **üstünde, yukarısında**

The hellicopter is flying **above** the clouds.
(Helikopter bulutların üzerinde uçuyor.)

abroad /ı'bro:d/ *adv* **yurtdışına, yurt dışında**

My brother is studying **abroad**. *(Kardeşim yurt dışında okuyor.)*

absent /æbsınt/ *adj* **yok**

Peter is **absent** from school today. *(Peter bugün okulda yok.)*

absorb /ıb'sö:(r)b/ *v* **emmek, içine almak, kavramak**

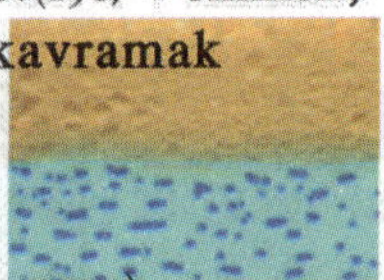

Sponges **absorb** water. *(Süngerler suyu emer.)*

accept /ık'sept/ *v* **kabul etmek, almak**

The movie star **accepted** her award. *(Film yıldızı ödülünü aldı.)*
Did you **accept** the money? *(Parayı kabul ettin mi?)*

accident /'æksidınt/ *n* **kaza**

He had an **accident** again. *(Yine kaza yaptı.)*

accommodate /ı,komı'deyt/ *v* **barındırmak, yerleştirmek**

They **accommodated** us in a small hotel. *(Bizi küçük bir otele yerleştirdiler.)*

accommodation /ı,komı'deyşın/ *n* **yatacak yer, ikamet**

They need an **accommodation**. *(Yatacak bir yere ihtiyaçları var.)*

accompany /ı'kampıni/ *v* **eşlik etmek, beraber gitmek**

He **accompanied** me for dinner. *(Yemekte bana eşlik etti.)*

accordion */ı'ko:diın/ n*
akordiyon

I can play the **accordion**.
(Akordiyon çalabilirim.)

account */ı'kıunt/ n*
hesap,
banka hesabı,
muhasebe

I have some money in my **account**. *(Banka hesabımda biraz param var.)*

accountant */ı'kıuntınt/ n*
muhasebeci

John is an **accountant.**
(John bir muhasebecidir.)

accuse */ı'kyu:z/ v* **suçlamak**

John **accused** someone of stealing his money.
(John birini parasını çalmakla suçladı.

ace */eys/ n* **birli, as**

In the game of poker the **ace** of hearts has the highest value.
(Poker oyununda kupa ası en değerli karttır.)

ache */eyk/ n , v* **ağrı, sancı 2. ağrıma**

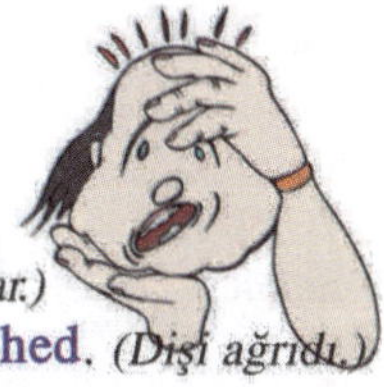

He has a **toothache**.
(Diş ağrısı var.)
His tooth **ached**. *(Dişi ağrıdı.)*

acrobat */'ækrıbæt/ n*
akrobat

The **acrobats** swung on the trapeze.
(Akrobatlar trapezde sallandılar.)

across */ı'kros/ adv, pr*
karşıdan karşıya

They passed **across** the river.
(Irmaktan karşıya geçtiler.)

act /ækt/ *v* **hareket etmek, oynamak, rol yapmak**

She will **act** in a new film. *(Yeni bir film de oynayacak.)*

action /'ækşn/ *n* **iş, hareket, eylem**

I liked their last **action**. *(Onların son hareketini beğendim.)*

active /'æktiv/ *adj* **hareketli, aktif**

He is very **active**. *(O çok hareketlidir.)*

activity /'æktiviti/ *n* **aktivite faaliyet, çalışma**

actor /'æktı(r)/ *n* **aktör, oyuncu**

Brad Pitt is my favourite **actor**. *(Brad Pitt benim favori aktörümdür.)*

actress /'æktrıs/ *n* **bayan oyuncu, artist**

Julia Roberts is my favourite **actress**. *(Julia Roberts benim favori bayan oyuncumdur.)*

add /æd/ *v* **eklemek, toplamak**

She **added** some sauce on the meal. *(Yemeğe biraz sos ekledi.)*
Add 2 and 2. *(İki ile ikiyi topla.)*

address /ı'dres/ *n* **adres**

Please write your **address** on the envelope. *(Lütfen adresinizi zarfın üzerine yazınız.)*

admiral /'ædmırıl/ *n* **amiral**

Helen's father is an **admiral**. *(Helen'ın babası bir amiraldir.)*

admire */ıd'mayı(r)/ v* **hayran olmak, çok beğenmek**

They **admired** the ring. *(Yüzüğe hayran kaldılar.)*

admit */ıd'mit/ v* **kabul etmek**

The thief **admitted** to the crime. *(Hırsız suçunu kabul etti.)*

adore */ı'do:(r)/ v* **hayran olmak, tapmak**

Everybody **adores** the baby. *(Herkes bebeğe hayran oluyor.)*

adult */æ'dalt/ n* **yetişkin**

She has an **adult** daughter. *(Onun yetişkin bir kızı var.)*

adventure */ıd'vençı(r)/ n* **macera**

The safari in Africa was a great **adventure** for us. *(Afrikadaki safari bizim için büyük bir maceraydı.)*

advertisement */ædvö:tızmınt/ n* **reklam**

We spent lots of money on **advertisement**. *(Reklama çok para harcadık.)*

advertise */'ædvö:tayz/ v* **reklam yapmak**

advice */ıd'vays/ n* **öğüt, nasihat**

The chief's **advice** to the young is 'to respect the elders'. *(Şefin gençlere öğüdü 'büyüklere saygı göstermek,' dir.)*

advise */ıd'vayz/ v* **öğüt vermek**

She **advised** her friend to study hard. *(Arkadaşına sıkı çalışmasını tavsiye etti.)*

aeroplane */'eırıpleyn/ n*
uçak

He went to London by **aeroplane**.
(Londraya uçakla gitti.)

aerosol */'eırısol/ n* **sprey**

I painted the chair with a can of **aerosol**.
(Sandalyeyi bir kutu sprey ile boyadım.)

affect */ı'fekt/ v* **etkilemek**

The exam results **affected** her very much.

(Sınav sonuçları onu çok etkiledi.)

afford */ı'fo:d/ v* **karşılamak, almaya gücü yetmek**

I can't **afford** such a nice car.
(Böyle güzel bir arabayı almaya gücüm yetmez.)

(be) afraid */ı'freyd/ adj*
korkmak, korkarım

I'm **afraid** of dogs. *(Köpeklerden korkarım.)*
I'm afraid I've got a virus.
(Korkarım bir mikrop kaptım.)

after */'a:ftı(r)/ pr* **sonra**

After the diet she lost thirty kilos.
(Diyetten sonra otuz kilo verdi.)

afternoon */ a:ftı'nu:n/ n*
öğleden sonra

It's three o'clock in the **afternoon**.
(Öğleden sonra saat üç.)

again */ı'gen/ adv* **tekrar, yine**

We'll return **again** when they are open.
(Açık olduklarında tekrar geri geleceğiz.)

against /ı'genst/ *pr* **karşı**

Most people in my country are **against** wars.
(Ülkemdeki çoğu insan savaşlara karşıdır.)

age /eyc/ *n* **yaş**

I started school at the **age** of six.
(Ben altı yaşında okula başladım.)

agency /'eycınsi/ *n* **acenta**

I'll go to a travel **agency** to buy the tickets. *(Biletleri satın almak için seyahat acentasına gittim.)*

agent /'eycınt/ *n* **acenta görevlisi**

A travel **agent** plans holidays for travellers.
(Seyehat acenta görevlisi yolcular için tatiller planlar.)

agent[2]
ajan

Bill is an undercover **agent** for the government.
(Bill gizli hükümet ajanıdır.)

aggressive /ı'gresiv/ *adj* **saldırgan**

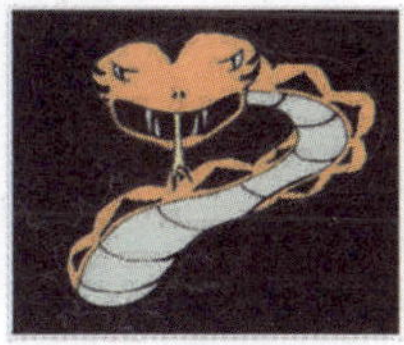

Snakes are sometimes very **aggressive.**
(Yılanlar bazen çok saldırgandır.)

agree /ı'gri:/ *v* **aynı fikirde olmak, anlaşmak**

They **agreed** on everything.
(Her şey üzerinde anlaştılar.)

agreement /ı'gri:mınt/ *n* **anlaşma**

agriculture /'ægrikalçı(r)/ *n* **tarım, ziraat**

My family deals with **agriculture.**
(Benim ailem tarımla uğraşır.)

agriculturist **ziraatçi**

ahead /ı'hed/ *adv* **ileride**

The island is 400m **ahead.** *(Ada 400m ileride.)* Go straight **ahead.** *(Doğru ileri git.)*

aid /eyd/ *n* **yardım**

The **aid** has arrived. *(Yardım geldi.)*

aim /eym/ *v* **nişan almak, amaç edinmek, hedeflemek**

The soldier **aimed** at the target. *(Asker hedefe nişan aldı.)* He's **aiming** for a job in television. *(Televizyonda bir iş hedefliyor.)*

air /eı(r)/ *n* **hava**

He opened the window to get some fresh **air**. *(Biraz temiz hava almak için pencereyi açtı.)* We must keep the **air** clean. *(Havayı temiz tutmalıyız.)*

air conditioning /eı kın'dışning/ *n* **klima**

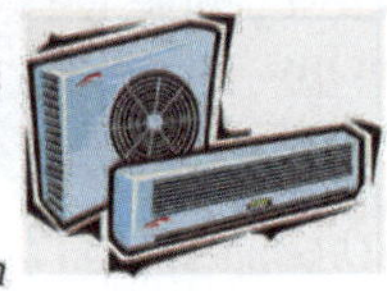

We need **air conditioning** for the summer months. *(Yaz ayları için klimaya ihtiyacımız var.)*

air force /eı fo:s/ *n* **hava kuvvetleri**

The Turkish **Air Force** is well-trained. *(Türk Hava Kuvvetleri iyi eğitimlidir.)*

air hostess /eı 'hıustıs/ *n* **hostes**

The **air hostess** will bring us something to drink. *(Hostes bize içecek birşey getirecek.)*

airline /'eılayn/ *n* **havayolları**

The Turkish **Airlines** fly to many different cities. *(Türk Hava Yolları bir çok değişik şehre uçar.)*

airplane */eı pleyn/ n* **uçak**

The **airplane** has just landed. *(Uçak yeni indi.)*

airport */eıpo:t/ n* **hava alanı**

air pollution */eı pı'lu:şn/ n* **hava kirliliği**

Cars and factories cause air pollution.
(Arabalar ve fabrikalar hava kirliliğine neden olurlar.)

alarm */ı'la:m/ n* **alarm**

alarm clock */ı'la:m klok/ n* **çalar saat**

The **alarm clock** woke me up in the morning. *(Çalar saat sabah beni uyandırdı.)*

alcohol */ælkıhol/ n* **alkol**

Too much **alcohol** can be unhealthy.
(Aşırı alkol sağlığa zararlı olabilir.)

alcoholic */ælkı'holik/ adj* **alkolik, alkollü**

Mr. Brown is an **alcoholic**.
(Bay Brown bir alkoliktir.)
Whisky is an ***alcoholic*** *drink.*
(Viski alkollü bir içkidir.)

algebra */æl'cibrı/ n* **cebir**

My **algebra** marks are high at school.
(Okulda cebir notlarım yüksektir.)

alike */ı'layk/ adj* **benzer**

The dog and his owner are **alike**.
(Köpek ve sahibi birbirlerine benziyorlar.)

alive */ı'layv/ adj* **canlı, yaşıyor**

The man is not dead. He's **alive**.
(Adam ölü değil. Yaşıyor.)

all /o:l/ *adv* **bütün, hepsi**

Parking **all** day is $4. *(Bütün gün park etmek dört dolar.)* I've spent **all** my money. *(Bütün paramı harcadım.)*

allergy /'ælıci/ *n* **alerji**

He has a bad **allergy** to chocolate. *(Çikolataya kötü alerjisi var.)*

alligator /'ælıgeytı(r)/ *n* **timsah**

Alligators swim in big rivers to hunt. *(Timsahlar avlanmak için büyük ırmaktlarda yüzerler.)*

allow /ı'lau/ *v* **izin vermek, müsaade etmek**

No dogs are **allowed to enter.** *(Hiç bir köpeğin girmesine izin verilmez.)*

almost /'ılmıust/ *adv* **neredeyse, hemen hemen**

It's **almost** 12 o'clock. *(Saat neredeyse 12.)*

alone /ı'lıun/ *adv* **yalnız, tek başına**

She's sitting there **alone**. *(Orada tek başına oturuyor.)*

along /ı'long/ *adv* **boyunca**

They are walking **along** the seaside. *(Deniz kenarı boyunca yürüyorlar.)*

aloud /ı'laud/ *adv* **yüksek sesle**

He called her **aloud**. *(Ona yüksek sesle seslendi.)* The teacher reads **aloud** to the students. *(Öğretmen öğrencilere yüksek sesle okur.)*

alphabet */'ælfıbet/ n* **alfabe**

There are 26 letters in the English **alphabet.**
(İngiliz Alfabesinde 26 harf vardır.)

all right */o:l 'rayt/ adj* **iyi, tamam**

"Shall we meet tonight?"
"**All right.**"
("Bu akşam buluşalım mı?" "Tamam.")

also */'ılsıu/ adv* **aynı zamanda**

Helen is a good doctor and **also** a wonderful mother.
(Helen iyi bir doktordur ve aynı zamanda mükemmel bir annedir.

always */'o:lweyz/ adv* **daima, her zaman**

The bigger fish **always** eat the small ones.
(Her zaman büyük balık küçük balığı yer.)

ambition */'æm'bişn/ n* **hırs, tutku**

His **ambition** is to be a rich man. *(Onun tutkusu zengin biri olmaktır.)*

ambitious **hırslı, tutkulu**

among */ı'mang/ pr* **arasında**

They are **among** the sharks.
(Köpek balıklarının arasındalar.

amuse */ı'myu:z/ v* **eğlendirmek**

Sue's jokes **amused** them very much.
(Sue'nun şakaları onları çok eğlendirdi.)

amusement */ı'myu:zmınt/ n* **eğlence**

anatomy */ı'na:tomi/ n* **anatomi, vücut yapısı**

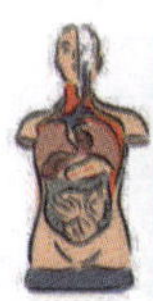
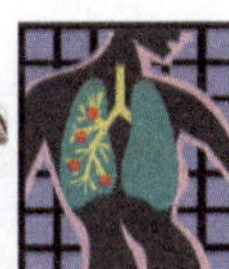

These are parts of an **anatomy**.
(Bunlar bir vücudun parçalarıdır.)

anchor */'ængkı(r)/ n, v* **çapa, demir, demir atmak**

We will **anchor** off the coast.
(Açığa demir atacağız.)

ancient */'eynşınt/ adj* **eski, eskiden kalma**

There are lots of **ancient** buildings in Istanbul. *(İstanbulda bir çok eski-den kalma bina vardır.)*

angel */'eyncıl/ n* **melek**

Do you believe in **angels**?
(Meleklere inanır mısın?)

anger */'ænggı(r)/ n, v* **hiddet, öfkelendirmek**

He tried to hide his **anger**.
(Hiddetini sakla-maya çalıştı.)
Something **angered** him a lot.
(Birşey onu çok öfkelendirdi.)

angle */'ænggıl/ n* **açı**

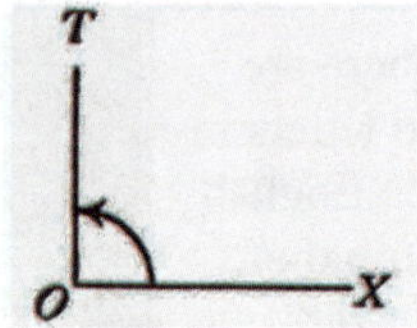

This is an **angle** of 90 degrees.
(Bu doksan derecelik bir açıdır.)

angry */'ængri/ adj* **kızgın, hiddetli**

Traffic in big cities makes people **angry**.
(Büyük şehirler deki trafik insanları öfkeli yapıyor.)

animal */'æniml/ n* **hayvan**

Bears and frogs are **animals.**
(Ayılar ve kurbağalar hayvandır.)

ankle */'ængkıl/ n* **ayak bileği**

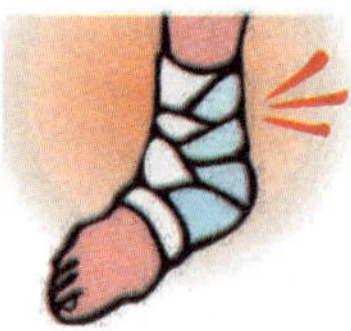

Peter fell and twisted his **ankle** badly.
(Peter düştü ve ayak bileğini kötü burktu.)

announce */ı'nauns/ v* **duyurmak, anons etmek**

He **announced** the beginning of the race.
(Yarışın başlamasını anons etti.)

annoy */ı'noy/ v* **kızdırmak**

He often **annoys** his wife .
(Sık sık karısını kızdırır.)

annoyed */ı'noyd/ adj* **kızgın**

answer */'a:nsı(r)/ n, v* **cevap, yanıt,yanıtlamak**

Billy knows the **answer**. *(Billy cevabı biliyor.)*
He wants to **answer** the question.
(Soruyu cevaplamak istiyor.)

ant */ænt/ n* **karınca**

Ants can move objects heavier then themselves.
(Karıncalar kendilerinden ağır nesneleri taşıyabilirler.)

antique */æn'ti:k/ n* **antika**

This car is an **antique**.
(Bu araba bir antikadır.)

anxious */'ængkşıs/ adj* **endişeli**

He's **anxious** about dropping the package.
(Paketi düşürürüm diye endişeli.)

any */'eni/ adj, p, adv* **hiç, herhangi bir**

Do you see **any** bears in the forest?
(Ormanda hiç ayı görüyor musun?)

anybody **hiç kimse, biri**

apart */ı'pa:t/ adv* **ayrılmış, parçalara bölünmüş**

Tom and Mary pulled the paper **apart**.
(Tom ve Mary gazeteyi çekip parçaladılar.)

apartment /ı'pa:tmınt/ *n*
daire, apartman katı

She lives in a small **apartment**.
(Küçük bir dairede oturuyor.)

apologize /ı'polıcayz/ *v*
özür dilemek

They **apologized** to their teacher for being late.
(Geç kaldıkları için öğretmenlerinden özür dilediler.)

apology /ı'polıci/ *n* **özür**

appeal /ı'piıl/ *v* **yalvarma**

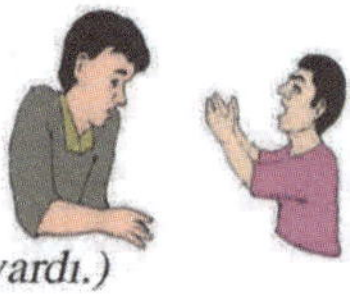

He **appealed** to his mom for a new bicycle.
(Yeni bir bisiklet için annesine yalvardı.)

appear /ı'piı(r)/ *v* **görünmek, ortaya çıkmak**

An angel **appeared** to him in his dream.
(Rüyasında ona bir melek göründü.)

appearance /ı'piırıns/ *n*
görüntü

Her **appearance** is young and beautiful.
(Onun görüntüsü genç ve güzel.)

appetite /'æpıtayt/ *n* **iştah**

Sam always has a big **appetite**.
(Sam her zaman iştahlıdır.)

Good appetite **Afiyet olsun**

applaud /ı'plo:d/ *v*
alkışlamak

They **applauded** her loudly.
(Onu kuvvetlice alkışladılar.)

apple /'æpl/ *n* **elma**

Apples are good for your health.
(Elma sağlığınız için iyidir.)

apple juice */'æpl cu:s/ n* **elma suyu**

I like **apple juice** very much.
(Elma suyunu çok severim.)

apple pie */'æpl pay/ n* **elmalı pasta, elmalı turta**

My mother makes good **apple pies.**
(Annem güzel elmalı pasta yapar.)

application */'æplıkeyşn/ n* **başvuru**

She made her **application** for the job.
(İş için başvurusunu yaptı.)

application form */'æplıkeyşn fo:m/ n* **başvuru formu**

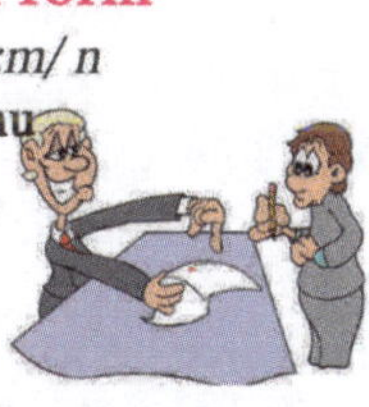

Fill this **application form** out please, sir?
(Lütfen bu başvuru formunu doldurun efendim.)

apply */ı'play/ v* **yazılı olarak başvurmak**

apply2 **üzerine sürmek, uygulama**

He **applied** grout onto the ground.
(Yere harç sürdü.)

appointment */ı'pointmınt/ v* **randevu**

I have an **appointment** with Mr. White.
(Mr. White ile bir randevum var.)

apricot */'eyprikot/ n* **kayısı**

Apricots grow in warm climate.
(Kayısı sıcak iklimde yetişir.)

apron */'eyprın/ n* **önlük**

Mr. Cooper wears an **apron** while he's serving.
(Mr. Cooper servis yaparken önlük takar.)

A

aquarium /ı'kweırirım/ *n* **akvaryum**

There are many different fish in the **aquarium**. *(Akvaryumda bir çok değişik balık var.)*

Arab /'ærıb/ *n* **Arap**

They are **Arab**. *(Onlar Araptır.)*

Arabic /'ærıbik/ *n* **Arapça**

They speak **Arabic**. *(Onlar Arapça konuşur.)*

archaeologist /a:ki'olıcist/ *n* **arkeolojist**

King Tut was discovered by an **archaeologist**. *(Kral Tut bir arkeolojist tarafından bulundu.)*

arch /a:(r)c/ *n* **kemer**

You enter the city through an **arch**. *(Bir kemerden şehre girersin.)*

architect /'a:kitekt/ *n* **mimar**

Carol is a successful **architect**. *(Carol başarılı bir mimardır.)*

area /'eırii/ *n* **saha, alan**

The **area** has mountains, trees and a lake. *(Sahada birçok dağ, ağaç ve bir göl var.)*

argue /'a:gyu:/ *v* **tartışmak, münakaşa etmek**

She should not **argue** with the manager. *(Müdürle tartışmamalı.)*

argument /'a:gyu:mınt/ *n* **tartışma**

arm /a:(r)m/ *n* **kol**

He broke his **arm** while he was playing tennis. *(Tenis oynarken kolunu kırdı.)*

armchair /'a:mçeı(r)/ *n* **koltuk**

This is my father's **armchair**.
(Bu babamın koltuğudur.)

army /'a:mi/ *n* **ordu**

Jack joined the **army** when he was 18.
(Jack on sekizinde orduya katıldı.)

around /ı'raund/ *pr, adv* **etrafında**

They sat **around** the table to talk.
(Konuşmak için masanın etrafına oturdular.)

arrange /ı'reync/ *v* **düzenlemek**

I've **arranged** everything for the party.
(Parti için her şeyi düzenledim.)

arrest /ı'rest/ *v* **tutuklamak**

Don't move, the police **arrest** you!
(Kıpırdamayın, tutuklusunuz.!)

arrival /ı'rayvıl/ *n* **varış, geliş**

His mother's **arrival** made him happy.
(Annesinin gelişi onu mutlu etti.)

arrow /'ærıu/ *n* **ok**

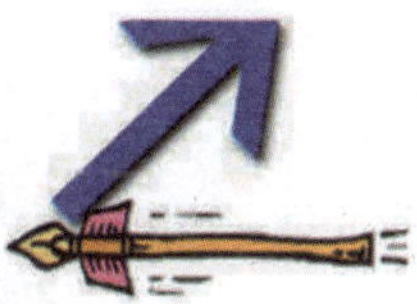

You shoot an **arrow** from a bow.
(Oku yaydan atarsınız.)

art /a:t/ *n* **resim, tiyatro gibi bir beceri, sanat**

Making beautiful music is an **art**.
(Güzel müzik yapmak bir sanattır.)

art gallery */a:t gælıri/* **sanat galerisi**

We visited the art **galleries** in London. *(Londrada sanat galerilerini ziyaret ettik.)*

artificial */a:ti'fişl/ adj* **yapma, suni**

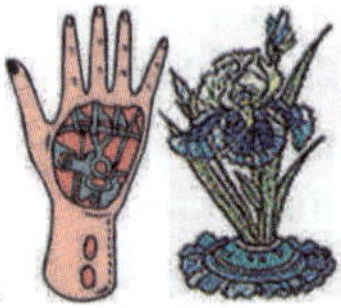

These are **artificial** flowers and an **artificial** hand. *(Bunlar yapma çiçekler ve bir yapma el.)*

artist */'a:tist/ n* **ressam**

İbrahim Çallı is a famous Turkish **artist**. *(İbrahim Çallı ünlü bir Türk ressamıdır.)*

ashamed */ı'şeymd/ adj* **mahçup, utanmış**

He's **ashamed** of stealing her bag. *(Onun çantasını çaldığı için mahçup.)*

ashtray */'æştrey/ n* **kül tablası**

He put his cigarette on an **ashtray.** *(Sigarasını bir kül tablasına koydu.)*

ask */a:sk/ v* **sormak**

He's **asking** him where the station is. *(Ona istasyonun nerede olduğunu soruyor.)*

ask for **istemek**

He had to **ask for** help. *(Yardım istemek zorunda kaldı.)*

asleep */ı'sli:p/ adj* **uykuda, uyuyor**

She's **asleep**. *(Uyuyor.)*

fall asleep **uyuya kalmak**

aspirin */'æsprin/ n* **aspirin**

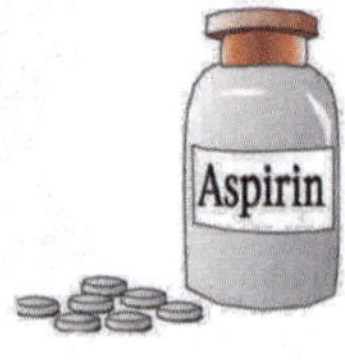

I'll take an **aspirin** for the headache. *(Baş ağrısı için bir aspirin alacağım.)*

assignment /ı'saynmınt/ *n* **ödev**

She is doing her **assignment** now.
(Şimdi ödevini yapıyor.)

assist /ı'sist/ *v* **yardım etmek**
Mary **assists** the magician.

assistant
yardımcı

Mary is the magician's **assistant**.
(Mary sihirbazın yardımcısıdır.)

astonish /ı'stoniş/ *v*
şaşırtmak

The score **astonished** her. *(Skor onu şaşırttı.)*

be astonished
şaşırmak, şaşkın
She**'s astonished**. *(O şaşkın.)*

astronaut /'æstrıno:t/ *n*
astranot

The **astronauts** are in the sky now.
(Astranotlar şimdi uzayda.)

atom /'ætım/ *n* **atom**

Do you know the parts of the **atom**.
(Atomun parçalarını biliyor musun?)

attack /ı'tæk/ *v* **saldırmak, hücüm etmek**

A stranger **attacked** the woman.
(Bir yabancı kadına saldırdı.)

attempt /'ıtempt/ *v* **teşebbüs etmek**

He will **attempt** to cut her hair.
(Saçını kesmeye teşebbüs edecek.)

attend /'ıtend/ *v* **devam etmek, katılmak**

Jennifer likes **attending** seminars.
(Jennifer seminerlere katılmayı seviyor.)

attention */ı'tenşın/ n* **dikkat**

The students are paying **attention** to the teacher.
(Öğrenciler öğretmenlerini dikkatle dinliyorlar.)

attic */'ætik/ n* **tavan arası**

My father keeps his tools in the **attic**.
(Babam aletlerini tavan arasında muhafaza eder.)

attract */ı'trækt/ v* **çekmek**

A magnet **attracts** iron objects.
(Mıknatıs demir nesneleri çeker.)

attraction */ı'trækşın/ n*
çekim, cazibe

attractive
/ı'træktiv/ adj
çekici, cazibeli

Megan's an **attractive** woman.
(Megan çekici bir kadındır.)

aubergine */'ıubıci:n/ n*
patlıcan

Aubergines are very popular in Gaziantep. *(Patlıcan Gaziantepte çok popülerdir.)*

aunt */a:nt/ n* **teyze, hala**

Mary has two **aunts** and she loves them very much.
(Mary'nin iki teyzesi vardır ve onları çok sever.)

author */'o:thı(r)/ n* **yazar**

Agatha Christie is my favourite **author**.
(Agatha Christie benim favori yazarımdır.)

automobile */'o:tımıbi:l/ n*
otomobil

I've got a new **automobile**.
(Yeni bir otomobilim var.)

autumn */o:tım/ n* **sonbahar**

The leaves change colour in **Autumn**. *(Yapraklar sonbaharda renk değiştirirler.)*

avenue */ævınyu:/ n* **cadde, bulvar**

They live on an **avenue** near the city centre. *(Şehir merkezine yakın bir bulvarda oturuyorlar.*

awake */ı'weyk/ adj* **uyanık**

Tim was **awake** when I arrived home. *(Eve vardığımda Tim uyanıktı.)*

stay awake **uyanık kalmak**

award */ı'wo:d/ n* **ödül**

He won the **award** for best employer. *(En iyi işçi ödülünü kazandı.)*

aware */ı'weı(r)/ adj* **farkında**

He isn't **aware** of the danger. *(Tehlikenin farkında değil.)*

away */ı'wey/ adv* **uzakta, uzağa**

When he saw the bear he ran **away**. *(Ayıyı görünce uzağa kaçtı.)*

awful */o:fl/ adj* **berbat**

The taste of the food is **awful**. *(Yemeğin tadı berbat.)*

ax / axe */æks/ n* **balta**

We need an **axe** to cut this wood. *(Bu odunu kesmek için bir baltaya ihtiyacımız var.)*

b

b /bi/ *n* **b harfi**

B comes after the letter A. *(B, A harfinden sonra gelir.)*

baby /'beybi/ *n* **bebek**

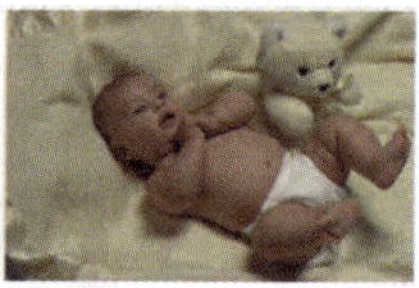

They have a very beautiful **baby**. *(Çok güzel bir bebekleri var.)*

babysit /'beybisit/ *v (babysat - babysat)* **bebek bakma**

Mary sometimes **babysits**. *(Mary bazen bebek bakıcılığı yapar.)*

babysitter **bebek bakıcısı**

bachelor /'bæçılı(r)/ *n* **bekar 2. üniversite mezunu**

My uncle is still a **bachelor**. *(Dayım hala bekardır.)*
He's a **bachelor** of science. *(O bir fen mezunudur.)*

back /bæk/ *n* **sırt, arka**

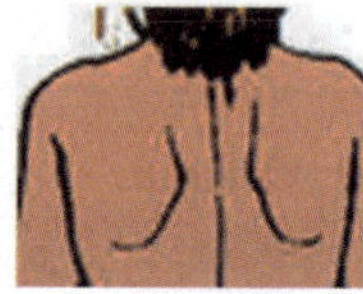

This is Ali's **back**. *(Bu Ali'nin sırtı.)*The garden is at the **back**. *(Bahçe arkada.)*

backache /'bæk eyk/ *n* **sırt ağrısı**

I suffer from **backaches.** *(Sırt ağrıları çekiyorum.)*

backbone **sırt kemiği**

backgammon /'bæk gæmın/ *n* **tavla oyunu**

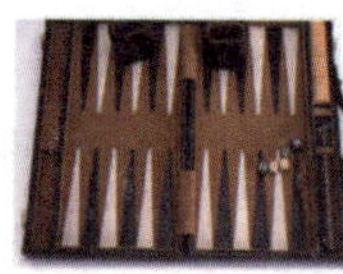

My father plays **backgammon** very well. *(Babam çok güzel tavla oynar.)*

backpack /'bækpæk/ *n* **sırt çantası**

My **backpack** is very heavy. *(Sırt çantam çok ağır.)*

backwards */bækwı:dz/ adv* **geriye doğru**

He sat **backwards** on the ox.
(Öküzün üzerinde geriye doğru oturdu.)

bacon */'beykın/ n* **domuz pastırması**

Bacon and eggs is treditional English breakfast.
(Domuz pastırması ve yumurta geleneksel İngiliz kahvaltısıdır.)

bad */bæd/ adj* (worse - worst) **kötü**

This milk is very **bad**.
(Bu süt çok kötü.)
He's a **bad** swimmer. *(O kötü bir yüzücüdür.)*

badge */bæc/ n* **rozet, arma**

He has lots of **badges** on his bag.
(Çantasının üzerinde bir çok arma var.)

bag */bæg/ n* **torba, çanta**

He has some fruit in a paper **bag**.
(Kağıt torbada biraz meyvesi var.)

bagel */'beygl/ n* **çörek**

I like fresh **bagels** from the bakery.
(Ben fırından yeni çıkmış çörekleri severim.)

baggage */'bægıc/ n* **bagaj, beraberinizdeki eşya**

We have too much **baggage** for this little car.
(Bu küçük araba için haddinden fazla bagajımız var.)

bake */beyk/ v* **fırında pişirmek**

Mrs. Hill **baked** a cake for us.
(Bayan Hill bizim için bir pasta pişirdi.)

B

baked chicken

baked chicken */beykt çikın/* *n* **fırında pişmiş piliç**

This **baked chicken** smells wonderful. *(Fırında pişmiş piliç çok güzel kokuyor.)*

baked potato */beykt pı'teytıu/ n* **fırında patates**

Do you want butter on your **baked potato**? *(Fırında patatesinin üzerine tereyağ istiyor musun?)*

baker */'beykı(r)/ n* **fırıncı**

Jack is a good **baker**.

(Jack iyi bir fırıncıdır.)

baker's */'beykız/ n*

bakery */'beykıri/ n* **fırın**

balance */'bælıns/ n* **terazi**

He weighed the gold metal on a small **balance**.

(Altın metali küçük bir terazide tarttı.)

balance2 **denge**

She can keep her **balance** on her hands. *(Ellerinin üzerinde dengesini sağlayabilir.)*

balance sheet */'bælıns şi:t/* *n* **hesap dökümü, bilanço**

The accountant prepared the **balance sheet**. *(Muhasebeci bilançoyu hazırladı.)*

balcony */'bælkıni/ n* **balkon**

We have a large **balcony** with the sea view. *(Deniz manzaralı geniş bir balkonumuz var.)*

bald */bo:ld/ adj* **kel, tepesinde saç olmayan**

My grandfather is **bald**. *(Dedem keldir.)* He's a funny **bald** man. *(O komik, kel bir adamdır.)*

ball */bo:l/ n* **top**

There are lots of **balls** in the gym.
(Spor salonunda birçok top var.)

ballet */'bælit/ n* **bale**

My sister wants to study **ballet**.
(Kız kardeşim bale eğitimi almak istiyor.)

balloon */bı'lu:n/ n* **balon**

The child is crying for a **balloon**.
(Çocuk bir balon için ağlıyor.)
Would you like to go up in a **balloon**? *(Bir balon içinde yükseklere çıkmak ister misin?*

banana */bı'na:nı/ n* **muz**

Bananas are a healthy fruit.
(Muz sağlıklı bir meyvedir.)

Do you like **bananas**?
(Muz sever misin?)

band */bænd/ n* **bando, müzikgrubu**

I played trumpet for the school **band**. *(Okul bandosunda trampet çaldım.)*

bang */bæng/ v* **çarpmak, vurmak**

She **banged** on the table to get my attention.
(Dikkatimi çekmek için masanın üzerine vurdu.)

bank */bænk/ n* **banka**

I keep my money in a **bank**.
(Paramı bir bankada muhafaza ediyorum.)

bank book */'bænk buk/ n* **banka cüzdanı**

I lost my **bank book**.
Banka cüzdanımı kaybettim.

bar */ba:(r)/ n* **kalıp**

He's washing his hands with a **bar** of soap. *(Bir kalıp sabun ile ellerini yıkıyor.)*

bar[2] **çubuk**

There are iron **bars** in front of the window.
(Pencerenin önünde demir çubuklar var.)

barbecue */'ba:bikyu:/ n*
barbekü

I cooked some meat on the **barbecue**.
(Barbeküde biraz et pişirdim.)

barber */'ba:bı(r)/ n* **berber**

I usually have the same **barber** cut my hair.
(Saçımı genellikle aynı berbere kestiririm.)

barber's **berber dükkanı**

bargain */'ba:gın/ n, v*
pazarlık, pazarlık etmek

They are **bargaining** for the painting.
(Resim için pazarlık ediyorlar.)

bark */ba:k/ n*
havlama, havlamak

Can you here the dogs' **barks**? *(Köpeklerin havlamalarını duyuyor musun?)*

barley */'ba:li/ n*
arpa

They grow **barley** in their fields.
(Onlar, tarlalarında arpa yetiştirirler.)

barman
/'ba:mın/ n
barmen

Our **barman** makes good cocktails.
(Bizim barmen güzel kokteyller yapar.)

barn /ba:n/ *n* **ahır, samanlık, ambar**

The horse is in the **barn**.
(At ahırda.)

barrel /'bærıl/ *n* **fıçı**

This **barrel** is empty.
(Bu fıçı boş.)

base /beys/ *n* **taban, dip, kaide**

The columns have different **bases**.
(Sütunların farklı tabanları var.)

base /beys/ *n* **üs**

The USA has a military **base** in Incirlik.

(Amerikalıların İncirlikte bir askeri üssü var.)

baseball /'beysbo:l/ *n* **beyzbol**

John is playing **baseball** now. *(John şimdi beyzbol oynuyor.)*

basin /'beysın/ *n* **lavoba, leğen**

Mom cleaned the **basin**.
(Annem lavobayı temizledi.)

basket /'ba:skit/ *n* **sepet**

Two balls are outside the **basket**.
(İki top sepetin dışında.)
This is a red plastic **basket**.
(Bu kırmızı, plastik bir sepettir.)

B

basketball */'ba:skitbo:l/ n* **basketbol**

I played **basketball** on the school team. *(Okul takımında basketbol oynadım.)*

bat */ bæt/ n* **yarasa**

Bats are blind and live in dark caves. *(Yarasalar kördür ve karanlık mağaralarda yaşarlar.*

bat */ n* **sopa**

He hit me with a baseball **bat**. *(Bana beyzbol sopası ile vurdu.)*

bathe */beyd/ v* **banyo yapmak, yıkamak, yıkanmak**

They **bathed** in a Turkish bath. *(Bir Türk hamamında yıkandılar.)*

Turkish bath **Türk hamamı**

bathroom */'ba:thru:m/ n* **banyo**

We have a large **bathroom**. *(Geniş bir banyomuz var.)*

bath/ bath tub */ba:th tab/ n* **küvet**

There is a **bath tub** in our bathroom. *(Banyomuzda bir küvet var.)*

battery */'bætri/ n* **pil, batarya**

We need to change the **batteries** in the clock. *(Saatteki pilleri değiştirmemiz gerekiyor.)*

battle */'bætl/ n, v* **savaş, cenk, savaşmak**

They **battled** aboard the ship. *(Güvertede savaştılar.)*

bay */bey/ n* **koy, küçük körfez**

There are no yachts in the **bay** today.
(Bugün koyda hiç yat yok.)

bazaar */bı'za:(r)/* **pazar**

We went to the **bazaar** to buy some vegetables.
(Biraz sebze almak için pazara gittik.)

beach */bi:ç/ n* **plaj**

He's getting sun at the **beach**.
(Plajda güneşleniyor.)

beach chair */'bi:ç çeı/ n* **plaj sandalyesi**

I have a red **beach chair**.
(Kırmızı bir plaj sandalyem var.)

beach umbrella */bi:ç am'brelı/ n* **plaj şemsiyesi**

bead */bi:d/ n* **boncuk, tespih tanesi**

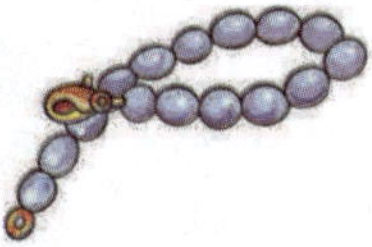

She has blue **beads** on her necklace.
(Kolyesinde mavi boncuklar var.)

beak */bi:k/ n* **gaga**

Eagles have hooked **beaks**.
(Kartalların çengel gagaları vardır.)

beam */bi:m/ n* **ışık demeti, ışın**

The lighthouse has strong **beams**.
(Fenerin kuvvetli ışınları var.)

bean */bi:n/ n* **fasülye**

I like green **beans** very much.
(Yeşil fasülyeyi çok severim.)

B

bear */beı(r)/ n* **ayı**

A young **bear** is called a **bear cub**.
(Küçük ayıya ayı yavrusu denir.)

beard */bııd/ n* **sakal**

He has got a short white **beard**.
(Onun kısa beyaz sakalı var.)

beat */bi:t/ v* **dövmek**

They **beat** the young man badly with thick sticks.
(Genç adamı kalın sopalarla kötü dövdüler.)

beat2 **aynı sesi tekrarlamak, atmak**

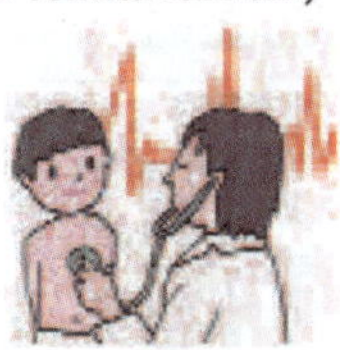

His heart is **beating** fast.
(Kalbi hızlı atıyor.)

beat the drum
davul çalmak

He's **beating the drum**.
(Davul çalıyor.)

beautiful */'byu:tıfl/ adj*
güzel

Arzu is a very **beautiful** girl.
(Arzu çok güzel bir kızdır.)

beautiful2 **hoş, güzel**

It's a **beautiful** day.
(Güzel bir gün.)

beauty
/'byu:ti/ n **güzellik**

become */bi'kam/ v* (became-become)
olmak

Sally **became** a doctor.
(Sally doktor oldu.)

bed */bed/ n* **yatak**

There is a double **bed** in this rooom.
(Bu odada iki kişilik bir yatak var.)

go to bed **yatmak**
I **go to bed** early.
(Erken yatarım.)

bedroom */'bedru:m/ n* **yatak odası**

My **bedroom** is untidy.
(Yatak odam dağınık.)

bee */bi:/ n* **arı**

A **bee** stung my arm and it swelled up.
(Bir arı kolumu soktu ve kolum şişti.)

beef */bi:f/ n* **dana eti**

There's roast **beef** for the main course.
(Ana yemek olarak fırında dana eti var.

beef steak */bi:f steyk/ n* **biftek**

beer */biı(r)/ n* **bira**

German people like dark **beer**.
(Alman halkı esmer bira sever.)

beetle */'bi:tl/ n* **böcek**

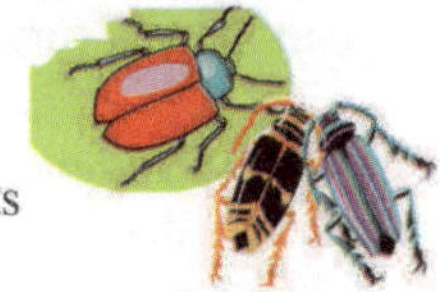

Beetles appear when it gets warm.
(Böcekler hava ısınınca ortaya çıkar.)

beg */beg/ v* **yalvarmak, yardım veya şans istemek**

He **begged** his wife for another chance.
(Bir şans daha vermesi için karısına yalvardı.)

beg² */beg/ v* **dilenmek**

Somc homeless people **beg** in the street. *(Bazı evsiz insanlar sokakta dilenirler.)*

beggar */begı(r)/ n* **dilenci**

begin */bi'gin/ v* **başlamak**

The new year will **begin** on Jan. 1st.
(Yeni Yıl bir Ocakta başlayacak.)

behind */bi'haynd/ pr, adv* **arkasında, gerisinde**

The bride is hiding **behind** the door.
(Gelin kapının arkasında saklanıyor.)

believe */bi'li:v/ v* **inanmak**

People **believe** in life after death.
(İnsanlar ölümden sonra hayata inanırlar.)

bell */bel/ n* **zil, çan**

I rang the **bell** but nobody answered.
(Zili çaldım ama kimse cevaplamadı.)

below */bi'lıu/ pr, adv* **aşağısında, altında**

The sailboat is **below** the bridge.
(Yelkenli köprünün altında.)
The temperature is **below** zero.
(Isı sıfırın altında.)

belt */belt/ n* **kemer**

Fasten your seat **belt**, please.
(Lütfen emniyet kemerinizi bağlayınız.)

bench */benç/ n* **bank**

There is a new **bench** in the garden.
(Bahçede yeni bir bank var.)

bend */bend/ v* (bent-bent) **öne doğru eğilmek**

She **bent** down and painted a piece of paper.
(Aşağı eğildi ve bir kağıdı boyadı.)

benefit */ben'ifit/ n* **kar, yarar, fayda**

I'll do it for your **benefit**.
(Bunu senin yararın için yapacağım.)

benefit *v* **fayda sağlamak**

beret */beret/ n* **bere**

Mary wears a brightly coloured **beret**.
(Mary parlak renkli bir bere takar.)

beside */bi'sayd/ pr* **yanında**

The briefcase is **beside** her feet.
(Çanta onun ayaklarının yanında.)

between */bi'twi:n/ pr* **arasında**

There is a welcome banner **between** the trees.
(Ağaçların arasında bir hoş geldiniz afişi var.)

bicycle / bike */'baysikl/ n* **bisiklet**

Ayşe has a new **bicycle**.
(Ayşe'nin yeni bir bisikleti var.)

big */big/ adj* **büyük**

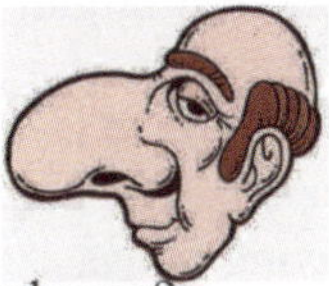

He has got a very **big** nose.
(Çok büyük bir burnu var.)
How **big** is your house?
(Eviniz ne kadar büyük?)

great big **çok büyük**

bill */bil/ n* **hesap, fatura**

The waiter is giving him the **bill** for the coffee.
(Garson ona kahvenin hesabını veriyor.)

billiards */'biliıdz/ n* **bilardo**

I can play **billiards**.
(Bilardo oynayabilirim.)

bin */bin/ n* **çöp kutusu**

Please throw the empty cans and bottles in the **bin**.
(Lütfen boş kutu ve şişeleri çöp kutusuna atınız.)

B

biologist */bay'olıciist/ n* **biyoloji bilgini**

A **biologist** is a person who studies living things.
(Biyoloji bilgini canlıları çalışan kişidir.)

biology */bay'olıci/ n* **biyoloji**

bird */bö:d/ n* **kuş**

Female **birds** lay eggs.
(Dişi kuşlar yumurtlar.)

birth */bö:th/ n* **doğum**

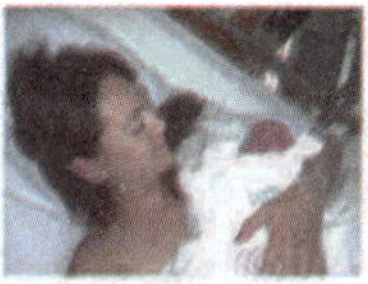

What's your date of **birth**?
(Senin doğum tarihin ne?)

birthday */bö:thdey/ n* **doğum günü**

Tommy is having a **birthday** party.
(Tommy bir doğum günü partisi veriyor.)

biscuit */'biskit/ n* **bisküvi**

A couple of **biscuits** go well with a cup of tea.
(Bir çift bisküvi bir fincan çay ile iyi gider.)

bite */bayt/ v* (bit -bitten) **ısırmak**

He **bit** into the apple with his teeth. *(Dişleri ile elmayı ısırdı.)*

bitter */'bitı(r)/ adj* **acı, keskin**

The pepper is very **bitter**.
(Biber çok acı.)

black */blæk/ adj, n* **siyah, kara**

This is a **black** cat. *(Bu siyah bir kedidir.)*

He was dressed in **black**.
(Siyah giyinmişti.)

blackboard */blæk bo:d/ n* **kara tahta, tahta**

The **black-board** is clean. *(Tahta temiz.)*

blank paper */blængk peypı(r)/ n* **boş kağıt**

She has a **blank paper** in front of her. *(Önünde boş bir kağıt var.)*

blanket */'blængkıt/ n* **battaniye**

It's cold so I'll need a **blanket** tonight. *(Hava soğuk bu yüzden bu gece bir battaniyeye ihtiyacım var.)*

blazer */'bleyzı/ n* **spor ceket**

He's wearing a brown **blazer**. *(Kahverengi bir spor ceket giyiyor.)*

bleed */bli:d/ v* **kanamak**

His nose was **bleeding** badly. *(Burnu kötü kanıyordu.)*

blind */blaynd/ n* **kör, ama**

I helped a **blind** man across the street this morn-ing. *(Bu sabah kör bir adamın yolu geçmesine yardım ettim.)*

blink */blink/ v* **göz kırpmak, yanıp sönmek**

She **blinked** me during the party. *(Partide bana göz kırptı.)*

block */blok/ n* **büyük taş kütlesi**

He's trying to lift a big **block** of rock. *(Büyük bir kaya parçasını kaldırmaya çalışıyor.)*

block

block² **dev bina, bitişik binalar dizisi**

They are building new office **blocks**. *(Yeni ofis binaları yapıyorlar.)*

block */blok/ v* **kapamak, mani olmak**

They **blocked** the ball successfully. *(Topu başarılı bir şekilde bloke ettiler.)*

blond / blonde */blond/ adj* **sarı**

She's got **blonde** hair. *(Sarı saçları var.)*

blonde **sarışın**

She's **blonde**. *(O sarışındır.)*

blood */blad/ n* **kan**

After the accident he lost a lot of **blood**. *(Kazadan sonra çok kan kaybetti.)*

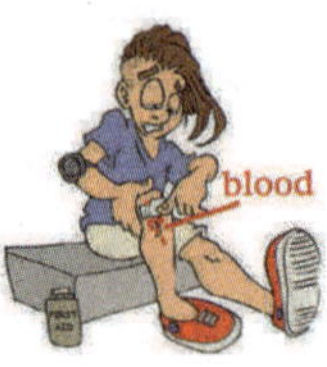

blood brother

kan kardeş

bloom */blu:m/ v* **çiçek açmak**

When the spring comes, the plants **bloom**. *(Bahar gelince bitkiler çiçek açar.)*

blossom */'blasım/ n* **çiçek**

blouse */blauz/ n* **bluz**

She is wearing a blue **blouse**. *(Mavi bluz giyiyor.)*

blow */blıu/ v* (blew-blown) **esmek, üflemek**

The wind is **blowing**. *(Rüzgar esiyor.)*

She's **blowing** kisses. *(Öpücük gönderiyor.)*

blow whistle */'blıu wisl/ v* **düdük çalmak**

The referee is **blowing his whistle**. *(Hakem düdük çalıyor.)*

blue */blu:/ adj* **mavi**

She wore a **blue** dress at the party. *(Partide mavi bir elbise giydi.)*

blue (n) She is dressed in **blue**. *(Mavi giyindi.)*

blush */blaş/ v* **yüzü kızarmak, utanmak**

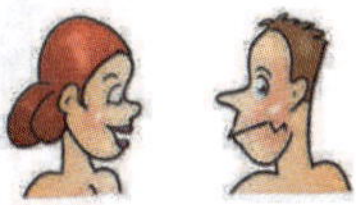

Jack **blushed** when Jane looked at her. *(Jane ona bakınca Jack'in yüzü kızardı.)*

boa */bıuı/ n* **boa yılanı**
boa constrictor

There is a **boa** at the zoo. *(Hayvanat bahçesinde bir boa yılanı var.)*

board */bo:d/ n* **tahta**

He nailed a **board** across the broken window. *(Kırık pencereye boydan boya bir tahta çaktı.)*

board[2] **tahta, pano, sehpa**

a chess **board**, an ironing **board**, a notice **board**, a surf **board**

Don't leave the iron on the ironing **board**. *(Ütüyü ütü sehpasının üzerinde bırakma.)*

board (v) **gemiye, uçağa, trene vs. binmek**

The passengers are **boarding** the ship now. *(Yolcular şimdi gemiye biniyorlar.)*

boat */bıut/ n* **deniz motoru, kayık, tekne**

We hired a **boat** and went fishing last Sunday. *(Geçen Pazar bir tekne kiralayıp balığa çıktık.)*

body */badi/ n* **vücut, gövde**

He has got a healthy **body**. *(Sağlıklı bir vücudu var.)*

B

boil /boyl/ v **kaynamak, kaynatmak**

The water **boils** at 100 degrees C.
(Su yüz derecede kaynar.)
I **boiled** the eggs.
(Yumurtaları suda kaynattım.)

bold /bıuld/ adj **cesur**

He's a very **bold** child.
(Çok cesur bir çocuk.)

bolt /bıult/ n **civata**

I need a **bolt** and a nut.
(Bir civata ve somuna ihtiyacım var.)

bomb /bom/ n **bomba**

Six **bombs** exploded in the city centre last night.
(Dün gece şehir merkezinde altı bomba patladı.)

bone /bıun/ n **kemik**

Dogs like to eat **bones**.
(Köpekler kemik yemeyi sever.)

book /buk/ n **kitap**

I like reading **books**.
(Kitap okumasını severim.)

book /buk/ v **yer ayırtmak**

I'll **book** a ticket to London for the first of May.
(Bir Mayıs için Londraya bir bilet ayırttıracağım.)

bookcase /'buk keys/ n **kitaplık**

I have many books in my **bookcase**.
(Kitaplığımda çok kitabım var.)

booking cler/*buking klö: k*/ *n* **gişe memuru**

Helen is a **booking clerk** at the bus station.
(Helen otobüs terminalinde gişe memurudur.)

booking office **bilet gişesi**

booklet /*'buklit*/ *n* **broşür, kitapçık**

He has a **booklet** in his hands.
(Elinde bir broşür var.)

bookseller /*buk selı*/ *n* **kitap satıcısı**

bookshop/bookstore **kitapçı**

There are good **bookshops** in this street.
(Bu sokakta iyi kitapçılar var.)

boom /*bu:m*/ *v* **patlamak**

We heard the bomb **booming** in the distance.
(Uzakta bir bomba patlaması duyduk.)

boot /*bu:t*/ *n* **çizme, bot**

I usually wear **boots** in winter.
(Kışın genellikle çizme giyerim.)

bored /*bo:d*/ *adj* **canı sıkkın**

Carl is very **bored** these days.
(Carl'ın bugünlerde canı çok sıkkın.)

boring /*'bo:ring*/ *adj* **sıkıcı**

He has a **boring** job.
(Sıkıcı bir işi var.)

born /*bo:n*/ *adj* **doğmak, dünyaya gelmek**

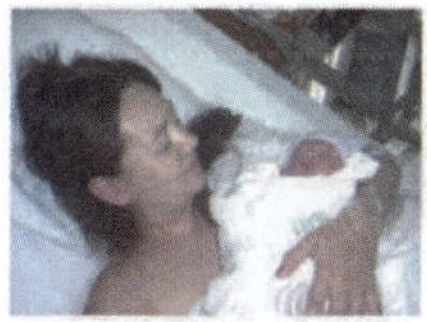

I was **born** in Samsun.
(Ben Samsun'da doğdum.)

borrow /*'barıu*/ *v* **ödünç almak**

Can I **borrow** the keys to your car?
(Arabanın anahtarlarını ödünç alabilir miyim?)

boss */bos/ n* **patron**

The **boss** asked us to work harder. *(Patron daha sıkı çalışmamızı istedi.)*

both */bıuth/ adj, p, adv* **her iki/ikisi**

Please, look at **both** sides before you cross a street. *(Lütfen caddeyi geçmeden her iki tarafa da bak.)*

bottle */'botl/ n* **şişe**

I drink a **bottle** of milk every day. *(Hergün bir şişe süt içerim.)*

bottom */'botım/ n* **alt, dip**

The ship is lying at the **bottom** of the sea. *(Gemi denizin dibinde yatıyor.)*

bounce */bauns/ v* **zıplatmak, zıplamak**

He's **bouncing** the basketball across the floor. *(Yerde basketbol topunu zıplatıyor.)*

bow */bau/ v* **saygıyla eğilerek selamlamak**

In Far East countries people **bow** each other. *(Uzak doğu ülkelerinde insanlar birbirlerini eğilerek selamlarlar.)*

bow */bıu/ n* **yay, kavis**

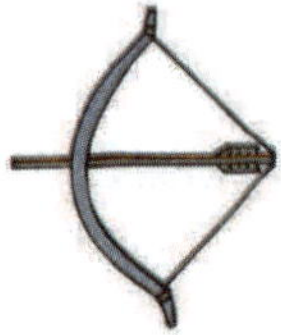

He broke his **bow** while trying to send an arrow. *(Ok fırlatırken yayını kırdı.)*

bow2 **fiyonk**

She had a red ribbon in her hair tied in a **bow**.

(Saçında fiyonk bağlanmış bir kurdela var.)

bow tie **papyon kravat**

bowl */bıul/ n* **kase**

I ate a **bowl** of salad. *(Bir kase salata yedim.)*

bowling */'bıuling/ n* **bovling oyunu**

Bob is good at **bowling**. *(Bob bovlingde iyidir.)*

bowling ball */'bıuling bo:l/ n* **bovling topu**

box */baks/ n* **kutu**

He ate a **box** of chocolate all by himself. *(Bir kutu çikolatanın hepsini tek başına yedi.)*

box */baks/ v* **dövüşmek, boks**

He must **box** well to win the fight. *(Dövüşü kazanmak için iyi dövüşmeli.)*

boxer */baksı(r)/ n* **boksör, dövüşçü**

boy */boy/ n* **erkek çocuk**

He's a good **boy**. *(O iyi bir çocuk.)* Their little **boy** is so naughty. *(Onların küçük oğulları oldukça yaramaz.)*

the boys **çocuklar, arkadaşlar**

boyfriend */'boyfrend/ n* **erkek arkadaş**

She's given a present to her **boyfriend**. *(Erkek arkadaşına bir hediye verdi.)*

bracelet */'breyslıt/ n* **bilezik**

Sally lost her gold **bracelet** at the party. *(Sally altın bileziğini partide kaybetti.)*

brackets */'brækits/ n* **parantez**

Change the verbs in **brackets** to the correct tense. *(Parantez içindeki fiilleri doğru zamana çeviriniz.)*

B

brain */breyn/ n* **beyin**

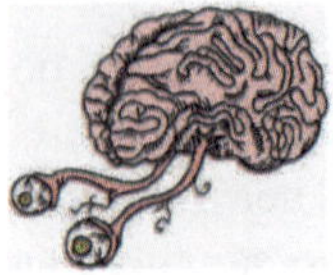

The illness had affected his **brain**.
(Hastalık onun beynini etkiledi.)

brake */breyk/ n* **fren 2. fren yapmak**

The **brakes** work well.
(Frenler iyi çalışıyor.)
I **braked** suddenly when I saw the child.
(Çocuğu görünce birden fren yaptım.)

branch */branç/ n* **dal, şube**

There are blossoms on the **branches**.
(Dalların üzerinde çiçekler var.)

brave */breyv/ adj* **cesur**

He is a **brave** young Indian.
(O, cesur bir Hintli gençtir.)

bread */bred/ n* **ekmek**

We have three loaves of **bread**.
(Üç somun ekmeğimiz var .)

break */breyk/ v* (broke, broken) **kırmak**

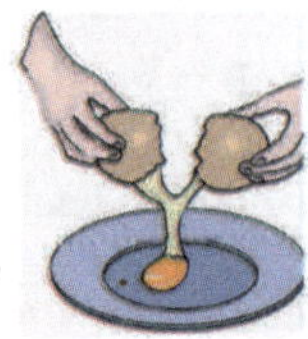

She **broke** an egg and fried it for her breakfast.
(Bir yumurta kırıp kahvaltı için yağda pişirdi.)

break */breyk/ n* **mola**

I'm very tired. Let's have a ten minutes' **break**.
(Çok yorgunum. Haydi beş dakikalık bir mola verelim.)

break down */'breyk daun/ v* **bozulmak**

The car **breaks down** very often.
(Araba sık sık bozuluyor.)

B

break out /'breyk aut/ v
kaçmak

A prisoner **broke out** from jail last night.
(Dün gece bir mahkum hapishaneden kaçtı.)

breakfast /brekfıst/ n
kahvaltı

I ate eggs and toast for **breakfast** this morning.
(Bu sabah kahvaltıda tost ve yumurta yedim.)

breast /brest/ n **göğüs**

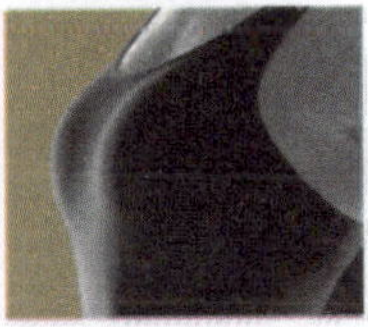

I have a pain in my **breast**.
(Göğsümde bir ağrı var.)

breath /breth/ n **nefes**

Take a deep **breath**.
(Derin bir nefes al.)

breathe /bri:d/ **nefes almak**
Fishes **breathe** in the water.
(Balıklar suda nefes alır.)

breathless /'brethlıs/ adj
nefes nefese

He was **breathless** after playing golf.
(Golf oynadıktan sonra nefes nefeseydi.)

bribe /brayb/ n **rüşvet**

He **bribed** him for his help.
(Yardımı için ona rüşvet verdi.)

brick /brik/ n **tuğla**

There's a **brick** wall around the garden.
(Bahçenin etrafında tuğla bir duvar var.)

bricklayer /'brikleyı(r)/ n
tuğla ustası

bride /brayd/ n **gelin**

The **bride** came wearing a white dress.
(Gelin beyaz gelinliği içinde geldi.)

bridegroom */'braydgru:m/ n* **damat**

The **bridegroom** looks very happy. *(Damat çok mutlu görünüyor.)*

bridesmaid */'braydzmeyd/ n* **nedime**

Susan and Helen were Mary's **brides-maids** at the wedding. *(Nikahta Susan ve Helen Mary'nin nedimeleriydi.)*

bridge */bric/ n* **köprü, 2 briç oyunu**

He's walking over the **bridge** now. *(Şimdi köprünün üzerinde yürüyor.)*

briefcase */'bri:fkeys/ n* **evrak çantası**

I've left my **brief-case** in the car. *(Evrak çantamı arabada unuttum.)*

bright */brayt/ adj* **parlak**

There was a **bright** star in the night sky. *(Gece gök-yüzünde parlak bir yıldız vardı.)*

brilliant */'brilıınt/ adj* **parlak, şahane**

Mike is a **brilliant** student. *(Mike parlak bir öğrencidir.)*
She has a **brilliant** coloured diamond. *(Şahane bir elmas yüzüğü var.)*

bring */ bring/ v* **getirmek** (brought, brought)

Jack **brought** home fish for dinner. *(Jack eve akşam yemeği için balık getirdi.)*

broadcast */'bro:dca:st/ v* **yayın yapmak**

CNN **broadcasts** the news every hour. *(CNN her saat haberleri yayınlar.)*

broil */broyl/ v* **ızgara yapmak**

He **broiled** chicken for the picnic.
(Piknik için tavuk ızgara yaptı.)

broke */brıuk/ adj*
beş parasız,züğürt

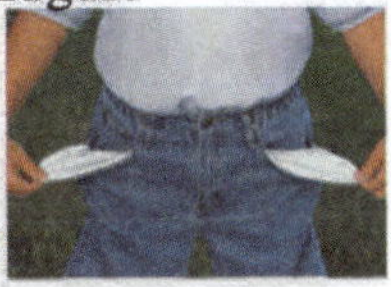

I'm completely **broke** today.

(Bugün tamamen züğürtüm.)
go broke **beş parasız kalmak**

broken */'brıukın/ adj* **bozuk, kırık**

The car is **broken**. *(Araba bozuk.)*

The bone is **broken** into two.
(Kemik ikiye kırılmış.)

broom */bru:m/ n* **süpürge**

I'll sweep the rubbish on the floor with a **broom**.
(Bir süpürge ile yerdeki çöpü süpüreceğim.)

brother */'bradı(r)/ n* **erkek kardeş**

Helen goes to school with his older **brother**.
(Helen okula ağabeyi ile beraber gider.)

brow */brau/ n* **kaş**

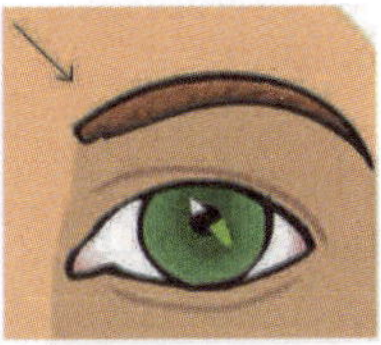

She has thin **brows**.
(İnce kaşları var.)

brown */braun/ adj*
kahverengi

I have **brown** eyes.
(Kahverengi gözlerim var.)
He was worn in **brown**.
(Kahverengi giyinmişti)

brush */braş/ n* **fırça**

I need a **brush** to paint the cupboard.
(Dolabı boyamak için bir fırçaya ihtiyacım var.)

B

brush one's hair
brush one's hair
saçını fırça ile taramak

I **brush my hair** every morning.
(Her sabah saçımı fırça ile tararım.)

bubble */'babl/ n* **baloncuk, 2. konuşma balonu**

I like blowing **bubbles**.
(Baloncuk üflemeyi severim.)

bucket */'bakit/ n* **kova**

We have a **bucket** and spade.
(Bir kova ve küreğimiz var.)

buffet */'bufey/ n* **büfe**

You can get some food from the **buffet**.
(Büfeden biraz yiyecek alabilirsin.)

build */bild/ v* **inşa etmek**

He **built** a small cottage in his garden.
(Bahçesine küçük bir kulübe inşa etti.)

builder **inşaatçı**

building */'bilding/ n* **bina**

This is a three storey **building**.
(Bu üç katlı bir binadır.)

bulb */balb/ n* **ampül, çiçek soğanı**

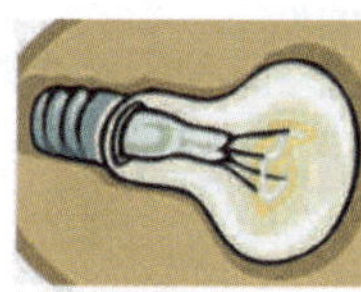

I'll change the **bulb**.
(Ampülü değiştireceğim.) a tulip **bulb: lale soğanı**

bull */bul/ n* **boğa**

Bull fighting is very popular in Spain.
(İspanya'da boğa güreşi çok popülerdir.)

bullfighter **matador**

bulldozer /'bıldıuzı(r)/ *n* **buldozer**

The **bulldozers** trying to make the road flat. *(Buldozerler yolu düzeltmeye çalışıyorlar.)*

bullet /'bulit/ *n* **mermi, kurşun**

A **bullet** hit him in the head and he died. *(Bir mermi kafasına isabet etti ve o öldü.)*

bump /bamp/ *v* **çarpmak**

A lorry **bumped** my car on the way home. *(Eve giderken bir kamyon arabama çarptı.)*

bumper /'bampı/ *n* **tampon**

bun /ban/ *n* **çörek**

I bought some **buns** for you. *(Senin için birkaç çörek aldım.)*

bunch /banç/ *n* **salkım**

I'll buy a **bunch** of bananas. *(Bir salkım muz alacağım.)*

bungalow /'banggılıu/ *n* **kır evi**

We have a **bungalow** in the country. *(Şehir dışında bir kır evimiz var.)*

bunk /bank/ *n* **ranza**

Suzy slept on the top **bunk** and Jane below.

(Suzy üst Jane alt ranzada uyudu.)

burglar /'bö:glı(r)/ **ev soyan hırsız**

A **burglar** stole valuable things from our flat last night. *(Bir hırsız dün gece evimizden değerli şeyler çaldı.)*

burglary **ev soygunu**

burn */bö:n/ n* (burned/burnt-burned/burnt) **yanmak, alev almak**

The car started to **burn** after the crash.
(Araba çarpmadan sonra yanmaya başladı.)

burn² **yakmak**

The sun **burnt** my back badly.
(Güneş sırtımı kötü yaktı.)

burst */bö:st/ v* **patlamak** (burst-burst)

The bottle **burst** when it was opened.
(Şişe açıldığında patladı.)

bury */'beri/ v* **gömmek** (buried-buried)

He **buried** his friend in the sand.
(Arkadaşını kuma gömdü.)

bus */bas/ n* **otobüs**

I go to work by **bus**.
(İşe otobüsle giderim.)

bus-driver **otobüs sürücüsü**

bus-stop */'bas stop/ n* **otobüs durağı**

I waited at the **bus-stop** for a long time.
(Otobüs durağında uzun süre bekledim.)

bush */buş/ n* **çalı**

He hid behind the **bushes**.
(Çalıların arkasına saklandı.)

business */'biznıs/ n* **iş, alışveriş**

Carol went into **business** after she left school.
(Carol okuldan ayrıldıktan sonra iş hayatına atıldı.)

business card */'biznıs ka:d/ n* **kartvizit**

Here is my **business card**. *(İşte benim kartvizitim.)*

businessman */'biznısmın/ n* **işadamı**

My father is a **businessman**. *(Babam işadamıdır.)*

businesswoman */'biznıswumın/ n* **işkadını**

Mary is a successful **businesswoman**.

busy */'bizi/ adj* **meşgul, yoğun**

He is very **busy** today. *(Bugün çok meşgul.)*

butcher */'buçı(r)/ n* **kasap**

Helen's father is a **butcher**. *(Helen'ın babası bir kasaptır.)*

butcher's */'buçız/ n* **kasap dükkanı**

butter */'batı(r)/ n* **tereyağ**

Spread some **butter** on your bread. *(Ekmeğine biraz tereyağ sür.)*

butterfly */'batıflay/ n* **kelebek**

Some **butterflies** are flying over the grass. *(Otların üzerinde birkaç kelebek uçuyor.)*

button */'batn/ n* **düğme, düğmelemek**

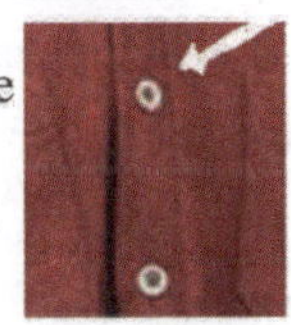

My shirt has white **buttons**. *(Gömleğimin beyaz düğmeleri var.)*
He **buttoned** his jacket. *(Ceketini düğmeledi.)*

button2 **düğme, buton**

Press on the red **button** to start the machine. *(Makineyi çalıştırmak için kırmızı düğmeye bas.)*

buy */bay/ v* (bought-bought) **satın almak**

She **bought** a loaf of bread at **the baker's**.
(Fırından bir somun ekmek satın aldı.)

by */bay/ pr* **yanında, kenarında, yanından**

There are lovely houses **by** the river.
(Irmağın kenarında güzel evler var.)

by2 **tarafından, ile**

The telephone was invented **by** Graham Bell. *(Telefon Graham Bell tarafından icat edildi.)*

Jennifer goes to school **by** schoolbus.
(Jennifer okula okul otobüsü ile gider.)

bye */bay/ int* **allahaısmarladık, hoşçakal goodbye**:

Bye Jane, see you next year.
(Hoşçakal Jane, seneye görüşürüz.)

c */si/ n* **c harfi**

C comes after B and before D.
("C" B'den sonra ve D'den önce gelir.)
Celsius'un kısa şeklidir.

cabbage */'kæbic/ n* **lahana**

I like stuffed **cabbage** very much.
(Lahana dolmasını çok severim.)

cabinet */'kæbinıt/ n* **dolap**

I keep the CD's in the brown **cabinet**.
(CD leri kahverengi dolapta tutarım.)

cable */'keybıl/ n* **kablo**

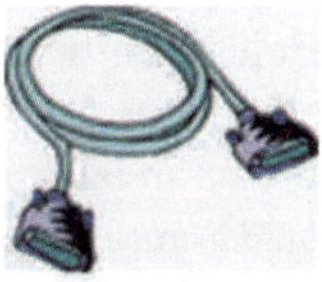

The computer is not working. Did you try plugging in the **cable**?
(Bilgisayar çalışmıyor. Kabloyu takmayı denedin mi?)

cafe /kæfey/ n **kafe**

We usually go to a **cafe** to drink something after work.
(Genellikle işten sonra birşey içmek için bir kafeye gideriz.)

cafeteria /kæ'fıtıırii/ n
kafeterya

Dave eats in the school **cafeteria**. *(Dave okul kafeteryasında yemek yer.)*

cage /keyc/ n **kafes**

I keep my canary in a **cage**.
(Kanaryamı bir kafeste tutarım.)

cake /keyk/ n **pasta**

This is my birthday **cake**.
(Bu benim doğum günü pastam.)
My mother makes delicious **cakes**.
(Annem lezzetli pastalar yapar.)

calculate /'kælkyuleyt/ v
hesaplamak

I **calculated** the expenses for this month.
(Bu ay için harcamaları hesapladım.)

calculator /'kælkyuleytı(r)/ n
hesap makinesi

I need a **calculator** to calculate this.
(Bunu hesaplamak için bir hesap makinesine ihtiyacım var.)

calendar /'kælındı(r)/ n
takvim

Calendars show us what day we are on. *(Takvimler bize hangi günde olduğumuzu gösterir.)*

call /ko:l/ v **seslenmek, çağırmak**(n) **bağırma**

He **called** for his dog.
(Köpeğine seslendi.)

C

call /ko:l/ *n* **telefonla arama, telefon etmek**

I **called** Jane last night but she didn't answer.
(Dün gece Jane'e telefon ettim ama cevaplamadı.)

calm /ka:m/ *adj* **sakin, soğukkanlı**

The sea was **calm** at sunset.
(Güneş batımında deniz sakindi.)

camel /'kæml/ *n* **deve**

People travel on **camels** in the desert.
(Çölde insanlar deve üstünde seyahat ederler.)

camera /'kæmırı/ *n* **kamera**

You don't need a film for digital **cameras**.
(Dijital kameralar için filme gereksinimin yok.)

cameraman /'kæmırı mæn/ *n* **kameraman**

Mike is a successful **cameraman**.
(Mike başarılı bir kameramandır.)

camp /kæmp/ *n* **kamp**

He's spending a month at a **camp** every summer.
(Her yıl kampta bir ay geçirir.)

can /kın/ /kæn/ *modal v* **... ebilmek**

Jim **can** play the guitar.
(Jim gitar çalabilir.)
Can you swim?
(Yüzebilir misin?)

can /kæn/ *n* **teneke kutu**

Please open a **can** of peas.
(Lütfen bir bezelye kutusu aç.)
We've got three **cans** of peas.
(Üç kutu bezelyemiz var.)

can opener /kæn ıupını(r)/ *n* **konserve açacağı**

Have you got a **can opener**?
(Bir konserve açacağınız var mı?)

canal /kı'næl/ *n* **kanal**

The **canal** brings water to the city.
(Kanal şehre su getirir.)

cancel /'kænsl/ *v* **iptal etmek**

They **cancelled** the **picnic** because of the rain. *(Yağmur yüzünden pikniği iptal ettiler.)*

candle /'kændl/ *n* **mum**

We need some **candles.**
(Birkaç muma ihtiyacımız var.)

canoe /kı'nu/ *n* **kano**

He crossed the river in his **canoe.**
(Nehri kanosuyla geçti.) He has a very light and fast **canoe.**
(Hafif ve hızlı bir kanosu var.)

cap /kæp/ *n* **kep, şapka**

I wear a **cap** when it is sunny.
(Hava güneşli olunca kep takarım.)

capacity /kı'pæsıtı/ *n* **kapasite**

This truck has the **capacity** for 10 tons.
(Bu kamyonun kapasitesi on tondur.)

capital /'kæpitl/ *n* **başkent**

Washington D.C is the **capital** of the USA.
(Washington D.C Amerikanın başkentidir.)
Ankara is the **capital** of Turkey.
(Ankara Türkiyenin başkentidir.)

capital letter */'kæpitl letı/ n* **büyük harf**

You start a sentence with a **capital letter**. *(Cümleye büyük harfle başlarsınız.)*

captain */'kæptn/ n* **kaptan**

The **captain** steered the ship safely. *(Kaptan gemiyi güvenli bir şekilde sürdü.)*

captivity */'kæptivıti/ n* **esaret**

He was in **captivity** for thirty years. *(Otuz yıl esaret altındaydı.)*

capture */'kæpçı(r)/ v* **kapmak**

A giant bird **captured** the little boy. *(Kocaman bir kuş küçük çocuğu kaptı.)*

car */ka:(r)/ n* **araba**

Helen has a nice **car.** *(Helen'ın güzel bir arabası var.)*

car park */ca: pa:k/ n* **otopark**

My car is in the **car park** now. *(Arabam şimdi otoparkta.)*

card */ka:d/ n* **kart, sert kağıt, kartpostal**

We used to send Christmas **cards**. *(Eskiden yılbaşı kartları gönderirdik.)*

pack of cards **bir deste kağıt**

care */keı(r)/ v* **bakmak, dikkat etmek, göz kulak olmak**

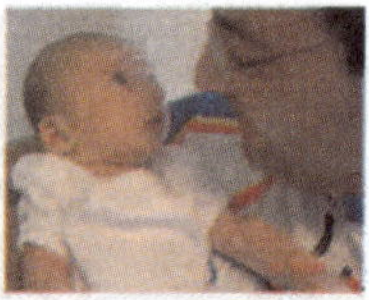

Bob **cares** his son very much. *(Bob çocuğuna çok dikkat eder.)*

careful */'keıfl/ adj* **dikkatli**

Be **careful**! There is a hole in front of you.
(Dikkatli ol! Önünde bir çukur var.)

careless */'keılıs/ adj* **dikkatsiz**

carpenter */'ka:pıntı(r)/ n* **marangoz**

I'll call a **car-penter** to fix the bathroom cabinet.
(Banyo dolabını tamir için bir marangoz çağıracağım.)

carpet */'ka:pit/ n* **halı**

It's a beautiful **carpet**. *(Güzel bir halı.)*

carpet dealer **halıcı**

carrot */'kærıt/ n* **havuç**

Rabbits like eat-ing **carrots** very much.
(Tavşanlar havuç yemesini çok severler.)

carry */'kæri/ v* **taşımak**

They are **carrying** a marble statue.
(Mermer bir heykel taşıyorlar.)

cart */ka:t/ n* **at arabası**

You can still see **carts** in the city centre.
(Hala şehir merkezinde at ara-baları görebilirsiniz.)

carton */'ka:tn/ n* **karton kutu**

I drink a **carton** of milk every day.
(Her gün bir kutu süt içerim.)

cartoon */ka:'tu:n/ n* **çizgi resim, çizgi film**

My sons like watching **cartoons** very much.
(Oğullarım çizgi film seyretmesini çok sever.)

carve */ka:vd/ v* **parça parça etmek**

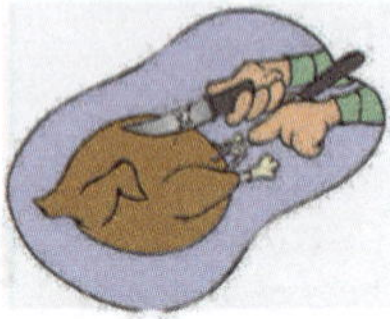

She **carved** the chicken and served it with rice.
(Tavuğu parçaladı ve ***pilav ile servis yaptı****.)*

case */keys/ n* **çanta, kap**

I've put the films in the camera **case**.
(Filmleri fotoğraf makinası çantasına koydum.)

case2 **(mahkemede) dava**

cashier */'kæşiı(r)/ n* **kasiyer**

The **cashier** is counting the money.
(Kasiyer parayı sayıyor.)

cassette */kı'set/ n* **kaset**

I will play the new **cassette**.
(Yeni kaseti oynatacağım.)
I have a new **cassette**.
(Yeni bir kasetim var.)

cassette recorder */ n* **kasetçalar, teyp**

This is an old type of **cassette recorder**.
(Bu eski tip bir kasetçalardır.)

castle */'ka:sl/ n* **kale**

There is a fantastic **castle** in Amasya.
(Amasya'da şahane bir kale var.)

cat */kæt/ n* **kedi**

Our next door neighbour has eight **cats**.
(Bitişik komşumuzun sekiz kedisi var.)

catch */kæç/ v* **yakalamak**
(caught, caught)

He **caught** the ball successfully.
(Başarılı bir şekilde topu yakaladı.)

cattle */'kætl/ n* **sığır**

They have a **cattle** farm. *(Onların sığır çiftlikleri var.)*

cave */keyv/ n* **mağara**

Bears live in **caves**. *(Ayılar mağaralarda yaşar.)*

ceiling */'si:ling/ n* **tavan**

There is a nice figure on the **ceiling**. *(Tavanda güzel bir şekil var.)*

celebrate */'selıbreyt/ v* **kutlamak**

They are **celebrating** their 25th anniversary of marriage. *(25. evlilik yıldönümlerini kutluyorlar.)*

cement */sı'ment/ n* **çimento**

We need 10 bags of **cement** to finish the wall. *(Bu duvarı bitirmek için 10 torba çimentoya ihtiyacımız var.)*

cemetery */'semıtri/ n* **mezarlık**

He often goes to the **cemetery** to visit his father's grave. *(Sıksık babasının mezarını ziyaret etmek için mezarlığa gider.)*

cent */sent/ n* **sent**

(en küçük Amerikan para birimi)
100 **cents** is a dollar. *(100 sent bir dolardır.)*

central heating */sentrıl 'hi:ting/ n* **kalorifer**

My flat has **central heating**. *(Dairemde kalorifer var.)*

centre / center */'sentı/ n* **merkez**

Taksim is the **centre** of modern Istanbul.
(Taksim modern İstanbulun merkezidir.)

ceremony */'serımıni/ n* **tören**

Everybody liked the opening **ceremony** of the Olympic Games.
(Herkes Olimpiyat Oyunlarının açılış törenini beğendi.)

certificate */sı'tifikıt/ n* **sertifika, belge**

At the end of the course I got a **certificate**.
(Kursun sonunda bir sertifika aldım.)

chain */çeyn/ n* **zincir**

She wore a gold **chain** around her neck.
(Boynuna altın bir zincir taktı.)

chair */çeı(r)/ n* **sandalye**

There are wooden **chairs** in the kitchen.
(Mutfakta ahşap sandalyeler var.)

chalk */ço:k/ n* **tebeşir**

The teacher wrote with **chalk** on the board. *(Öğretmen tahtaya tebeşirle yazdı.)*

champion */çæmpiın/ n* **şampiyon**

Bob became the 100 metre **champion** at school last year. *(Bob geçen yıl okulda 100 metre şampiyonu oldu.)*

chance */ça:ns/ n* **şans**

This is my last **chance** to pass the exam.
(Bu sınavı geçmek için son şansım.)

change /*çeync*/ *v* **değiştirmek**

He's trying to **change** the flat tyre. *(Patlak lastiği değiştirmeye çalışıyor.)*

change² **değişmek**

She **changed** a lot in the last three years. She lost a lot of weight. *(Son üç yılda çok değişti. Çok kilo verdi.)*

channel /*çænl*/ *n* **kanal**

The English **Channel** is between England and France. *(İngiliz Kanalı İngiltere ve Fransa arasındadır.)*

channel² **kanal (radyo, TV)**

Let's see what's on the first **channel**. *(Bakalım birinci kanalda ne var.)*

chapter /*'çæptı*/ *n* **kitapta bölüm**

The **chapter** was called "Getting Around". *(Bölümün adı "Dolaşmak"tı.)*

character /*'kærıktı(r)*/ *n* **karakter**

This cartoon animal is a funny **character**. *(Bu çizgi film kahramanı komik bir karakter.)*

charity /*'çærıti*/ *n* **yardım cemiyeti**

The Red Cross is an international **charity**. *(Kızılhaç uluslararası bir yardım cemiyetidir.)*

chart /*ça:t*/ *n* **tablo, grafik**

The **chart** shows sales were good in the first quarter of the year. *(Tablo yılın ilk çeyreğinde satışların iyi olduğunu gösteriyor.)*

chase */çeys/ v* **izlemek, takip etmek**

The police have been **chasing** him for a long time. *(Polis uzun zamandır onu izliyor.)*

chat */çæt/ n* **konuşmak, gevezelik yapmak**

He likes to **chat** with his friends on the phone for hours. *(Telefonda saatlerce arkadaşları ile konuşmayı sever.)*

cheap */çhi:p/ adj* **ucuz, kalitesi düşük**

This house is very **cheap**.
(Bu ev çok ucuz.)
This is a **cheap** car. *(Bu kalitesiz bir araba.)*

cheat */çi:t/ v* **aldatmak, kopya çekmek**

She **cheated** on the exam by looking at his paper. *(Onun kağıdına bakarak sınavda kopya çekti.)*

check */çek/ v* **gözden geçirmek**

Santa Claus is **checking** all the names on his list. *(Noel Baba listesindeki bütün isimleri gözden geçirdi.)*

cheek */çi:k/ n* **yanak**

He kissed his mother on the **cheek**. *(Annesini yanağından öptü.)*

cheerful */'çi:fl/ adj* **neşeli, şen**

The child looks very **cheerful** because his team won the match. *(Çocuk neşeli görünüyor çünkü takımı maçı kazandı.)*

cheese */çi:z/ n* **peynir**

Mice like **cheese** very much. *(Fareler peyniri çok sever.)*

cheeseburger */'çi:zbı:gı(r)/ n* **peynirli burger**

I prefer a **cheeseburger** to a hamburger.
(Cheeseburger'i hamburgere tercih ederim.)

chef */şef/ n* **şef, aşçı**

This restaurant has a great **chef**. His meals are wonderful.
(Bu lokantanın çok iyi bir aşçısı var. Yemekleri harika.)

chemist */'kemist/ n* **eczacı, kimyager**

Ms. White is a **chemist**. *(Bayan White bir eczacıdır.)*

chemist's **eczahane**

chemistry */'kemistri/ n* **kimya**

Özlem studied **chemistry**.
(Özlem kimya okudu.)

cheque */çek/ n* **çek**

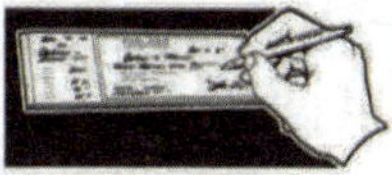

Can I pay by **cheque**?
(Çekle ödeyebilir miyim?)

cherry */'çeri/ n* **kiraz**

People mostly grow **cherries** in Amasya.
(İnsanlar çoğunlukla Amasyada kiraz yetiştirir.)
*I like **cherries** very much.*
(Kirazı çok severim.)

chess */çes/ n* **satranç**

I'm quite good at playing **chess**.
(Satranç oynamakta oldukça iyiyimdir.)

chest */çest/ n* **göğüs**

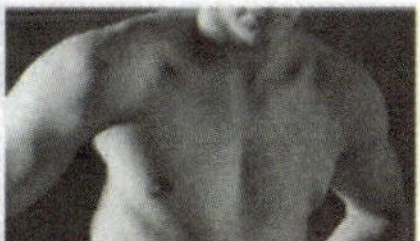

He doesn't have a tattoo on his **chest**.
(Göğsünde bir dövme yok.)

chest² **sandık**

They found a **chest** of gold while they were building that house.
(Evi inşa ederlerken bir sandık altın buldular.)

chew */çu:/ v* **çiğnemek**

He began to **chew** his pencil as he was very excited. *(Çok heyecanlı olduğu için kalemini çiğnemeye başladı.)*

chewing gum */'çu:ing gam/ n* **sakız**

I don't like **chewing gum** very much.
(Sakız çiğnemeyi pek sevmem.)

chicken */çikn/ n* **piliç**

A female **chicken** is called a hen and a male **chicken** is called a cock.
(Dişi piliçe tavuk, erkek piliçe horoz denir.)

chief */çif/ n* **şef, lider**

Sue's father is a **chief** of an Indian tribe.
(Sue'nun babası yerli bir kabilenin lideridir.)

child */çayld/ n* **çocuk** (plural **children**)

Peter is the only **child** of the Brandon family. *(Peter Brandon ailesinin tek çocuğudur.)*

chimney */'çimni/ n* **baca**

Santa Clause comes into houses through the **chimney**. *(Noel baba evlere bacadan girer.)*

chin */çin/ n* **çene**

She put her fingers on her **chin**.
(Parmaklarını çenesine koydu.)

chips /*çips*/ *n* **kızarmış patates**

I like eating **chips** while watching TV.
(Televizyon seyrederken kızarmış patates yemesini severim.)

chocolate /*'çoklıt*/ *n* **çikolata**

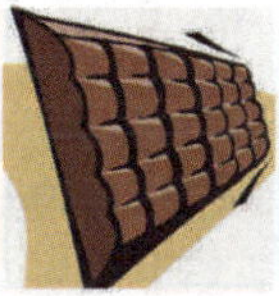

Would you like a piece of **chocolate**?
(Bir parça çikolata ister misiniz?)

choice /*çoys*/ *n* **seçim, tercih**

She must make a **choice** between the green or purple shirt. *(Mor veya yeşil gömlek arasında bir tercih yapmalı.)*

choir /*'kwayı(r)*/ *n* **koro**

Mary is a member of his school **choir**.
(Mary okul korosunun bir üyesidir.)

choose /*çu:z*/ *v* (chose-chosen) **seçmek, tercih etmek**

He **chose** the wrong card again.
(Yine yanlış kartı seçti.)

chop /*çop*/ *v* **doğramak, balta veya bıçakla yarmak**

First he **chopped** the meat.
(Önce eti doğradı.)

chop /*çop*/ *n* **pirzola**

I'll have a lamb **chop**.
(Kuzu pirzolası alacağım.)

Christian /*'krisçın*/ *n* **Hıristiyan**

Christian beliefs:
(Hıristiyan inancı.)

Christmas /*'krismıs*/ *n* **Noel**

I'll be in London during **Christmas**.
(Noelde Londrada olacağım.)
Merry **Christmas**.
(Mutlu Noeller.)

church /çö:ç/ *n* **kilise**

Many Christians go to **church** in order to worship on Sundays.
(Birçok Hıristiyan ibadet için pazarları kiliseye gider.)

cinema /'sinımı/ *n* **sinema**

Shall we go to the **cinema** tonight?
(Bu gece sinemaya gidelim mi?)

circle /'sö:kl/ *n* **daire**

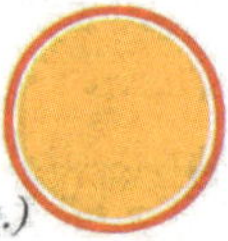

Let's form a **circle** and hold our hands.
(Haydi daire oluşturup el ele tutalım.)

circle /'sö:kl/ *v* **daire çizmek**

The plane **circled** in the sky.
(Uçak havada daire çizdi.)

circulation /'sö:kyuleyşn/ *n* **dolaşım**

Money **circulation**, blood **circulation**, water **circulation**
(Para dolaşımı, kan dolaşımı, su dolaşımı)

circus /'sö:kıs/ *n* **sirk**

The kids want to go to the **circus**.
(Çocuklar sirke gitmek istiyorlar.)

citizen /'sitizn/ *n* **vatandaş**

She became an American **citizen**.
(Amerikan vatandaşı oldu.)

city /'siti/ *n* **şehir**

Istanbul is the biggest **city** in Turkey.
(İstanbul Türkiyenin en büyük şehridir.)

civil servant /sivl'sı:vınt/ *n* **devlet memuru**

A postman is a **civil servant**.
(Postacı bir devlet memurudur.)

Do you want to be a **civil servant**? *(Devlet memuru olmak ister misin?)*

clap */klæp/ v* **el çırpmak, alkışlamak**

The people **clapped** their hands in excitement at the party. *(İnsanlar partide heyecanla el çırptılar.)*

class */kla:s/ n* **sınıf**

There are 12 girls and 14 boys in our **class**.
(Sınıfımızda 12 kız 14 erkek çocuk var.)

classroom */'kla:sru:m/ n* **derslik, dershane, sınıf**

We are in **classroom** 11 B.
(Biz 11 B sınıfındayız.)

claw */klo: / n* **pençe**

Eagles have strong **claws**.
(Kartalların kuvvetli pençeleri vardır.)

clean */kli:n/ adj* **temiz**

not dirty:

The bed linens are all very **clean**.
(Yatak takımlarının hepsi çok temiz.)

clean */kli:n/ v* **temizlemek**

Mom **cleaned** the house.
(Annem evi temizledi.)
Please **clean** your shoes.
(Lütfen ayakkabılarını temizle.)

clerk */klö:(r)k/ n* **tezgahtar, katip**

Megan is a **clerk** in a law office. *(Megan bir hukuk bürosunda katiptir.)*

clever */'klevı(r)/ adj* **akıllı, zeki**

Scientists are very **clever** people.
(Bilim adamları çok zeki insanlardır.)

C

C

cliff /klif/ *n* **uçurum**

He stood on the **cliff** and watched the sea. *(Uçurumda durdu ve denizi seyretti.)*

climb /klaym/ *v* **tırmanmak**

He **climbed** Mount Ararat last year. *(Geçen yıl Ağrı dağına tırmandı.)*

clock /klok/ *n* **duvar veya masa saati**

There is an antique **clock** on the fire place. *(Şöminenin üzerinde antika bir saat var.)*

close /klıuz/ *v* **kapamak**

Will you please **close** the door? *(Lütfen kapıyı kapar mısınız?)*
Close your eyes. *(Gözlerini kapa.)*

closed /klıuzd/ *adj* **kapalı**

The bank is **closed** from 12:00 to 13:30. *(Banka 12:00 den 13:30'a kadar kapalı.)*

clothes /klıudz/ *n* **elbiseler**

We have bought some new **clothes** today. *(Bugün birkaç yeni elbise aldık.)*

cloud /klaud/ *n* **bulut**

*There are some black **clouds** in front of the sun.* *(Güneşin önünde bazı siyah bulutlar var.)*

cloudy /'klaudi/ *adj* **bulutlu**

clown /klaun/ *n* **palyaço**

They hired a **clown** for the birthday. *(Doğum günü için palyaço kiraladılar.)*

coal */kıul/ n* **kömür**

We burn **coal** for heating but it causes pollution.
(Isınmak için kömür yakarız ama o kirliliğe neden olur.)

coast */kıust/ n* **sahil**

Samsun is a beautiful city on the Black Sea **coast**.
(Samsun Karadeniz sahilinde güzel bir şehirdir.)

coat */kıut/ n* **palto, manto**

It's cold outside. Put on your **coat**.
(Dışarıda hava soğuk. Paltonu giy.)

coffee */'kofi/ n* **kahve**

Do you like your **coffee** with milk? *(Kahveni sütlü mü seversin?)*
Can we have two cups of **coffee**?
(İki fincan kahve alabilir miyiz?)

coin */kıin/ n* **madeni para**

I have a **coin** collection.
(Bir madeni para kolleksiyonum var.)

coke */kıuk/ n* **kolalı içecek, kola**

Coca Cola, Pepsi Cola

Would you like some **coke?**
(Biraz kola almak ister misiniz?)

cold */kıuld/ adj* **soğuk**

The weather is very **cold** outside.
(Dışarıda hava çok soğuk.)

cold */kıuld/ n* **soğuk algınlığı, grip**

Cold is very common in winter.
(Soğuk algınlığı kışın çok yaygındır.)
I've got a **cold** again.
(Yine soğuk aldım.)

C

collar /'kolı(r)/ *n* **gömlek yakası**

The **collar** of the shirt is torn. Don't wear it today. *(Gömleğin yakası yıpranmş. Bugün onu giyme.)*

collect /kı'lekt/ *v* **toplamak**

He ***collected*** *the stones and placed them in the basket.* *(Taşları topladı ve sepete yerleştirdi.)*

collection /kı'lekşn/ *n* **kolleksiyon**

My father has got a butterfly **collection**. *(Babamın kelebek kolleksiyonu var.)*

college /'kolic/ *n* **yüksek okul, üniversite**

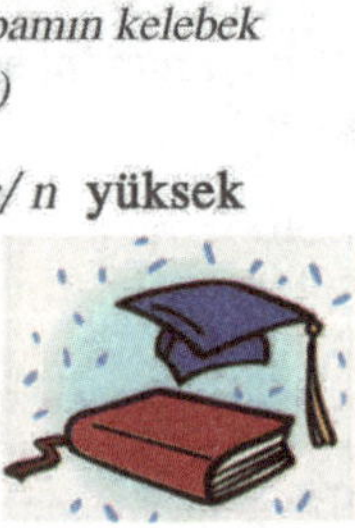

My brother is studying chemistry in **college**. *(Kardeşim yüksek okulda kimya okuyor.)*

colour /'kalı(r)/ *n* **renk**

Red is my favourite **colour**. *(Kırmızı benim favori rengimdir.)*

colourful /'kalıfl/ *adj* **renkli**

She's wearing a **colourful** dress. *(Çok renkli bir elbise giyiyor.)*
I'm having a **colourful** life in Havaii. *(Havai'de renkli bir hayat geçiriyorum.)*

column /'kalım/ *n* **sütun**

The old temple had many fine **columns**. *(Eski tapınağın birçok güzel sütunu var.)*

comb /kıum/ *n* **tarak**

This **comb** comes from my grandmother. *(Bu tarak babaannemden kalma.)*

comb */kıum/ v* **taramak**

I **comb** my hair before I go out every morning. *(Her sabah dışarı çıkmadan önce saçımı tararım.)*

come */kam/ v* **gelmek**

Please, **come** this way. *(Lütfen bu tarafa gel.)*
Are you **coming** with me? *(Benimle geliyor musun?)*

comedian */kı'midiın/ n* **komedyen**

Charlie Chaplin was a great **comedian**. *(Charlie Chaplin büyük bir komedyendi.)*

comedy */'komıdi/ n* ***komedi***

There is a romantic **come-dy** playing at the cinema. *(Sinemada bir romantik komedi var.)*

comfortable */'kamftıbl/ adj* **rahat, konforlu**

This bed is very **comfortable**. *(Bu yatak çok konforlu.)*
She had a **comfortable** sleep. *(Rahat bir uyku uyudu.)*

comma */'komı/ n* **virgül**

Put a **comma** between the nouns. *(İsimler arasına virgül koy.)*

command */kı'mand/ n* **emir, buyruk**

He **commanded** the soldiers to guard the palace. *(Askerlere sarayı korumalarını emretti.)*

commander **komutan**

company */'kampıni/ n* **şirket**

Coca Cola is the biggest **company** in the world. *(Coca Cola dünyanın en büyük şirketidir.)*

C

compass */'kampıs/ n* **pusula, pergel**

Sailors can't do without a **compass.**
(Denizciler pusulasız yapamaz.)
Do you have a **compass**?
(Bir pergelin var mı?)

competition */kompı'tışn/ n* **yarışma**

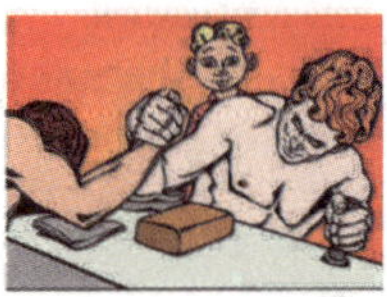

He came first in the arm wrestling ***competition.***
(Bilek güreşi yarışmasında birinci oldu.)

complain */kım'pleyn/ v* **şikayet etmek**

She **complained** to the director about me.
(Müdüre beni şikayet etti.)
complaint ***şikayet***

complete */kım'pli:t/ v* **tamamlamak**

They have **completed** their education.
(Eğitimlerini tamamladılar.)

complicated */'komplikeytid/ adj* **karmaşık**

This is a **complicated** piece of machinery.
(Bu karmaşık bir makine parçası.)

composer */kım'pıuzı(r)/ n* **bestekar**

Chopin and Mozart were great **composers**.
(Chopin ve Mozart büyük bestekarlardı.)

computer */kım'pyu:tı(r)/ n* **bilgisayar**

I bought a new **computer.**
(Yeni bir bilgisayar satın aldım.)

concert */'konsıt/ n* **konser**

The pop group will play a **concert** tonight.
(Pop grubu bu akşam bir konser verecek.)

conductor */kın'daktı(ı)/ n* **kondüktör, orkestra şefi**

The **conductor** is coming. *(Kondüktör geliyor.)*
He's a good **conductor**. *(İyi bir orkestra şefidir.)*

confident */konfidınt/ adj* **kendinden emin**

He was **confident** that he would kill the bull. *(Boğayı öldüreceğinden emindi.)*

confusc */kın'fyu:z/ v* **kafası karışmak, şaşırmak**

The computer **confused** me. *(Bilgisayar kafamı karıştırdı.)*
confusion **şaşkınlık, karışıklık**

congratulate */kın'græçyu-leyt/ v* **tebrik etmek**

We **congratulated** them.

(Onları tebrik ettik.)
Congratulations! *Tebrikler!*

connect */kı'nekt/ v* **birleştirmek, bağlamak**

I'll **connect** these two computers. *(Bu iki bilgisayarı bir-birlerine bağlayacağım.)*
connection **bağlanma**

contact */'kontækt/ n* **temas etmek, dokunma**

She **contacted** me as soon as she arrived. *(Varır varmaz benimle temas kurdu.)*

contain */kın'teyn/* **içermek, kapsamak, tutmak**

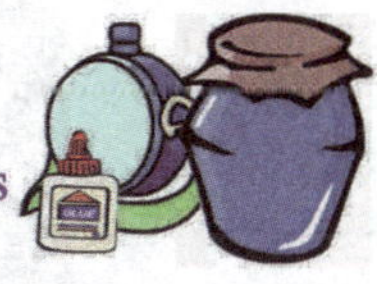

Coke **contains** lots of sugar. *(Kola çok şeker içerir.)*
container **kap, şişe, kutu**

contest */'kontest/ n* **yarışma, müsabaka**

The duck won 1st prize in the **contest**. *(Ördek yarışmada birincilik kazandı.)*

C

C

continent /'kontinınt/ n **kıta**

Africa is one of the large **continents**. *(Afrika büyük kıtalardan biridir.)*

continue /kın'tinyu: / v **devam etmek**

They **continued** driving in the dark. *(Karanlıkta araba sürmeye devam ettiler.)*

contract /'kontrækt/ n **kontrat, sözleşme**

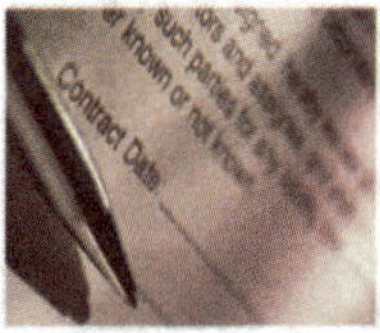

I signed a **contract** with the firm. *(Şirketle bir sözleşme imzaladım.)*

contrast/kın'tra:st/ v **tezat**

There is a great **contrast** between the dog and the puppies. *(Köpekle yavrular arasında büyük tezat var.)*

control /kın'trıul/ v **kontrol etmek, hakim olmak**

He **controls** the staff successfully. *(Personelini başarıyla kontrol eder.)*

cook /kuk/ v **pişirmek**

The chef **cooked** the meal on a stove. *(Aşçı yemeği ocakta pişirdi.)*

cook /kuk/ n **aşçı**

He's a good **cook**. *(İyi bir aşçıdır.)*

cooker /'kukı(r)/ n **fırınlı ocak**

We bought a new **cooker**. *(Yeni bir fırınlı ocak satın aldık.)*

cool /ku:l/ adj **serin, sakin, serinle(t)mek**

The room was **cool** from the fan blowing. *(Oda esen fandan dolayı serindi.)*

copper */'kopı(r)/ n* **bakır**

We bought some **copper** from Erzincan.
(Erzincandan birkaç bakır el işi eşya aldık.)

copy */'kopi/ n, v* **kopya, kopyalamak**

Please make a **copy** of the report.
(Lütfen raporun bir kopyasını yap.)

I **copied** the second question from Helen.
(İkinci soruyu Helen'dan kopya çektim.)

coral */'korıl/ n* **mercan**

There is a **coral** reef off Australia.
(Avusturalya açıklarında bir mercan **resifi** *var.)*

cork */ko:k/* **şişe mantarı**
corkscrew */'ko:kskru:/ n* **burgu, tirbüşon**

We need a **corkscrew** to open the bottle. *(Şişeyi açmak için bir tirbüşona ihtiyacımız var.)*

corn */ko:n/ n* **mısır**

Corn is grown widely in the Black Sea region.
(Karadeniz bölgesinde mısır yaygın olarak yetiştirilir.)

corner */'ko:nı(r)/ n* **köşe**

I'll wait you at the **corner** of the street.
(Sokağın köşesinde seni bekleyeceğim.)

cornflakes */ko:nfleyks/ n* **mısır gcvrcği**

I eat **corn-flakes** with milk for breakfast.
(Kahvaltıda sütlü mısır gevreği yerim.)

correct */kı'rekt/ adj* **doğru**

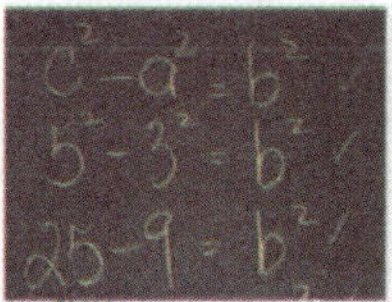

Her answers to the problems are **correct**.
(Problemlere verdiği cevaplar doğru.)

cost */kost/ n* **maliyet,** 2. *v* (cost-cost) **etmek, mal olmak**

The **cost** of buying a car is decreasing.
(Araba almanın maliyeti düşüyor.)
It **cost** me $2000 .
(Bana 2000 dolara mal oldu.)

costume */'kostyu:m/ n* **kıyafet, elbise**

Asian women wear colourful **costumes.** *(Asyalı kadınlar renkli kıyafetler giyer.)*

cottage */'koutic/ n* **kulübe**

We spent three nights in a **cot-tage** last month.
(Geçen ay bir kulübe içinde üç gece geçirdik.)

cotton */'kotn/ n* **pamuk**

Cotton clothes are healthy.
(Pamuklu elbiseler sağlıklıdır.)

cough */kof/ v* **öksürmek 2. öksürük**

She's **coughing** badly.
(Kötü öksürüyor.)
I heard her **coughs.** *(Öksürüklerini duydum.)*

count */kaunt/ n* **saymak, sayılmak**

Count from zero to one hundred.
(Sıfırdan yüze kadar say.)

counter */'kauntı(r)/ n* **tezgah**

There's a girl behind the **counter.**
(Tezgahın arkasında bir kız var.)

country */'kantri/ n* **kırsal kesim, ülke**

I like living in the **country.**
(Kırsal alanda yaşamayı severim.)
Spain is a **country** in Europe.
(İspanya, Avrupada bir ülkedir.)

C

couple /'kapl/ n **çift, ikili**

They are a good **couple**. *(Onlar iyi bir ikilidir.)*

courage /'karic/ n **cesaret**

He showed his **courage** by going into the burning house and saving the girl. *(Yanan eve girip kızı kurtararak cesaretini gösterdi.)*

course /ko:s/ n **saha, kort**

They are at the golf ***course****.* *(Golf sahasındalar /kortundalar.)*

course² kurs, dersler

They are taking a golf **course**. *(Golf kursu/dersleri alıyorlar.)*

court /ko:t/ n **mahkeme**

He appeared in **court** yesterday. *(Dün mahkemeye çıktı.)*

cousin /'kazn/ n **kuzen**

I've got 48 **cousins**. *(Kırk sekiz kuzenim var.)*

cover /'kavı(r)/ v **örtmek, karşılamak, birinin yerine çalışmak**

He **covered** her with a blanket. *(Bir battaniye ile onu örttü.)*

cover /'kavı(r)/ n **kab, kapak**

The book has a hard brown **cover**. *(Kitabın sert kahverengi kabı var.)*

cow /kau/ n **inek**

Cows give milk twice a day. *(İnekler günde iki defa süt verirler.)*

Have you ever seen a **cow**? *(Sen hiç inek gördün mü?)*

C

coward /ˈkauıd/ *adj* **korkak**

Cowards can't be successful in the army. *(Korkaklar askerde başarılı olamaz.)*

cowboy /ˈkauboy/ *n* **kovboy, sığır çobanı**

Americans make lots of films about cowboys. *(Amerikalılar kovboylar hakkında birçok film yaparlar.)*

crack /kræk/ *v* **çatlamak**

There is a crack in the glass of the aquarium. *(Akvaryumun camında bir çatlak var.)*

crash /kræş/ *n* **çarpma, çarpışma 2. çarpmak**

He was killed in a car crash. *(Bir araba kazasında öldü.)*

He crashed into a tree. *(Bir ağaca çarptı.)*

crayon /ˈkreyın/ *n* **boyalı kalem**

Children like making pictures with crayons. *(Çocuklar boya kalemleriyle resim yapmasını severler.)*

crazy /ˈkreyzi/ *adj* **çılgın, deli, deli olmak**

The doctor is crazy. *(Bu doktor çılgın.)*

He's crazy about Mary. *(Mary için deli oluyor.)*

cream /kri:m/ *n* **krema, krem**

Do you want cream on your cake? *(Pastanın üzerine krema ister misin?)*

This is a tube of skin cream. *(Bu bir tüp deri kremidir.)*

create /kriˈeyt/ *v* **yaratmak, yeni bir şey yapmak**

He creates wonderful things from wood. *(Odundan şahane şeyler yaratıyor.)*

creature /'kri:çı(r)/ *n* **yaratık**

This is a strange **creature**.
(Bu garip bir yaratık.)

crew /kru:/ *n* **mürettabat, tayfa**

The **crew** is working hard to move the ship to the coast.
(Mürettabat gemiyi sahile çekmek için sıkı çalışıyor.)

criminal /'kriminl/ *n* **suçlu**

The police caught the **criminal** who committed the theft.
(Polis hırsızlık yapan suçluyu yakaladı.)

crocodile /'krokıdayl/ *n* **timsah**

Crocodiles live in the Nile River.
(Timsahlar Nil Nehri'nde yaşarlar.)

crop /krop/ *n* **ürün, mahsul, ekin**

What **crop** do you grow?
(Ne ürün yetiştiriyorsun?)

cross /kros/ *v* **karşıdan karşıya geçmek**

The cat is **crossing** the road.
(Kedi, yolu karşıdan karşıya geçiyor.)

crow /krıu/ *n* karga

A **crow** is a black bird.
(Karga siyah bir kuştur.)

crowd /kraud/ *n* **kalabalık, çok insan**

There is a big **crowd** in the street.
(Sokakta büyük bir kalabalık var.)

crowded **kalabalık**
The street is very **crowded**.
(Sokak çok kalabalık.)

cruel /'kru:ıl/ *adj* **gaddar, zalim, kaba**

The man is very **cruel** to the animals.
(Adam hayvanlara karşı çok zalim.)

cry /kray/ *v* **bağırmak, ağlamak**

The babies are **crying** because they are hungry.
(Bebekler ağlıyor çünkü açlar.)
He **cried** out in pain.
(Acı ile bağırdı.)

cube /kyu:b/ *n* **küp**

A **cube** has six equal sides.
(Bir küpün altı eşit kenarı vardır.)

cucumber /'kyukambı(r)/ *n* **hıyar, salatalık**

I often eat **cucumber** in salad.
(Salata içinde sık sık salatalık yerim.)

cuffs /kafz/ *n* **kelepçe**

The policemen have a pair of **cuffs** on their belts.
(Polislerin bellerinde bir çift kelepçe vardır.)

cup /kap/ *n* **fincan, kupa**

I'll have a **cup** of tea.
(Bir fincan çay içeceğim.)

Turkey came in third in the World **Cup** 2002.
(Türkiye 2002 Dünya Kupasında 3. oldu.)

cupboard /'kabıd/ *n* **dolap**

She's putting the glasses in the **cupboard.**
(Bardakları dolaba koyuyor.)

cure /kyuı(r)/ *v* **tedavi etmek**

Doctors **cure** many diseases.
(Doktorlar bir , çok hastalığı tedavi ederler.)

curiosity */kyuıri'ositi/ n* **merak**

Curiosity killed the cat. *(Merak kediyi öldürür.)*

curious **meraklı**

The cat is **curious** about the thing in the box. *(Kedi kutunun içindeki şeyi merak ediyor .)*

curly */kö:li/ adj* **kıvır kıvır, bukleli, kıvırcık**

She has got **curly** hair. *(Kıvırcık saçları var.)*

current */'karınt/ n* **akım, akıntı**

You need an electrical **current** to light the bulb. *(Ampülü yakmak için elektrik akımına gereksinimin var.)*

curse */kö:s/ v* **beddua etmek, lanet okumak**

Mom **curses** everything when she's angry. *(Annem sinirlenince herşeye lanet okur.)*

curtain */kö:tn/ n* **perde**

There are purple **curtains** on the bedroom window. *(Yatak odası penceresinde mor perdeler var.)*

cushion */kuşn/ n* **yastık, minder**

There are many **cushions** on the sofa. *(Kanapenin üzerinde bir sürü yastık var.)*

custom */'kastım/ n* **gelenek**

Some Italian barbers have a **custom** of singing in the shop. *(Bazı İtalyan berberlerin dükkanda şarkı söyleme gelenekleri var.)*

customer */'kastımı(r)/ n* **müşteri**

She's a good **customer** of this shop. *(O bu dükkanın iyi müşterisidir.)*

C

customs officer */kastımz 'ofisı(r)/ n* **gümrük memuru**

My uncle is a **customs officer**.
(Amcam gümrük memurudur.)

cut */kat/ v* **kesmek 2. (n) kesik**

He **cut** the wire.
(Teli kesti.)

cycle */saykl/ v* **bisiklet sürmek, pedal çevirmek**

He's been **cycling** for hours.
(Saatlerdir pedal çeviriyor.)

cyclist */sayklist/ n* **bisikletçi**
He's a champion **cyclist**.
(O şampiyon bir bisikletçidir.)

cylinder */'silindı(r)/ n* **silindir**

The water tank is in the shape of a **cylindir**.
(Su deposu bir silindir şeklindedir.)

d */di/ n* **d harfi**

D is the fourth letter of the English Alphabet
(D İngiliz Alfabesinin 4. harfidir.)

dad */dæd/ n* father **baba**

daddy */'dædi/ n* **babacığım**

Daddy, I've missed you very much!
(Babacığım seni çok özledim.)

daily */'deyli/ adj, adv* **günlük**

Herald Tribune is a **daily** newspaper.
(Herald Tribune bir günlük gazetedir.)

dairy */'deıri/ n* **mandıra, süt ürünleri**

You should eat more **dairy** products.
(Daha fazla süt ürünü yemelisin.)

daisy */'deyzi/ n* **papatya**

The garden is full of **daisies**.
(Bahçe papatyalarla dolu.)

dam */dæm/ n* **baraj**

There are many big **dams** on the rivers Dicle and Fırat.
(Dicle ve Fırat nehri üzerinde çok sayıda baraj var.)

damage */'dæmic/ n* **hasar**

The car has a great **damage**.
(Arabanın büyük hasarı var.)

damage */v* **hasar vermek**

The car was badly **damaged.**
(Araba kötü hasar gördü.)

damp */dæmp/ adj* **nemli, rutubetli, hafif ıslak**

This place is very **damp**.
(Bu yer çok nemli.)

dance */da:ns/ n, v* **dans, dans etmek**

She's **dancing** well.
(İyi dans ediyor.)

dancer */'da:nsı/ n* **dansçı**

Tan Sagtürk is a great **dancer**.
(Tan Sağtürk iyi bir dansçıdır.)

danger */'deyncı/ n* **tehlike**

In Istanbul, you're in **danger** at all times.
(İstanbul'da her zaman tehlikedesinizdir.)

dangerous */'deyncırıs/ adj* **tehlikeli**

Climbing is a **dangerous** sport
(Dağcılık çok tehlikeli bir spordur.)

dark */da:k/ n* **karanlık, koyu**

Small children are afraid of the **dark**.
(Küçük çocuklar karanlıktan korkar.)

darning */'da:ning/* **örgü**

darning needles */'da:ning ni:dls/*
örgü şişleri

I've got a couple of **darning needles**. *(Bir çift örgü şişim var.)*

darts */da:ts/ n* **dart (ok atma) oyunu**

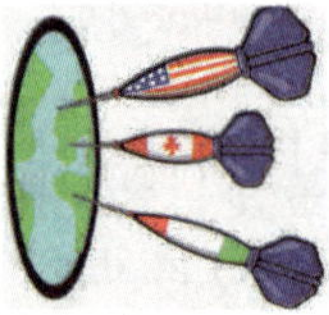

I like playing **darts** very much. *(Dart oynamayı çok severim.)*

daughter */'do:tı(r)/ n*
kız evlat

Maggie has a lovely **daughter**. (Maggie'nin sevimli bir kızı var.)

daughter-in-law **gelin**

The Newtons like their **daughter-in-law** much. *(Newtonlar gelinlerini çok seviyorlar.)*

date */deyt/ n* **tarih**

"What's today's **date**?" *("Bugünün tarihi ne?")*
"It's Wednesday, June 21st . *("Çarşamba, Haziran 21.")*

date2 **hurma**

Dates grow in hot countries. *(Hurma sıcak ülkelerde yetişir.)*

dawn */do:n/ n* **tan, şafak**

The farmers go to the fields at **dawn**. *(Çiftçiler şafak vakti tarlalara giderler.)*

day (n) **gün, gündüz**

24 hours a day
günde yirme dört saat
one day, someday
bir gün
There are 7 **days** in a week. *(Haftada yedi gün vardır.)*

dead */ded/ adj* **ölü, ölmüş**

The chick is not breathing. It's **dead**.
(Civciv nefes almıyor. O ölmüş.)

deaf */def/ adj* **sağır**

You have to shout because my grandfather is **deaf**.
(Bağırmak zorundasın çünkü dedem sağır.)

dealer */'di:lı/ n* **satıcı**

Mike is a car **dealer**.
His father was a carpet **dealer**.
(Mike bir araba satıcısıdır. Onun babası halı satıcısıydı.)

dear */diı(r)/ n* **değerli, sevgili, canım**

Oh, **dear**, I love you a lot.
(Oh, canım, seni çok seviyorum.)
Dear Susan, ...
(Sevgili Susan .....)
Yes, **dear**. *(Evet canım.)*

death */deth/ n* **ölüm**

He left the town after his wife's **death**. *(Karısının ölümünden sonra kasabayı terk etti.)*

debate */di'beyt/ n* **tartışma, münazara**

The **debate** is about air pollution.
(Tartışma hava kirliliği hakkında.)

debate */di'beyt/ v* **tartışmak, münazara etmek**
They are **debating** about air pollution. *(Hava kirliliğini tartışıyorlar.)*

debt */det/ n* **borç**

I'm running up **debts** of nearly 20,000 dollars.
(Yirmi bin dolar kadar bir borcun içindeyim.)
be in debt borç içinde
*We **are in debt**.* *(Borç içindeyiz.)*

deceive */disi:v/ v* **aldatmak**

They **deceive** each other.
(Birbirlerini aldatıyorlar.)

D

decide /di'sayd/ v **karar vermek**

He can't **decide** which way to go.
(Ne yöne gideceğine karar veremiyor.)

decimal /'desiml/ n, adj **ondalık**

0.5 is a **decimal** number.
(O.5 ondalık bir sayıdır.)

decision /di'sijn/ n **karar**

What's your **decision**?
(Kararın ne?)
You must make a **decision** about what you will do.
(Ne yapacağınla ilgili bir karar vermelisin.)

deck /dek/ n **güverte**

They are having a sunbathe on the **deck**.
(Güvertede güneşleniyorlar.)

declare /di'kleı(r)/ v **ilan etmek, bildirmek**

He **declared** his love to his girlfriend.
(Kız arkadaşına aşkını ilan etti.)

decorate /'dekıreyt/ v ***süslemek, dekore etmek***

He's having his office **decorated.**
(Bürosunu dekore ettiriyor.)

decoration /dekı'reyşn/ n **dekorasyon, süsleme**

decorator /'dekıreytı/ n **dekoratör**

He's a good **decorator**. *(O iyi bir dekoratördür.)*

decrease /di'kri:s/ v **azalmak, inmek, düşmek**

Unfortunately our income is **decreasing**.
(Ne yazıkki gelirimiz düşüyor.)

decrease /di'kri:s/ n **azalma, düşme**

There is a **decrease** in the inflation.
(Enflasyonda bir düşüş var.)

deep /di:p/ *adj* **derin**

The water is very **deep** in the ocean.
(Okyanusta su çok derindir.)

deer /dıı(r)/ *n* **geyik**

In English, the adult male **deer** is called a stag, the female **deer** is a doe and the young **deer** is a fawn.
(İngilizcede yetişkin erkek geyiğe stag, dişi geyiğe doc ve yavru geyiğe fawn denir.)

defeat /di'fi:t/ *v* **yenmek, mağlup etmek**

Can a dog **defeat** a lion?
(Bir köpek aslanı yenebilir mi?)

defend /di'fend/ *v* **müdafaa etmek, korumak**

She took karate lessons to **defend** herself better.
(Kendini daha iyi korumak için karate dersi aldı.)

define /di'fayn/ *v* **tarif etmek, tanımlamak**

A dictionary **defines** words.
(Bir sözlük kelimeleri tanımlar.)

definite /defi'nıt/ *adj* **kesin**

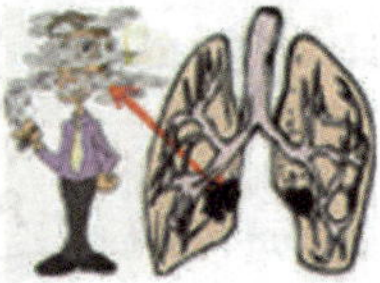

There's a **definite** link between smoking and lung cancer.
(Sigara ve kanser arasında kesin bir bağ vardır.)

definition /defi'nişn/ *n* **tanım, tarif**

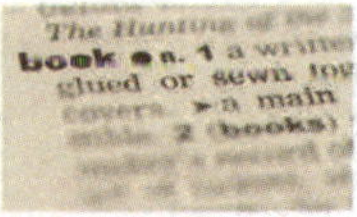

This dictionary has very clear **definitions**. *(Bu sözlüğün çok anlaşılır tanımları var.*

degree /di'gri:/ *n* **derece**

Right angle is 90 **degrees**.
(Dik açı 90 derecedir.)

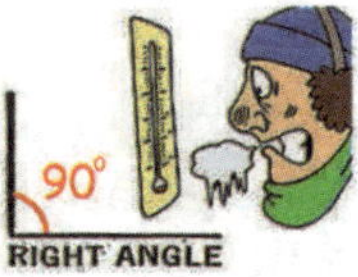

It's -18 **degrees** C today.
(Bugün hava eksi 18 derece C.)

delay */di'ley/ n* **gecikme, tehir 2.** *v* **tehir etmek**

Our plane was **delayed** for an hour.
(Uçağımız bir saat tehir edildi.)

delete */di'li:t/ v* **silmek**

He **deleted** my name from the list.
(Adımı listeden sildi.)

deliberate */di'libırıt/ adj* **kasti, isteyerek**

This is a **deliberate** foul. *(Bu kasti bir faul.)*

deliberately */di'lib(ı)rıtli/ adj* **kasten**

He kicked me **deliberately**.
(Bana kasten vurdu.)

delicious */di'lişıs/ adj* **lezzetli**

The chef makes **delicious** meals.
(Aşçı lezzetli yemekler yapıyor.)

deliver */di'livı(r)/ v* **teslim etmek, dağıtmak**

They **deliver** pizza to your door.
(Pizzayı kapına teslim ediyorlar.)

demand */di'ma:nd/ v* **talep etmek 2. (n) talep**

He **demands** lots of things.
(Çok şey talep ediyor.)
What's your **demand**?
(Senin talebin ne?)

demonstrate */'demınstreyt/ v* **göstermek,gösteri yapmak**

He **demonstrated** the new *weapons.*
(Yeni silahları gösterdi.)

demonstration */demin'streyşn/ n* **gösteri**

dentist */'dentist/ n* **dişçi**

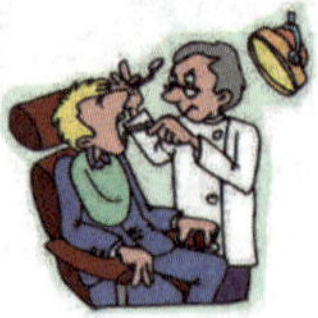

Hürkan and Bülent are good **dentists**.
(Hürkan ve Bülent iyi dişçidirler.)

deny */di'nay/ v* **inkar etmek, red etmek**

He **denies** that he's the father of the baby. *(Bebeğin babası olduğunu inkar ediyor.)*

department */di'pa:tmınt/ n* **şube**

He works in the research **department.** *(Araştırma şubesinde çalışıyor.)*

departure */di'pa:çı(r)/ n* **ayrılış, hareket**

She came to the train station a few minutes before the **departure.** *(Hareket saatinden bir kaç dakika önce tren istasyonuna geldi.)*

dependable */di'pendıbl/ adj* **güvenilir**

She's a **dependable** nanny. *(O, güvenilir bir dadıdır.)*

deposit (n) **depozit, bankaya yatırılan para**

He paid a **deposit** on the car. *(Araba için biraz depozit verdi.)*

depress */di'pres/ v* **kederlendirmek, üzmek**

Losing his job **depressed** him. *(İşini kaybetmek onu üzdü.)*

depressed */adj* **kederli**

depth */depth/ n* **derinlik**

The **depth** at this point is 3000 meters. *(Bu noktada derinlik 3000 metre.)*

describe */di'skrayb/ v* **tarif etmek**

He is **describing** the man who robbed him. *(Onu soyan adamı tarif ediyor.)*

description */ n* **tarif**

D

desert */'dezıt/ n* **çöl**

The Grand Sahara is the largest **desert** in the world.
(Büyük Sahra dünyanın en büyük çölüdür.)

desert */di'zö:t/ v* **terk etmek**

deserted */di'zö:tid/ adj* **terk edilmiş**

That house was **deserted** years ago. *(Şu ev yıllar önce terk edildi.)*

design */di'zayn/ n* **desen, tasarı 2.** *v* **tasarlamak**

She **designs** beautiful costumes.
(Güzel kıyafetler tasarlar.)

designer */di'zaynı(r)/ n* **desinatör, tasarımcı**

desire */dizayr/* (v) **arzulamak**

She **desires** having this dress very much.
(Bu elbiseye sahip olmayı çok arzu ediyor.)

desk */desk/ n* **sıra**

He isn't at his **desk** now.
(O, şimdi sırasında değil.)

desperate */'despırıt/ adj* **umutsuz, çok ciddi**

The man is **desperate** for the doctor's help.
(Adam doktorun yardımından umutsuz.)
The situation is **desperate**.
(Durum çok ciddi.)

dessert */di'zö:t/ n* **tatlı**

Would you like some more **dessert**?
(Biraz daha tatlı almak ister misiniz?)

destination */desti'neyşn/ n* **gidilecek yer**

We are still far away from our **destination**.
(Hala gideceğimiz yerin çok uzağındayız.)

destroy */di'stroy/ v* **yıkmak, harap etmek**

He **destroyed** his guitar after playing for empty seats.
(Boş koltuklara çaldıktan sonra gitarını parçaladı.)

detail */'di:teyl/ n* **detay, ayrıntı**

The plan for the opera house is full of **details**.
(Opera binası planı ayrıntı dolu.)

detective */di'tektiv/ n* **dedek-tif, hafiye**

Jim is a good **detective**.
(Jim iyi bir dedektiftir.)

determined */di'tı:mınd/ adj* **kararlı, azimli**

He's **deter-mined** to find the criminal.
(Suçluyu bulmak için kararlı.)

develop */di'velıp/ v* **gelişmek, büyümek**

Istanbul is **developing** very fast.
(İstanbul çok hızlı gelişiyor.)

develop² **(film) banyo etmek**

He is **developing** the film he took today.
(Bugün çektiği filmi banyo ediyor.)

development */di'velıpmınt/ n* **gelişme, büyüme**

The **develop-ment** of this part of the city is fantastic. *(Şehrin bu tarafındaki büyüme şaşırtıcı.)*

devil */'devl/ n* **şeytan**

Is the **devil** an angel?
(Şeytan bir melek midir?)

devote /di'vıut/ *v* **adamak, vakfetmek**

She **devoted** herself to religious studies.
(Kendini dini çalışmalara adadı.)

dew /dyu/ *n* **çiğ, çiğdem**

There is **dew** on the leaves.
(Yaprakların üzerinde çiğ var.)

diagonal /day'ægınl/ *n* **çapraz**

It has **diagonal** lines.
(Çapraz çizgileri var.)

diagram /'dayıgræm/ *n* **şekil, şema, grafik**

This **diagram** shows the age group of the readers.
(Bu şema okurların yaş gurubunu gösteriyor.)

dial /'dayıl/ *v* **telefon numarası çevirmek**

I **dialled** the wrong number again.
(Yine yanlış numarayı çevirdim.)

dialogue /'dayılog/ *n* **karşılıklı konuşma**

They want to solve the problems by **dialogue**.
(Sorunları karşılıklı konuşarak çözmek istiyorlar.)

diameter /day'æmitı(r)/ *n* **çap**

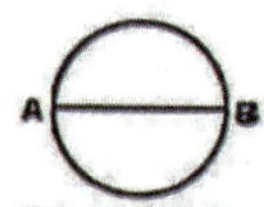

Line AB is a diameter.

The Line AB is the **diameter** of this circle.
(AB çizgisi dairenin çapıdır.)

diamond /'dayımınd/ *n* **elmas**

Diamond is a precious stone.*(Elmas değerli bir taştır.)*

diaper */'dayıpı/ n* **çocuk bezi**

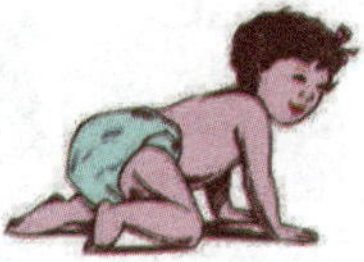

The baby has a blue **diaper**.
(Bebeğin mavi çocuk bezi var,)

diaphragm */'dayıfræm/ n* **diyafram**

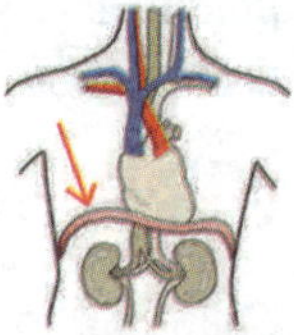

Singers use their **diaphragm** while singing.
(Şarkıcılar şarkı söylerken diyaframlarını kullanırlar.)

diary */'dayıri/ n* **günlük**

I've kept a **diary** since 1998.
(1998'den beri günlük tutuyorum.)

dice */days/ n* **zar**

Throw the **dices**, it's your turn.
(Zarları at, sıra sende.)

dictate */dik'teyt/ v* **söyley-erek yazdırmak**

Try to **dictate** what I say.
(Söylediğimi yazmaya çalışın.)

dictation */dik'teyşn/ n* **yazdırma**

dictionary */'dikşınri/ n* **sözlük**

This is an English **dictionary**.
(Bu İngilizce bir sözlüktür.)

die */day/ v* **ölmek**

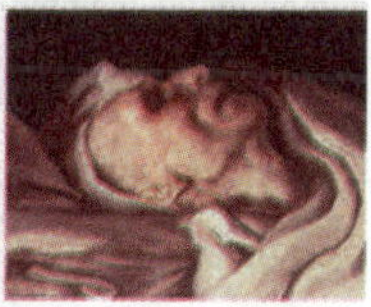

He **died** last week of an illness.
(Geçen hafta bir hastalıktan öldü.)

diet */'dayıt/ n* **perhiz, diyet**

She is trying to have a healthy **diet**.
(Sağlıklı bir diyet yapmaya çalışıyor.)
Are you on a **diet**?
(Diyette misin?)

different */'difrınt/ adj* **farklı, değişik**

The colour of the kettle I want is **different.** *(Benim istediğim çaydanlığın rengi farklı.)*

difficult */'difikılt/ adj* **zor, güç**

Learning Japanese is **difficult.** *(Japonca öğrenmek zor.)*

difficulty */'difikılti/ n* **zorluk, güçlük**

dig */dig/ v /dug- dug/* **kazmak**

He is **digging** the garden. *(O, bahçeyi kazıyor.)*

digest */'daycest/ v* **sindirmek, hazmetmek**

Pizza can be difficult to **digest.** *(Pizzayı hazmetmek zor olabilir.)*

digit */'dicit/ n* **hane, basamak**

You should enter a four **digit** password. *(Dört haneli bir parola girmelisin.)*

digital */'dicitıl/ n* **dijital, haneli** I've got a **digital** watch. *(Dijital bir saatim var.)*

dilemma */di'lemı/ n* **ikilem**

She's in a **dilemma.** *(Bir ikilem içinde.)*

dime */daym/ n* **on sent**

An egg costs a **dime.** *(Bir yumurta on sent ediyor.)*

a dime a dozen **son derece yaygın**

dimension */day'menşn/ n* **boyut, ebat**

What are the **diamensions** of this cube? *(Bu küpün ebatları ne?)*

dining-room */dayning ru:m/ n* **yemek odası**

They are having a drink in the **dining-room**. *(Yemek odasında bir içki alıyorlar)*

dinner */'dinı(r)/ n* **akşam yemeği**

They are having a wonderful **dinner** together. *(Birlikte şahane bir akşam yemeği yiyorlar.)*

dinosaur */'daynısı(r)/ n* **dinazor**

Dinosaurs lived thousands years ago. *(Dinazorlar binlerce yıl önce yaşadılar.)*

direct */dı'rekt/ adj, adv, v* **doğru, yönetmek**

Go **direct** to my office. *(Doğru büroma git.)* He **directed** many films. *(Birçok film yönetti.)*

directly */dı'rektli/ adv* **doğruca**

direction */dı'rekşn/ n* **yön**

This pole shows the four main **directions**. *(Bu direk dört ana yönü gösteriyor.)*

director */dı'rektı(ı)/ n* **yönetmen**

Elie Kazan is a great **director**. He directed lots of wonderful films. *(Elie Kazan büyük yönetmendir. Bir çok şahane film yönetti.)*

directory (n) **telefon rehberi**

We need a **directory** to look up the phone number. *(Telefon numarası aramak için bir telefon rehberine ihtiyacımız var.)*

dirt */'dö:t/ n* **kir**

dirty */'dö:ti/ adj* **kirli**

My glove is very **dirty**. *(Eldivenlerim çok kirli.)*

disabled */dis'eybld/ adj*
sakat, engelli

The car accident left her **disabled**.
(Trafik kazası onu sakat bıraktı.)

disagree */disı'gri:/ v* **aynı fikirde olmamak**

I'm afraid I **disagree** about its taste.
(Tadı hakkında aynı fikirde değilim.)

disagreement */disı'gri:mınt/ n* **anlaşmazlık**

disappear */disı'piı(r)/ v*
ortadan kaybolmak

The cat **disappeared**.
(Kedi ortadan kayboldu.)

disappointed */disı'pointid/* (adj) **hayal kırıklığı**

He was **disappointed** by the result.
(Sonuçtan hayal kırıklığına uğradı.)

disaster */di'za:stı(r)/ n*
felaket

The fire was a great **disaster** for the town. *(Yangın kasaba için büyük bir felaketti.)*

disconnect */diskı'nekt/ v*
bağlantıyı kesmek

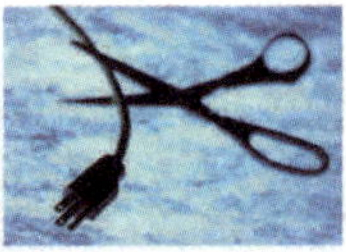

The internet is **disconnected** again.
(İnternet bağlantısı yine kesildi.)

discount */'diskaunt/ n*
indirim, tenzilat

The sales prices give 50 %, **discount**. *(İndirimli satışlarda %50 iskonto var.)*

discover */di'skavı(r)/ v*
keşfetmek

Benjamin Franklin **discovered** electricity.
(B. Franklin elektriği keşfetti.)

discovery */di'skavıri/ n*
keşif, buluş

discuss */di'skas/ v* **görüşmek, tartışmak**

Let's **discuss** the new conditions.
(Haydi yeni koşulları tartışalım.)

descussion **tartışma**

disease */di'ziz/ n* **hastalık**

Cancer is a dangerous **disease**.
(Kanser tehlikeli bir hastalıktır.)

disguise */dis'gayz/ v* **kılık değiştirmek**

He followed the criminal in **disguise**.
(Suçluyu kılık değiştirerek takip etti.)

disgust */dis'gast/ v* **iğrendirmek**

He was **disgusted** with the drink.
(İçecekten iğrendi.)

disgusting */ adj* **iğrenç**

dish */diş/ n* **tabak, yemek**

She placed the meal on a **dish** with great skill.
(Büyük bir beceri ile yemeği tabağa yerleştirdi.)

dishonest */dis'onist/ adj* **dürüst değil, namussuz**

He's **dishonest** with his neighbours.
(Komşularına karşı dürüst değil.)

dishwasher */'dişwaşı(r)/ n* **bulaşık makinası, bulaşık yıkayıcı**

We've bought a new **dishwasher**.
(Yeni bir bulaşık makinesi satın aldık.)

dislike */dis'slayk/ v* **nefret etmek, hoşlanmamak**

He **dislikes** eating spinach.
(Ispanak yemekten nefret eder.)

D

display */di'spley/ v* **göstermek, sergileme**

The alien **displayed** a man's picture to his friends.
(Uzaylı arkadaşlarına bir insan resmi gösterdi.)

distance */'distıns/ n* **uzaklık, mesafe**

We use a telescope to see a long **distance** away. *(Uzak mesafeyi görmek için teleskop kullanırız.)*

distribute */di'stribyu:t/ v* **dağıtmak**

They **distributed** the food to the poor.
(Fakirlere yiyecek dağıttılar.)

distributor */di'stribyu:tı(r)/n* **dağıtıcı, dağıtan**

district */'distrikt/ n* **bölge**

Levent is the new financial **district** of Istanbul. *(Levent İstanbul'un yeni finans merkezidir.)*

disturb */di'stö:b/ v* **rahatsız etmek**

Please don't **disturb** me.
(Lütfen beni rahatsız etme.)

disturbance */di'stö:bıns/ n* **karışıklık, patırtı**

dive */dayv/ v* **suya dalmak, su altında yüzmek**

He likes **diving** in the sea.
(O, deniz altında yüzmeyi sever.)

diver */dayvı(r)/ n* **dalgıç**

divide */di'vayd/ v* **bölmek**

The world is **divided** into two as the rich and the poor.
(Dünya zenginler ve fakirler diye ikiye bölünmüştür.)

division */di'vijn/ n* **bölme işlemi, bölüm**

I'm good at **division**.
(Bölmede iyiyimdir.)

divorced */di'vo:sd/ adj*
boşanmış

His sister is **divorced** and lives with them.
(Onun kız kardeşi boşanmış ve onlarla oturuyor.)

dizzy */'dizi/ adj* **başı dönmek**

I feel **dizzy** when I look out of a high window.
(Yüksek pencereden bakınca başım döndü.)

do /du/ (did-done) **yapmak**

What do you **do**?
(Ne iş yaparsın?)
I **do** puppet shows.
(Kukla gösterileri yaparım.)

dock */dok/ n*
dok, rıhtım

The ship is at the **dock**.
(Gemi rıhtımda.)

doctor */'doktı(r)/ n* **doktor**

She has been a **doc-tor** for eight years.
(O, sekiz yıllık doktor.)
Dr. John Brown.
(Doktor John Brown.)

document
/'dokyumınt/ n
döküman, belge

The police found some secret **documents** in his drawer. *(Polis çekmecesinde bazı gizli belgeler buldu.)*

documentary **belgescl**

dog */dog/ n* **köpek**

A young **dog** is called a puppy.
(Yavru köpeğe enik denir.)

doll */dol/ n* **oyuncak bebek**

Sally has lots of **dolls**.
(Sally'nin çok oyuncak bebeği var.)

dolphin */'dolfin/ n* **yunus balığı**

Dolphins are clever and friendly animals.
(Yunus balıkları zeki ve dost hayvanlardır.)

domestic */dı'mestik/ adj* **evcil, eve ait**

Housewives have to do **lots of domestic** jobs like cleaning and cooking.
(Evhanımları temizlik ve yemek pişirme gibi birçok ev işi yapmak zorundadırlar.)

Cats are **domestic** animals.
(Kediler evcil hayvanlardır.)

donkey */'danki/ n* **eşek**

I like riding a **donkey**.
(Eşeğe binmeyi severim.)

door */do:(r)/ n* **kapı, bina girişi**

Please close the **door** for me.
(Lütfen benim için kapıyı kapatınız.)

doorbell */'do:bel/ n* **kapı zili**

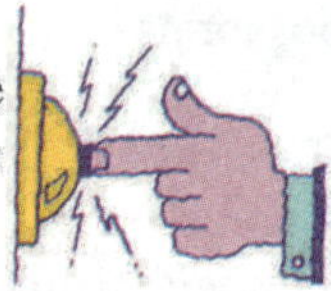

He's ringing the **doorbell.** *(Kapı zilini çalıyor.)*

dot */dot/ n* **nokta**

Put a **dot** at the end of the sentence.
(Cümlenin sonuna bir nokta koy.)

double */'dabl/ adj* **çift**

I'll pay you **double** if you finish the work quickly. *(İşi çabuk bitirirseniz size iki kat ödeyeceğim.)*

doubt */dıut/ v* **şüphe etmek**

She **doubts** the sincerity of her boyfriend.
(Erkek arkadaşının samimiyetinden şüphe ediyor.)

dough */dıu/ n* **hamur**

Helen prepared some **dough** to make pastry.
(Helen pasta yapmak için biraz hamur hazırladı.)

doughnut */dıunat/ n* **donat, bir tür çörek**

I'll have a **doughnut** and a cup of tea.
(Bir donat ve bir fincan çay alacağım.)

down */daun/ pr, adv* **aşağı, aşağıda**

He walked **down** the stairs.
(Merdivenlerden aşağı indi.)

dozen */'dazn/ n* **düzine**

I bought a **dozen** eggs.
(Bir düzine yumurta aldım.)
half a dozen **altı tane, yarım düzine**

drag */dræg/ v* **çekmek, sürüklemek**

The dog is **dragging** the kennel behind him.
(Köpek arkasından kulübeyi sürüklüyor.)

dragon */'drægın/ n* **canavar**

Dragons lives only in stories for kids.
(Canavarlar sadece çocuk hikayelerinde yaşar.)

drain pipe */'dreyn payp/ n* **boşaltma borusu, su oluğu**

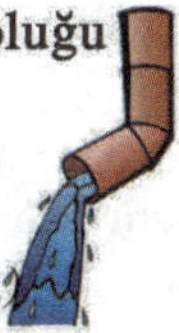

Something blocked the **drain pipe**.
(Birşey su oluğunu tıkadı.)

drama (n) **dram, tiyatro oyunu**

He's taking a **drama** course.
(Tiyatro dersi alıyor.)

draw */dro:/ v* **çizmek, kalemle resim yapmak**

He **drew** a graphic to show our loss.

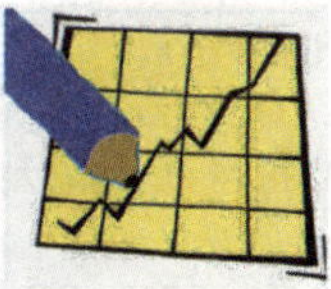

(Kaybımızı göstermek için bir grafik çizdi.)
Can you **draw** a cat?
(Bir kedi çizebilir misin?)

draw² **çekmek, seçip çekmek**

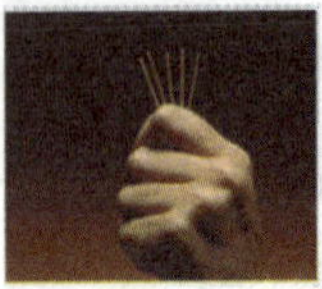

He asked me to **draw** a toothpick.
(Bir kürdan çekmemi istedi.)

draw curtains **perdeleri çekmek**

She **drew the curtains.**
(Perdeleri çekti.)

drawer */dro:(r)/ n* **çekmece**

The files are in the **drawer.**
(Dosyalar çekmecenin içinde.)

drawing */dro:ing/ n* **kalem resmi, çizim**

He's good at **drawing.**
(Kalemle resim yapmada iyidir.)

I like **drawing** very much.
(Resim yapmasını çok severim.)

drawing pin */dro:ing pin/ n* **raptiye**

I fastened the paper on the notice board with a **drawing pin.**
(Kağıdı ilan tahtasına bir raptiye ile tutturdum.)

dreadful */'dredfl/ adj* **korkunç, ürkütücü**

He had **dreadful** news.
(Korkunç haberleri var.)

I saw a **dreadful** creature in the garden. *(Bahçede korkunç bir yaratık gördüm.)*

dream */dri:m/ v* **rüya görmek**

He **dreamed** about food.
(Rüyasında yemek gördü.)

dress */dres/ n* **elbise**

The girls have lovely **dresses.**
(Kızların hoş kıyafetleri var.)

be dressed */bi dresd/ v* **giyinmek** get dressed

The boys are **getting dressed.** *(Çocuklar giyiniyorlar.)*

dried */drayd/ adj* **kurutulmuş, kuru**

dried fruit, **dried** figs *(kuru meyve, kuru incir)*

drill */dril/ v* **delmek 2. matkap**

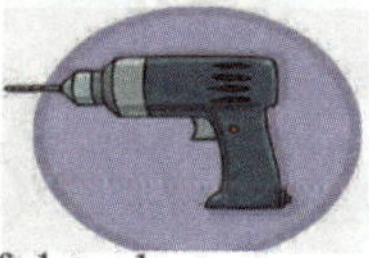

He **drilled** the wall. *(Duvarı deldi.)*
Drills are useful tools. *(Matkaplar kullanışlı aletlerdir.)*

drink */drink/ v* (drank-drunk) **içmek**

She **drank** some coffee. *(Biraz kahve içti.)*

drink */drink/ n* **içki, alkollü içki**
Can I have a **drink**? *(Bir içki alabilir miyim?)*

drip */drip/ v* **damlamak**

Water is **dripping** from the top. *(Yukardan su damlıyor.)*

drive */drayv/ v* **araba sürmek**

Can you **drive**? *(Araba sürebilir misin?)*
I **drove** to town yesterday. *(Dün şehre arabayla gittim.)*

driver */'drayvı(r)/ n* **sürücü**
He's a good **driver**. *(O iyi bir sürücüdür.)*

driving licence */'drayving laysıns/ n* **sürücü ehliyeti**

drop */drop/ v* **düşmek, düşürmek**

The laptop **dropped** from his hands. *(Diz üstü bilgisayarı elinden düştü.)*
He **dropped** the laptop. *(Diz üstü bilgisayarını düşürdü.)*

D

D

drop */drop/ n* **damla**

We need each **drop** of water. *(Her bir damla suya ihtiyacımız var.)*

I felt a **drop** of rain on my face. *(Yüzümde bir yağmur damlası hissettim.)*

drought */draut/ n* **kuraklık**

Thousands of animals died because of the **drought**. *(Kuraklık yüzünden binlerce hayvan öldü.)*

drown */draun/ v* **suda boğulmak**

Look! Someone is **drowning** in the water. *(Bak! Suda biri boğuluyor.)*

drug */drag/ n* **ilaç**

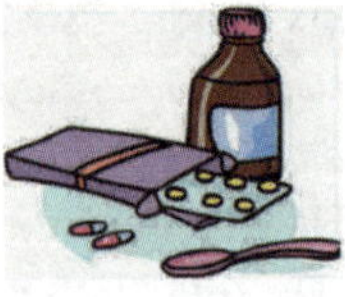

Many **drugs** are not allowed by law. *(Bir çok ilaca kanunen izin verilmez.)*

drum */dram/ n* **davul**

He's beating the **drum**. *(Davul çalıyor.)*

drummer */dramı(r)/ n* **davulcu**

drunk */drank/ adj* **sarhoş**

They are blind **drunk**. *(Körkütük sarhoşlar.)*

dry */dray/ adj* **kuru**

These towels are **dry**. *(Bu havlular kuru.)*

dry */dray/ v* **kurutmak, kurumak**

The clothes **dried** quickly outside. *(Elbiseler dışarda çabucak kurudu.)*

He **dried** his hair with a hair-dryer. *(Saçını saç kurutucu ile kuruttu.)*

dry cleaner's */dray 'kli:nız/ n* **kuru temizlemeci dükkanı**

She got her dress cleaned at the **dry cleaner's.**
(Elbisesini kuru temizleyicide temizletti.)

duck */dak/ n* **ördek**

Ducks like living near water.
(Ördekler su kenarında yaşamayı severler.)

during */'dyuring/ pr* **sırasında, esnasında**

He was in prison **during** the war.
(Savaş sırasında hapisteydi.)

dust */dast/ n* **toz**

He swept the **dust** on the floor away.
(Yerdeki tozu süpürdü.)

to do the dusting **toz almak**

She **did the dusting** this morning.
(Bu sabah toz aldı.)

dustbin */'dastbin/ n* **çöp kutusu**

Put the rubbish in the **dustbin**, please.
(Lütfen çöpü çöp kutusuna koy.)

duster */'dastı(r)/ n* **toz bezi, tahta silgisi**

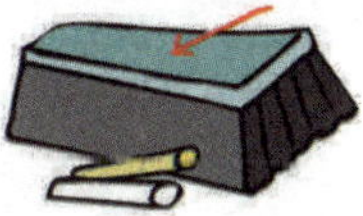

There is a **duster** and some chalk on the table.
(Masanın üzerinde bir silgi ve birkaç tebeşir var.)

dustman */'dastmın/ n* **çöpçü**

Dustmen are paid quite well in Germany.
(Çöpçülere Almanyada iyi maaş ödenir.)

D

D

dustpan /'dastpæn/ *n* **faraş**

You need a **dustpan** to brush dust into.
(Tozu içine süpürmen için bir faraşa ihtiyacın var.)

duty /'dyu:ti/ *n* **görev, vazife**

It's her **duty** as a secretary to answer the phones.
(Telefonlara cevap vermek bir sekreter olarak onun görevidir.)

dwarf /dwo:f/ *n* **cüce**

The **dwarf** has a lantern in his hand.
(Cücenin elinde bir fener var.)

dye /day/ *v* **saç boyamak**

She **dyed** her hair crimson.
(Saçını kızıla boyadı.)
Do you **dye** your hair?
(Saçını boyar mısın?)

e /i:/ *n* **e harfi**

E the fifth letter of the English Alphabet.
(E İngiliz Alfabesinin beşinci harfidir.)

each /i:ç/ *adj, p* **her bir**

Each one is a coward.
(Her biri bir korkak.)

each other **bir birini**
They accused **each other**.
(Onlar birbirlerini suçladılar.)

eager /'i:gı(r)/ *adj* **pek istekli, can atan**

The students are so **eager** to answer the question. *(Öğrenciler soruyu cevaplamak için pek hevesliler.)*

eagle /'i:gl/ *n* **kartal**

Eagles fly high and have perfect sight.
(Kartallar yüksek uçar ve mükemmel görüşleri vardır.)

ear */ıı(r)/ n* **kulak**

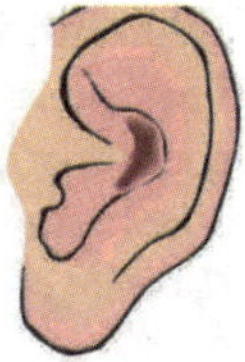

Every animal has two **ears**.
(Her hayvanın iki kulağı vardır.)
He has big **ears**.
(Koca kulakları var.)

earache */ııreyk/ n* **kulak ağrısı**

He has a terrible **earache**.
(Şiddetli bir kulak ağrısı var.)

early */'ö:li/ adv* **erken**

She woke up **early** this morning.
(Bu sabah erken kaktı.)

earn */ö:n/ v* **kazanmak, hak etmek**

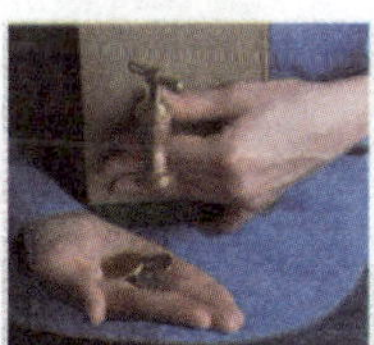

She **earns** a lot of money.
(İyi para kazanıyor.)

He's **earned** a good rest.
(İyi bir dinlenmeyi haketti.)

earring */'ıırıng/ n* **küpe**

She's wearing golden **earrings**.
(Altın küpeler takıyor.)

earth */ö:th/ n* **dünya gezegeni, yerküre, toprak**

The **earth** is almost round.
(Dünya hemen hemen yuvarlaktır.)
The **earth** shook beneath our feet. *(Ayağımızın altında toprak sallandı.)*

earthquake */'ö:thkweyk/ n* **deprem**

The **earthquake** damaged the whole town.
(Deprem bütün kasabayı harap etti.)

east */i:st/ n* **doğu**

Florida is in the **east** of the USA.
(Florida ABD'nin doğusundadır.)

easy */i:zi/ adj* **kolay**

This is an **easy** exercise for him. *(Bu onun için kolay bir egzersizdir.)*

eat */i:t/ v (ate-eaten)***yemek, yemek yemek**

He is **eating** a big sandwich. *(Büyük bir sandviç yiyor.)*

echo */'ekıu/ v* **yankılanmak**
2. yankı

Our voices **echoed** in the valley. *(Sesimiz vadide yankılandı.)*

I can hear the **echo** of my own sound. *(Kendi sesimin yankısını duyabiliyorum.)*

economic */i:kı'nomik/ adj*
ekonomik

I've got some **economic** problems.
(Bazı ekonomik sorunlarım var.)

economical **ekonomik**

economy */i'konımi/ n*
ekonomi, iktisat

The country's **economy** is developing. *(Ülkenin ekonomisi gelişiyor.)*

edge */ec/ n* **kenar, uc**

The donkey is hanging on the **edge** of a cliff. *(Eşek uçurumun kenarında asılı duruyor.)*

edition */i'dişn/ n* **baskı**

He's selling the evening **edition** of a well-known newspaper. *(Meşhur bir gazetenin akşam baskısını satıyor.)*

editor */'editı(r)/ n* **editör**

He's the **editor** of the magazin. *(O, derginin editörüdür.)*

educate */ecukeyt/ v* **eğitim ve öğretim vermek**

She's a well **educated** teacher.
(O iyi eğitimli bir öğretmendir.)
She **educates** her students well. *(O öğrencilerini iyi eğitir.)*

education */ecukeyşın/ n* **eğitim, tahsil**

effect */i'fekt/ n, v* **etki, sonuç, etkilemek**

The wind has a bad **effect** on his speed.
(Rüzgarın onun hızında kötü etkisi var.)

effort */efıt/ n* **çaba, gayret**

With a great **effort** he moved the iron safe.
(Büyük bir çaba ile demir kasayı taşıdı.)

egg */eg/ n*
I ate an **egg** for breakfast.
(Kahvaltıda bir yumurta yedim.)

elastic */i'læstik/ adj* **esnek**

Rubber is an **elastic** substance.
(Lastik esnek bir maddedir.)

elbow */'elbıu/ n* **dirsek**

We need an **elbow** to fix the pipes.
(Boruları tutturmak için bir dirseğe ihtiyacımız var.)

He hurt his **elbow**.
(O dirseğini incitti.)

E

elect */i'lekt/ v* **seçmek**

He was **elected** as Chairman of the committee.
O, kurul başkanı seçildi.

election */i'lekşn/ n* **seçim**
His party won the **election**.
(Onun partisi seçimi kazandı.)

electric */i'lektrik/ adj* **elektrikli**

It's an **electric** hair drier.
(Bu bir elektrikli saç kurutma makinesidir.)

electrician */i'lektrişn/ n*
elektrikçi

We called an electrician to fix the sockets. *(Prizleri takması için bir elektrikçi çağırdık.)*

electricity */i,lekt'ricıti/ n*
elektrik

Water conducts electricity easily. *(Su elektriği kolay iletir.)*

electronics */i,lek'troniks/ n*
elektonik 2. elektrikli eşyalar

Jim studies electronics at university. *(Jim üniversitede elektronik okuyor.)*

elegant */'eligant/ adj* **zarif, şık, kibar**

She is a tall elegant woman. *(Uzun boylu zarif bir kadındır.)*
She's wearing an elegant necklace. *(Şık bir kolye takıyor.)*

element */'eliment/ n*
element, eleman

Manganese is a grey hard element. *(Mangenez gri sert bir elementtir.)*

elementary */eli'mentri/ adj*
temel, başlangıç

His English is at the elementary level. *(Onun İngilizcesi başlangıç seviyesindedir.)*
elementary school **ilkokul**

elephant */'elifınt/ n* **fil**

They use elephants to move big logs. *(Büyük kütükleri taşımada filleri kullanırlar.)*

elevator */'eliveytı(r)/ n*
asansör

Some people are afraid of taking an elevator. *(Bazı insanlar asansöre binmeye korkarlar.)*

embarrassed */im'bærıst/ adj*
sıkılmak, utanmak

I feel so **embarrassed** when I think of how I behaved.
(Nasıl davrandığımı düşününce çok utanıyorum.)

embassy */'embısi/ n* **elçilik**

I'll go to the Swiss **embasy** to get a visa.
(Vize almak için İsviçre elçiliğine gideceğim.)

emergency */i'mö:cınsi/ n*
acil durum, Öncelik

The hospital has to treat **emergencies**.
(Hastane acil durumlara bakmak zorunda.)
emergent*/i'mö:cınt/ adj* **acil**

emigrant */'emigrınt/ n*
göçmen

There are many **emigrants** in the USA.
(Amerikada çok göçmen vardır.)

emigrate */'emigreyt/ v*
göç etmek

They are **emigrating** to a neighbouring country. *(Komşu bir ülkeye göç ediyorlar.)*
emigration */'emigreyşn/ n* **göç**

emotion*/i'mıuşn/ n* **kuvvetli duygu**

Anger and love are **emotions**. *(Öfke ve aşk kuvvetli duygulardır.)*
emotional */ adj* **duygusal**

emperor */'empırı(r)/ n*
imparator

Atilla was a great **emperor.** *(Atilla büyük bir imparatordu.)*
empire
/'empayı(r)/ n **imparatorluk**

employ */im'ploy/ v* **iş vermek, işe almak**

He **employed** him as an accountant.
(Onu muhasebeci olarak işe aldı.)
employee */im'ployi:/ n* **işçi**

E

employer */im'ployı(r)/ n* **işveren**

The **employer** is very angry with our work today. *(İşveren bugünkü işimiz için çok öfkeli.)*

empty */'empti/ adj* **boş**

His pockets are **empty**. He has nothing in them. *(Cepleri boş. İçlerinde hiç birşey yok.)*

enclose */in'klıuz/ v* **içine koymak**

He **enclosed** the milk bottles in boxes. *(Süt şişelerini kutulara koydu.)*
I **enclosed** some money. *(Zarfa biraz para koydum.)*

end */end/ n* **son**

He came to the **end** of the road. *(Yolun sonuna geldi.)*

end */end/ v* **bitmek, sona ermek, bitirmek**

The movie **ended** at eleven. *(Film saat on birde sona erdi.)*

enemy */'enımi/ n* **düşman**

They attacked the **enemy** on skis. *(Kayaklar üzerinde düşmana hücum ettiler.)*

energy */'enıci/ n* **enerji**

We need lots of **energy** for the factories. *(Fabrikalar için çok enerjiye ihtiyacımız var.)*

engaged */in'geycd/ adj* **meşgul**

She was **engaged** answering all the phones. *(Bütün telefonları cevaplamakla meşguldü.)*

engaged */in'geycd/ adj* **nişanlı**

My brother is **engaged** to Ann and they will be married next month. *(Kardeşim Ann ile nişanlı ve gelecek ay evlenecekler.)*

engine */'encin/ n* **motor, lokomotif**

a car **engine**
(araba motoru)

engine driver **lokomotif sürücüsü**

engineer */enci'niı(r)/ n* **mühendis**

I want to be an **engineer** very much.
(Bir mühendis olmayı çok istiyorum.)

enjoy */in'coy/ v* **hoşlanmak, zevk almak**

They **enjoy** dancing very much.
(Dans etmekten çok zevk alıyorlar.)

enough */i'naf/ adv, p* **yeterli, kafi**

Enough! Don't talk too much!
(Yeter! Çok konuşma!)
We have **enough** flour to make a cake.
(Pasta yapmak için yeterli unumuz var.)

enrol/enroll */in'rıul/ v* **kayıt olmak**

They **enrolled** at the local school.
(Bölgelerindeki okula kayıt oldular.)

enter */'entı(r)/ v* **girmek**

He **entered** the museum.
(Müzeye girdi.)

enter² **katılmak**

He decided to **enter** the army.
(Orduya katılmaya karar verdi.)

She **entered** the contest and won.
(Yarışmaya katıldı ve kazandı.)

entertain */entı'teyn/ v* **eğlendirmek, ağırlamak**

Television **entertains** us with interesting programmes.

(Televizyon bizi ilginç programlar ile eğlendirir.)

entertainer */entı'teynı(r)/ n* **eğlendirici**

Bill is an **entertainer**. *(Bill bir eğlendiricidir.)*

entertainment */enti'teynmınt/ n* **eğlence**

enthusiastic */in'thyu:ziæstik/ adj* **şevkli**

He's very **enthusiastic** about the holiday. *(Tatil için çok hevesli.)*

enthusiasm */ n* **şevk, heves**

entrance */entrıns/ n* **giriş**

Here's the **entrance** to the castle. *(Kaleye giriş buradan.)*

envelope */'envılıup/ n* **zarf**

I put the letter in an **envelope**. *(Mektubu bir zarfa koydum.)*

envious */enviıs/ adj* **kıskanç**

He was **envious** of his friend. *(Arkadaşını kıskandı.)*

environment */in'vayırınmınt/ n* **çevre**

We need a clean **environment**. *(Temiz bir çevreye ihtiyacımız var.)*

envy */envi/ v* **kıskanmak**

He **envied** the man in the restaurant. *(Lokantadaki adamı kıskandı.)*

equal */i:kwıl/ adj* **eşit**

They ordered an **equal** number of hamburgers; three for each.
(Eşit sayıda hamburger ısmarladılar; her biri için üç tane.)

equator */ı'kweytı(r)/ n* **ekvator**

Climate near the **equator** is very hot.
(Ekvator yakınlarında iklim çok sıcaktır.)

equipment */i'kwipmınt/ n* **teçhizat, ekipman**

These are exercising **equipment**.
(Bunlar egzersiz teçhizatı.)

erase */i'reyz/ v* **silmek**

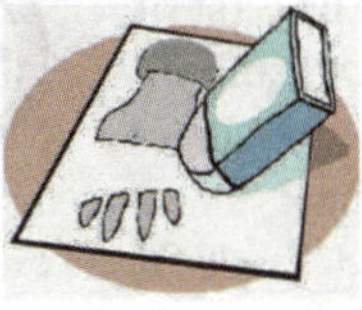

He **erased** the drawing.
(Çizimi sildi.)

eraser */i'reysı(r)/ n* **silgi**

I have **erasers** in different colours.
(Farklı renklerde silgilerim var.)

erect */i'rekt/ adj* **dik durumda, dikmek**

He **erected** the tent.
(Çadırı dikti.)

error */'erı(r)/ n* **hata**

He made a simple **error** and sent the e-mail to the wrong address. *(Basit bir hata yaptı ve emaili başka bir adrese gönderdi.)*

escalator */eskıleytı(r)/ n* **yürüyen merdiven**

We took the **escalator** to the ground floor.
(Yürüyen merdivenle aşağı indik.)

escape */ı'skeyp/ v* **kaçmak**

The prisoner **escaped** at night. *(Mahkum gece kaçtı.)*

establish */i'stæbliş/ v* **kurmak, tesis etmek**

This factory was **established** in 2001. *(Bu fabrika 2001 yılında tesis edildi.)*

estate agent */i'steyt eycınt/ n* **emlakçı**

The **estate agent** showed us a nice house. *(Emlakçı bize güzel bir ev gösterdi.)*

estimate */estimeyt/ v* **tahmin etmek, kestirmek**

He **estimated** that the house cost $2 million. *(Evin iki milyon dolar edeceğini tahmin etti.)*

Euro or **euro** */'yuırıu/ n* **Evro, AB parası**

One **euro** is about two Turkish liras at the moment. *(Şu anda 1 evro yaklaşık 2 TL'dir.)*

Europe */'yuırıp/ n* **Avrupa**

Europe is one of the seven continents. *(Avrupa yedi kıtadan biridir.)*

European */yuırı'pi:ın/ adj* **Avrupalı**

evaporate */i'væpıreyt/ v* **buharlaşmak**

Water **evaporates** when it is heated. *(Isıtılınca su buharlaşır.)*

eve */i:v/ n* **arife günü**

The 31st of December is New Year's **Eve**. *(31 Aralık Yeni Yıl arifesidir.)*

even */ivn/ adj* **eşit, düz, pürüzsüz**

The river has an **even** surface. *(Irmağın düz, pürüzsüz bir yüzeyi var.)*

evening */i:vning/ n* **akşam**

They spent the **evening** together at home yesterday. *(Dün akşamı evde birlikte geçirdiler.)*

event */i'vent/ n* **olay, vaka**

Championship is a great **event** for them. *(Şampiyonluk onlar için büyük bir olay.)*

ever */'evı(r)/ adv* **hiç, her zamanki**

Have you **ever** been abroad? *(Hiç yurt dışına çıktın mı?)*
She sang better than **ever**. *(Her zamankinden daha iyi şarkı söyledi.)*

ever since **... beri**

I have had the hottest July **ever since** I was born. *(Doğumumdan beri en sıcak Temmuz ayını yaşadım.)*

every */'evri/ adj* **her**

Every child should play some musical instrument. *(Her çocuk bir müzik enstrümanı çalmalı.)*

everybody */'evrlbadi/* **herkes**

everyone */'evriwan/*

I like **every-one** on the team. *(Takımda herkesi seviyo-rum.)*

everything */'evrithing/ p* **herşey**

He broke **every-thing** in his room. *(Odasındaki herşeyi kırdı.)*

E

everywhere */'evriweı(r)/ p* **heryer**

It was early morning and **everywhere** was very silent. *(Sabahın erken vaktiydi ve her yer çok sessizdi.)*

evidence */'evidıns/ n* **kanıt, bulgu, delil**

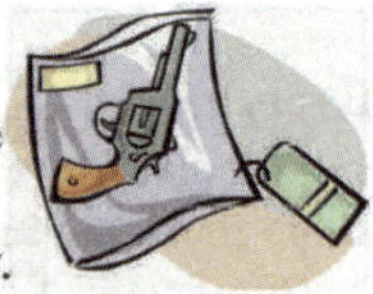

This gun is the **evidence** of the murdery. *(Bu silah cinayetin kanıtıdır.)*

evil */'i:vil/ adj* **kötü, fena**

In the film the good queen saves her from an **evil** enemy. *(Filmde iyi kraliçe onu kötü düşmandan koruyor.)*

exact */ig'zækt/ adj* **tam, kesin**

Can you tell me the **exact** size of your head? *(Bana kafanın tam ölçüsünü söyleyebilir misin?)*

exactly */ig'zæktli/ adv* **tam olarak, kesinlikle**

examination (also **exam**) */ig zæmi'neyşn/ n* **sınav 2. muayene**

She took an **examination** yesterday. *(Dün bir sınav oldu.)* You need a doctor's **examination**. *(Bir doktor muayenesine ihtiyacın var.)*

examine */ıg'zæmin/ v* **muayene etmek**

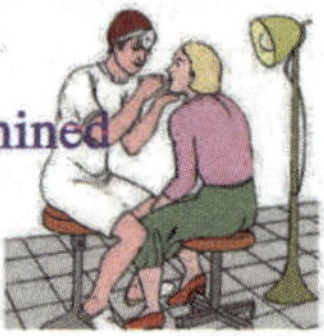

The dentist **examined** my teeth. *(Dişçi dişlerimi muayene etti.)*

example */ig'za:mpl/ n* **örnek, misal**

He sounded an **example** of 'A' sound. *('A' sesinin bir örneğini seslendirdi.)*

for example **örneğin**

exceed */ık'si:d/ v* **aşmak**

If you **exceed** the speed limit you are given a fine. *(Eğer hız sınırını aşarsan ceza alırsın.)*

excellent */'eksılınt/ adj*
mükemmel, kusursuz

His exam result is **excellent**.
(Onun sınav sonucu mükemmel.)

except */ik'sept/*
p **hariç, dışında**

You can park here every day **except** Sunday.
(Buraya Pazar günü hariç her gün park edebilirsin.)

exception */ik'sepşn/ n*
istisna

exchange */iks'çeync/ v* **değiş tokuş yapmak**

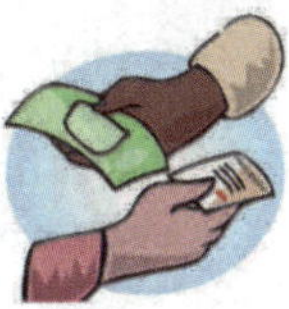

He **exchanged** his ticket for some money.
(Biletini biraz para ile değiştirdi.)

excited */ik'saytit/ adj*
heyecanlı

He got **excited** as he met her.
(Ona rastlayınca heyecanlandı.)

exciting */ik'sayting/ adj*
heyecan verici

Riding in a hot air balloon is very **exciting**.
(Sıcak hava balonuna binmek çok heyecan vericidir.)

exclaim */ik'skleym/ v*
bağırmak, haykırmak

"I love you!"he **exclaimed**.
("Seni seviyorum!" diye bağırdı.)

exclamation */iksklımeyşn/*
n **nida**

excuse */ik'skyu:z/ v*
bağışlamak, affetmek

Please **excuse** me.
(Lütfen beni bağışlayın.)

execute */'eksikyu:t/ v*
idam etmek
execution (n)
idam
executioner
/eksi'kyu:şnı/ n
cellat

executive /ig'zekyutiv/ *n* **üst yönetici**

Bob became an **executive**. *(Bob üst yönetici oldu.)*

exercise /'eksısayz/ *n* **egzersiz, alıştırma**

He does 30 minutes of running **exercise** everyday. *(Her gün otuz dakikalık koşma egzersizi yapıyor.)*

exhausted /ig'zo:stid/ *adj* **yorgun, bitmiş**

I'm **exhausted** after an hour's cycling. *(Bir saat pedal çevirmeden sonra bittim.)*

exhausting /ig'zo:sting/ *adj* **yorucu, bitirici**

exhibit /eks'hibit/ *v* **sergilemek**

She **exhibited** her paintings at our school. *(Resimlerini okulda sergiledi.)*

exhibition / *n* **sergi**

exist /ig'zist/ *v* **var olmak**

Dinosaurs no longer **exist**. *(Dinazorlar artık yok.)*

existence / *n* **var olma**

exit /'eksit/ *n* **çıkış**

The sign says that the **exit** is on the right. *(İşaret çıkışın sağda olduğunu söylüyor.)*

exotic /ig'zotik/ *adj* **yaban, dışardan gelme**

This is an **exotic** bird. *(Bu bir yaban kuşudur.)* It has **exotic** colours. *(Çok egzotik renkleri var.)*

expand /ik'spænd/ *v* **genişlemek**

Metals **expand** when they are heated. *(Metaller ısıtılınca genişler.)*

expansion /ik'spænşn/ *n* **genleşme**

expect */ik'spekt/ v* **ummak, beklemek**

She's **expecting** a baby.
(Bir bebek bekliyor.)

I'm **expecting** a call. *(Bir telefon bekliyorum.)*

expensive */ik'spensiv/ adj* **pahalı**

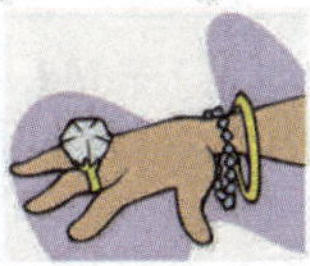

This ring is very **expensive.**
(Bu pahalı bir yüzük.)

experienced */ik'spiıriınst/ adj* **deneyimli**

He's an **experienced** guide.
(O deneyimli bir rehberdir.)

experiment */ik'sperimınt/ n* **deney**

We made an **experiment** last lesson.
(Geçen ders bir deney yaptık.)

expert */'ekspı:t/ n* **uzman kişi, eksper**

He's an **expert** in jewellery.
(O, mücevheratta bir uzmandır.)

expert */'ekspı:t/ adj* **uzman**

explain */ik'spleyn/ v* **açıklamak**

Can you **explain** what you have done?
(Ne yaptığını açıklayabilir misin?)

explanation */ekspli'neyşn/ n* **açıklama**

explode */ik'splıud/ v* **patlamak**

A bomb **exploded** there last night.
(Orada geçen gece bir bomba patladı.)

exploration */ik'splo:reyşn/ n* **keşif**

Exploration of the space began in early ages.
(Uzay keşfi erken çağlarda başladı.)

explore */ik'splo:(r)/ v* **keşfetmek**

They **explored** an ancient city in the Great Sahara?
(Büyük Sahra'da eski bir şehir buldular.)

explorer */ik'splo:rı(r)/ n* **kaşif**

explosion */ik'spliu:jn/ n* **patlama**

There was a great **explosion** near the station.
(İstasyonun yakınında büyük bir patlama oldu.)

explosive */ik'splıusiv/ adv* **patlayıcı**

export */'ikspo:t/ v* **ihraç etmek**

We **export** lots of industrial products to European Countries.
(Avrupa ülkelerine bir çok endüstriyel ürün ihraç ediyoruz.)

exporter */'ikspo:tı/ n* **ihracatçı**

express */ik'spres/ v* **ifade etmek**

He **expressed** his sorrow with tears.
(Acısını gözyaşları ile ifade etti.)

expression */ik'spreşn/ n* **ifade**

extend */ik'stend/ v* **yayılmak, yaymak, uzanmak**

He **extended** his hand to pull her up.
(Onu yukarı çekmek için elini uzattı.)

extension */ik'stenşn/ n* **uzatma, eklenti**

We added new **extensions** to the telephone. *(Telefona yeni eklentiler yaptık.)*
My **extension** number is 12.
(Benim dahili numaram 12 dir.)

exterior */ik'stiıriı(r)/ adj, n* **dış taraf, hariç, dış**

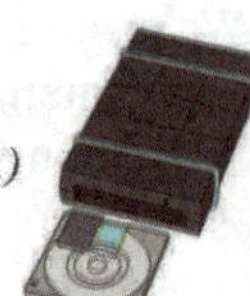

The **exterior** of the hard disc is clean.
(Harddiskin dışı temiz.)

external */ik'stı:nl/ adj* **harici**

extinguish */ik'stingwiş/ v* **söndürmek**

The fire brigade **extinguished** the fire. *(İtfaiye yangını söndürdü.)*

extinguisher */ik'stingwişı/ n* **yangın söndürücü**

extreme */ik'stri:m/ adj* **en ucdaki, tehlikeli, büyük**

He enjoys **extreme** sports. *(Tehlikeli sporlardan zevk alır.)*

extremely dangerous *(son derece tehlikeli)*

eye */ay/ n* **göz**

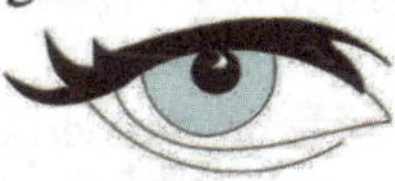

She has green **eyes**. *(Yeşil gözleri var.)*

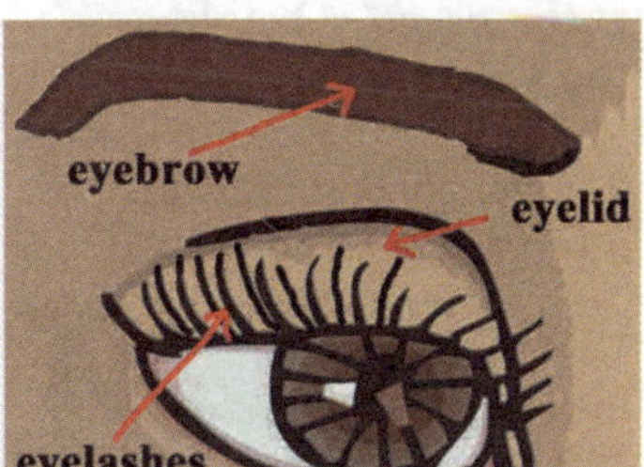

eyebrow */'aybrau/ n* **kaş**

She raised **her eyebrows** in disbelief. *(İnanmayarak kaşlarını kaldırdı.)*

eyelash */'aylæş/ n* **kirpik**

She has long **eyelashes**. *(Uzun kirpikleri var.)*

eyelid */'aylid/ n* **göz kapağı**

eyeglasses */'aygla:siz/ n* **gözlük**

eyesight */'aysayt/ n* **görme kabiliyeti**

Looking at the computer screen for a long time can damage your **eyesight**. *(Uzun süre bilgisayara bakmak görmene zarar verebilir.)*

eyewitness */'ay witnıs/ n* **tanık**

Helen was the **eyewitness** to the bank robbery. *(Helen banka soygunu tanığıydı.)*

f /ef/ *n* **f harfi**

F is the sixth letter of the English Alphabet. *(F İngiliz Alfabesinin 6. harfidir.)*

fable /'feybl/ *n* **fabl, alegorik hikaye**

I like **fables**. *(Fablları severim.)*

fabled /*adj* **gerçek değil, hayali**

face /feys/ *n* **yüz, surat**

She doesn't have a smile on her **face**. *(Yüzünde bir gülümseme yok.)*

fact /fækt/ *n* **gerçek**

The **fact** is that she's only 12. *(Gerçek şu ki o henüz 12 yaşında.)*

in fact, in actual fact

gerçekte, aslında

She looks 15 **in fact** she's only 12. *(On beşinde gösteriyor aslında 12 yaşında.)*

factory /'fæktıri/ *n* **fabrika**

There is an automobile **factory** in Gebze. *(Gebze de bir otomobil fabrikası var.)*

fade /feyd/ *v* **solmak, önemini kaybetmek**

If you wash jeans too often, they will **fade**. *(Kotu sık sık yıkarsan solar.)*

fail /feyl/ *v* **başarısız olmak, kalmak**

His attempt to talk to the boss **failed**. *(Patronla konuşma teşebbüsü başarısız oldu.)*

failure /'feylyı(r)/ *n* **başarısızlık**

faint /feynt/ *n* **bayılma, zayıf, cılız,** *(v)* **bayılmak**

a **faint** sound *(cılız bir ses)*
a **faint** light *(cılız bir ışık)*

He **fainted** in the street. *(Sokakta bayıldı.)*

fair */feı(r)/ adj* **adil**

You took all my money. It's not **fair**.
(Bütün paramı aldın. Bu adil değil.)

fair2 **idare eder**

His writing is good, but his reading is only **fair**.
(Yazması iyi ama okuması idare eder.)

fair */feı(r)/ n* **açık tenli, kumral**

She has **fair** skin and **fair** hair.
(Açık teni ve kumral saçları var.)

fair2 */feı(r)/ n* **fuar**

Let's go to the **fair** tonight.
(Haydi bu akşam fuara gidelim.)

fairy */'feıri/ n* **peri**
fairy tale / *n* **peri masalı**

I like **fairy tales.**
(Peri masallarını severim.)

fake */feyk/ n, adj* **sahte, yapma, takma**

This painting is a **fake**.
(Bu resim bir taklit.) Her right leg is **fake**. *(Sağ bacağı takma.)*

fall */fo:l/ v* (fell-fallen) **düşmek**

He **fell** off his motorcycle. *(Motosikletinden düştü.)*

fall asleep **uyuya kalmak**

She **fell asleep** at her desk.
(Sırasında uyuya kaldı.)

fall in love with someone **aşık olmak**

Mike **fell in love with a waitress**.
(Mike bir bayan garsona aşık oldu.)

fall2 **sonbahar**

I like the **fall** season best.
(En çok sonbaharı severim.)

F

false */fo:ls/ adj* **yanlış, sahte gerçek değil**

He has a **false** smile on his face.
(Yüzünde sahte bir gülücük var.)

false2 **sahte**

He's an expert in making **false** money.
(Sahte para yapımında bir uzmandır.)

family */fæmıli/ n* **aile**

We're a **family** of three.
(Biz üç kişilik bir aileyiz.)

famous */feymıs/ adj* **ünlü**

She's a **famous** singer. *(O ünlü bir şarkıcıdır.)*
This city is **famous** for its beautiful buildings.
(Bu şehir güzel binaları ile ünlüdür.)

fan */fæn/ n* **yelpaze , vantilatör**

It's hot. We need a **fan.**
(Hava sıcak bir vantilatöre ihtiyacımız var.)

fantastic */fæntæstik/ adj* **büyüleyici, acayip**

This painting is **fantastic**.
(Bu resim acayip.)

You look **fantastic** in that dress. *(Bu elbise içinde büyüleyic görünüyorsun.)*

far */fa:(r)/ adj* **uzak, uzakta**

"How **far** is the ship?" "It is very **far**. "
("Gemi ne kadar uzakta." "Çok uzakta.")

farm */fa:m/ n* **çiftlik**

Ali Baba had lots of animals on his **farm**.
(Ali Babanın çiftliğinde çok hayvanı vardı.)

farmer */'fa:mı/ n* **çiftçi**

I came from a **farmers** family. *(Ben çiftçi bir aileden geliyorum.)*

farmhouse */'fa:mhaus/ n* **çiftlik evi**

I grew up in a **farmhouse.** *(Ben bir çiftlik evinde büyüdüm.)*

farmyard */'fa:mya:d/ n* **çiftlik avlusu**

fashion */'fæşn/ n* **moda**

Do you like the **fashion** for short skirts? *(Kısa etek modasını seviyor musun?)*

fashion designer **moda tasarımcısı**/*'fæşn dizaynı/ n*

Paul is a famous **fashion designer.** *(Paul ünlü bir moda tasarımcısıdır.)*

fast */fa:st/ adj* **hızlı 2. ileri 3. (adv) hızlı**

He is a **fast** cyclist. *(Hızlı bir bisikletçidir.)*
My watch is a bit **fast**. *(Saatim biraz ileri.)*
He rides **fast** . *(Hızlı sürer.)*

fast */fa:st/ v* **oruç tutmak, perhiz yapmak**

Moslems **fast** in Ramadan for a month. *(Müslümanlar Ramazanda bir ay oruç tutar.)*

fasten */'fa:sn/ v* **bağlamak, tutturmak, kilitlemek**

She's **fastening** her bag. *(Çantasını kilitliyor.)*
Fasten your belts. *(Kemerlerinizi takınız.)*

fast food */fa:st 'fu:d/ n* **hazır yemek**

Children like **fast food.** *(Çocuklar hazır yemekleri seviyorlar.)*

F

fat */fæt/ adj* **şişman**

They are both too **fat** to run fast.
(İkisi de hızlı koşmak için aşırı şişmanlar.)

fat² **yağ**

She isn't pleased with her **fat**.
(Yağlarından hoşnut değil.)

Taking too much **fat** is not healthy.
(Çok yağ almak sağlıklı değil.)

fatal */'feytl/ adj* **ölümcül, öldürücü**

He had a **fatal** wound. *(Öldürücü bir yarası vardı.)*
He made a **fatal** mistake of falling in love with her. *(Ona aşık olmakla ölümcül bir hata yaptı.)*

father */'fa:dı/r)/ n* **baba**

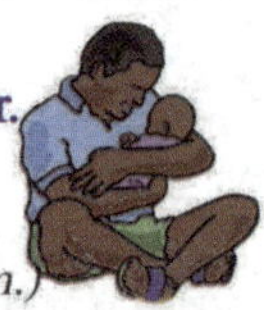

He's a good **father.**
(O, iyi bir babadır.)
I like my **father**.
(Ben babamı severim.)

father-in-law */'fa:dır il lo:/* **kayınbaba**

I get on very well with my **father-in-law.**
(Kayınbabamla iyi geçinirim.)

faucet */'fo:sit/ n* **musluk**

The **faucet** is leaking.
(Musluk damlatıyor.)

fault */'fo:sit/ n* **hata**

There's a **fault** in the program.
(Programda bir hata var.)
I'm sorry, it's my **fault**. *(Üzgünüm, benim hatam.)*

favourite */'feyvırit/ adj* **sevilen, sevdiğiniz**

This is my wife's **favourite** perfume. May I have a bottle of it?
(Bu benim karımın sevdiği parfüm. Bir şişe alabilir miyim?

fax /fæks/ *n, v* **faks, faks çekmek**

I had a **fax** from the company. *(Şirketten bir faks aldım.)*

fear /fiı(r)/ *v (feared-feared)* **korkmak**

He **fears** spiders a lot. *(Akreplerden çok korkar.)*

fear /fiı(r)/ *n* **korku**

He climbed on the table in **fear**. *(Korkuyla masanın üstüne tırmandı.)*

feather /'fedı(r)/ *n* **tüy**

He's sleeping in a **feather** bed. *(Tüy yatakta uyuyor.)*

fed up /fed 'ap/ *adj* **bıkmak**

We are **fed up** with doing the same thing all day. *(Her gün aynı şeyleri yapmaktan bıktık.)*

fee /fi:/ *n* **ücret**

He paid the entrance **fee** to visit the park. *(Parkı ziyaret için giriş ücreti ödedi.)*

F

feed /fi:d/ *v* (fed-fed) **beslemek**

She's **feeding** the pigeons. *(Güvercinleri besliyor.)*

feel /fi:l/ *v* (felt-felt) **hissetmek**

Sally isn't **feeling** well today. *(Sally bügün kendini iyi hissetmiyor.)*

feel sure /fi:l 'şoı/ *v* **emin olmak** I **feel sure** he loves me. *(Eminim beni seviyor .)*

feel like something **canı çekmek, istemek**

I'm very sleepy. I **feel like** sleeping all day. *(Uykusuzum. Bütün gün uyumak istiyorum.)*

feet */fi:t/ n* **ayaklar**
You have two feet. *(İki ayağın vardır.)*

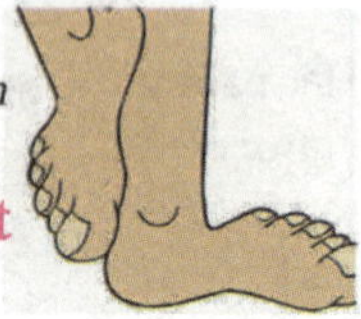

on your feet **ayakta**
I've been on my feet all day. *(Bütün gün ayaktaydım.)*

F

female */'fimeyl/ adj* **dişi, kadın**

This perfume is for female. *(Bu parfüm bayanlar için.)*

fence */fens/ n* **çit**
We have a wooden fence around our garden. *(Bahçemizin etrafında tahta bir çit var.)*

ferry */'feri/ n* **feribot, araba vapuru**

A ferry crosses the strait every fifteen minutes. *(Her onbeş dakikada bir, bir feribot boğazı geçer.)*

festival */'festivl/ n* **festival, şölen**

There is a festival of music and dance in the town. *(Şehirde bir müzik ve dans şöleni var.)*

fever */'fi:vı(r)/ n* **vücut ısısı, ateş**

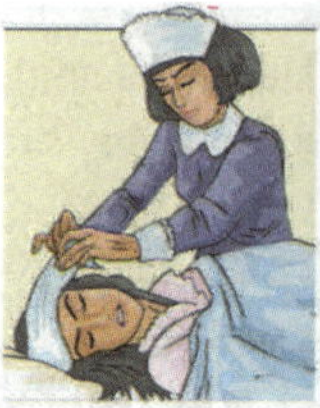

He has a fever. *(Onun ateşi var.)*

feverish */'fi:vıriş/ adj* **korkulu**
I had feverish dreams last night. *(Dün gece korkulu rüyalar gördüm.)*

few */fyu:/ adj, p* **istenilenden az sayıda**

There are too few eggs for ten people. *(On kişi için yeterinden az yumurta var.)*

a few **bir kaç tane**
We have a few eggs. *(Bir kaç yumurtamız var.)*

quite a few **oldukça çok, epeyi** - There are quite a few eggs. *(Epeyi yumurtamız var.)*

fiance /fi'onsey/ *n* **nişanlı (erkek)**

Her fiance is called George. *(Onun nişanlısının adı George.)*

fiancee /fi'onsey/ **nişanlı (kız)**

His fiancee is called Susan. *(Onun nişanlısının adı Susan.)*

field /fi:ld/ *n* **tarla**

They have a large field of cotton. *(Onların geniş pamuk tarlaları var.)*

fierce /fiıs/ *adj* **vahşi, azılı**

They have a fierce dog. *(Azılı bir köpekleri var.)*

fig /fig/ *n* **incir**

There's a fig tree in our garden. *(Bahçemizde bir incir ağacı var.)*

fight /fayt/ *v* (fought-fought) **kavga etmek 2. Dövüş, kavga**

They fought outside. *(Dışarıda kavga ettiler.)* There is a fight outside. *(Dışarıda bir kavga var.)*

figure /'figı(r)/ *n* **rakam, şekil, kişi, biri**

There was a lion figure near the door. *(Kapının yanında bir aslan figürü var.)*

file /fayl/ *n* **dosya**

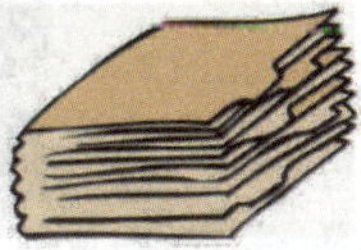

I keep the documents in a file. *(Belgeleri bir dosyada saklıyorum.)*

file[2] /fayl/ *n* **eğe, törpü 2. eğelemek, törpülemek**

We have various files. *(Çeşitli eğelerimiz var.)* She filed her nails. *(Tırnaklarını törpüledi.)*

F

filing cabinet */fayling kæbınit/ n* **dosya dolabı**

Your document is in the **filing cabinet**.
(Senin belgen dosya dolabında.)

fill */fil/ v* **doldurmak**
He **filled** his **canteen** with water.
(Matarasını suyla doldurdu.)

film */film/ n* **film**

There's a Charlie Chaplin **film** on TV tonight.

(Bu gece TV'de bir Charlie Chaplin filmi var.)

film2 **film**

This is the last **film** I have.
(Bu sahip olduğum son film.)

film star */'film sta:(r)/ n* **film yıldızı**

Garbo Minelli was a great **film star**.
(Garbo Minelli büyük bir film yıldızıydı.)

filter */'filtı(r)/ n* **süzgeç, filtre**

We have a water **filter** in the kitchen.
(Mutfakta bir su filtremiz var.)

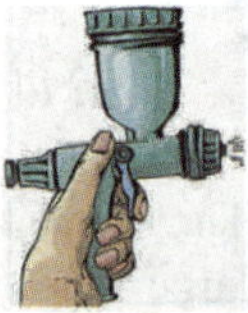

final */'falnl/ adj* **final, son**

The **final** scene of the play was extraordinary.
(Filmin sonu olağan üstüydü.)

finally */'faynıli/ adv* **nihayet, son olarak**

My parents **finally** let me marry. *(Ailem nihayet evlenmeme izin verdi.)*
Finally, I'd like to thank you for your hard work.
(Son olarak sıkı çalışmanız için size teşekkür etmek isterim.)

finals */faynls/ n* **bitirme sınavları**

We'll have the **finals** next week. *(Gelecek hafta bitirme sınavlarımız var.)*

finance */faynæns/ n* **mali durum, maliye**

financial */fay'nænşl/ adj* **parasal**

I've got some **financial** problems. *(Bazı parasal sorunlarım var.)*

find */faynd/ v* (found-found) **bulmak**

I **found** it at last. *(Sonunda onu buldum.)*

fine */fayn/ adj* **iyi, güzel**

His painting is quite **fine**. *(Onun resmi oldukça iyi.)*

"How are you?" "**Fine** thank you." *("Nasılsın?" "İyiyim, teşekkürler.")*

fine */fayn/ n* **para cezası**

The traffic warden gave him a **fine**. *(Trafik memuru ona ceza kesti.)*

finish */'finiş/ n* **bitiş noktası**

They arrived at the **finish** together. *(Bitiş noktasına birlikte vardılar.)*

finish */'finiş/ v* **bitirmek**

They **finished** the race together. *(Yarışı birlikte bitirdiler.)*

fire */'fayı(r)/ n* **ateş, yangın**

There was a big **fire** in the town last night. *(Dün gece kasabada büyük bir yangın vardı.)*

fire */'fayı(r)/ v* **ateş etmek**

They **fired** their machine guns into the air. *(Makinalı tüfeklerini havaya ateşlediler.)*

fire brigade */fayıbrigeyd/ n* **itfaiye** *(Am. E)* fire department

fire engine */'fayır encin/ n* **itfaiye arabası**

fire extinguisher */'fayır ıkstingwışı(r)/ n* **yangın söndürme aleti**

There are four **fire extinguishers** here. *(Burada dört yangın söndürücü var.)*

fireman / firefighter */'fayımın/ /'fayı faytı(r)/ n* **itfaiyeci**

Firefighters are very brave people. *(İtfaiyeciler çok cesur insanlardır.)*

fireplace */'fayıpleys/ n* **şömine, ocak**

There is a **fire-place** in the living-room. *(Oturma odasında bir şömine var.)*

fire station */'fayı steyşn/ n* **yangın istasyonu**

There are two fire engines at the **fire station**. *(Yangın istasyonunda iki itfaiye arabası var.)*

firework */'fayıwı:k/ n* **havai fişeği**

There was a **firework** dis-play in the park. *(Parkta havai fişek gösterisi vardı.)*

firm */ fı:m/ adj* **sıkı, sert**

The teacher was **firm** with the children. *(Öğretmen öğrencilerine karşı sertti.)*

firm */fö:m/ n* **firma, şirket**

They work for the same **firm**. *(Aynı firmada çalışıyorlar.)*

Bob is the owner of this **firm**. *(Bob bu firma - nın sahibidir.)*

first */fö:st/ adj* **birinci, ilk**

It's his **first** race this year. *(Bu onun bu yıl ilk yarışı.)*
He came **first** in the race. *(Yarışda birinci oldu.)*

first aid */fö:st 'eyd/ n* **ilk yardım**

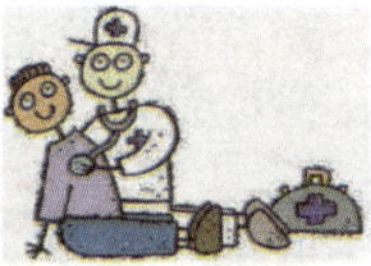

I took some **first aid** classes.
(Bir kaç ilk yardım dersi aldım.)

fish */fiş/ n* **balık 2. balık tutmak**

I've bought some **fish** for dinner.
(Akşam yemeği için biraz balık aldım.)

go fishing **balığa çıkmak**
He **went fishing** last Sunday.
(Geçen Pazar balık tutmaya gitti.)

fisherman */'fişımın/ n* **balıkçı**

The **fisherman** caught a great fish.
(Balıkçı büyük bir balık tuttu.)

fist */fist/ n* **yumruk**

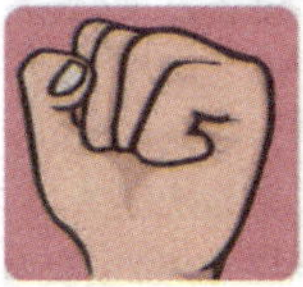

He hit me with his **fist**. *(Bana yumruğu ile vurdu.)*

F

fit */fit/ adj* **vücut ölçüleri iyi, formunda**

He's **fit**. *(Formunda)*

fit[2] **uyar, yeterince iyi**
This food is not **fit** for you.
(Bu yiyecek sana gelmez.)

fit */fit/ v* **uymak, 2. yerleştirmek**

These shoes don't **fit** my feet.
(Bu ayakkabılar ayağıma uymuyor.)
Where will I **fit** these books?
(Bu kitapları nereye yerleştireyim?)

fitness */'fitnıs/ n* **formunda olma, tertip**

He goes to a **fitness** club. *(Bir vücut sporu kulübüne gidiyor.)*
I like the **fitness** of your room. *(Senin odanın tertibini seviyorum.)*

fix */fiks/ v* **tutturmak, düzeltmek 2. kararlaştırmak**

He **fixed** his tie. *(Kravatını düzeltti.)*

We have **fixed** a date for the wedding. *(Nikah için bir gün kararlaştırdık.)*

fix³ **tamir etmek, düzeltmek**

He **fixed** the central heating. *(Kaloriferi tamir etti.)*

I should **fix** my hair. *(Saçımı düzeltmeliyim.)*

flag */flæg/ n* **bayrak**

This is the **flag** of the Turkish Republic. *(Bu Türkiye Cumhuriyeti bayrağıdır.)*

flame */fleym/ n* **alev**

The house was **in flames**. *(Ev alevler içindeydi.)*

flash */flæş/ n* **ışık parlaması, flaş 2. (v) parlamak**

a **flash** of lightning *(şimşek çakması)*

The camera has a **flash**. *(Fotoğraf makinesinin flaşı var.)*

flashlight */'flælayt/ n* **el feneri**

We need a **flashlight** for camping. *(Kamp için bir el fenerine ihtiyacımız var.)*

flask */flask/ n* **termos**

There's some cold water in the **flask**. *(Termosta biraz soğuk su var.)*

flat */flæt/ adj* **düz**

The house is on a **flat** land. *(Ev düz bir alanda.)*

My computer has a **flat** screen. *(Bilgisayarımın düz ekranı var.)*

These are **flat** discs. *(Bunlar düz diskler.)*

flat[2] **patlak**

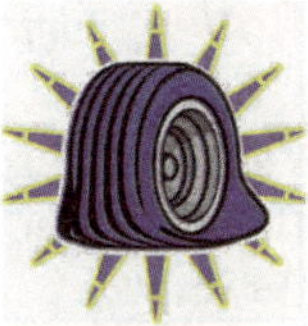

I have a **flat** tyre.
(Lastiğim patlak.)

flat */flæt/ n* **apartman dairesi**

They live in a large **flat** in Miami. *(Miamide büyük bir dairede oturuyorlar.)*

flatmate */'flæt meyt/ n* **ev arkadaşı**

Jane is my **flatmate**.
(Jane benim ev arkadaşımdır.)

flexible */'fleksıbl/ adj* **esnek, uyumlu**

She has a very **flexible** body.
(Çok esnek bir vücudu var.)
She's a **flexible** person. *(Uyumlu biridir.)*

flight */flayt/ n* **uçuş, uçakla**

I had a comfortable **flight** from Istanbul to London.
(İstanbul'dan Londra'ya rahat bir yolculuk yaptım.)

flipper */'flipı/ n* **kuyruk, palet**

I swim faster with **flippers**.
(Paletlerle daha hızlı yüzüyorum.)

F

flirt */flö:t/ v* **flört etmek, birlikte çıkmak**

He's **flirting** with a nice woman.
(Güzel bir kadınla flört ediyor.)

float */flıut/ v* **yüzmek, suyun üstünde kalmak**

A bottle is **floating** on the water.
(Suda bir şişe yüzüyor.)

flood */flad/ n* **sel, su taşkını**

The **floods** destroyed many homes.
(Seller bir sürü evi tahrip etti.)

floor */flo:(r)/ n* **döşeme, yer, zemin, kat**

There is nothing on the **floor**.
(Yerde hiç bir şey yok.)
We live on the third **floor**.
(Biz üçüncü katta okuruyoruz.)

florist */'florist/ n* **çiçekçi**

florist's (n) **çiçekçi**
There's a **florist's** on the corner of the street.
(Sokağın köşesinde bir çiçekçi var.)

flour */'flauı(r)/ n* **un**

How much **flour** do we have?
(Ne kadar unumuz var?)

flow */flıu/ v* **akmak**

The River Nile **flows** into the Mediterranean Sea.
(Nil Nehri Akdeniz'e akar.)

flower */fılauı(r)/ n* **çiçek**

There are pink **flowers** in the flowerpot.
(Saksıda pembe çiçekler var.)
flowerpot */'flauı pot/ n* **saksı**

flu */flu:/ n* **nezle, grip**

He's got the **flu**.
(Nezle olmuş.)

fluent */'flu:ınt/ adj* **akıcı**

He speaks **fluent** English. *(Akıcı İngilizce konuşur.)*
fluently */'flu:ıntli/ adv* **akıcı bir şekilde**
He reads **fluently**.
(Akıcı bir şekilde okur.)

fluid */'flu:id/ n* **sıvı, akıcı**

The substance in the bottle is **fluid**.
(Şişenin içindeki nesne bir sıvıdır.)

flush /flaş/ v **sifonu çekmek, kızarmak**

I **flushed** the toilet. *(Tuvaletin sifonunu çektim.)*
He **flushed** with anger when he lost. *(Kaybedince hiddetten kızardı.)*

flute /flu:t/ n **flüt**

I can play the **flute**. *(Flüt çalabilirim.)*

fly /flay/ v (flew-flown) **uçmak**

A balloon was **flying** above the houses.
The plane **flew** from New York to Paris in 8 hours. *(Uçak New York'tan Paris'e 8 saatte uçtu.)*

fly /flay/ n (pl: flies) **sinek**

Flies find food near rubbish. *(Sinekler çöp yakınında yiyecek bulurlar.)*
Flies cause diseases to spread. *(Sinekler hastalıkların yayılmasına neden olurlar.)*

foam /fıum/ n köpük

I like to watch the **foam** of the waterfall. *(Şelalenin köpüklerini seyretmesini seviyorum.)*

F

focus /'fıukıs/ v **odaklanmak**

He **focused** on taking a perfect photo of the tigers. *(Kaplanların kusursuz fotoğrafını çekmeye odaklandı.)*

fog /fog/ n **sis**

There is a thick **fog** over the mountain. *(Dağın üzerinde kalın bir sis var.)*

foggy /'fogi/ adj **sisli**

It's a **foggy** day. *(Sisli bir gün.)*

fold /fıuld/ v **katlamak**

They **folded** the clean towels. *(Temiz havluları katladılar.)*

folder */'fıuldı(r)/ n* **klasör**

Please, keep the documents in their **folders**. *(Lütfen dökümanları klasörlerinde tut.)*

folk music */fıuk myuzik/ adj* **halk müziği**

He plays **folk** music and sings folk songs. *(Halk muziği çalar ve halk şarkıları söyler.)*

follow */'folıu/ v* **izlemek, takip etmek**

They **followed** the guide. *(Rehberin peşinden gittiler.)*
Follow me, please. *(Lütfen beni takip edin.)*

fond of */fond ıv/ adj* **tutkun olmak, çok sevmek**

I'm very **fond of** them. *(Onlara çok tutkunum.)*
He's **fond of** playing football. *(Futbol oynamayı çok seviyor.)*

food */fu:d/ n* **yiyecek, gıda**

We have no **food** for tomorrow. *(Yarın için hiç yiyeceğimiz yok.)*
I try to eat healthy **food**. *(Sağlıklı yiyecekler yemeye çalışıyorum.)*

fool */fuu:l/ n* **ahmak, aptal**

You are a **fool** if you buy that old car. *(O eski arabayı alırsan ahmağın birisin.)*

foolish */'fu:liş/ adj* **aptal**

What **foolish** behaviour! *(Ne aptal bir davranış!)*
foolishly (adv) **aptalca**

foot */fo:t/ n* (pl: feet) **ayak**

He has big **feet**.
on foot */on fu:t/ adv* **yaya, yürüyerek**

Can I go there **on foot**? *(Oraya yayan gidebilir miyim?)*

football */'futbo:l/ n* **futbol topu, futbol**

We'll buy a new **football**.

footballer or **football player** */'futbo:lı/ /'futbo:l pleyı(r)/ n* **futbolcu**

for */fı(r)/ pr* **için**

This is a knife **for** cutting bread. *(Bu bıçak ekmek kesmek için.)*

for[2] **için**

This telephone is **for** you. *(Telefon sana.)*

for[3] **sürece**

He waited for her **for** three hours. *(Üç saat onu bekledi.)*

forbid */fı'bid/ v* (forbade-forbidden) **yasaklamak**

God **forbade** Adam and Eve from eating the apple.

forbidden */fı'bidn/ adj* **yasak**

It is **forbidden** to make a U Turn here. *(Burada U Dönüşü yapmak yasaktır.)*

force */fo:s/ v* **zorlamak**

She's **forcing** him to eat his meal. *(Yemeğini yemesi için onu zorluyor.)*

force */fo:s/ n* **kuvvet**

He spent a great **force** to move it.

force[2] **silahlı kuvvet**

We bought 30 new F16 for the air **force**. *(Hava kuvvetleri için 30 yeni F16 aldık.)*

forecast */'fo:ka:st/ n* **hava tahmini**

He's announcing the weather **forecast**. *(Hava tahmin raporunu veriyor.)*

forehead */fo:hed/ n* **alın**

He has deep lines on his **forehead**.
(Alnında derin çizgiler var.)

foreign */'forin/ adj* **yabancı**

She can speak three **foreign** languages.
(Üç yabancı dil konuşabilir.)

foreigner */'forinı/ n* **yabancı**
She married a **foreigner.**
(Bir yabancı ile evlendi.)

forest */'forist/ n* **orman**

We had a long walk in the **forest**.
(Ormanda uzun bir yürüyüş yaptık.)

forever */fır'evı(r)/ adv* **daima, sonsuza dek**

I shall love you **forever**.
(Seni daima seveceğim.

forget */fı'get/ n* (forgot, forgotten) *n* **unutmak**

I often **forget** things to do.
(Sıksık yapacağım şeyleri unuturum.)

forgetful */fı'getfl/ adj* **unutkan**

He's very **forgetful**. He's **forgotten** to put on his trousers again.
(O çok unutkandır. Yine patolonunu giymeyi unutmuş.)

forgive */fı'giv/ v* **affetmek, bağışlamak**

Please **forgive** me - I didn't mean to be rude. *(Lütfen beni bağışlayın. Kaba olmak istemedim.)*

fork */fo:k/ n* **çatal, tırmık**
Can I have a clean **fork**?
(Temiz bir çatal alabilir miyim?)

He swept the leaves with a **fork**.
(Bir tırmık ile yaprakları süpürdü.)

form */fo:m/ n*
form

She's filling in an application **form**.
(Bir başvuru formu dolduruyor.)

form² **şekil**

The birthday cake was in the **form** of a star.
(Doğumgünü pastası bir yıldız şeklinde.)

formula */'fo:myulı/ n* **formül**

Everybody wonders about secret **formula** of Coca Cola.
(Herkes Coca Colanın gizli formülünü merak ediyor.)

fortunate */'fo:çınıt/ adj*
şanslı

He's the "**fortunate** child" of the family.
(O ailenin şanslı çocuğudur.)

fortunately */'fo:çınıtli/ adv*
çok şükür ki

fortune */'fo:çu:n/ n* **şans 2. servet**

Her husband left her a **fortune**.
(Kocası ona bir servet bıraktı.)

tell someone's fortune
fala bakmak

I can **tell your fortune.**
(Geleceğini okuyabilirim.)

fortune teller */'fo:çın telı/ n* **falcı**

forward / forwards **ileri**
/'fo:wıd/
/'fo:wıds/ adv

He moved **forward** to touch her hand.
(Ona dokunmak için ileri hareket etti.)

look forward to sth **dört gözle beklemek**
I'm **looking forward to meeting you.** *(Seninle buluşmayı dört gözle bekliyorum.)*

foul */faul/ n* **faul**

She made a **foul**.
(Faul yaptı.)

found */faund/ v* **başlatmak, kurmak**

They **founded** the school in 1985.
(Okulu 1985'te kurdular.)

A founder
kurucu

foundation */faun'deyşn/ n*
temel

The building has a strong **foundation**.
(Binanın kuvvetli temeli var.)

fountain */'fauntain/ n* **çeşme**

He's drinking water from the **fountain**.
(Çeşmeden su içiyor.)

fox */foks/ n* **tilki, uyanık**

Foxes are very clever animals.
(Tilkiler zeki hayvanlardır.)
Foxes are hunted for their skin.
(Tilkiler derileri için avlanırlar.)

fracture */'frækçı(r)/ v*
kırmak, çatlatmak

How did you **fracture** your leg?
(Bacağını nasıl kırdın?)

fracture *(n)* **kırık, çatlak**
There is a **fracture** here.
(Burada bir kırık var.)

fragile */'fræcayl/ adj*
kırılabilir, incilebilir

It's **fragile**. Be careful!
(Dikkatli ol. Kırılabilir.)

frame */freym/ n* **çerçeve**

I put this picture in a nice **frame**.
(Bu resmi güzel bir çerçeveye koyacağım.)

free */fri:/ adj* **serbest, ücretsiz**

He was **free** after ten years in prison.
(Hapiste on yıldan sonra serbest kaldı.)

Children under five travel **free** on buses.
(Beş yaşından küçük çocuklar otobüslerde ücretsiz yolculuk yaparlar.)

freedom */'fri:dım/ n* **özgürlük**

He enjoys his **freedom** in Newyork.
(New Yorkta özgürlüğün tadını çıkarıyor.)

freeze */fri:z/ v* (froze-frozen) **donmak**

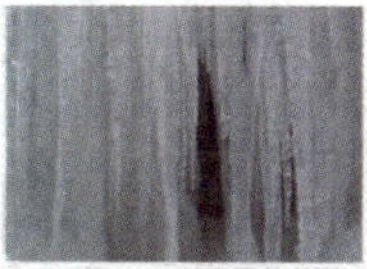

When water **freezes** it becomes ice.
(Su donunca buz olur.)

French fries */frenç 'frayz/ n* **kızarmış patates**

I'll have a cheeseburger and some **French fries**.
(Bir peynirli burger ve kızarmış patates alacağım.)

fresh */freş/ adj* **taze**

I have some **fresh** eggs.
(Birkaç taze yumurtam var.)
The cake is **fresh**.
(Pasta taze.)

fridge */fric/ n* **buzdolabı**

The **fridge** is full of food.
(Buzdolabı yiyecek dolu.)

friend */frend/ n* **arkadaş**

He is my **friend**. We are good **friends**.
(O benim arkadaşım. Biz iyi arkadaşız.)

friendly */'frendli/ adv* **dostça**
They welcomed us **friendly**.
(Bizi dostça karşıladılar.)

friendship */'frendsip/ n* **arkadaşlık**

They have a strong **friendship** of many years.
(Onların uzun yıllara dayanan güçlü bir dostluğu var.)

frighten */'fraytın/ v* **korkutmak**
A spider **frightened** them.
(Bir örümcek onları korkuttu.)

be frightened **korkmak**
They were **frightened** of the spider. *(Örümcekten korktular.)*

F

frog */frog/ n* **kurbağa**

Some people like eating **frog** legs very much.
(Bazı insanlar kurbağa bacağı yemesini çok severler.)

from */frım/ pr* **... den/dan**

This letter is **from** Mehmet Terzi.
(Bu mektup Mehmet Terziden.)
He's **from** Giresun.
(O Giresunludur.)

front */frant/ n* **ön**

This is the **front** of the schoolbus.
(Bu okul arabasının önüdür.)

fruit */fru:t/ n* **meyve**

Would you like some **fruit**?
(Biraz meyve ister misin?)
An apple is a **fruit**.
(Elma bir meyvedir.)

fruit juice */'fru:t cu:s/ n* **meyve suyu**

I like **fruit juice** very much.
(Meyve suyunu çok severim.)

fry */fray/ v* **kızartmak**

She **fried** potatoes in a **frying pan**.
(Patatesleri tavada kızarttı.)

frying pan */'fraying pæn/ n* **tava**

full */ful/ adj* **dolu, tok**

The lorry is completely **full**.
(Kamyon tamamen dolu.)
I'm **full**. *(Tokum.)*

fun */fan/ n* **eğlence**
have fun **eğlenmek**

They had lots of **fun** on their vacation.
(Tatillerinde çok eğlendiler.)

function */'fankşn/ n* **vazife, fonksiyon, işlev**

Every lobe of the brain has different **functions**. *(Beynin her lobunun farklı bir işlevi vardır.)*

function */'fankşn/ v* **görev yapmak**

His heart isn't **functioning**. *(Kalbi çalışmıyor.)*

funeral */'fyunırıl/ n* **cenaze**

He flew home for his father's **funeral**. *(Babasının cenazesi için evine uçakla gitti.)*

funfair */'fanfeı/ n* **lunapark**

They are at the **fun-fair**. *(Onlar lunaparktalar.)*

funny */'fani/ adj* **komik, acayip**

They made him a **funny** joke. *(Ona komik bir şaka yaptılar.)*
What's that **funny** smell? *(Bu garip koku ne?)*

fur */fö:(r)/ n* **hayvan derisi, kürk**

Some animals are hunted for their **fur**. *(Bazı hayvanlar kürkü için avlanır.)*

fur coat */'fö:(r) kıut/ n* **kürk manto**

furniture */'fö:niçı(r)/ n* **mobilya**

We have bought some **furniture** for our new house. *(Evimiz için birkaç mobilya aldık.)*

fuse */fyu:z/ n* **elektrik sigortası**

He's fixing the **fuses**. *(Sigortaları tamir ediyor.)*

future */'fyuçı(r)/ n* **gelecek**

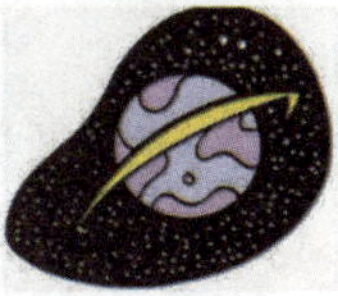

People will live in the space in the **future**. *(Gelecekte insanlar uzayda yaşayacaklar.)*

g

g /ci/ *n* **g harfi**

G is the seventh letter of the English Alphabet. *(G İngiliz Alfabesinin 7. harfidir.)*

gamble /'gæmbl/ *v* **kumar oynamak**

He **gambled** all night. *(Bütün gece kumar oynadı.)*

gambler /'gæmblı(r)/ *n* **kumarbaz**

game /geym/ *n* **oyun**

Chess is the **game** I like best. *(Satranç en sevdiğim oyundur.)*

gang /gæng/ *n* **çete, grup**

A **gang** of armed man robbed the bank yesterday. *(Silahlı bir grup adam dün bankayı soydu.)*

gangster /'gængstı(r)/ *n* **gangaster, haydut**

gap /gæp/ *n* **boşluk, gedik, delik**

He jumped over the **gap**. (Gediğin *üzerinden atladı.)* I have a **gap** between my front teeth. *(Ön dişlerimin arasında bir boşluk var.)*

garage /'gæra:j/ *n* **garaj**

Someone left the **garage** door open. *(Biri garaj kapısını açık bıraktı.)*

garage[2] /'gæra:j/ *n* **oto tamirhanesi**

My car broke down and it's in a **garage** now. *(Arabam bozuldu ve şimdi bir tamircide.)*

garbage /'ga:bic/ *n* **çöp**

garbage can /'ga:bic kæn/ *n* **çöp kutusu**

Please put your **garbage** in the **garbage can**. *(Lütfen çöpünü çöp kutusuna koy.)*

garden */'ga:dn/ n* **bahçe**

They have a nice **garden**. *(Güzel bir bahçeleri var.)*

gardener */'ga:dnı(r)/ n* **bahçıvan**

The **gardener** looks after our garden well. *(Bahçıvan bahçemize iyi bakıyor.)*

garlic */'ga:lik/ n* **sarımsak**

Garlic smells awful but it's good for many sicknesses. *(Sarımsak berbat kokar ama bir çok hastalık için iyidir.)*

gas */gæs/ n* **gaz**

Can you smell **gas** in the kitchen? *(Mutfakta gaz kokusu alıyor musun?)*

gate */geyt/ n* **kapı, giriş**

The garden **gate** is closed. *(Bahçe kapısı kapalı.)*

gear */giı(r)/ n* **vites**

She changed **gear** to go faster. *(Daha hızlı gitmek için vites değiştirdi.)*

general */'cenrıl/ n* **general**

Bob Sutton became **general** last week. *(Bob Sutton geçen hafta general oldu.)*

in general */in 'cenrıl/* **genelde**

In general, he's a good commander. *(Genelde iyi bir komutandır.)*

general knowledge */cenrıl 'nolic/ n* **genel kültür**

You can't compete with her **general knowledge**. *(Onun genel kültürü ile yarışamazsın.)*

generation */cenı'reyşn/ n*
nesil, kuşak

New **generations** are luckier than us. *(Yeni kuşaklar bizden daha şanslı.)*

generous */'cenırıs/ adj*
cömert, eli açık

She's a **generous** woman. *(Eli açık bir kadındır.)*

genius */'ci:niıs/ n* **dahi**

Einstein was a real **genius**. *(Einstein gerçek bir dahiydi.)*

gentle */'centl/ adj* **kibar, nazik**

Jack was very **gentle** with the woman. *(Jack kadınlara karşı çok kibardı.)*
He talked to her with a **gentle** voice. *(Kibar bir ses tonu ile onunla konuştu.)*

gentleman */'centlmın/ n*
centilmen, nazik kişi

He's a real **gentlemen**. *(O gerçek bir centilmendir.)*

geography */ci'ogrıfi/ n*
coğrafya

My father was a **geography** teacher. *(Babam bir coğrafya öğretmenidir.)*

geologist */ci'olıcist/ n* **jeolog, yer bilimci**

The **geologist** is examining the earth. *(Jeolog toprağı inceliyor.)*

geology */ci'olıci/ n* **jeoloji, yer bilim**

geometry */ci'omıtri/ n*
geometri

I am good at **geometry**. *(Ben geometride iyiyimdir.)*

get */get/ v* (got - got) **almak**

He **got** the bill.
(Hesabı aldı.)

get[2] **olmak**

The weather is **getting** better.
(Hava gittikçe iyileşiyor.)

I **got** completely wet.
(Tamamen ıslandım.)

get[3] **kavramak, anlamak**

I can't **get** what's wrong with it.
(Nesi var anlamıyorum.)
Have you **got** what I mean?
(Ne demek istediğimi anladın mı?)

get[4] **getirmek, alıp getirmek**

Jack went to the buffet to **get** me a drink.
(Jack bana bir içecek almak için büfeye gitti.)

get into a car **arabaya binmek**

They **got into** a taxi and went home.
(Taksiye binip eve gittiler.)

get on */get 'on/ ph v* **trene, otobüse, uçağa, motosiklete, ata binmek**

He's trying to **get on** the jet ski.
(Jet Ski'ye binmeye çalışıyor.)

get on with someone
geçinmek

She **gets on well with her friends**.
(O arkadaşları ile iyi geçinir.)

get out */get 'aut/ ph v*
inmek, dışarı çıkmak

He's **getting out** of the pool. *(Havuzdan çıkıyor.)*

The bride **got out** of the car.
(Gelin arabadan indi.)

G

get to */get 'tı/ ph v* **varmak, ulaşmak**

He **got to** his hometown in the early morning.
(Sabah erken kasabasına vardı.)

get up */get 'ap/ v* **kalkmak**

I usually **get up** early on school days.
(Okul günleri genellikle erken kalkarım.)

ghost */gıust/ n* **hayalet**

I don't believe in **ghosts**.
(Ben hayaletlere inanmam.)

giant */'cayınt/ n* **dev, dev adam**

He was a good **giant**.
(O iyi bir devdi.)

Microsoft is a **giant** company.
(Microsoft dev bir şirkettir.)

gift */gift/ n* **hediye**

I got lots of **gifts** on my birthday.
(Doğum günümde çok hediye aldım.)

giraffe */cı'ra:f/ n* **zürafa**

Giraffes have long necks to eat leaves.
(Zürafaların yaprak yemeleri için uzun boyunları vardır.)

girl */gö:l/ n* **kız çocuk**

Jane is a beautiful **girl.** *(Jane güzel bir kızdır.)*

girlfriend */'gı:lfrend/ n* **özel kız arkadaş**
He has a nice **girlfriend**.
(Hoş bir kız arkadaşı var.)

give */giv/ v* (gave-given) **vermek**

His friend **gave** him a birthday present.
(Arkadaşı ona bir doğum günü hediyesi verdi.)

give something away
bedava vermek

He **gave** **his golden crown away**.
(Altın tacını bedavaya verdi.)

give something up **bırakmak, vaz geçmek**

He **gave up working** for Microsoft.
(Microsoft'ta çalışmayı bıraktı.)
He **gave up smoking**.
(Sigara içmeyi bıraktı.)

glad */glæd/ adj* **memnun**

I am **glad** to see you.
(Seni gördüğüme memnun oldum.)

gladly */'glædli/ adv*
memnuniyetle
I'll do it for you **gladly**.
(Senin için memnuniyetle yaparım.)

glance */gla:ns/ v* **göz atmak**
2. kısaca bakış

He **glanced** at the woman.
(Kadına göz attı.)

glass */gla:s/ n* **cam, bardak**

Someone broke the **glass**.
(Biri camı kırdı.)

Can I have a **glass** of water?
(Bir bardak su alabilir miyim?)

glasses */'gla:siz/ n* **gözlük**

Do you **wear** **glasses**?
(Gözlük takıyor musun?)

globe */glıub/ n* **küre**

Mr. Bush brought a **globe**.
(Mr. Bush bir küre getirdi.)

glory */'glo:ri/ n* **şan, şöhret**

He's at the height of his fame and **glory**.
(Ün ve şöhretinin zirvesinde.)

G

glove */glav/ n* **eldiven**

I've got a pair of green **gloves**.
(Bir çift yeşil eldivenim var.)

glue */glu:/ n* **yapışkan, yapıştırmak**

She stuck the handle onto the cup with **glue**. *(Kulpu fincana yapışkanla yapıştırdı.)*
She **glued** the pieces together.
(Parçaları yapıştırdı.)

go */gıu/ v* (went, gone) **gitmek**

He is **going** to school.
(Okula gidiyor.)

go2 **hareket etmek, yola çıkmak**

The train **goes** in five minutes.
(Tren beş dakika sonra hareket edecek.)
They've **gone** sailing.
(Yelkenle dolaşmaya çıktılar.)

go away */gıu ı'wey/ ph v* **gitmek, defolmak**

They've **gone away** for a few weeks.
(Birkaç haftalığına gittiler.)
Go away! *(Defol!)*

go out */gıu 'aut/ ph v* **dışarı çıkmak**

She took her books and **went out**. *(Kitaplarını aldı ve çıktı.)*
"Is Susan in?"
"No, she's **gone out**."
("Susan evde mi?" "Hayır, dışarı çıktı.")

goal */gıul/ n* **kale, 2. gol**

Our team scored a **goal**.
(Takımımız gol attı.)

goal3 **amaç**

His **goal** is to be a good goal keeper.
(Onun amacı iyi bir kaleci olmak.)

goalkeeper **kaleci**

goat */gıut/ n* **keçi**

Goats are very stubborn animals. *(Keçiler çok inatçı hayvanlardır.)*

god */gad/ n* **Tanrı, Allah**

She prayed to **God**. *(Tanrıya dua etti.)*
God knows. *(Tanrı bilir.)*

goggles */'goglz/ n* **pilot gözlüğü/deniz gözlüğü**

Goggles help you see better in underwater. *(Deniz gözlükleri su altında daha iyi görmenize yardımcı olur.)*

gold */gıuld/ n* **altın**

The thieves stole six bars of **gold** from the jeweller's. *(Hırsızlar kuyumcudan altı kalıp altın çaldılar.)*
golden */'gıuldın/ adj* **altından**
This is a **golden** ring.
(Bu altın bir yüzüktür.)

golf */golf/ n* **golf oyunu**

My father plays **golf** on Sundays. *(Babam Pazarları golf oynar.)*
golfer */golfı/ n* **golf oyuncusu**
He's a good **golfer**.
(O, iyi bir golf oyuncusudur.)

gong */gong/ n* **gong**

He is hitting the **gong**. *(Gonga vuruyor.)*

good */gud/ adj* (better, best) **iyi, nazik**

He's a **good** boy. *(O iyi bir çocuktur.)*
He's been very **good** to everyone. *(O herkese karşı iyidir.)*

good2 **güzel, hoş, sağlıklı**

The weather is **good** today. *(Bugün hava güzel.)*

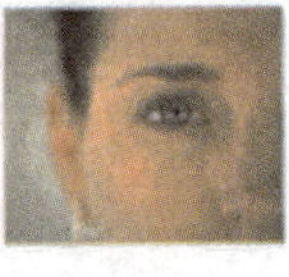

We had a **good** holiday. *(Güzel bir tatil yaptık.)*
She has **good** eyes.
(Sağlıklı gözleri var.)

G

good-looking **yakışıklı**

Jim's a very **good-looking** young man. *(Jim çok yakışıklı bir gençtir.)*

goodness */gudnıs/ n* **iyilik, amanallah**

Goodness me! *(Üstüme iyilik!)*
My **goodness!** *(Aman Allahım!)*

goods */gudz/ n* **eşyalar**

We need lots of household **goods**. *(Bir sürü ev eşyasına ihtiyacımız var.)*

goose */gu:z/ n* **kaz**

A male **goose** is called a **gander**, and a young **goose** is called a **gosling** in English. *(İngilizcede erkek kaza gander, yavru kaza gosling denir.)*

gorilla */gı'rilı/ n* **goril**

There is a **gorilla** in the zoo. *(Hayvanat bahçesinde bir goril var.)*

gospel */'gospl/ n* **kilise şarkısı**

They are singing a **gospel**. *(Kilise şarkısı söylüyorlar.)*

gossip */'gosip/ n* **dedikodu yapmak**

You shouldn't **gossip** about anyone. *(Biri hakkında dedikodu yapmamalısın.)*

gossip[2] */'gosip/ n* **dedikoducu**
They are great **gossips**. *(Onlar büyük dedikoducudur.)*

govern */'gavın/ v* **yönetmek**

The USA is **governed** by the president. *(ABD başkan tarafından yönetilir.)*

government */'gavınmınt/ n* **hükümet**

governor */gavını(ı)/ n* **vali**

He's the **governor** of New York.
(O New York valisidir.)

grade */greyd/ n* **seviye, boy, kalite**

We sell three **grades** of eggs.
(Üç boy yumurta satıyoruz.)

grade² **not**
He got an A **grade**.
(A notu aldı.)

graduate */græcueyt/ v* **mezun olmak**

They **graduated** from a French school.
(Bir Fransız okulundan mezun oldular.)

graffiti */grı'fi:ti/ n* **duvar yazısı**

Bill became a great **graffiti** artist.
(Bill büyük bir duvar yazısı ressamı oldu.)

grain */greyn/ n* **tahıl, hububat**

Grain is used for making flour.
(Tahıl un yapımında kullanılır.)

G

gram */græm/ n* **gram**

There are 1,000 **grams** in a kilogram.
(Bir kilogramda bin gram vardır.)

grammar */græmı(r)/ n* **dilbilgisi**

English **grammar** is much easier than French **grammar**. *(İngilizce dilbilgisi Fransızca dilbilgisinden daha kolaydır.)*

grandchild */grændçayld/ n* **torun**

She looks after her **grandchild** when her daughter is at work.
(Kızı işteyken torununa bakar.)

granddaughter */grændo:tı(r)/ n* **kız torun**

grandfather / grandpa
büyük baba, dede
/'grændfa:dı/'grændpa:/ n
My **grandfather** loves me very much.
(Büyükbabam beni çok sever.)

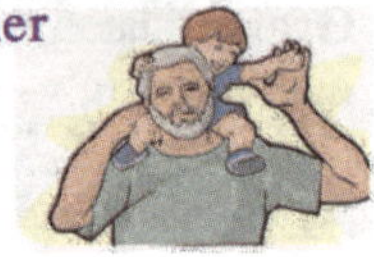

grandma/grandmother
/'grændma://'grændma:dı(r)/ n
büyük anne, nine
My **grandmother** is a nice woman.
(Büyük annem iyi bir kadın.)

granny */'græni/ n*
büyük anne, nine
grandparents **büyük anne ve büyük baba** */'grænpeırınts/ n*
grandson */'grænsan/ n* **erkek torun**
They are proud of their **grandson**.
(Onlar erkek torunları ile gurur duyuyorlar.)

grape */greyp/ n* **üzüm**

I like **grapes** very much.
(Üzümü çok severim.)

grapefruit */'greypfru:t/ n*
greyfurt
Grapefruits are a bit sour.
(Greyfurtlar biraz ekşidir.)

graphic */'græfik/ adj* **grafik**

He gave information about the sales on a **graphic**. *(Bir grafik üzerinde satışlar hakkında bilgi verdi.)*

grass */gra:s/ n* **ot, çimen**

We had a picnic on the **grass**.
(Çim üzerinde piknik yaptık.)

grassy */ adj* **otlu, çimenli**

grate */greyt/ v* **rendelemek**

She is **grating** carrots.
(Havuçları rendeliyor.)

grater
/'greytı(r)/ n **rende**

grave */greyv/ n* **mezar**

Tim often visits her mother's **grave**. *(Tim sık sık annesinin mezarını ziyaret eder.)*

graveyard **mezarlık**

gravity */grævıti/ n* **yer çekimi**

Newton proved the theory of **gravity**. *(Yer çekimi teorisini Newton kanıtladı.)*

graze */greyz/ v* **otlamak. otlatmak**

The horses are **grazing** in the meadow. *(Atlar otlakta otluyor.)*
They **grazed** their cattle in the meadow.
(Sığırları merada otlattılar.)

graze2 **çizdirmek. sıyırmak, sıyrık**

The bulllet **grazed** his head. *(Mermi kafasını sıyırdı.)*

great */'greyt/ adj* **büyük, müthiş**

Sharks have **great** teeth. *(Köpek balıklarının büyük dişleri vardır.)*
It's a **great** animal.
(Müthiş bir hayvandır.)

greed */gri:d/ n* **açgözlülük, hırs**

He has a great **greed** for eating meat. *(Et yemek için çok açgözlü.)*

greedy */'gri:di/ adj* **açgözlü**

green */gri:n/ adj* **yeşil**

Green is my favourite colour. *(Yeşil benim favori rengimdir.)*
I have a **green** shirt.
(Yeşil bir gömleğim var.)

green */gri:n/ n* **yeşillik. çayır**

They live in a house overlooking the **green**. *(Çayıra bakan bir evde oturuyorlar.)*

G

greengrocer */'gri:ngrıusı(r)/*
n **manav**

Ali's father is a **green grocer**.
(Ali'nin babası bir manavdır.)

greengrocer's */'gri:ngrıusı:z/ n* **manav dükkanı**

greenhouse */'gri:nhaus/ n*
sera

They grow vegetables in the **green-house**.
(Serada sebze yetiştiriyorlar.)

greet */gri:t/ v* **selamlamak**

He **greeted** her by taking off his hat. *(Şapkasını çıkararak onu selamladı.)*

greeting */'gri:ting/ n* **selam**

grey/gray */grey/ adj* **gri**

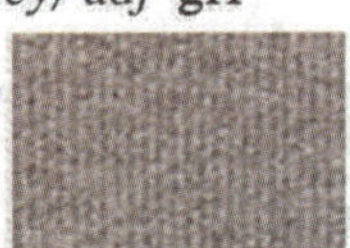

He wore a **grey** suit. *(Gri bir elbise giydi.)*
He was dressed in **grey**. *(Gri giyindi.)*

grill */gril/ v* **ızgara yapmak 2. ızgara**

He **grilled** lamb chops for us.
(Bizim için kuzu pirzola ızgara yaptı.)
We have a new **grill**.
(Yeni bir ızgaramız var.)

grin */grin/ v* **sırıtmak**

He **grinned** with pleasure when he got the money.
(Parayı alınca zevk-le sırıttı.)

grind */graynd/ v* (ground-ground) **öğütmek**

We **grind** grain to make flour.
(Un yapmak için tahılı öğütürüz.)

groan */grıun/ n* **inleme 2. inlemek**

We heard a **groan** from the room.
(Odadan bir inleme duyduk.)
He **groaned** with pain. *(Acıyla inledi.)*

grocer */'gıriusı(r)/ n* **bakkal**

grocer's

/grıusız/ n
bakkal dükkanı
I'll go to the **grocer's** to get some sugar.
(Biraz şeker almak için bakkala gideceğim.)

groceries */'grıusıriz/ n*
bakkaliye, satın alınan şey

I put the **groceries** in a bag.
(Satın alınanları bir torbaya koydum.)

grocery */'grıusıri/ adj*
bakkaliye

I weighed the **grocery** items that I bought.
(Satın aldığım bakkaliye ürünlerini tarttım.

ground */graund/ n* **yer, zemin**

They could see the **ground** through the window.
(Camdan yeri görebiliyorlardı.)

group */gru:p/ n* **grup, topluluk**

A large **group** wanted to see the prime minister. *(Büyük bir topluluk başbakanı görmek istedi.)*

grow */grıu/ v* (grew- grown)
büyü(t)mek

Some plants **grow** very quickly. *(Bazı bitkiler çabuk büyür.)*

grow hair/beard
saç/sakal bırakmak

Jack **grows hair**.
(Jack saç uzatıyor.)
Lincoln **grew beard**. *(Lincoln sakal bıraktı.)*

grow up */grıu 'ap/ ph v*
büyümek, yetişmek

grown-up **yetişkin**

Her children are **grown-up** now.
(Onun çocukları şimdi yetişkin.)

growth */griuth/ n* **büyüme**

A tree's growth takes years.
(Bir ağacın büyümesi yıllar alır.)

G

guarantee */ge:r'ınti/ n* **garanti, güvence**

I bought dishwasher with a two-year guarantee.
(İki yıl garantili bir bulaşık makinesi satın aldım.)

guard */ga:d/ v* **korumak, nöbet tutmak**

His duty is to guard the money. *(Onun görevi parayı korumak.)*
He fell asleep while guarding.
(Nöbet tutarken uyudu.)

guard */ga:d/ n* **nöbetçi, koruma**

He's a bank guard.
(O bir banka korumasıdır.)

guess */ges/ v* **tahmin etmek**

Can you guess who I am?
(Kim olduğumu tahmin edebilir misin?)

guest */gest/ n* **misafir**

We have four guests to dinner. *(Akşam yemeğine dört misafirimiz var.)*

guest[2] **otel müşterisi**

guide */gayd/ v* **rehberlik etmek, yol göstermek**

His job is to guide the tourists in the forest and mountains.
(Onun işi ormanda ve dağlarda turistlere rehberlik etmekdir.)

guide */gayd/ n* **rehber, kılavuz**

The guide helped them cross the mountains.
(Rehber onlara dağları aşmalarında yardım etti.)

guilt */gilt/ n* **suç, kusur**

She feels **guilt** for stealing the cheese.
(Peyniri çaldığı için kendini suçlu hissediyor.)

guilty */'gilti/ adj* **suçlu**

The jury found him **guilty**.
(Jüri onu suçlu buldu.)

guitar */gi'ta(r)/ n* **gitar**

I always wanted to have a nice **guitar**.
(Her zaman bir gitarım olsun istedim.)
This is a new **guitar**. *(Bu yeni bir gitar.)*

gulf */galf/ n* **körfez**

A ship sank in the Persian **Gulf**.
(İran Körfezinde bir gemi battı.)

gum */gam/ n* **sakız**

Would you like to have a piece of **chewing gum**?
(Bir sakız almak ister misin?)

gun */gan/ n* **silah**

Soldiers carry **guns**.
(Askerler silah taşır.)

gunman */'ganmın/ n* **silahlı adam, gangaster**

Two **gunmen** robbed the bank.
(İki silahlı adam bankayı soydu.)

gunpowder */'ganpaudı(r)/ n* **barut**

He loaded his rifle with **gunpowder**.
(Tüfeğine barut doldurdu.)

guy */guy/ n* **adam**

What a nice **guy** he is!
(O ne iyi bir adam!)
Do you know that **guy**?
(Şu adamı tanıyor musun?)

gym/gymnasium */cim-ney'ziım/ n* **spor salonu**

Let's meet in the **gym**.
(Haydi spor salonunda buluşalım.)

gymnastics */cim'næstiks/ n* **jimnastik**

He's good at **gymnastics**.
(Jimnastikte iyidir.)

gypsy */'cipsi/ n* **çingene**

Gypsies are generally good at dancing and music.
(Çingeneler genellikle müzikte ve dansta iyidirler.)

H, h */eyc/ n* **h harfi**

H is the eight letter of the English Alphabet.
(H İngiliz Alfabesinin 8. harfidir.)

habit */'hæbit/ n* **alışkanlık**

She has a **habit** of sucking her thumb.
(Onun başparmağını emme alışkanlığı vardır.)

hair */heı(r)/ n* **saç, kıl**

There is a **hair** in my soap!
(Çorbamda bir kıl var.)

hairbrush */'heıbraş/ n* **saç fırçası**

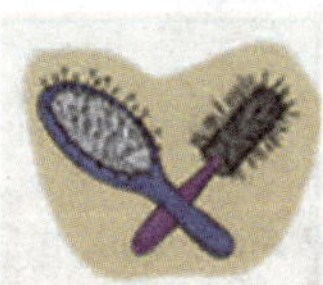

I comb my hair with a **hairbrush**.
(Saçımı saç fırçası ile tararım.)
Don't use my **hairbrush**, please!
(Lütfen benim fırçamı kullanma!)

haircut */'heıkat/ n* **saç tıraşı**

I like your new **haircut**. *(Yeni saç tıraşını beğendim.)*

have a haircut **saç tıraşı olmak**

He's **having a haircut**. *(Saç tıraşı oluyor.)*

hairdresser */'heıdresı(r)/ n* **kuaför**

My sister is a **hairdresser**. *(Kız kardeşim kuafördür.)*

hairdresser's */'heıdresız/ n* **kuaför dükkanı**

She's at the **hairdresser's** now. *(O, şimdi kuaförde.)*

hairdryer / hairdrier */'heıdrayı(r)/ n* **saç kurutucu**

I dry my hair with a **hairdrier**. *(Saçımı saç kurutucusu ile kuruturum.)*

half */ha:f/* **yarım**

I'll have **half** an apple. *(Yarım elma yiyeceğim.)*

in half **ortadan ikiye**

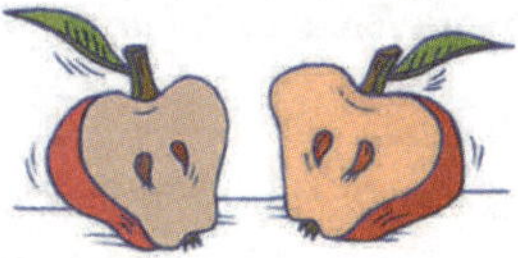

He cut an apple **in half**. *(Bir elmayı ortadan ikiye kesti.)*

hall */ho:l/ n* **salon, hol**

There is nobody in the **hall**. *(Salonda kimse yok.)*

He met us in the **hall**. *(Bizi holde karşıladı.)*

ham */hæm/ n* **jambon**

I had **ham** and eggs for breakfast. *(Kahvaltıda jambon ve yumurta yedim.)*

H

hamburger */'hæmbı:gı(r)/ n* **hamburger**

Hamburgers are simply called burgers. *(Hamburgerlere kısaca burger denir.)*

hammer */'hæmı(r)/ n* **çekiç**

I nailed the board with a **hammer**. *(Tahtayı bir çekiç ile çiviledim.)*

hand */hænd/ n* **el**

He pointed me with his **hand**. *(Eliyle beni işaret etti.)*

hand in (ph v) **vermek, teslim etmek**

The dean **handed in** my diploma himself. *(Benim diplomamı dekan kendisi verdi.)*

handbag */'hændbæg/ n* **el çantası**

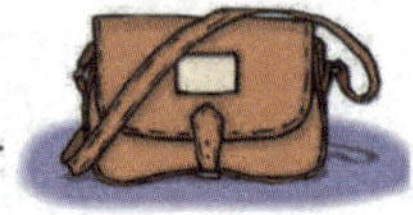

Mary left her **handbag** on the bus. *(Mary el çantasını otobüste bıraktı.)*

handicap */'hændikæp/ n* **engel, mahzur**

Her broken leg is a **handicap** at school. *(Kırık bacağı okulda ona bir engeldir.)*

handkerchief */'hængkıçif/ n* **mendil**

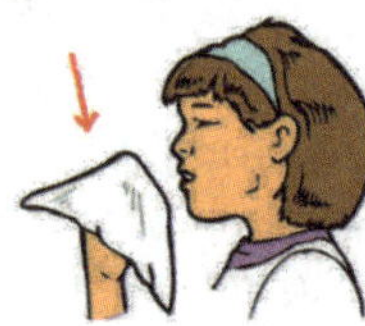

She has a white **handkerchief** in her hand. *(Elinde beyaz bir mendil var.)*

handle */'hændl/ n* **kol, sap**

She turned the **handle** and pushed the door open. *(Kolu çevirdi ve itip kapıyı açtı.)*

handle */hændl/ v* **tutmak**

Please **handle** my briefcase with care.
(Lütfen çantamı dikkatli tut.)

handmade */hænd'meyd/ adj*
el yapımı

This is a **handmade** basket.
(Bu el yapımı bir sepettir.)

handsome */'hænsım/ adj*
yakışıklı

John is a very **handsome** young man.
(John çok yakışıklı bir gençtir.)

handwriting */'hændrayting/ n* **el yazısı**

She's got a beautiful **handwriting**.
(Güzel bir el yazısı var.)
Can you read my **handwriting?**
(El yazımı okuyabiliyor musun?

hang */hæng/ v* (hung-hung)
asmak, asılmak

They **hung** down a branch. *(Bir daldan aşağı asıldılar.*

hang2 */hæng/ v* (hanged)

He was **hanged** for murder.
(Cinayetten idam edildi.)

hanger */'hængı(r)/ n* **askı**

Hang your coat on a **hanger**, please.
(Lütfen paltonu askıya as.)

hang-glider */'hæng glaydı(r)/ n*
uçurtma biçiminde bir planör

hang-gliding
/'hæng glayding/ n
bu araçla uçma

H

happily */'hæpili/ adv* **mutlu bir şekilde, neşeyle**

He jumped up **happily**.
(Mutlu bir şekilde zıpladı.)

happiness */'hæpinıs/ n* **mutluluk**

When one door of **happiness** closes, another opens.
(Mutluluğun bir kapısı kapanınca diğeri açılır.)

happy */'hæpi/ adj* **mutlu**

John and Helen are **happy** together.
(John ve Helen birlikte mutlular.)
Happy Birthday.
(Doğum günün kutlu olsun.)
Happy New Year. *(Mutlu yıllar.)*

harbour */'ha:bı(r)/ n* **liman**

The ships are in safe in **harbour.**
(Gemiler limanda emniyette.)

hard */ha:d/ adj* **sert, zor**

This ball is made of a **hard** material. *(Bu top sert bir maddeden yapılmıştır.)*
I had a **hard** exam.
(Zor bir sınav oldum.)

hardly */'ha:dli/ adv* **hemen hemen hiç**

He's a real deaf. He **hardly** hears anything.
(O gerçek bir sağırdır. Neredeyse hiç duymaz.)

hard-working **çalışkan** */ha:d 'wö:king/ adj*

He's very **hard-working** and reliable.
(O çok çalışkan ve güvenilirdir.)

harm */ha:m/ v* **zarar vermek**

The factories **harm** the river.
(Fabrikalar nehre zarar veriyorlar.)

harmful */'ha:mfl/ adj* **zararlı**

This is **harmful** for you.
(Bu senin için zararlıdır.)

harvest */'ha:vist/ n* **hasat, ürün, mahsül**

The **harvest** was good this year.
(Bu sene hasat iyi.)

harvest */'ha:vist/ v* **hasat etmek**

They have **harvested** their crops.
(Ürünlerini hasat ettiler.)

hat */hæt/ n* **şapka**

She bought a new yellow **hat**.
(Yeni sarı bir şapka aldı.)
Do you like my **hat**?
(Şapkamı beğendin mi?)

hate */heyt/ v* **nefret etmek**

They **hate** their manager.
(Müdürlerinden nefret ediyorlar.)
I **hate** spiders. *(Ben örümceklerden nefret ederim.)*

haunted */ho:ntid/ adj* **perili**

People say that the old house is **haunted**.
(Halk eski evin perili olduğunu söylüyor.)

have */hev/ v* **sahip olmak, tutmak**

They **have** funny hats.
(Komik şapkaları var.)
I **have** no money.
(Hiç param yok.)

hay */hey/ n* **saman**

He loaded his cart with **hay**.
(At arabasını samanla doldurdu.)

hay fever */hey fi:vı(r)/ n*
saman nezlesi

She has got **hay fever**.
(Saman nezlesi var.)

hazelnut */hey'zlnat/ n* **fındık**

Hazelnut is grown in the east Black Sea region.
(Fındık Doğu Karadeniz bölgesinde yetiştirilir.)

he */hi:/ p* **erkekler için "o" şahıs zamiri**

He is my brother.
(O benim erkek kardeşimdir.)

head */hed/ n* **kafa, baş**

The tiger has a big **head**. *(Kaplanın koca kafası var.)*

He's got some good ideas in his **head**. *(Kafasında bazı iyi fikirler var.)*

headache */hedeyk/ n*
baş ağrısı

He's got a terrible **headache**.
(Korkunç bir baş ağrısı var.)

headline */'hedlayn/ n* **ana başlık**

What's the **headline** of the paper today?
(Bugün gazetenin ana başlığı ne?)

headmaster */hed'ma:stı(r)/n*
headteacher */hed'ti:çı/ n*
başöğretmen

The **headmaster** wants to see you. *(Müdür seni görmek istiyor.)*

headmistress*/hed'mistrıs/ n*
müdire

Ms. Sutton is the **headmistress** of our school.
(Bayan Sutton okulumuzun müdiresidir.)

headphones /'hedfıunz/ *n* **kulaklık**

I have a pair of **headphones**. *(Bir çift kulaklığım var.)*

health /'helth/ *n* **sağlık**

His **health** is not good. *(Onun sağlığı iyi değil.)* Smoking is bad for your **health**. *(Sigara içmek sağlığınız için kötüdür.)*

healthy /'helthi/ *adj* **sağlıklı**

She is a **healthy** old woman. *(Sağlıklı bir yaşlı kadındır.)* It is **healthy** to eat fruit. *(Meyve yemek sağlıklıdır.)*

heap /hi:p/ *n* **yığın**

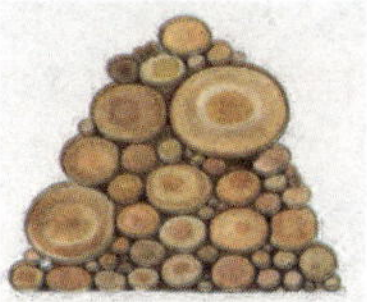

There is a **heap** of wood in the garden. *(Bahçede bir odun yığını var.)*

hear /hiı(r)/ *v* (heard-heard) **duymak, işitmek**

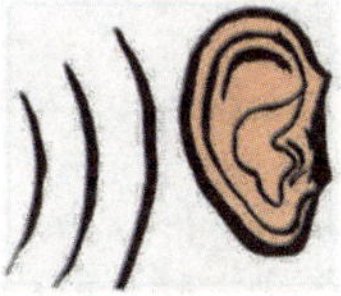

I **heard** a noise upstairs. *(Yukarda bir ses duydum.)* I **heard** the news. *(Haberi duydum.)*

H

heart /ha:t/ *n* **kalp, yürek**

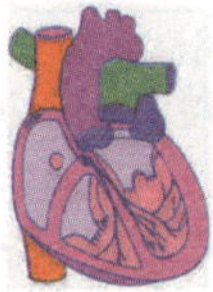

Your **heart** beats faster when you run or do exercise. *(Koşar veya egzersiz yaparsan kalbin daha hızlı atar.)*

heartbeat /ha:t bi:t/ *n* **kalp atışı**

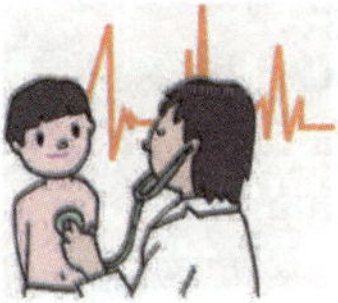

The doctor is listening to his **heartbeat**. *(Doktor onun kalp atışını dinliyor.)*

heart attack /'ha:t ı'tæk/ *n* **kalp krizi**

My uncle had a **heart attack** last night. *(Amcam dün gece kalp krizi geçirdi.)*

heat */hi:t/ n* **ısı, sıcaklık**

The **heat** of the sun made me feel bad.
(Güneşin sıcağı beni kötü yaptı.)

heat */hi:t/ v* **ısıtmak**

We are **heating** the tea.
(Çayı ısıtıyoruz.)

heater */'hi:tı(r)/ n* **ısıtıcı**

heating */'hi:ting/ n* **ısıtma**

Our house has a central **heating**.
(Evimizin merkezi ısıtması var.)

heaven */'hevn/ n* **cennet**

I'm sure mom is in the **heaven** now.
(Eminim annem şu anda cennettedir.)

heavy */'hevi/ adj* **ağır**

This weight is too **heavy** for me to lift.
(Bu ağırlık benim kaldırmam için çok ağır.)

a heavy sleeper **ağır uykucu**

My father is **a heavy sleeper**.
(Babam ağır uykucudur.)

a heavy smoker
sigara tiryakisi

Mike is **a heavy smoker**.
(Mike sigara tiryakisidir.)

hedge */hec/ n* **çit, çitle çevirmek**

He **hedged** his garden with high bushes.
(Yüksek çalılarla bahçeyi çitledi.)

heel */hi:l/ n* **topuk**

She has shoes with high **heels**.
(Yüksek topuklu ayakkabıları var.)

height */hayt/ n* **boy, yükseklik**

He is about the same **height** as his brother. *(Erkek kardeşi ile yaklaşık aynı boyda.)*
The cliff is about 200m **in height**. *(Uçurum yaklaşık 200 metre yüksekliğinde.)*

helicopter */'halekoptı(r)/ n* **helikopter**

The pilot is landing the **helicopter**. *(Pilot helikopteri indiriyor.)*

hell /hel/ n **cehennnem**

Go **hell**! *(Canın cehenneme!)*

hello */hı'lıu/* **merhaba**

Hello, Paul! How are you? *(Merhaba Paul. Nasılsın?)*

helmet */'helmit/ n* **kask, miğfer**

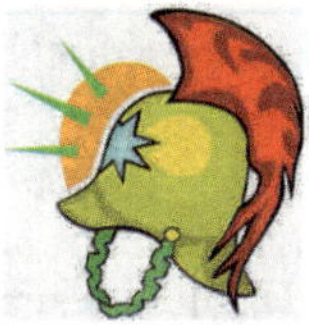

A fireman must wear a **helmet** to protect his head. *(İtfaiyeci başını korumak için miğfer giymeli.)*

help */help/ v* **yardım etmek**

H

Look! Someone is asking for **help** in the water. *(Bak! Suda biri imdat istiyor.)*
"**Help**! I can't swim!' *(Yardım edin! Yüzemem!)*

help yourself **istediğinizi alınız**

Help yourself to a drink. *(Lütfen istediğiniz içeceği alınız.)*
Please, **help yourself** to a dessert. *(Lütfen istediğiniz tatlıyı alınız.)*

hen */hen/ n* **tavuk**

We have many **hens** in our garden. *(Bahçemizde bir sürü tavuk var.)*

her */hö:(r)/ p* **onu, onun**

Mary's mother is helping **her.** *(Mary'nin annesi ona yardım ediyor.)*
Her hair is straight and long. *(Onun saçı düz ve uzun.)*

herb */hö:b/ n* **bitki, otlar**

Mint is one of the well-known **herbs**. *(Nane çok bilinen bitkilerden biridir.)*

here */hiı(r)/ adv* **buraya, burada, burası**

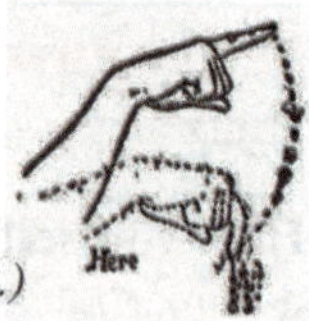

Please, come **here**. *(Lütfen buraya gel.)*
Your book is **here**. *(Senin kitabın burada.)*

hero */'hiırıu/ n* **kahraman**

Superman's my **hero**. *(Supermen benim kahramanımdır.)*
heroic */hı'rıuik/ adj* **çok cesurca, kahramanca**

heroine */'herıuin/ n* **kadın kahraman**

Who is your **heroine**? *(Senin kadın kahramanın kim?)*

hers */hı:z/ p* **onunki (kadınlar için)**

He couldn't find his pen so he borrowed **hers**. *(Kendi kalemini bulamadı bu yüzden onunkini ödünç aldı.)*

herself */hı:'self/ p* **kendisi (kadın)**

She bought **herself** a new dress. *(Kendisine bir elbise aldı.)*

She **herself** prepared this wonderful meal. *(Bu güzel yemeği kendisi hazırladı.)*

hesitate */'heziteyt/ v* **tereddüt etmek**

She **hesitated** to say the truth. *(Gerçeği söylemeye tereddüt etti.)*
hesitation **tereddüt**

hiccups */hikaps/ n* **hıçkırık**

He's having **hiccups**.
(Onu hıçkırık tuttu.)

hide */hayd/ v* (hid-hidden) **saklamak, saklanmak**

Where did you **hide** the **syringe**?
(Şırıngayı nereye sakladın?)

hide[2] **saklanmak**

The elephant **hid** behind the tree.
(Fil ağaçın arkasına saklandı.)

hide and seek **saklambaç oyunu**

They are playing **hide and seek**.
(Saklambaç oynuyorlar.)

Have you ever played **hide and seek**?
(Sen hiç saklambaç oynadın mı?)

high */hay/ adj* **yüksek**

The diving board is very **high**. It is nearly 10 m **high**.
(Tramplen çok yüksek. Yaklaşık 10 metre yüksekliğinde.)

highlands */haylındz/ n* **yayla**

We have a house in the **highlands**.
(Yaylada bir evimiz var.)

highlight */haylayt/ v* **üstünü kalemle işaretlemek, görmeyi kolaylaştırmak**

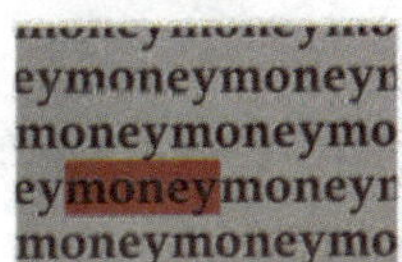

He **highlighted** the word money.
(Para kelimesinin üstünü kalemle işaretledi.)

high school */hay sku:l/ n* **lise**

Jack and Helen are **high school** students.
(Jack ve Helen lise öğrencileridir.)

H

hill */hil/ n* **tepe**

There is still some snow on the top of the **hill**. *(Tepenin üstünde hala biraz kar var.)*

him */him/ p* **onu, ona (erkek)**

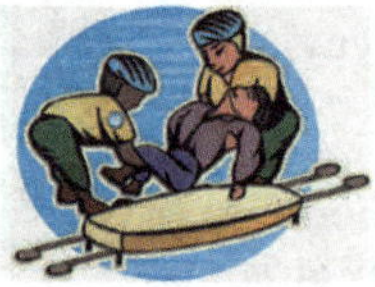

They carried **him** to the ambulance on a stretcher.
(Bir sedye üzerinde onu ambulansa taşıdılar.)

himself */him'self/ p* **kendini, kendisi (erkek için)**
He shot **himself**.
(Kendini vurdu.)

hire */hayı(r)/ v* **kiralamak**

She **hired** a taxi to the airport.
(Hava alanına bir taksi kiraladı.)

his */hiz/ adj* **onun, onunki (erkek için)**

His pockets are empty.
(Onun cepleri boş.)
My hand touched **his**.
(Elim onunkine dokundu.)

historical */hi'storikl/ adj* **tarihi**

He writes **historical** stories.
(O tarihi hikayeler yazar.)

history */'histri/ n* **tarih**

He teaches **history** at a highschool.
(O bir lisede tarih öğretir.)

hit */hit/ v* (hit-hit) **vurmak, çarpmak**

It **hit** me on the face.
(Suratıma çarptı.)

He **hit** somebody on the way home.
(Eve giderken birine çarptı.)

hitchhike */hiçhayk/ v* **otostop**

He **hitchhiked** across Turkey.
(Türkiye'yi otostopla dolaştı.)
hitchhiker **otostopçu**

hive */hayv/ n* **kovan**

There is lots of honey in the **hive**. *(Kovanda çok bal var.)*
A **hive** dropped on his head from the tree. *(Kafasına ağaçtan bir kovan düştü.)*

hobby */'hobi/ n* **hobi, yan uğraş**

Her **hobby** is building model boats. *(Onun hobisi model tekneler yapmaktır.)*

hockey */'hoki/ n* **hokey**

He played **hockey** for fifteen years. *(O, on beş yıl hokey oynadı.)*

hold */hıuld/ v* (held-held) **tutmak**

The girl **held** the boy's hand. *(Kız oğlanın elini tuttu.)*

hold2 **tutmak, almak**

He's **holding** two fish in each hand. *(Herbir elinde iki balık tutuyor.)*

This can **holds** one gallon of paint. *(Bu kutu bir galon boya alabilir.)*

hold3 **düzenlemek, yapmak**

They're **holding** an important meeting now. *(Şimdi önemli bir toplantı yapıyorlar.)*

hold on */hıuld on/ ph v* **kısa süre beklemek**

Could you **hold on**, please? I'll see if he's in. *(Biraz bekleyebilir misiniz, lütfen? Bakayım burada mı.*

hole */hıul/ n* **çukur, delik**
He's digging a **hole** in the ground. *(Yerde bir çukur kazıyor.)*

He placed the key into the key **hole**. *(Anahtarı deliğe soktu.)*

holiday */'holıdey/ n* **tatil**

Next Friday is a **holiday**. *(Gelecek Cuma tatil.)*

holy */'holi/ adj* **kutsal**

Mecca is the **holy** city of Muslims. *(Mekke müslümanların kutsal şehridir.)*

home */hıum/ n* **ev, yaşanan yer**

My father isn't at **home**. *(Babam evde değil.)*

hometown **doğup büyüdüğünüz kent**

Alaçam is my **home town**. *(Alaçam benim doğup büyüdüğüm kasabadır.)*
What's your **hometown**? *(Senin doğup büyüdüğün yer neresi?)*

homeless */'hıumlıs/ adj* **evsiz barksız**

The earthquake made many people **homeless**. *(Deprem bir çok kişiyi evsiz barksız yaptı.)*

home-made */hıum 'meyd/ adj* **ev yapımı**

Would you like some **home-made** cookies? *(Birkaç ev yapımı kurabiye ister misiniz?)*

homesick */'hıumsik/ adj* **evi özlemiş olmak**

I felt **homesick** when I lived in Paris by myself. *(Paris'te tek başıma yaşarken evi özledim.)*

homework */'hıumwı:k/ n* **ev ödevi**

She's doing her **homework**. *(Ev ödevini yapıyor.)*

honest */'onist/ adj* **dürüst, şerefli, namuslu**

They are **honest** people. *(Onlar dürüst insanlardır.)*

honesty **dürüstlük, namus**

honey */'hani/ n* **bal, tatlım**

Do you like **honey**? *(Bal sever misin?)* Hi **honey**! I'm home. *(Merhaba tatlım. Evdeyim.)*

honeymoon */'hanimu:n/ n* **balayı**

They went to Havaii Islands on their **honeymoon**.*(Balaylarında Havaii Adalarına gittiler.)*

honour */'onı(r)/ n* **şeref, onur**

You have brought **honour** to our country. *(Ülkemize onur getirdin.)*

hood */hud/ n* **kapşon, kukuleta**

He wore his **hood** on his head. *(Kafasına kapşonunu taktı.)*

hood[2] **araba kaputu**

Put the **hood** up, the car's engine is broken. *(Kaputu aç. Motor arızalı.)*

hook */huk/ n* **çengel, kanca, olta**

You need a fish **hook** to fish. *(Balık tutmak için oltaya ihtiyacın var.)*

hooligan */'huligın/ n* **kabadayı, ateşli taraftar**

Jack is a football **hooligan**. *(Jack ateşli bir futbol taraftarıdır.)*

hop */hop/ v* **sıçramak, zıplamak**

The frog is **hopping** on the land.
(Kurbağa yerde zıplıyor.)

hope */hıup/ v* **ummak, ümit etmek**

He **hopes** to find a treasure one day.
(Bir gün hazine bulmayı ümit ediyor.)

hope2 *n* **umut, ümit**

Her **hopes** of seeing him is getting stronger.
(Onu görme umutları kuvvetleniyor.)

hopeful */'hıupfl/ adj* **umutlu**
I'm **hopeful** that he will come tomorrow.
(Yarın geleceğinden umutluyum.)

hopeless */'hıuplıs/ adj* **umutsuz**

He's **hopeless** passing his class.
(Sınıfını geçeceğinden umutsuz.)

horizon */hı'rayzn/ n* **ufuk**

The sun is rising on the **horizon**.
(Güneş ufukta doğuyor.)

horizontal */hori'zontl/ adj* **yatay, ufki**

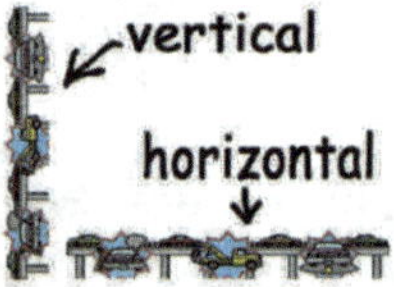

This is a **horizontal** line.
(Bu yatay bir çizgidir.)

horn */ho:n/ n* **boynuz**

Deers have big **horns**.
(Geyiklerin büyük boynuzları vardır.)

horn2 **korna, boru**

He sounded his **horn**.
(Kornasını çaldı.)
Someone is blowing a **horn**.
(Biri boru çalıyor.)

horrible */'horıbl/ adj*
korkunç, dehşet verici

His face was **horrible** when I saw him.
(Gördüğümde yüzü korkunçtu.)

horror */'horı(r)/ n* **dehşet, korku**

I was in **horror** as it walked towards me. *(Bana doğru yürüdüğünde dehşet içindeydim.)*

horse */ho:s/ n* **at**

There is a beautiful **horse** outside.
(Dışarda güzel bir at var.)

horse shoe */ho:s şu:/ n* **nal**

People believe that **horse shoe** brings good luck.
(İnsanlar nalın uğur getirdiğine inanır.)

hose */hıuz/ n* **hortum**

There is a **hose** in the garden.
(Bahçede bir hortum var.)

hospital */'hospitl/ n* **hastane**

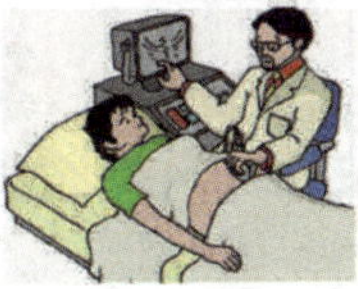

Bill has been in **hospital** for a week.
(Bill bir haftadır hastanede.)

hospitality */hospi'tælıti/ n*
misafirperverlik

They showed us great **hospitality**.
(Bize büyük misafirperverlik gösterdiler.)

host */hıust/ n* **ağırlayan erkek, ev sahibi**

Mr Brown was the **host** at the party.
(Mr. Brown partide ev sahibiydi.)

H

hostage */'hostıc/ n* **rehin**

The robbers took Jim **hostage.** *(Soyguncular Jim'i rehin aldı.)*

hostess */'hostıs/ n* **hostes, ev sahibesi**

They thanked their **hostess,** Ms. Brown. *(Hostesleri, Ms. Brown'a teşekkür ettiler.)*

hot */hot/ adj* **sıcak, acı**

The tea is **hot.** *(Çay sıcak.)*

These *peppers taste* **hot.** *(Bu biberlerin tadı acı.)*

hot dog */'hot dog/ n* **sosisli sandvic**

I ate a **hot dog.** *(Bir sosisli sandviç yedim.)*

hotel */hıu'tel/ n* **otel**

My father couldn't open the door of the **hotel** room. *(Babam otel odasının kapısını açamadı.)*

hour */'auı(r)/ n* **saat**

There are 24 **hours** in a day. *(Günde 24 saat vardır.)*

Restaurants are not open at this **hour** of the night. *(Gecenin bu saatinde lokantalar açık değildir.)*

house */haus/ n*

This is our **house.** *(Bu bizim evimiz.)*

housekeeper */'haus ki:pı(r)/ n* **hizmetçi**

The **housekeeper** is cleaning the house. *(Hizmetçi evi temizliyor.)*

housewife */hauswayf/ n* **ev hanımı**

My mother is a **housewife.** *(Annem bir ev kadınıdır.)*

how */hau/ adv* **nasıl**

I'll show you **how** to catch the ball. *(Sana topu nasıl yakalayacağını göstereceğim.)*

how² **ne kadar, kaç tane sorularında**

How much is this ring? *(Bu yüzük ne kadar?)*

how is, how are **nasıl**

How are you, John? *(Nasılsın, John?)*

How do you do? **memnun oldum**

"I'm Tim." "My name is Bob." "**How do you do.**" "**How do you do.**" *("Memnun oldum.")*

hug */hag/ v* **kucaklamak (n) kucak**

She **hugged** her husband. *(Kocasını kucakladı.)*

huge */hyu:c/ adj* **kocaman, çok büyük**

They are carrying a **huge** key. *(Kocaman bir anahtar taşıyorlar.)*

human */'hyumın/ adj* **insan, insani**

the **human** voice *(insan sesi)*

human being **insanoğlu, insan**

There is a difference between a **human** and an animal. *(İnsan ile hayvan arasında bir fark vardır.)*

hump */hamp/ n* **hörgüç, kambur**

He has a **hump** on his back. *(Sırtında bir kambur var.)*

H

hunger */'hangı(r)/ n* **açlık**

hungry */'hangri/ adj* **aç**

I'm very **hungry**.
(Çok açım.)

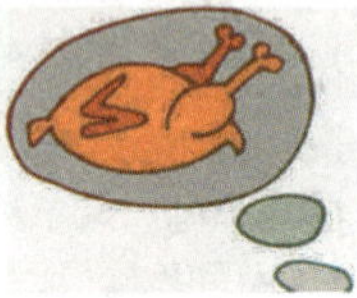

hunt */hant/ v* **avlanmak**

H

He's **hunting** a seal.
(Bir ayıbalığı avlıyor.)

hunter */hantı(r)/ n* **avcı**

He's a good **hunter**.
(İyi bir avcıdır.)

hurricane */'harıkın/ n* **tayfun**

The **hurricane** destroyed the town.
(Tayfun kasabayı harap etti.)

hurry */'hari/ v* **acele etmek**

I'm late. I must **hurry**!
(Geciktim. Acele etmeliyim.)

hurry up **çabuk ol**

Hurry up, please!
(Lütfen, çabuk ol.)

be in a hurry **acelesi olmak**

Sorry, I'm in a **hurry**.
(Üzgünüm acelem var.)

hurt */hö:t/ v* **incitmek, yaralamak 2. ağrımak**

I hit a stone with my foot and **hurt** myself.
(Ayağımı taşa vurdum ve kendimi incittim.)

My leg **hurts** very much.
(Ayağım çok ağrıyor.)

husband */'hazbınd/ n* **koca**

She loves her **husband** very much.
(Kocasını çok seviyor.)

hut */hat/ n* **kulübe**

He lives in a **hut**.
(O, bir kulübede yaşar.)

I, i /ay/ *n* **i harfi**

I is the ninth letter of the British Alphabet.
(I İngiliz Alfabesinin dokuzuncu harfidir.)

I /ay/ *p* **ben**

I'm alone on an island.
(Bir adada yalnızım.)

ice /ays/ *n* **buz**

There is ice on the rocks.
(Kayaların üstünde buz var.)

iceberg /'aysbı:g/ *n* **aysberg, buz kütlesi**

The Titanic sank hitting a huge iceberg in the North Sea.
(Titanik Kuzey Denizinde büyük bir aysberge çarparak battı.)

ice-cream /ays'kri:m/ *n*
dondurma

I'd like a bowl of chocolate ice-cream.
(Bir kase çikolatalı dondurma istiyorum.)

ice-rink /'ays rink/ *n*
buz pisti

There is an ice-rink in our town.
(Kasabamızda bir buz pisti var.)

ice-skates /'ays skeyts/ *n*
buz pateni ayakkabısı

I've got a pair of ice-skates.
(Bir çift buz pateni ayakkabım var.)

ice skating /'ays skeyting/ *n*
buz pateni

ice-skater /'ays skeytı(r)/ *n*
buz patencisi

I always wanted to be an ice-skater.
(Her zaman bir buz patencisi olmak istedim.)

iced tea /ayst 'ti:/ *n*
buzlu çay

Iced tea is a perfect drink on a hot day.
(Buzlu çay sıcak bir günde mükemmel bir içecektir.)

I

idea */ay'dıı/ n* **fikir, düşünce**

I've got an **idea**, why don't we go to the cinema?

(Bir fikrim var; neden sinemaya gitmiyoruz?)

What a good **idea**!

(Ne iyi bir fikir?)

identity */ay'dentıti/ n* **kimlik**

The man showed his **identity** to the police.

(Adam kimliğini polise gösterdi?)

idiom */'idıım/ n* **deyim, tabir**

"They'll pay me when pigs fly," is an **idiom**.

("Domuzlar uçtuğunda bana ödeme yapacaklar," bir deyimdir.)

idiot */'idiıt/ n* **aptal, budala**

"I was an **idiot** to marry you," she thought.

("Seninle evlendiğim için bir aptalım," diye düşündü.)

if */if/ conj* **eğer, şayet**

I will hit you again **if** you go on telling me lies.

(Bana yalan söylemeye devam edersen yine vururum.)

if2

We always come **if** you need us.

(Bize ihtiyacın olursa biz her zaman geliriz.)

ignore */ig'no:(r)/ v*

aldırmamak, görmemezlikten gelmek

She tried to tell her father something but he **ignored** her.

(Babasına bir şey söylemeye çalıştı ama babası aldırmadı.)

ill */il/ adj* **hasta**

My father can't go to work because he is **ill**.

(Babam işe gidemez çünkü hasta.)

illegal */i'li:gl/ adj* **kanunsuz**

It is **illegal** to drop chemical wastes into rivers.
(Kimyasal artıkları ırmağa atmak kanunsuzdur.)

illness */'ilnıs/ n* **hastalık**

Her daughter has a serious **illness.**
(Kızının ciddi bir hastalığı var.)

illustrate */'ilıstreyt/ v* **resimlemek**

The book was **illustrated** with colour photographs.
(Kitap renkli fotoğraflarla resimlendirildi.)

illustration */ilı'streyşn/ n* **resim, çizim**

image */'imic/ n* **hayal, imge, resim, görüntü**

It has an **image** of a strong castle.
(Kuvvetli bir kale görüntüsü var.)

imaginary */i'mæcinıri/ adj* **hayali**

This is an **imaginary** monster.
(Bu hayali bir canavardır.)

imagination */imeci'neyşn/ n* **hayal gücü**

imagine */i'mæcin/ v* **hayal etmek**

It **imagines** the chef in the pan instead of itself. *(Kendi yerine aşçının tencerede olmasını hayal ediyor.)*

imitation */imi'teyşn/ n* **taklit, yapma**

These aren't real fruit, they are only **imitations**. *(Bunlar gerçek meyve değil, onlar sadece taklit.)*

immediate */i'mi:diıt/ adj* **hemen, anında**

immediately */i'mi:diıtli/ adv* **derhal**

They delivered the pizza **immediately**. *(Pizzayı hemen getirdiler.)*

immigrate */'imigreyt/ v*
göç etmek

People **immigrate** for a better life. *(İnsanlar daha iyi bir yaşam için göç eder.)*

immigrant **göçmen**

immigration **göç**

imperative */im'perıtiv/ n*
emir kipi

"Come here!" the verb is in the **imperative**. *("Buraya gel!" Fiil emir kipindedir.)*

import */im'po:t/ v* **ithal etmek**

We **import** industrial goods. *(Endüstriyel mallar ithal ederiz.)*

importance */im'po:tıns/ n*
önem

I know the **importance** of a good education. *(İyi bir eğitimin önemini biliyorum.)*

important */im'po:tınt/ adj*
önemli

I keep **important** documents in this file. *(Önemli belgeleri bu dosyada saklıyorum.)*

impossible */im'posibl/ adj*
imkansız

It's **impossible** to have four suns. *(Dört tane güneşin olması imkansız.)*

improve */im'pru:v/ v*
gelişmek, ilerletmek

Their work is **improving**. *(İşleri ilerliyor.)*

improvement */im'pru:vmınt/ n* **gelişme**

in */in/ pr* **içinde**

They are sitting **in** the spacecraft. *(Uzay aracının içinde oturuyorlar.)*

inch */inç/ n* **inç, İngiliz uzunluk birimi**

One **inch** is 2.54 centimeters.
(Bir inç 2.54 santimetredir.)

include */in'klu:d/ v* **kapsamak, içermek**

The price of the car **includes** V.A.T.
(Arabanın fiyatı KDV'yi kapsıyor.)

income */inkam/ n* **gelir**

What is your **income** from your job? *(İşinden gelirin ne kadar?)*

increase */in'kri:s/ v*
yüksel(t)mek, art(tır)mak

My employer has **increased** my wages.
(İş verenim maaşımı arttırdı.)

increase */in'kri:s/ n*
yükselme, artış

independence */in'dipendıns/*
bağımsızlık

The USA gained its **independence** in the nineteenth century. *(ABD bağımsızlığını 19. yüzyılda kazandı.)*

independent */in'dipendınt/ adj* **bağımsız**

Megan is an **independent** girl.
(Megan bağımsız bir kızdır.)

indicator */'indikeytı(r)/ n*
sinyal lambası

The right **indicator** doesn't work.
(Sağ sinyal lambası çalışmıyor.)

indirect */indı'rekt/ adj*
dolaylı

He showed his ear in an **indirect** way.
(Dolaylı yoldan kulağını gösterdi.)

individual */indi'vicuıl/ n*
birey

Bob is the new **individual** of the family. *(Bob ailenin yeni bireyidir.)*

individually **bireysel**

indoor */'indo:(r)/ adj* **içerde yapılan**

Golf isn't an **indoor** game. *(Golf içerde oynanan bir oyun değildir.)*

indoors **içerde**

Let's stay **indoors**. It's cold. *(İçerde kalalım. Hava soğuk.)*

industrial */in'dustriıl/ adj*
endüstriyel, sanayi

İzmit is an **industrial** city. *(İzmit bir sanayi şehridir.)*

industry **sanayi, endüstri**

infect */in'fekt/ v* **bulaştırmak**

He **infected** everyone else. *(Başka herkese hastalığı bulaştırdı.)*

infection **enfeksiyon, bulaşma**

inflation */in'fleyşn/ n*
enflasyon, fiyatların artması

A bad economy can cause serious **inflation**. *(Kötü ekonomi ciddi enflasyona neden olur.)*

influence */'influıns/ v* **etkilemek, tesir etmek**

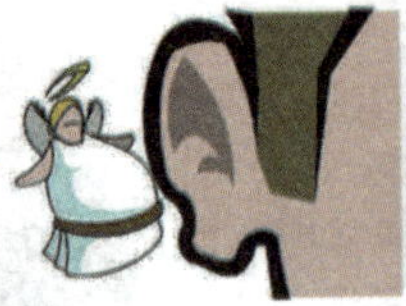

Helen **influenced** his decision to choose this job.
(Helen, bu işi seçmesinde onun kararını etkiledi.)

informal */in'fo:ml/ adj*
gayri resmi

This is an **informal** party; you can wear whatever you like. *(Bu gayri resmi bir parti; istediğini giyebilirsin.)*

information */infı'meyşn/ n*
bilgi

I need some **information** about the job? *(İş hakkında biraz bilgiye ihtiyacım var.)*

inhabit */in'hæbit/ v* **oturmak, ikamet etmek**

Only a few people **inhabit** in this town.
(Bu kasabada sadece bir kaç insan yaşar.)

inhabitant **oturan, sakin**

inherit */in'herit/ v* **miras olarak almak**

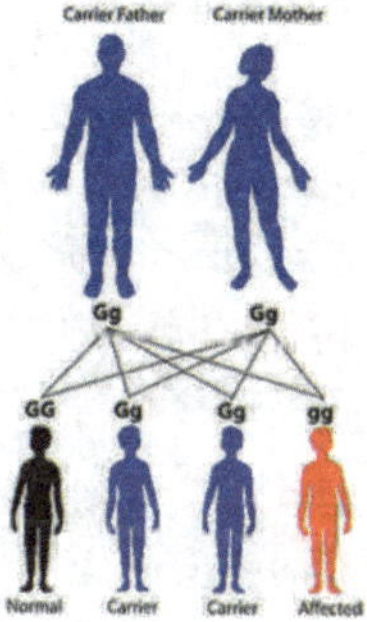

She **inherited** a house from her mother.
(Annesinden ona bir ev miras kaldı.)

inheritance */in'heritıns/ n* **miras**
He has received a good **inheritance** from his father.
(Babasından iyi bir miras aldı.)

inject */in'cekt/ v* **iğne yapmak**

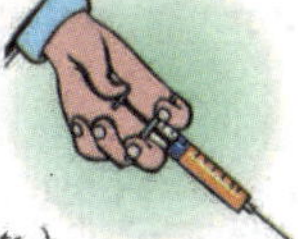

The nurse **injected** her some painkiller.
(Hemşire ona ağrıkesici iğne yaptı.)

injection */in'cekşn/ n* **iğne**

injure */incı(r)/ v* **incitmek, yaralamak**

I **injured** my thumb while hammering a nail. *(Çivi çakarken baş parmağımı incittim.)*

injury */'incıri/ n* **yara**

ink */ink/ n* **mürekkep**

There is some **ink** in the botttle.
(Şişede biraz mürekkep var.)

inn */in/ n* **han, otel, meyhane**

We stopped to eat at a small **inn**.
(Küçük bir handa yemek yemek için durduk.)

innocence */'inısnts/ n* **masumiyet**

innocent */'inısınt/ adj* **masum, suçsuz**

She isn't guilty.
She's **innocent.**
(O suçlu değil. Masum.)
Believe me, I'm **innocent**.
(İnan bana, ben masumum.)

I

inquire */in'kwayr/ v* **sormak, araştırmak**

She **inquired** about the conditions of the vacant job.
(İşin şartları hakkında bilgi edindi.)

inquiry **soruşturma, araştırma**

insect */'insekt/ n* **böcek**

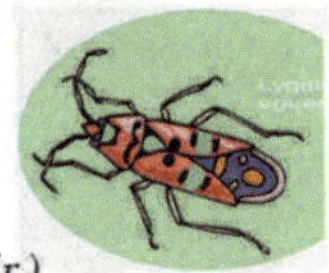

Bees and ants are **insects**.
(Arılar ve karıncalar böcektir.)

insert */in'sö:t/ v* **içine koymak, sokmak**

He **inserted** photographs in his document from clipart.
(Clipart'tan belgesine fotoğraflar koydu.)

inside */in'sayd/ pr, adv, adj*
içerisi, içerde, iç

There is nobody **inside** the office.
(Büronun içersinde kimse yok.)
The **inside** walls of the office are blue.
(Büronun iç duvarları mavi.)

insist */in'sist/ v* **ısrar etmek**

I **insist** that you stop doing that.
He **insisted** on asking his father's help. *(Babasının yardımını istemekte ısrar etti.)*

inspect */in'spekt/ v*
araştırmak, teftiş etmek

He **inspected** the house.
(Evi araştırdı.)

inspector */in'spektı(r)/ n*
müfettiş

install */in'sto:l/ v* **kurmak, yerleştirmek**

He's trying to **install** his new aerial onto the roof.
(Çatıya yeni anteni kurmaya çalışıyor.)

instant */'instınt/ adj*
anında, derhal, hazır

He's making an **instant** coffee for himself.
(Kendisine hazır kahve yapıyor.)

instead */ins'ted/ adv* **yerine**

I play chess with computer **instead** I play with other people.
(Başkaları ile oynamak yerine bilgisayarla satranç oynuyorum.)

instead of **yerine**

instruction */in'strakşn/ n*
talimat, tarife

Read the **instructions** before you take the medicine.
(İlacı almadan önce tarifesini oku.)

instructor */in'straktı(r)/ n*
eğitmen

He is a first aid **instructor**.
(O, bir ilk yardım eğitmenidir.)

instrument */'instrumınt/ n*
alet, enstrüman

A compass is an **instrument** for finding your way. *(Pusula yolunuzu bulmak için bir alettir.)*

insult */in'salt/ v* **hakaret etmek, tahkir etmek**

He **insulted** the boy. *(Çocuğa hakaret etti.)*

insult */in'salt/ n* **hakaret**
He shouted **insults** at the boy.
(Çocuğa hakaretler yağdırdı.)

I

insurance */in'şuırıns/ n*
sigorta

Have you got a car **insurance**?
(Araba sigortan var mı?)

intelligent */in'telicınt/ adj*
zeki, akıllı

It's an **intelligent** robot.
(O akıllı bir robottur.)

intend */ in'tend/ v*
niyet etmek

He **intended** to light a fire.
(Ateş yakmaya niyetlendi.)

intention **niyet, maksat**

interested in

be interested in ilgilenmek

Bob's very **interested in** painting.
(Bob resimle çok ilgilenir.)

interesting /'intresting/ *adj*

ilginç

Tibet is an **interesting** place to visit.
(Tibet ziyaret etmek için ilginç bir yerdir.)

interpreter /in'tö:pritı(r)/ *n*

çevirmen

An **interpreter** translated his speech. *(Onun konuşmasını bir çevirmen tercüme etti.)*

interrupt /intı'rapt/ *v* araya girmek, lafını kesmek, rahatsız etmek

It is rude to **interrupt** people.
(İnsanların sözünü kesmek kabalıktır.)

interruption /intı'rapşn/ *n*

kesinti, söze karışma

interview /'intıvyu:/ *n*

mülakat yapmak

She **interviewed** a businessman in her program.
(Programında bir işadamı ile mülakat yaptı.)

into /intı/ *pr* içine

He bobbed **into** the barrel.
(Fıçının içine daldı.)

introduce /intrı'dyu:s/ *v*

tanıştırmak

He **introduced** his friend to me.
(Arkadaşını bana tanıştırdı.)

introduce[2] tanıtmak, sunmak

He **introduced** us a new product.
(Bize yeni bir ürün tanıttı.)

invent */in'vent/ v*
icat etmek, bulmak

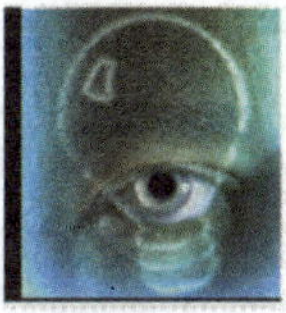

Who **invented** the electricity?
(Elektriği kim buldu?)

invention */in'venşn/ n* **icat**

inventor */in'ventı(r)/ n*
mucit

He's an **inventor.**
(O bir mucittir.)

investigate */in'vestigeyt/ v*
soruşturmak

The police are **investigating** the murdery.
(Polis cinayeti soruşturuyor/araştırıyor.)

investigation **araştırma**

invest */in'vest/ v*
yatırım yapmak

investment */in'vestmınt/ n*
yatırım

Saving dollars is a smart **investment.**
(Dolar biriktirmek akıllıca bir yatırımdır.)

invitation */invi'teyşn/ n*
davetiye

I received an **invitation** to the party.
(Partiye bir davetiye aldım.)

invite */in'vayt/ v*
davet etmek

He **invited** me into his car for having a drive.
(Dolaşmak için beni arabasına davet etti.)

iron */'ayrın/ n* **demir**

The garden is surrounded with **iron** bars.
(Bahçe demir çubuklarla çevrili.)

iron */'ayrın/ n, v* **ütü 2. ütülemek**

He's **ironing** his shirt.
(Gömleğini ütülüyor.)
Can I borrow your **iron**?
(Ütünü ödünç alabilir miyim?)

Islam */'izla:m/ n* **islam**

Islam teaches that there is only one God and Muhammed is his messenger. *(İslam tek tanrı olduğunu ve Muhammedin onun elçisi olduğunu öğretir.)*

island */'aylınd/ n* **ada**

We sailed to the castle on the **island**. *(Adadaki kaleye gittik.)*

issue */'işu:/ v* **vermek, çıkarmak**

This passport was **issued** in 2007 and valid until 2017. *(Bu pasaport 2007 yılında verildi ve 20017'e kadar geçerlidir.)*

issue2 **yayın, neşriyat, nüsha**

This is a copy of the today's **issue** of a Mexican newspaper. *(Bu bir Meksika gazetesinin bugünkü nüshası.)*

italics */i'tæliks/ n (pl.)* **eğik yazı, italik**

These numbers are written in **italics.**
(Bu rakamlar eğik yazılmış.)

itch */iç/ v* **kaşımak, kaşınmak**

My back **itches** badly.
(Sırtım kötü kaşınıyor.)

itch */iç/ n* **kaşıntı**

ivory */'ayvıri/ n* **fildişi**

The handle of the rifle was made of **ivory**.
(Tüfeğin kabzası fildişinden yapılma.)

ivy */'ayvi/ n* **sarmaşık**

The wall is **ivy-mantled.**
(Duvar sarmaşıkla kaplı.)

/cey/ *n* **j harfi**

J is the tenth letter of the English Alphabet.
(J İngiliz Alfabesinin 10. harfidir.)

jacket */'cækit/ n* **ceket**

I've got a new light brown **jacket**.
(Açık kahverengi bir ceketim var.)

jail */ceil/ n* **hücre**

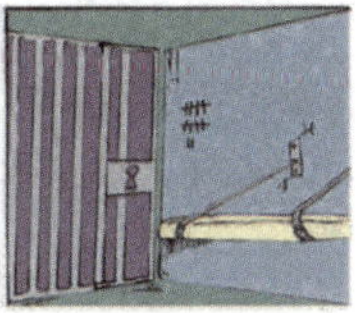

Alan spent seven years in **jail**.
(Alan hücrede yedi yıl geçirdi.)

jam*/cæm/ n* **reçel**

I put some **jam** on my bread.
(Ekmeğimin üzerine biraz reçel sürdüm.)

January */'cenyuıri/ n*

Ocak ayı

The New Year starts on the first day of **January.**
(Yeni yıl bir Ocak'ta başlar.)

jar */ca:(r)/ n* **kavanoz**

He's trying to open the **jar**.
(Kavanozu açmaya çalışıyor.)

jaw */cı/ n* **çene, ağız**

Alligators have very strong **jaws**.
(Timsahların kuvvetli çeneleri vardır.)

jealous */'celıs/ adj* **kıskanç**

He was very **jealous** of Tom's coke.
(Tom'un kolasını çok kıskandı.)

J

jeans */ci:nz/ n* **kot pantolon**

Please, don't put your **jeans** on the armchair! *(Lütfen kot patolonunu koltuğun üzerine koyma!)*

jet */cet/ n* **fıskiye, fışkıran su veya gaz, tepkili jet**

J

One of my cousins is a **jet** pilot. He flies a **jet**. *(Benim kuzenlerimden biri jet pilotu. Bir jet kullanıyor.)*

Jew */cu:/ n* **Yahudi**

Jews live in many places all over the world. *(Yahudiler, dünyanın dört bir yanında yaşarlar.)*

jewel */'cuıl/ n* **mücevher**

This brooch is a beautiful piece of **jewels**. *(Bu broş güzel bir mücevher parçası.)*

jeweller */'cu:ılı/ n* **mücevherci**

jewellery/jewellry */cu:ılri/ n* **mücevherat**

He deals with **jewellery**. *(Mücevheratla uğraşır.)*

job */cob/ n* **iş, meslek**

Doctors perform an important **job**. *(Doktorlar önemli bir iş görürler.)*

"What is your **job**?" "I'm an engineer." *("İşiniz ne?" "Mühendisim.")*

jockey */'joki/ n* **jokey**

Jockeys are generally short and do not weight much. *(Jokeyler genellikle kısa boylu ve fazla ağır değillerdir.)*

jog */cog/ v* **yavaş koşmak**

She goes **jogging** every morning. *(Her sabah hafif koşuya çıkar.)*

jogger **hafif koşucu**

join */cıin/ v* **birleştirmek**

He's trying to **join** the ends of two wires. *(İki telin ucunu birleştirmeye çalışıyor.)*

join[2] **bir araya gelmek, buluşmak**

He **joins** some boys that I don't like much. *(Fazla sevmediğim birkaç çocuk ile buluşuyor.)*

join[3] **katılmak**

He **joined** a street gang. *(Bir sokak çetesine katıldı.)*

joy */coy/ n* **neşe**

They werc full of **joy** in their swimming tubes. *(Şişme botların içinde neşe doluları.)*

joyful */'coyfıl/ adj* **neşeli, sevinçli, sevinçle**

This is a **joyful** occasion for him. *(Bu onun için sevinçli bir durumdur.)*

joyfully */coyfıli/ adv*

He was jumping **joyfully**. *(Sevinçle zıplıyordu.)*

judge */cac/ n* **hakim, yargıç**

The **judge** decided to send the woman to prison for two years. *(Hakim kadının iki yıl için hapse gönderilmesine karar verdi.)*

judgement **hüküm, karar**

jug */cag/ n* **testi, surahi, güğüm**

She brought us a **jug** of cold water. *(Bir sürahi soğuk su getirdi.)*

juggler */caglı(r)/ n* **hokkabaz**

They are good **jugglers**. *(Onlar iyi hokkabazdırlar.)*

juice */cu:s/ n* **meyve suyu**

I'll have a glass of orange **juice**. *(Bir bardak portakal suyu alacağım.)*

juicy */'cu:si/ adj* sulu

These are **juicy** oranges. *(Bunlar sulu portakaldır.)*

July */cu'lay/ n* **Temmuz ayı**

July the fourth is the independence day of the USA.
(Dört Temmuz ABD'nin bağımsızlık günüdür.)

jump */camp/ v* **zıplamak**

He **jumped** over the obstacle easily.
(Engelin üzerinden kolayca atladı.)

jumper */'campı/ n* **kazak**

He's wearing a red and blue **jumper**.
(Kırmızı mavi bir kazak giyiyor.)

junction */'cangşın/ n* **kavşak**

Turn left at the **junction** of three roads.
(Üç yol kavşağından sola dön.)
There is an accident at the **junction**. *(Kavşakta bir kaza var.)*

June */cu:n/ n* **Haziran ayı**

The second Sunday of **June** is the father's day.
(Haziranın ikinci Pazarı babalar günüdür.)

jungle */'cangl/ n* **balta girmemiş orman**

There are huge trees in **jungles**. *(Balta girmemiş ormanlarda çok büyük ağaçlar var.)*

junior high school **orta okul**

I'm a **junior high school** student.
(Ben bir orta okul öğrencisiyim.)

junk */cank/ n* **hurda, çöp**

There is a heap of **junk** in the back garden.
(Bahçede bir hurda yığını var.)

jury */'cuıri/ n* **jüri**

The **jury** decided the man was guilty and he was sent to prison.
(Juri adamın suçlu olduğuna karar verdi ve o hapse gönderildi.)

just */cast/ adv* **az önce, yeni**

They've **just** got married.
(Yeni evlendiler.)

just2 **tam tamına 2. sadece**

Its head is **just** 30 cm in diameter.
(Kafası tam tamına 30 cm çapında.)
It's **just** two month old.
(O sadece iki aylık.)

justice */'castis/ n* **adalet**

Judges work for **justice**.
(Hakimler adalet için çalışırlar.)
They represent **justice**.
(Onlar adaleti temsil ederler.)

/key/ n **k harfi**

K is the eleventh letter of the English Alphabet.
(K İngiliz Alfabesinin 11. harfidir.)

kangaroo */ kængı'ru/ n* **kanguru**

Kangaroos are lovely animals.
(Kangurular sevimli hayvanlardır.)

keen */ki:n/ adj* **hevesli, düşkün 2. keskin, kuvvetli**

He is **keen** on painting.
(Resme düşkündür.)
He's a **keen** supporter of FB.
(Koyu bir FB taraftarıdır.)

keep */ki:p/ v* **tutmak, alıkoymak**

She **keeps** lots of old books in her bookcase.
(Kütüphanesinde bir sürü eski kitap tutuyor.)

keep2 **tutmak, muhafaza etmek**

Where do you **keep** your money? *(Paranı nerde saklıyorsun?)*
I'll **keep** my promise. *(Sözümü tutacağım.)*

kennel */'kenl/ n* **köpek kulübesi**

The dog's **kennel** is clean and warm. *(Köpeğin kulübesi temiz ve sıcak.)*

ketchup */'keçıp/ n* **domates sosu**

Would you like to have some **ketchup** for your hotdog? *(Sosisli sandviçin için biraz domates sosu ister misin?)*

kettle */'ketl/ n* **çaydanlık, güğüm**

I've bought a new **kettle**. *(Yeni bir çaydanlık aldım.)*

key */ki:/ n* **anahtar, tuş**

This is the **key** for the front door. *(Bu ön kapının anahtarı.)*
I think, I touched the wrong **key**. *(Sanırım yanlış tuşa bastım.)*

key2 **cevap anahtarı**

KEY

EL.1.A		EL. 1.B	
1.	is	1.	parents
2.	am	2.	cold
3.	in	3.	shoes
4.	tell	4.	write
5.	you	5.	morning

I'll look in the **key** to check it. *(Kontrol için cevap anahtarına bakacağım.)*

keyhole */'ki:hıul/ n* **anahtar deliği**

I put the key into the **keyhole**. *(Anahtarı anahtar deliğine soktum.)*

kick */kik/ v* **tekme atmak, ayakla vurmak**

He **kicked** the ball to the goal. *(Topu kaleye vurdu.)*

K

kick someone out **kapı dışarı etmek, atmak**

The boss **kicked him out** for being lazy.
(Patron, tembel olduğu için onu işten attı.)

kid */kid/ n* **çocuk**

He was just a **kid** when his parents died.
(Anne babası öldüğünde daha çocuktu.)

kid2 **yavru keçi**

kidnap */'kidnæp/ v*
adam kaçırma

To **kidnap** someone is a serious crime. *(Birini kaçırmak ciddi bir suçtur.)*

kidnapper **adam kaçıran**

kidney */'kidni/ n* **böbrek**

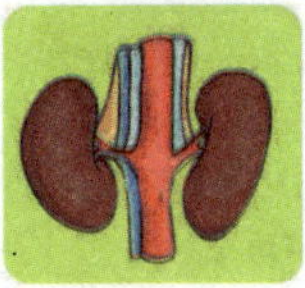

One normally has two **kidneys**.
(Normalde bir insanın iki böbreği vardır.)

kill */kil/ v*
öldürmek

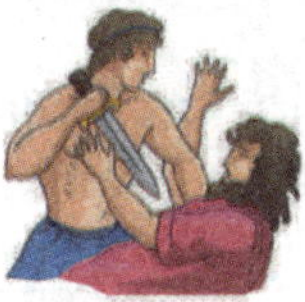

Brutus **killed** Ceazar. *(Brütüs Sezarı öldürdü.)*
Ten people were **killed** in the train crash.
(Tren kazasında on kişi öldü.)

killer */'kilı/ n* **katil**

kilogram, kilogramme
/'kilıgræm/ n **kilo**

She bought two **kilograms** of apples.
(İki kilo elma satın aldı.)

kilometre / kilometer
/'kilımitı(r)/ n
kilometre, bin metre

The town is ten **kilometres** ahead.
(Kasaba on kilometre ileride.)

kind */kaynd/ adj* **tür, çeşit**

I've got four Queens in different **kind.**
(Farklı türde dört kızım var.)

kind[2] **kibar, nazik**

They are **kind** people.
(Kibar insanlar.)

kindly **kibarca**
They **kindly** greeted each other.
(Kibarca birbirlerini selamladılar.)

kindness */kayndnıs/ n* **kibarlık, nezaket**

Thank you very much for your **kindness**.
(Nezaketiniz için çok teşekkür ederim.)

king */king/ n* **kral**

He's the **King** of Spain.
(O İspanya kralıdır.)

kingdom */kingdım/ n* **krallık**
The people of the **kingdom** were very happy.
(Krallık halkı çok mutluydu.)

kiss */kis/ v* **öpmek**

The bride **kissed** the groom.
(Gelin damadı öptü.)

kit **alet seti**

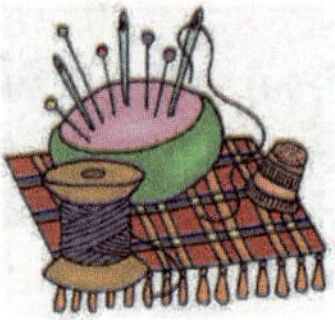

She took out the sewing **kit** and repaired the curtains. *(Dikiş takımını çıkardı ve perdeleri onardı.)*

kitchen */'kiçın/ n* **mutfak**

Our **kitchen** is always neat and clean.
(Bizim mutfağımız her zaman tertipli ve temizdir.)

kite */kayt/ n* **uçurtma**

His **kite** flew high in the clouds.
(Onun uçurtması yukarılarda bulutların içinde uçtu.)

kitten */'kitn/ n* **kedi yavrusu**

These **kittens** are very lovely.
(Bu yavru kediler çok sevimli.)

kiwi fruit */'ki:wi fru:t/ n* **kivi**

Some people started to grow **kiwi** in Rize. *(Bazı insanlar Rizede kivi yetiştirmeye başladı.)*

knee */ni:/ n* **diz**

He injured his **knee** playing tennis. *(Tenis oynarken dizini incitti.)*

kneel */ni:l/ v* (knelt-knelt) **yere diz çökmek**

She **knelt** down to pray. *(Dua etmek için yere diz çöktü.)*

knife */nayf/ n* **bıçak**

Tom carried a **knife** at all times. *(Tom her zaman bir bıçak taşırdı.)*
This **knife** is very sharp. *(Bu bıçak çok keskin.)*

knight */nayt/ n* **şövalye ünvanı verilen kişi**

knight2 **şövalye**

The **knight** saved the little girl. *(Şovalye küçük kızı kurtardı.)*

knit */nit/ v* **örgü örmek**

She's **knitting** some clothes for her baby. *(Bebeği için bazı giysiler örüyor.)*

knitting */'niting/ n* **örme, örgü**

Mom always has a piece of **knitting** work. *(Annemin her zaman bir parça örme işi vardır.)*

knitting needle */ n* **örgü şişi**
I have a pair of **knitting needles**. *(Bir çift örgü şişim var.)*

K

knock

knock /nok/ v **vurmak**

I **knocked** on the door, but nobody answered.
(Kapıya vurdum ama kimse cevaplamadı.)

knock someone down
yere yıkmak

The ball that hit his face **knocked him down**. *(Yüzüne çarpan top onu yere yıktı.)*

knock someone out
baygın yere sermek

She **knocked her husband out** hitting his head.

(Kocasının kafasına vurarak onu baygın yere serdi.)

knot /not/ n , v **düğüm 2. düğümlemek**

He **knotted** the rope several times.

(İpi bir kaç kez düğümledi.)

K

know /nıu/ v **bilmek**

They **know** the answer.
(Cevabı biliyorlar.)

know2 **nasıl yapılacağını bilmek**

She **knows** how to cook cookies.
(Nasıl kurabiye yapılacağını bilir.)

know3
tanımak

I **know** Mary well, but I don't **know** her friend.
(Mary'i iyi tanırım ama arkadaşını tanımıyorum.)

knowledge /'nolic/ n **bilgi, kültür**

His **knowledge** of languages is excellent.
(Onun lisan bilgisi mükemmeldir.)

/el/ *n* **L harfi**
L is the twelfth letter of the English alphabet. *(L İngiliz Alfabesinin 12. harfidir.)*

label /'leybl/ *n* , *v* ***etiket 2. etiketlemek***

He put a **label** on the box. *(Kutuya etiket koydu.)*
He **labelled** the shirts. *(Gömlekleri etiketledi.)*

laboratory /lı'borıtri/ *n* **(lab) laboratuar**

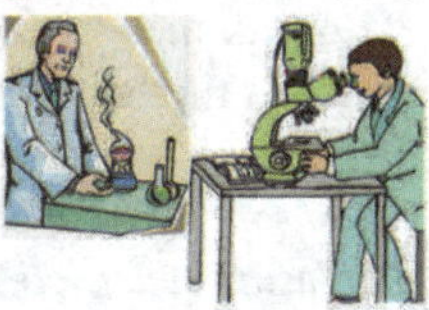

We did an experiment in the **laboratory** last lesson.
(Geçen ders laboratuarda bir deney yaptık.)

labourer /'leybırı/ *n* **işçi**

He is a factory **labourer** and paid quite well.
(O bir fabrika işçisidir ve iyi maaş alır.)

ladder /'lædı(r)/ *n* **merdiven**

There's a **ladder** in the garden.
(Bahçede bir merdiven var.)

lady /'leydi/ *n* **bayan**

The **lady** in the shop is my aunt.
(Dükkandaki bayan benim teyzemdir.)
A new **lady** doctor started to work here.
(Yeni bir bayan doktor burada çalışmaya başladı.)

lake /leyk/ *n* **göl**

There is a beautiful **lake** among the mountains.
(Dağların arasında güzel bir göl var.)

lamp /læmp/ *n* **lamba**

I have a **lamp** on my table.
(Masamın üzerinde bir lamba var.)

land */lænd/ n* **yer, toprak parçası, kara**

The big farmers own most of the **land**. *(Toprağın çoğuna büyük çiftçiler sahip.)*

land */lænd/ v* **konmak, yere inmek**

We **landed** in Rome at ten in the morning. *(Sabahleyin saat onda Romaya indik.)*

L

landlady */'lændleydi/ n* **ev sahibesi**

I have to pay the **landlady** rent money. *(Ev sahibeme kira parasını ödemeliyim.)*

landlord **ev sahibi**

language */'længwic/ n* **lisan, dil**

What **languages** do you speak? *(Hangi dilleri konuşuyorsun?)*
Turkish is a rich **language**. *(Türkçe zengin bir dildir.)*

large */la:c/ adj* **geniş, bol**

The trousers are too **large** for him. *(Pantolon onun için aşırı bol.)*

laser */'leyzı(r)/ n* **lazer**

I have a **laser** printer. *(Bir lazer yazıcım var.)*
He has **laser** guns. *(Onun lazer silahları var.)*

last */la:st/ adj* **son**

He drank the water to the **last** drop. *(Suyu son damlasına kadar içti.)*

last */la:st/ v* **sürmek, devam etmek**

Their marriage **lasted** more than fifty years. *(Evlilikleri elli yıldan fazla sürdü.)*

late */leyt/ adj* **geç**

I was **late** for work because I woke up **late**.
(İşe geç kaldım çünkü geç kalktım.)

later */'leytı/ adv* **daha sonra**

I can't do it now but I'll do it **later** on.
(Onu şimdi yapamam ama daha sonra yapabilirim.)

latest */'leytist/ adj* **en son**

Have you heard the **latest** news?
(En son haberi duydun mu?)

laugh */la:f/ v* **gülmek**

It was so funny so he **laughed** a lot.
(Çok komikti bu yüzden çok güldü.)

laundry */'lo:ndri/ n* **çamaşırhane**

I took the clothes to the **laundry**.
(Çamaşırları çamaşırhaneye götürdüm.)

lavatory */'lævıtri/ n* **tuvalet**

Where is the ladies **lavatory** please?
(Bayanlar tuvaleti nerede lütfen?)

law */lo:/ n* **kanun, hukuk**

Driving too fast is against **law** in towns.
(Şehir içinde aşırı hız yapmak kanunlara aykırıdır.)

lawyer */'lo:yı(r)/ n* **avukat**

I had a **lawyer** to defend me at court.
(Mahkemede beni savunacak avukatım vardı.)

L

lay /ley/ *v* (laid,laid) **yere sermek, koymak**

She **laid** ceramic tiles on the floor. *(Seramik fayansları yere döşedi.)*

lay the table
masayı kurmak

I helped my mother **lay the table**. *(Masayı kurmada anneme yardım ettim.)*

lay eggs /ley 'egs/ *v*
yumurtlamak

The hen **laid an egg**. *(Tavuk bir yumurta yumurtladı.)*

lay[2] **lie** fiilinin past hali

layer /'leyı(r)/ *n* ***harç, katman***

He spread the **layer** on the floor. *(Harcı yere yaydı.)*

lazy /'leyzi/ *adj* **tembel**

He won't work; he's just too **lazy**. *(O çalışmaz; çok tembeldir.)*

lead /li:d/ *v* **yol göstermek, liderlik yapmak**

You **lead** and we'll follow. *(Sen yol göster, biz seni takip ederiz.)*
She **led** us to the town centre. *(Bize şehir merkezine kadar önderlik etti.)*

lead /led/ *n* **kurşun**

as heavy as **lead** *(kurşun kadar ağır)*
old **lead** pipes *(Eski kurşun borular.)*

leader /'li:dı(r)/ *n* **lider**

She's the team **leader.** *(O takım kaptanıdır.)*
She's the **leader** of the world's richest nation. *(O, dünyanın en zengin ulusunun lideridir.)*

leaf /li:f/ *n* **yaprak**
(Pl. leaves)
Some plants have large green **leaves** .

(Bazı bitkilerin geniş yeşil yaprakları vardır.)

leak /li:k/ *n* **çatlak**

There's a **leak** in the pipe - the water's coming out.
(Boruda bir çatlak var - su geliyor.)

leak /li:k/ *v* **sızmak**
The pipe **leaks** water.
(Boru su sızdırıyor.)

lean /li:n/ *v* **eğilmek, bir yana yatmak**

Don't **lean** out of the window because you might fall.
(Camdan dışarı eğilme. Düşebilirsin?)

leap /li:p/ *v* **zıplamak**

leapfrog /'li:p frog/ *n* **birdirbir oyunu**

The boys played **leapfrog** in the park.
(Çocuklar bahçede birdirbir oynadılar.)

learn /lö:n/ *v* **öğrenmek**

He's a good cook but he still has lots of things to **learn**.
(İyi bir aşçıdır ama daha öğreneceği çok şey var.)

learner /'lö:nı(r)/ *n* **öğrenen kişi, yeni başlayan**
I'm a **learner** of English.
(Ben İngilizce öğrenen biriyim.)

least /li:st/ *adj, p* **en az**

Sparrows are the **least** dangerous birds.
(Serçeler en az tehlikeli kuşlardır.)

leather /'ledı(r)/ *n* **deri**

I've got a **leather** belt.
(Bir deri kemerim var.)

leave /li:v/ *v* **ayrılmak, terketmek, bırakmak**

He **left** home for working in Germany.
(Almanyada çalışmak için evden ayrıldı.)

leave[2] **bırakmak, unutmak**

He **left** his keys on the bench.
(Anahtarını bankın üzerinde unuttu.)

leave[3] **miras bırakmak**

My aunt **left** me her house.
(Teyzem evini bana bıraktı.)

lecture */'lekçı(r)/ n* **ders, konferans**

She gives **lectures** every day.
(O her gün ders verir.)

lecturer */'lekçırı(r)/ n* **okutman, doçent**
Ms. White is a **lecturer** at university. *(Ms. White üniversitede okutmandır.)*

leek */li:k/ n* **pırasa**

Do you like **leek**?
(Pırasa sever misin?)

left */left/ n* **sol, sola**

The school is on the **left** of the road.
(Okul yolun solundadır.)

Turn **left** at the corner.
(Köşeden sola dön.)

be left **artmak, geri kalmak**
There are no tissues **left**.
(Hiç kağıt kalmamış.)

left-handed / footed **sol elli/ayaklı (solak)**

He's a **left-handed** writer.
(O solak bir yazardır.)

leg */leg/ n* **bacak**

The table has strong **legs**.
(Masanın sağlam bacakları var.)

You have two **legs**.
(İki bacağın vardır.)

legal */li:gl/ adj* **kanuni, yasal**

Getting married under 18 is not **legal**. *(18'in altında evlenmek yasal değildir.)*

legally */'li:gıli/ adv* **yasal olarak**

They don't live in the USA **legally**. *(ABD'de yasal olarak oturmuyorlar.)*

leisure */'lejı(r)/ n* **boş zaman**

What do you do in your **leisure** time? *(Boş zamanlarında ne yapıyorsun?)*

lemon */'lemın/ n* **limon**

Add the juice of a half **lemon** into the salad.

(Yarım limonun suyunu salataya ekle.)

lemonade */lemı'neyd/ n* **limonata**

I like **lemonade**. *(Limonata severim.)*

lemon juice **limon suyu**

lend */lend/ v* **ödünç vermek**

Can you **lend** me $ 100 for a few days? *(Bir kaç gün için bana yüz dolar ödünç verir misin?)*

length */length/ n* **uzunluk, boy**

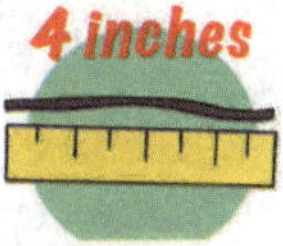

The **length** of the ruler is 4 inches. *(Cetvelin uzunluğu 4 inçdir.)*

leopard */'lepıd/ n* **leopar**

Leopards have dark spotted yellow fur. *(Leoparların koyu benekli sarı kürkleri vardır.)*

lesson */'lesn/ n* **ders**

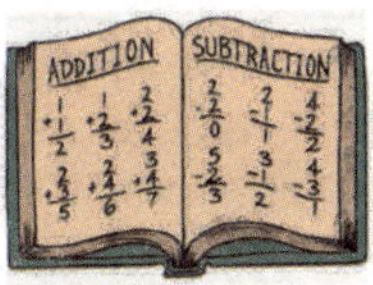

We have four maths **lessons** a week. *(Haftada 4 matematik dersimiz vardır.)*

L

let */let/ v* **izin vermek, salmak 2. kiraya vermek**

He **let** the bird go from its cage. *(Kuşu kafesinden saldı.)* They **let** their house to Americans. *(Evlerini Amerikalılara kiraya verdiler.)*

letter */'letı(r)/ n* **harf**

A, B, and C are the first three **letters** in the alphabet. *(A, B, ve C alfabenin ilk üç harfidir.)*

letter[2] **mektup**

This **letter** is for you. *(Bu mektup size.)*

lettuce */'letıs/ n* **marul**

I washed a head of **lettuce** to make salad. *(Salata yapmak için bir baş marul yıkadım.)*

lever */'li:vı(r)/ n* **levye, kaldıraç, kol**

He used a **lever** to lift the rock. *(Kayayı kaldırmak için kaldıraç kullandı.)*

liar */'layı(r)/ n* **yalancı**

He was not a good **liar**. *(İyi bir yalancı değildi.)*

liberty */'libıti/ n* **bağımsızlık, özgürlük**

They fought for their **liberty**. *(Özgürlükleri için savaştılar.)*

librarian */lay'breriın/ n* **kütüphaneci**

The **librarian** gave her the book. *(Kütüphaneci ona bir kitap verdi.)*

library /'laybrıri/ *n* **kütüphane**

You mustn't make a noise in the **library**.
(Kütüphanede gürültü yapmamalısınız.)

license /'laysıns/ *n* **lisans, ruhsat, ehliyet**

I got my driving **license** ten years ago.
(Ehliyetimi 10 yıl önce aldım.)

lick /lik/ *v* **yalamak**

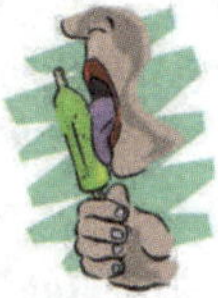

She is **licking** an ice lolly.
(Buzlu şeker yalıyor.)

lid /lid/ *n* **kapak**

Don't open the **lid** of the pan!
(Tencerenin kapağını açma!)

lie /lay/ *v* (lay-lain) **yere uzanmak, yatmak**

He **lay** on the floor and watched his presents.
(Yere uzanıp hediyelerini seyretti.)

lie2 /lay/ *v* (lied,lied) **yalan söylemek**

He often **lies** about the fish he catches.
(Sıksık yakaladığı balıklar hakkında yalan söyler.)

life /layf/ *n* **hayat, yaşam**

He had to swim for his **life**.
(Yaşamı için yüzmek zorunda.)

lifeboat /'layfbıut/ *n* **filika**

They launched a **lifeboat**.
(Denize bir filika indirdiler.)

lifejacket /'layfcækit/ *n* **can yeleği**

When boating you should wear your **life-jacket**. *(Tekne ile dolaşırken can yeleğini giymelisin.)*

lift /lift/ *v* **kaldırmak**

Superman can **lift** heavy things. *(Süpermen ağır şeyleri kaldırabilir.)*

Can you **lift** the other end of the table? *(Masanın öbür ucunu kaldırabilir misin?)*

lift /lift/ *n* **asansör**
(Am. E.) **elevator**

They took the **lift** to the tenth floor. *(Asansörle onuncu kata çıktılar.)*

give a lift **arabayla bırakmak**

He sometimes **gives** her **a lift** to her house. *(Bazen onu arabayla evine bırakır.)*

light /layt/ *n* **ışık, aydınlık**

There's more **light** near the window. *(Camın yakınında daha fazla ışık var.)*
Turn off the **lights** when you go to bed.
(Yatarken ışığı kapat.)

light /layt/ *adj* **açık renkli**

He's wearing a **light** green shirt. *(Açık yeşil bir gömlek giyiyor.)*

light2 **hafif, çok ağır değil**

The globe is very **light**. *(Küre çok hafif.)*

light /layt/ *v* (lit-lit) **yakmak**
2. (n) ateş

Will you **light** my cigarette? *(Sigaramı yakar mısınız?)*
Have you got a **light**? *(Ateşiniz var mı?)*

lighthouse */'laythaus/ n* **deniz feneri**

The light of the **light-house** helps sailors. *(Deniz fenerinin ışığı denizcilere yardım eder.)*

lightning */'laytning/ n* **yıldırım, şimşek**

A shepherd was struck by **lightning**. *(Bir çoban yıldırımdan çarpıldı.)*

like */layk/ v* **sevmek, beğenmek**

The dog **likes** his vet very much. *(Köpek veterinerini çok seviyor.)*

like */layk/ pr, conj* **gibi**

We keep your car **like** new. *(Arabanızı yeni gibi koruruz.)* Mary's dress is red, **like** mine. *(Mary'nin elbisesi benimki gibi kırmızı.)*

likely */'laykli/ adv* **uygun, muhtemelen**

The cause of death is **likely** murder. *(Ölüm nedeni muhtemelen cinayet.)*

limit */'limit/ n* **alt veya üst sınır, limit**

The weight **limit** for the vehicles is 7 tons. *(Araçlar için ağırlık sınırı 7 tondur.)*

line */layn/ n* **çizgi, hat**

Don't park on the yellow **lines**. *(Sarı çizgiler üzerine park etme.)*

link */link/ n* **bağlantı, halka**

There's a new **link** between the phones. *(Telefonlar arasında yeni bir bağlantı var.)*

lion */'layın/ n* **aslan**

Lions are strong animals. *(Aslanlar kuvvetli hayvanlardır.)*

lioness **dişi aslan**

lip /lip/ *n* **dudak**

He kissed her on the **lips**. *(Onu dudaklarından öptü.)*

lipstick /'lipstik/ *n* **ruj**

She put on a new **lipstick**. *(Dudaklarına yeni bir ruj sürdü.)*

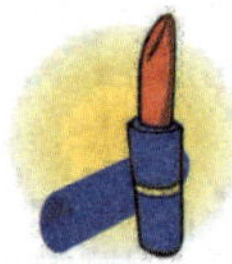

liquid /'likwıd/ *n* **sıvı**

There is some **liquid** in the tube. *(Tüpün içinde biraz sıvı var.)*

list /list/ *n* **liste**

I made a **list** of things to buy. *(Satın alınacak şeylerin listesini yaptım.*

list /list/ *v* **listelemek**

I **listed** the books I read. *(Okuduğum kitapları listeledim.)*

listen /'lisn/ *v* **dinlemek**

Have a **listen** to this great music. *(Bu müthiş müziği bir dinle.)*

literature /'litrıçı(r)/ *n* **edebiyat**

She's studying **literature** now. *(Şu anda edebiyat çalışıyor.)*

litre /'li:tı(r)/ *n* **litre**

The bottle holds a **litre** of water. *(Şişe bir litre su alır.)*

A **litre** is equal to about 1 3/4 pints. *(Bir litre yaklaşık 1 3/4 pint'e eşittir.*

litter /'litı(r)/ *n* **çöp**

There was **litter** everywhere in the town. *(Şehrin her yerinde çöp vardı.)*

litter bin **çöp kutusu**

little */'litl/ adj* **küçük, yetmeyecek kadar az**

I have **little** money. *(Çok az param var.)*
Sheila is in the park with her **little** sister. *(Sheila küçük kardeşi ile birlikte parkta.)*

live */liv/ v* **yaşamak, oturmak**

I **live** in Istanbul. *(İstanbulda oturuyorum.)*

lively */'layvli/ adj* **canlı, hareketli**

She is a **lively** person. *(Cıvıl cıvıl bir kızdır.)*
Istanbul is a **lively** city. *(İstanbul hareketli bir şehirdir.)*

liver */'livı(r)/ n* **kara ciğer**

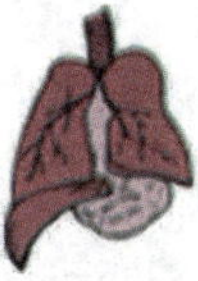

The **liver** of some animals is eaten as food. *(Bazı hayvanların kara ciğerleri yenir.)*

living room */'living ru:m/ n* **oturma odası**

They are watching TV in the **living room**. *(Oturma odasında televizyon seyrediyorlar.)*

lizard */'lizıd/ n* **kertenkele**

A **lizard** is a type of reptile. *(Kertenkele bir tür sürüngendir.)*

load */lıud/ v* **yüklemek, silahı doldurmak**

We **loaded** the lorry. *(Kamyonu yükledik.)*
He **loaded** his gun. *(Silahını doldurdu.)*

loaf */lıuf/ n* (*pl* loaves) **somun**

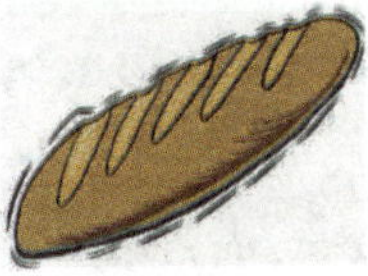

I bought two **loaves** of bread for dinner. *(Akşam yemeği için iki somun ekmek aldım.)*

L

lobster */lobstı(r)/ n* **istakoz**

We eat **lobsters** as food.
(İstakozları yiyecek olarak yeriz.)

lock */lok/ n* **kilit**
lock */lok/ v* **kilitlemek**

Did you **lock** the door?
(Kapıyı kilitledin mi?

lodger */'locı/ n* **pansiyoner, kiracı**

Tom is a **lodger** in Mrs Smith's house.
(Tom Bayan Smith'in evinde pansiyonerdir.)

log */log/ n* **kütük**

He floated across on a **log**.
(Bir kütüğün üzerinde karşıya geçti.)

Put another **log** on the fire.
(Ateşe bir kütük daha at.)

lonely */'lıunli/ adj* **yalnız, tek başına**

He was **lonely** at the table.
(Masada yalnızdı.)

long */long/ adj* **uzun**

The giraffes have **long** necks.
(Zürafaların uzun boyunları vardır.)

look */luk/ v* **bakmak 2. görünmek**

She **looked** at me angrily.
(Bana kızgınca baktı.)

She is **looking** at you. *(O, sana bakıyor.)*
He **looks** so tired.
(Oldukça yorgun görünüyor.)

look for *(ph v)* **aramak**

They are **looking for** a house to buy.
(Satın almak için bir ev arıyorlar.)

look forward to sth *(ph v)* **dört gözle beklemek**

I'm **looking forward to our next meeting**. *(Bir sonraki toplantıyı dört gözle bekliyorum.)*

look something up *(ph v)* **...e bakmak**

I'll **look up a word** in the dictionary. *(Sözlükte bir kelimeye bakacağım.)*

have a look at *(ph v)* **göz atmak**

Have a look at this strange thing. *(Bu garip şeye bir göz at.)*

loose */lu:s/ n* **bol 2. gevşek 3. bağlı değil**

He has **loose** trousers. *(Bol pantolonu var.)*
The screw's **loose**. *(Vida gevşek.)*
The dog's **loose**. *(Köpek bağlı değil.)*

loosen */'lu:sn/ v* **gevşetmek**

lorry */'lori/ n* **kamyon**

Bob is a **lorry** driver. *(Bob bir kamyon sürücüsüdür.)*
Can you drive a **lorry**? *(Kamyon sürebilir misin?)*

lose */lu:z/ v* (lost-lost) **kaybetmek, (kilo)vermek**

John is very sad because they **lost** the game. *(John çok üzgün çünkü oyunu kaybettiler.)*
He **lost** a lot of weight. *(Çok kilo verdi.).*

loss */los/ n* **kayıp, zarar**

The company made a big **loss** this year. *(Bu yıl şirket büyük zarar etti.)*

lot */lot/ n* **çok sayıda**
We wrote a **lot**. *(Çok yazdık.)*

a lot of, lots of *(adv)*

I have **lots of** letters to answer. *(Cevaplayacak çok mektubum var.)*

lotion /'lıuşn/ *n* **losyon, koruyucu yağ**

I bought a bottle of sun **lotion.**
(Bir şişe güneş losyonu satın aldım.)

lottery /'lotıri/ *n* **piyango, şans çekilişi**

She's won $10,000 in the **lottery**.
(Piyangodan $10,000 kazandı.)

L

loud /laud/ *adj, adv* **yüksek sesli**

The voice on the phone is rather **loud**.
(Telefondaki ses oldukça yüksek.)

love /lav/ *v* **aşkla sevmek, çok sevmek**

Maria **loves** Peter.
(Maria Peter'ı seviyor.)
Mothers and fathers **love** their children.
(Anne babalar çocuklarını çok severler.)

love /lav/ *n* **aşk, tutku**

She has a great **love** for reading.
(Okumaya büyük tutkusu var,)

lovely /'lavli/ *adj* **sevimli, çok güzel**

Many thanks for this **lovely** flower.
(Bu güzel çiçek için çok teşekkürler.)

low /lıu/ *adj* **alçak, kısık**

This is a **low** table.
(Bu alçak bir masadır.)

low prices
a **low** voice

luck /lak/ *n* **şans**

I have no **luck**.
(Hiç şansım yok.)

lucky /'laki/ *adj* **şanslı**

I was **lucky**. I won the game.
(Şanslıydım. Ben kazandım.)
Luckily, the rain stopped and we completed the game.
(Çok şükür yağmur dindi ve biz oyunu tamamladık.)

luggage */'lagic/ n* **yük, bagaj**

We haven't got much **luggage**. *(Fazla yükümüz yok.)*

lunch */lanc/ n* **öğle yemeği**

We had **lunch** in a luxurious restaurant. *(Lüks bir lokantada öğle yemeği yedik.)*

lung */lang/ n* **akciğer**

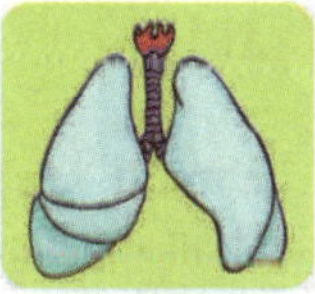

You have a pair of healthy **lungs**. *(Bir çift sağlıklı akciğerin var.)*

luxurious */lag'juırıis/ adj* **lüks, konforlu**

What a **luxurious** car it is! *(Ne konforlu bir araba!)*

luxury */'lakşıri/ n* **büyük konfor**

They live in **luxury**. *(Büyük konfor içinde yaşıyorlar.)*

m */em/ n* **m harfi**

M is the thirteenth letter of the English Alphabet. *(M İngiliz Alfabesinin 13. harfidir.)*

machine */mı'şi:n/ n* **makine**

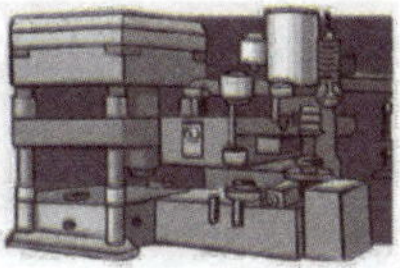

This is a pressing **machine** *(Bu bir kalıp makinesidir.)*

mad */mæd/ adj* **çılgın, deli**

He behaves very strangely - I think he's **mad**. *(Çok garip davranıyor -Sanırım deli.)*

You're **mad** to drive your car so fast. *(Arabanı bu kadar hızlı sürecek kadar çılgınsın.)*

mad2 **kızgın, hırsından kudurmuş**

She was **mad** with him for interrupting her game. *(Oyununu bozduğu için ona çok kızgın.)*

L

madam */mædım/ n* **bayan**

I began my letter "Dear **Madam**". *(Mektubuma "Sayın Bayan" diye başladım.)*

magazine */mægı'zi:n/ n* **dergi**

This is a monthly **magazine**. *(Bu bir aylık dergidir.)*

magic */'mæcik/ n* **sihir, büyü**

He says he can turn lead into gold by **magic**. *(Büyü ile kurşunu altına döndüre-bileceğini söylüyor.)*

magical */'mæcikl/ adj* **sihirli, büyülü**

I had a **magical** holiday in Havaii. *(Havaii'de büyülü bir tatil geçirdim.)*

magician */mı'cişn/ n* **sihirbaz**

The **magician** pulled a rabbit out of his hat. *(Sihirbaz şapkasından bir tavşan çıkardı.)*

magnet */'mægnıt/ n* **mıknatıs**

The **magnet** picked up the nails. *(Mıknatıs çivileri çekti.)*

magnifying glass */'mægni-faying gla:s/ n* **büyüteç**

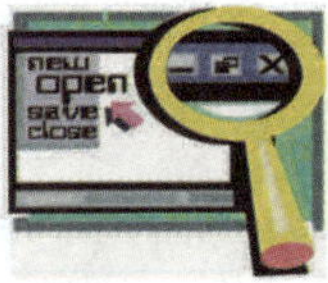

He has a **magnifying glass** in his hand. *(Elinde bir büyüteç var.)*

maid */meyd/ n* **hizmetçi**

The **maid** keeps the house clean. *(Hizmetçi evi temiz tutar.)*

mail */meyl/ n* **posta**

There is much **mail** in the **mailbox** today. *(Bügün posta kutusunda çok posta var.)*

mailbox */'meylboks/ n* **posta kutusu**

main */meyn/ adj* **ana, asıl**

This is the **main** entrance of the museum.
(Bu müzenin ana giriş kapısı.)

make */meyk/ v* **yapmak**

He **made** a good job.
(İyi bir iş yaptı.)

He **made** spaghetti.
(Makarna yaptı.)

make money
para kazanmak/yapmak

I have **made** enough **money** to have a holiday.
(Tatil yapmak için yeterince para yaptım.)
He **made** lots of **money**?
(Çok para kazandı.)

make a bed **yatak yapmak**

I **make my bed** every morning.
(Ben her sabah yatağımı yaparım.)

make-up */'meyk ap/ n*
makyaj

She put on her **make up**.
(Makyajını yaptı.)

mammal */'mæml/ n* **memeli**

Gorillas are **mammals.**
(Goriller memelidir.)

man */mæn/ n*
adam

He's a nice **man**.
(Hoş bir adamdır.)

man[2] **insan**
Men have lived here for thousands of years. *(Binlerce yıldır insanlar burada yaşamaktadır.)*

manage */'mænic/ v* **idare etmek, başarmak**

He **manages** a big firm.
(Büyük bir şirketi yönetir.)
He **managed** to convince them. *(Onları ikna etmeyi başardı.)*

manager */'mænicı(r)/ n* **idareci, müdür**

He's the new **manager** of the hotel.
(O otelin yeni müdürüdür.)

manner */'mænı(r)/ n* **davranış, huy, tarz**

Why are you talking in such a strange **manner**?*(Niye böyle garip bir tarzda konuşuyorsun?)*

M

manual */mænyuıl/ n* **elle çalışan, elle yapılan**

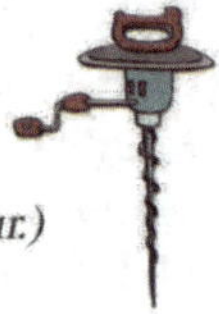

This is a kind of **manual** drill. *(Bu bir tür elle çalışan matkaptır.)*

manufacture */mænyu'fækçı(r)/ v* **üretmek**

We **manufacture** thread products at the factory.

(Fabrikada iplik ürünleri üretiyoruz.)

manufacturer **fabrikatör**

many */'meni/ adj, p* **çok**

I'm a book-worm. I read **many** books every month.
(Ben kitap kurduyum. Her ay çok kitap okurum.)

map */mæp/ n* **harita**

This is a **map** of the world.
(Bu bir dünya haritasıdır.)

marble */'ma:bl/ n* **mermer**

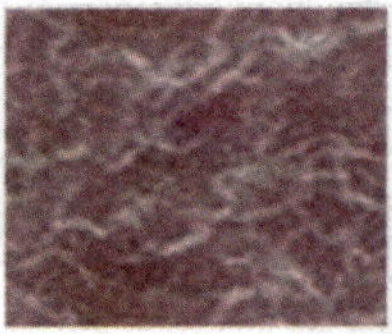

They laid **marble** on the floor.
(Yere mermer döşediler.)

marble2 **bilye, misket**

I used to have lots of **marbles**.
(Eskiden çok bilyem vardı.)

March /*ma:c*/ *n* **Mart ayı**

I was born on the 16th of **March**, 1997. *(16 Mart, 1997 de doğdum.)*

march /*ma:c*/ *v* **uygun adım yürü(t)mek**

The soldiers **marched** in the street. *(Askerler yolda uygun adım yürüdüler.)*

margarine /*ma:cı'ri:n*/ *n* **margarin, katı yağ**

She likes **mar-garine** although it's not very healthy. *(Sağlıklı olmadığı halde margarini sever.)*

mark /*ma:k*/ *n* **işaret, çizgi, nişan, iz**

He has a bad **mark** on his face. *(Yüzünde kötü bir iz var.)*

There's an X **mark** on the door. *(Kapının üzerinde X işareti var.)*

mark[2] **not**

I got a bad mark again. ***(Yine kötü bir not aldım.)***

market /*'ma:kit*/ *n* **pazar yeri**

I'll go to the **market** to buy some fruit. *(Biraz meyve almak için pazara gideceğim.)*

M

marriage /*'mæric*/ *n* **evlilik, evlenme töreni**

Their **marriage** took place in church. *(Onların evlenme töreni kilisede oldu.)*

married /*'mærid*/ *adj* **evli**

They have been **married** for forty years. *(Onlar elli yıldır evliler.)*

"Are you **married**?" "No, I'm single." *("Evli misin?" "Hayır, bekarım.")*

marry */'mæri/ v* **evlenmek**

I am going to **marry** John.
(John ile evleneceğim.)
They **married** last week.
(Geçen hafta evlendiler.)

marvellous */'ma:vılıs/ adj* **şahane**

Some new **marvellous** sculptures were found in Bergama. *(Bergamada şahane bazı yeni heykeller bulundu.)*

mask */ma:sk/ n* **maske**

We all wore **masks** at the party.
(Hepimiz partide maske taktık.)

master */ma:stı(r)/ n* **efendi, sahip, usta**

Dogs obey their **masters**.
(Köpekler sahiplerine itaat ederler.)
He's a **master** in painting.
(O resimde bir ustadır.)

mat */mæt/ n* **paspas**

Please clean your shoes on the **mat**.
(Lütfen ayakkabılarını paspasda temizleyiniz.)

match */mæç/ v* **eşleştirmek, uymak**

These socks do not **match** my trousers.
(Bu çoraplar pantolonuma uymuyor.)

match² **kibrit**

a box of **matches** *(bir kutu kibrit)*

Have you got **a match?**
(Bir kibritin var mı?)

match³ **maç**

They performed a good **match**.
(İyi bir maç ortaya koydular.)
Are you coming to the **match**?
(Maça geliyor musun?)

material */mı'tiıriıl/ n*
materyal, kumaş

These **materials** are cheap.
(Bu materyaller ucuz.)
We have enough **material** to make a dress. *(Elbise yapmak için yeterli kumaşımız var.)*

maths */mæth/ n*
mathematics
/mæthı'mætiks/ n
matematik

I like **mathematics**.
(Matematiği seviyorum.)

matter */'mætı(r)/ n* **sorun2. önemli olmak**

They are discussing an important **matter**.
(Önemli bir sorunu tartışıyorlar.)

mattress */'mætrıs/ n* **yatak**

They replaced their old **mattress** with the new one.
(Eski yataklarını yenisi ile değiştirdiler.)

maximum */mæksimım/ n*
azami, en fazla

80 km/h is the maximum **speed** on this road. *(Bu yolda azami hız saatte seksen kilometredir.)*

May */mey/ n* **Mayıs ayı**

Atatürk and his friends landed in Samsun on 19th **May**, 1919.
(Atatürk ve arkadaşları 19 Mayıs, 1919'da Samsun'a ayak bastılar.)

may */mey/ n* **olasılığı olmak**

It **may** rain today.
(Bugün yağmur yağabilir.)
She **may** call you tonight.
(Bu gece seni arayabilir.)

maybe */'meybi/ adv* **belki**

"Is he winning any money?"
"**Maybe**, I don't know yet."

("Hiç para kazanıyor mu?" "Belki, henüz bilmiyorum.")

M

mayor */meı(r)/ n* **belediye başkanı**

He wanted to be the **Mayor** of New York City.
(New York şehrinin belediye başkanı olmak istiyor.)

meadow */medıu/ n* **otlak, mera**

The shepherd took the sheep to the **meadow**. *(Çoban koyunları meraya götürdü.)*

meal */mi:l/ n* **yemek**

I always enjoy my evening **meal**.
(Her zaman akşam yemeklerinden zevk alırım.)

mean */mi:n/ v* (meant-meant) **anlamına gelmek**

This **means** that I have lost lots of weight.

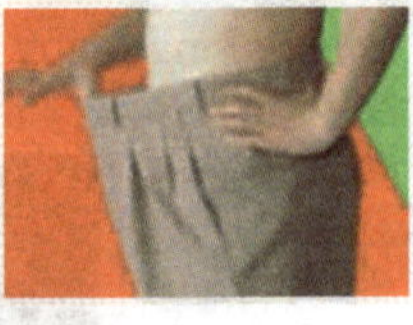

(Bu çok kilo verdim anlamına gelir.)
The red light **means** stop.
(Kırmızı ışık dur demektir.)

mean[2] **niyetinde olmak, istemek**

I've just **meant** to give you this flower.
(Sadece bu çiçeği size vermek istedim.)

mean */mi:n/ adj* **cimri**

He's so **mean** he didn't even get his son a birthday present. *(O kadar cimri ki oğluna bir doğum günü hediyesi bile almadı.)*

meaning */mi:ning/ n* **anlam**

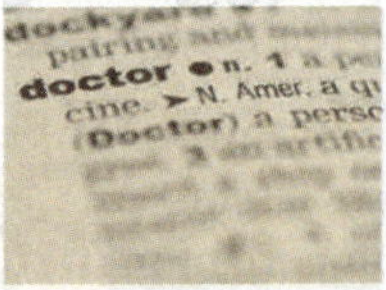

You can find the **meanings** of words in a dictionary.
(Kelimelerin anlamlarını sözlükte bulabilirsin?)

measles */mi:zl/ n* **kızamık**

Sue has **measles** and stayed home.
(Sue kızamık oldu ve evde kaldı.)

measure */'mejı(r)/ n* **ölçü 2. ölçmek**

A metre is a **measure** of length.
(Metre bir uzunluk ölçüsüdür.)
He **measured** her waist.
(Belini ölçtü.)

measurement */'mejımınt/ n* **ölçme, ölçülme**

What is the **measurement** of her waist?
(Onun belinin ölçüsü ne?)

meat */mi:t/ n* **et**

There's not much fat in the **meat**.
(Ette fazla yağ yok.)

mechanic */mı'kænik/ n* **oto tamircisi**

The **mechanic** fixed my car.
(Oto tamırcisi arabamı tamir etti.)

medal */'medl/ n* **madalya**

He won a **medal** in the olympics.
(Olimpiyatlarda madalya kazandı.)

media */'mi:dıı/ n* **basın**

The **media** should report news fairly.
(Medya haberleri adilane vermeli.)

medicine[2] **ilaç**

He took some **medicine** for his cold.
(Soğuk algınlığı için biraz ilaç aldı.)

medium */'midiım/ adj* **orta boy**

We have ordered a **medium** pizza.
(Orta boy bir pizza ısmarladık.)
I wear **medium** in size.
(Orta beden giyiyorum.)

M

meet */mi:t/ v* **buluşmak, karşıla(ş)mak**

I **met** my teacher in the street today. *(Bugün sokakta öğretmenime rastladım.)*
Let's **meet** at your house tonight. *(Haydi bu akşam sizin evde buluşalım.)*

meeting */mi:ting/ n* **toplantı**

Many people came to the **meeting** in the hall. *(Salondaki toplantıya çok kişi geldi.)* When is the **meeting**? *(Toplantı ne zaman?)*

melon */melın/ v* **kavun**

I like **melon** very much. *(Kavunu çok severim.)*

melt */melt/ v* **erimek**

The ice is **melting** in the sun. *(Buz güneşte eriyor.)*
The snow in the mountains is **melting**.
(Dağlardaki kar eriyor.)

member */membı(r)/ n* **üye**

I'm a **member** of this club. *(Ben bu klübün üyesiyim.)*

membership **üyelik**
My **membership**'s still valid. *(Üyeliğim hala geçerli.)*

memorize */memırayz/ n* **ezberlemek**

He had to **memorize** the all poem. *(Bütün şiiri ezberlemek zorundaydı.)*

memory */memıri/ n* **hafıza 2. anı, hatıra**

She has a good **memory** for books. *(Kitaplar için iyi bir hafızası vardır.)*
I have happy **memories** of my school.
(Mutlu okul anılarım vardır.)

mend */mend/ v* **tamir etmek, onarmak**

He's **mending** the fence of the garden.
(Bahçe çitini tamir ediyor.)

mention */'menşn/ v* **söz etmek**

Don't **mention** this anyone but I'm quitting. *(Bundan kimseye bahsetme ama ben ayrılıyorum.)*

menu */'menyu:/ n* **menü, yemek listesi**

Can I have the **menu**, please? *(Yemek listesini alabilir miyim. lütfen?)*
What's on the **menu**? *(Menüde ne var?)*

merchant */'mö:çınt/ n* **tüccar**

He was a successful stone **merchant**. *(O başarılı bir değerli taş tüccarıdır.)*

mess */mes/ n* **dağınıklık, darmadağınık**

Your room is in a **mess**. Please tidy it. *(Odan darmadağınık. Lütfen topla.)*

messy */'mesi/ adj* **karmakarışık**

message */'mesic/ n* **mesaj, haber**

He's taking a **message** to the king. *(Krala bir mesaj getiriyor.)*

messenger */'mesincı(r)/ n* **haberci**

metal */'metl/ n* **metal**

This is a **metal** chair. *(Bu metal bir sandalyedir.)*

method */'methıd/ n* **metod, yöntem**

His **method** of dentistry is painless. *(Onun dişçilik yöntemi ağrısızdır.)*

metre/meter */'mi:tı(r)/ n* **metre**

I'm one **metre** 75 centimetres tall. *(Ben bir metre 75 santimetre boyundayım.)*

metric */'metrik/ adj* **metrik**

M

microphone /'maykrıfıun/ *n* **mikrofon**

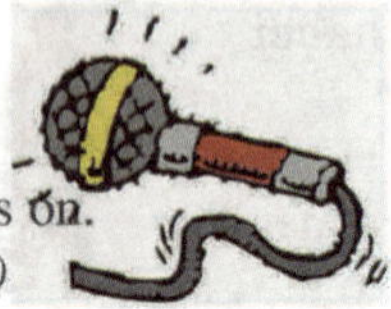

The **microphone** is on.
(Mikrofon açık.)

microscope /'maykrıskıup/ *n* **mikroskop**

There is a **microscope** in the lab.
(Laboratuvarda bir mikroskop var.)

midday /mid'dey/ *n* **gün ortası**

He'll meet her at **midday**.
(Onunla gün ortasında buluşacak.)

middle /'midl/ *n* **orta**

There is a stone in the **middle** of the fruit.
(Meyvenin ortasında bir çekirdek var.)
Today is the **middle** of the month.
(Bugün ayın ortası.)

middle-aged /midl 'eycd/ *adj* **orta yaşlı**

My father is a **middle aged**-man.
(Babam orta yaşlı bir adamdır.)

might /mayt/ *modal v* **may'in past hali**

Might I see you again?
(Sizi tekrar görebilir miyim?)

might[2] **güç, kuvvet**

She jumped with all her **might** to kick him.
(Ona vurmak için bütün gücüyle sıçradı.)

mighty /'mayti/ *adj* **güçlü**
He's so **mighty**.
(O, oldukça güçlü.)

migrate /may'greyt/ *v* **göç etmek**

Birds **migrate** to warmer places. *(Kuşlar daha sıcak yerlere göç ederler.)*

migration **göç**
the migration of birds

mile */mayl/ n* **mil**

A **mile** is equal to 1.6 kilometres.

(Bir mil 1.6 km'ye eşittir.)

It's twenty **miles** to town. *(Kasabaya on kilometre.)*

military */'milıtri/ adj* **askeri**

These are **military** vehicles. *(Bunlar askeri araçlardır.)*

I'm a student in the **military** school. *(Askeri okulda öğrenciyim.)*

milk */milk/ n* **süt, süt sağmak**

I drink a glass of **milk** every day. *(Her gün bir bardak süt içerim.)*

She's **milking** the cow. *(İneği sağıyor.)*

milkman */'milkmın/ n* **sütçü**

Milkmen work early in the morning. *(Sütçüler sabah erken çalışır.)*

mill */mil/ n* **değirmen**

There is a **mill** up the river. *(Irmağın yukarsında bir değirmen var.)*

millimetre */'milimi:tı(r)/ n* **milimetre**

Six centimetres is sixty **millimetres** (60 mm). *(Altı santimetre 60 milimetredir.)*

M

millionaire */milyı'neı(r)/ n* **milyoner**

He became a **millionaire** in his twenties. *(Yirmili yaşlarında milyoner oldu.)*

mime */maym/ v* **sessiz taklit etmek**

Can you understand what they **mime?** *(Sessiz ne anlattıklarını anlayabiliyor musun?)*

mimic */mimik/ n* **pandomim, mimik**

mince */mins/ n, v* **kıyma, kıyma yapmak**

She **minced** the meat for the meatballs.
(Köfte için eti kıydı.)
We have some **mince**.
(Biraz kıymamız var.)

mind */maynd/ n* **akıl, zihin**

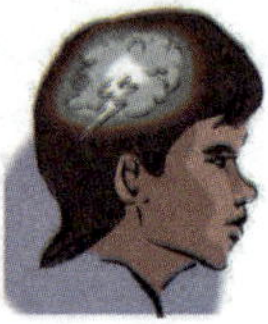

His **mind** is full of dreams about becoming a doctor.
(Onun zihni doktor olmak için bir sürü hayallerle dolu.)

mind2 **dikkat etmek**

Mind the keys! Don't loose them!
(Anahtarlara dikkat et!
Onları kaybetme!)

mine */mayn/ n* **maden ocağı 2. maden çıkarmak**

This is a gold **mine**.
(Bu bir altın madeni ocağıdır.)
They were **mining** for gold.
(Altın çıkarıyorlar.)

miner */'maynı/ n* **maden işçisi**

One hundred **miners** work in this coal mine. *(Altın madeninde yüz maden işçisi çalışıyor.)*

mineral */'minırıl/ n* **maden**

Silver is a valuable **mineral**.
(Gümüş değerli bir madendir.)

mineral water */minırıl wo:tı/ n* **maden suyu**

I drink **mineral water** after lunch.
(Öğle yemeğinden sonra maden suyu içerim.)

minimum */'minimım/ n* **asgari, en az**

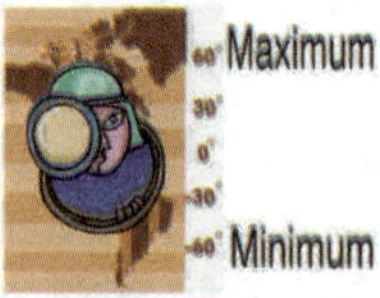

The temperature is **minimum** 30° C today.
(Bugün ısı en az 30° C .)
I get **minimum** wage.
(Ben asgari ücret alıyorum.)

minister */ministı(r)/ n*
bakan, Hıristiyan rahip

Jerry Farewell is the **minister** of Sports.
(Jerry Farewell spor bakanıdır.)

ministry */ministri/ n* **bakanlık**

minor */maynı(r)/ adj* **küçük**
Aspirin is for **minor** illnesses.
(Aspirin küçük hastalıklar içindir.)

minority */may'nority/ n*
azınlık, küçük kısmı

A **minority** of people are aware of global warming.
(İnsanların çok azı küresel ısınmanın farkında.)

mint */mint/ n* **nane** **mints**
(pl) nane şekeri

I have a box of **mints**?
(Bir kutu nane şekerim var.)

minus */maynıs/ pr* **eksi,**
sıfırdan az

10 **minus** 2 is 8. *(10 eksi 2 sekizdir.)*
The total is **minus** 2200.
(Toplam eksi 2200.)

minute */minit/ n* **dakika**

We have got a few **minutes** for a cup of tea.
(Bir fincan çay için birkaç dakikamız var.)

miracle */ 'mirıkl/ n* **mucize**

Jesus' walking on water was a **miracle**.
(İsa'nın suyun üzerinde yürümesi bir mucizedir.)

mirror */mirı(r)/ n* **ayna**

Mary looked at herself in the **mirror**.
(Mary aynada kendine baktı.)

miserable*/mizrıbl/ adj*
mutsuz, perişan, berbat

I'm feeling **miserable**.
(Mutsuzum.)

What a **miserable** day!
(Ne berbat bir gün!)

misery */mizıri/ n*
mutsuzluk, dert

M

miss **kaçırmak, ıskalamak**

Hurry or you'll **miss** the train.
(Acele et yoksa treni kaçıracaksın.)

miss[2] **özlemek**

They have already **missed** their home.
(Çoktan evlerini özlediler.)
Have you **missed** me?
(Beni özledin mi?)

mission */'mişn/ n* **görev, misyon**

Their **mission** was to find new lands.
(Onların görevi yeni yerler bulmaktı.)

missionary */'mişınri/ n* **misyoner**

mist */mist/ n* **sis, duman**

We couldn't see through the **mist**.
(Sisten bir şey göremedik.)

misty */'misti/ adj* **sisli, dumanlı**

mistake */mi'steyk/ n* **hata, yanlış**

You are making a **mistake** by cutting the branch that you are sitting on.
(Oturduğun dalı kesmekle hata yapıyorsun.)

misunderstand */mis andı 'stænd/ v* **yanlış anlamak**

Sorry, I think I have **misunderstood** the directions.
(Affedersiniz, sanırım yönü yanlış anladım.)

mix */mix/ v* **karıştırmak**

Mix the butter and flour together.
(Un ve yağı birlikte karıştır.)

mixer */'miksı(r)/ n* **karıştırıcı alet, mikser**

mixture */'miksçı(r)/ n* **karışım**

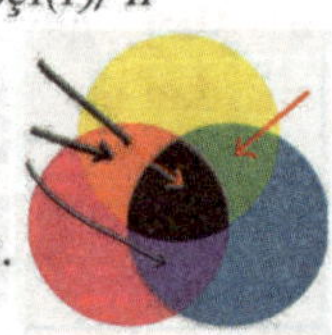

Black is the **mixture** of different colours.
(Siyah değişik renklerin karışımıdır.)

moan */mıun/ n, v* **inleme, söylenmek**

He's **moaning** because his back aches. *(İnliyor çünkü sırtı ağrıyor.)*
I heard a loud **moan**. *(Yüksek bir inleme duydum.)*

mobile phone */mıubayl 'fıun/ n* **cep telefonu**

Mobile phones are good in an emergency. *(Acil bir durumda cep telefonları iyidir.)*

model */modl/ n* **maket, model**

He's holding a **model** of a skyscraper in his hand. *(Elinde bir gökdelen maketi tutuyor.)*
She's a top **model**. *(O revaçta bir modeldir.)*

modern */'modn/ adj* **modern, çağdaş, yeni**

He lives in a **modern** district. *(Modern bir semtte yaşıyor.)*

moisture */'moysçı(r)/ n* **nem, rutubet**

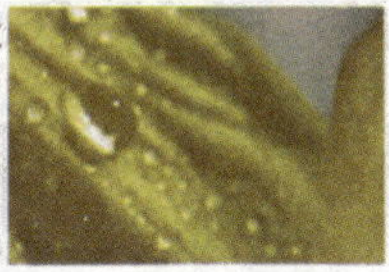

There is a **moisture** under the house. *(Evin altında rutubet var.)*

molecule */'mılikyu:l/ n* **molekül, parçacık**

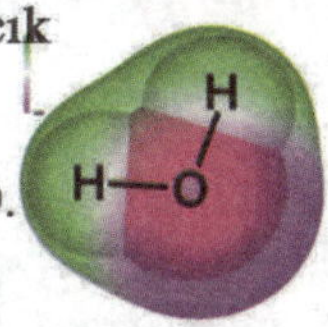

The water **molecule** is H_2O. *(Suyun molekülü H_2O dur.)*

moment */'mıumınt/ n* **an, çok kısa zaman**

at any moment **her an**

The shuttle might explode **at any moment**. *(Uzay aracı her an patlayabilir.)*

monarch */'monık/ n* **hükümdar**

The **monarch** has ruled us for many years. *(Bizi uzun süre hükümdar yönetti.)*

monarchy */'monıki/ n* **monarşi, krallık**

monastery */mɒnıstri/ n*
manastır

He lived in a **monastery.**
(O. bir manastırda yaşadı.)

Monday */mandi/ n*
Pazartesi

Carol has to work on **Monday**.
(Carol Pazartesi çalışmak zorunda.)

money */mani/ n* **para**

I have got a lot of **money**.
(Çok param var.)
I've earned more **money** this year.
(Bu yıl daha fazla para kazandım.)

monkey */manki/ n* **maymun**

Monkeys are curious and intelligent animals.
(Maymunlar meraklı ve zeki hayvanlardır.)

monster */monstı(r)/ n*
canavar

A three headed **monster** attacked the man. *(Üç kafalı bir canavar adama saldırdı.)*

month */manth/ n* **ay**

There are twelve **months** in a year.
(Bir yılda on iki ay vardır.)

mood */mu:d/ n* **ruh hali**

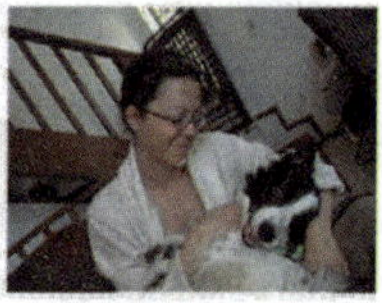

The dog puts me in a happy **mood**.
(Köpek bana mutlu bir ruh hali veriyor.)
I'm not in my **mood** today.
(Bugün iyi günümde değilim.)

moon */mu:n/ n* **ay**

The **moon** is a crescent tonight.
(Ay bu gece bir hilal.)

moonlight */mu:nlayt/ n*
ay ışığı

moor */muı(r)/ v* **gemiyi iskeleye bağlamak**

The ship is **moored** to the dock.
(Gemi rıhtıma bağlandı.)

more */mo:(r)/ adj, p* **daha fazla**

John has **more** money than Bill.
(John'un Bill'den daha fazla parası var.)

morning */'mo:ning/ n* **sabah**

I have to get up early in the **morning**.
(Sabahleyin erken kalkmak zorundayım.)

mortgage */'mo:gic/ n* **ev için banka kredisi**

We got a 15 year **mortgage**.
(On beş yıllık bir ev kredisi aldık.)

mosque */mosk/ n* **cami**

Hagia Sophia is a beautiful **mosque**.
(Ayasofya güzel bir camidir.)

mosquito */mı'ski:tıu/ n* **sivri sinek**

I have lots of **mosquito** bites on my arms.
(Kollarımda bir sürü sivri sinek ısırığı var.)

most */mıust/ adj, p* **çoğu, en fazla**

Most people go on holiday in July and August.
(Çoğu insanlar Temmuz ve Ağustosda tatile çıkarlar.)
She liked this dress the **most**.
(En fazla bu elbiseyi sevdi.)

mother */'madı(r)/ n* **anne**
Her **mother** is a teacher.

mother-in-law */'madır in lo:/ n* **kayınvalide**

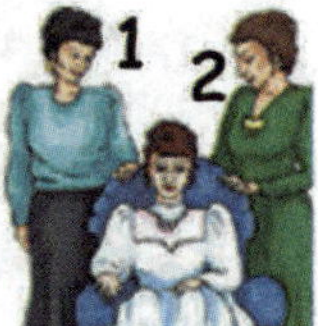

My **mother-in-law** lives with us. *(Kayınvalidem bizimle yaşıyor.)*

M

motif */mıu'ti:f/ n* **şekil, motif**

Anatolian rugs have very good **motifs**.
(Anadolu halılarının güzel motifleri vardır.)

motion */'mıuşn/ n* **hareket**

He swung the ball in a wide **motion**.
(Topu geniş bir hareketle salladı.)

motionless */'mıuşnlıs/ adj* **hareketsiz**

Paul Oblefu is lying **motionless** on the field.
(Paul Oblefu yerde hareketsiz yatıyor.)

motivate */'mıutiveyt/ v* **harekete geçirmek**

He's **motivating** his son to go to college.
(Üniversiteye gitmesi için oğlunu motive ediyor.)

motivation */mıuti'veyşn/ n* **motivasyon**

motor */'mıutı(r)/ n* **motor**

The **motor** made the car very fast.
(Motor arabayı çok hızlandırdı.)

motorist */'mıutırist/ n* **araba sürücüsü**

motorcycle */'mıutı saykl/ n* **motosiklet**

The motorcyclist is riding his **motorcycle** fast. *(Motosiklet binicisi motosikletini hızlı sürüyor.)*

motorcyclist */'mıutı sayklist/ n* **motosiklet binicisi**

mountain */'mauntın/ n* **dağ**

There are high **mountains** in the east.
(Doğuda yüksek dağlar vardır.)

mountaineer */mauntı'niı(r)/ n* **dağcı**

Tim is a brave **mountaineer**.
(Tim cesur bir dağcıdır.)

mourn */mo:n/ v* **ağlamak, yasını tutmak**

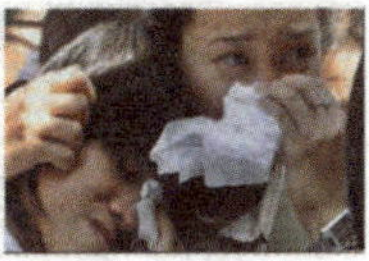

They **mourned** for their dead brother.
(Ölen kardeşleri için ağladılar.)

mourning */'mo:ning/ n* **yas tutma**

mouse */maus/ n* **fare**

There is a **mouse** in the house. *(Evde bir fare var.)*

moustache */mı'sta:ş/ n* **bıyık**

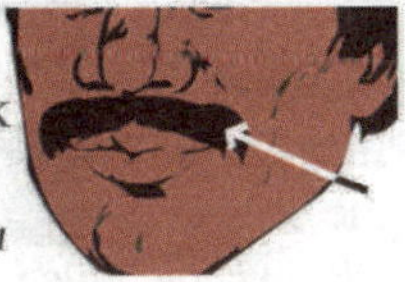

He has a dark **moustache.** *(Kara bıyıkları var.)*
Has your father got a **moustache**? *(Babanın bıyığı var mı?)*

mouth */mauth/ n* **ağız**

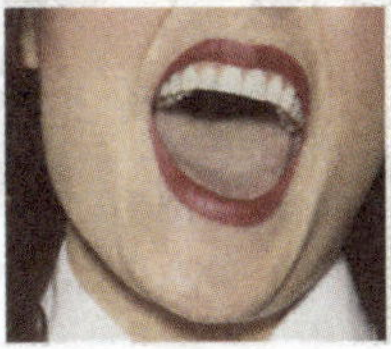

She opened her **mouth** wide. *(Ağzını geniş açtı.)*

move */mu:v/ v* **taşınmak**

We **moved** into a **new** apartment last week.
(Geçen hafta yeni bir daireye taşındık.)

move² **taşımak**

We **moved** the couch to the other room.
(Kanapeyi öbür odaya taşıdık.)

movement */'mu:vmınt/ n* **hareket**

Suddenly, I saw a **movement** near the hill.
(Birden tepenin yakınında bir hareket gördüm.)

movie */'mu:vi/ n* **sinema, film**

The **movie** was very old.
(Sinema çok eskiydi.)
Let's go to the **movie**.
(Haydi sinemaya gidelim.)

mow */mıu/ v* **otları biçmek**

She helped her brother to **mow** the grass. *(Çimleri biçmekte abisine yardım etti.)*

much */maç/ adj* **fazla**

This is **much** for two people. "Did you eat **much** last night?" "Yes, too **much**."*("Dün gece fazla yedin mi?" "Evet çok fazla.")*

mud */mad/ n* **çamur**

He hates working in the **mud**. *(Çamurda çalışmaktan nefret eder.)*

muddy */madi/ adj* **çamurlu**
Take your **muddy** boots off! *(Çamurlu çizmelerini çıkar!)*

mug */mag/ n* **kulplu bardak, maşrapa, kupa**

How about a **mug** of coffee? *(Bir bardak kahveye ne dersin?)*

multiply */'maltiplay/ v* **çarpmak**

4 **multiplied** by 2 is 8. *(4 ikiyle çarpılırsa 8 eder.)*

multiplication */maltipli'keyşn/* **çarpma**

mum */mam/ n* **anneciğim**
mummy */mami/ n*

Mum, can I have some candy? *(Anneciğim biraz şeker alabilir miyim?)*

murder */'mö:dı(r)/ v* **öldürmek**

She was **murdered** in the street. *(Sokakta öldürüldü.)*

murderer */'mö:dırı(r)/ n* **katil**
someone who commits murder

murmur */'mö:mı(r)/ v* **mırıldanmak**

"I'll leave him,"she **murmured**. *("Onu terk edeceğim." diye mırıldandı.)*

M

muscle */masl/ n* **kas, adale**

His **muscles** were big and strong.
(Kasları büyük ve kuvvetli.)

museum */myu'zi:ım/ n* **müze**

He took his children to the **museum** yesterday.
(Dün çocuklarını müzeye götürdü.)

mushroom */'maşrum/ n* **mantar**

I love **mushrooms** on my pizza.
(Pizzamın üzerinde mantar severim.)

music */myu:zik/ n* **müzik**

I like classical **music** very much.
(Klasik müziği çok severim.)

musical */myu:zikl/ n* **müzikal**
The guitar is a **musical** instrument. *(Gitar müzikal bir alettir.)*

musician */myu'zişn/ n* **müzisyen**

He was a great **musician**.
(O büyük bir müzisyendi.)

must */mast/ modal v* **... meli /malı**

I **must** go or I'll be late.
(Gitmeliyim yoksa geç kalacağım.)
You mustn't blow horn when you see this sign.
(Bu işareti gördüğünüzde korna çalmamalısınız.)

mystery */'mistri/ n* **sır, gizem**

"Who had killed him?" "It was a **mystery**."
("Onu kim öldürdü?" "O bir sırdı.")

myth */mith/ n* **efsane, masal**

Magical genies are just a **myth**.
(Büyülü cinler sadece bir masaldır.)

M

n */en/ n* **n harfi**
N is the fourteenth letter of the English Alphabet.
*(**N** İngiliz Alfabesinin 14. harfidir.)*

nail */neyl/ n* **çivi 2.** *v* **çivilemek**

Will you **nail** the 'No Smoking' sign on the door?
(Kapıya bir 'Sigara İçilmez' levhası çiviler misin?)

naked */neykid/ adj* çıplak

He is **naked** in the barrel.
(Fıçının içinde çıplak.)

name */neym/ n* **isim**

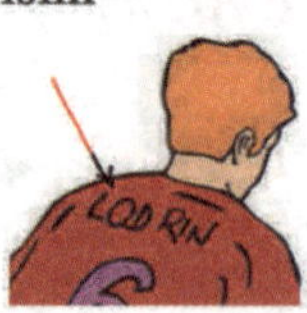

My **name** is Jack Lodrin.
(Adım Jack Lodrin.)
What is the **name** of this player?
(Bu oyuncunun adı ne?)

nanny */næni/ n* **çocuk bakıcısı**

My child's **nanny** lives with us.
(Çocuğumun bakıcısı bizimle birlikte yaşıyor.)

nap */næp/ n* **şekerleme, kısa uyku**

He always has a **nap** in the afternoon. *(Öğleden sonraları her zaman kısa bir uyku çeker.)*

napkin */'næpkin/ n* **peçete**

Waiter! Can I have a **napkin**?
(Garson! Bir peçete alabilir miyim?)

narrow */'nærıu/ adj* **dar**

We live in a **narrow** street. *(Dar bir sokakta oturuyoruz.)*

nasty */'na:sti/ adj* **kötü, berbat, kirli**

Don't be **nasty** to your friends!
(Arkadaşlarına karşı kötü olma!)

nation */neyşn/ n* **ulus, millet**

The German **nation** is fond of the EU.
(Alman halkı Avrupa birliğine taraftardır.)

national */'neyşnıl/ adj* **ulusal, milli**

nationality */næşı'nælıti/ n* **milliyet**

I'm Australian, What **nationalitiy** are you?
(Ben Avustralyalıyım. Sen hangi milliyettensin?)

native */'neytiv/ n* **yerli**

Magu is a **native** of Somali but now lives in Ghana.
(Magu Somali yerlisidir ama şimdi Ganada yaşıyor.)

native */'neytiv/ adj* **ülkede yetişen, oraya ait**
Turkish is our **native** language.
(Türkçe bizim kendi ana dilimizdir.)

natural */'nætrıl/ adj* **doğal 2. olağan**

That is a **natural** arch on the sea.
(Bu denizin üzerinde doğal bir kemerdir.)

naturally */'næçrıli/ adv* **tabii, doğal olarak**

nature */'neyçı(r)/ n* **tabiat, doğa**

This lake is one of **nature's** loveliest sights. *(Bu göl doğanın en güzel görüntülerinden biridir.)*

nature[2] **huy, mizaç**

naughty */'no:ti/ adj* **yaramaz**

He's noughty by **nature.**
(O doğuştan yaramazdır.)

navigate */'nævigeyt/ v* **yönetmek, sevketmek**

He **navigated** the ship through the high waves.
(Yüksek dalgalar arasında gemiyi yönetti.)

navigation **deniz yolculuğu**

navy */neyvi/ n* **denizci**

My son is in the **navy**. *(Oğlum denizcidir.)*

near */niı(r)/ adj, adv* **yakın**

Our house is **near** the sea. *(Evimiz denize yakın.)*

nearly /ni:li/ adv **neredeyse, hemen hemen**

I **nearly** won the game. *(Neredeyse oyunu kazanacaktım.)*
My father was so ill that he **nearly** died. *(Babam o kadar hastaydı ki neredeyse ölüyordu.)*

neat */ni:t/ adj* **tertipli, düzenli, şık, temiz**

He always kept her room **neat** and tidy. *(Her zaman odasını temiz ve tertipli tutar.)*

neatness */'ni:tnıs/ n* **temizlik, zerafet**

necessary */'nesısıri/ adj* **gerekli, zorunlu**

It's **necessary** to be tall to be a good basketball player. *(İyi bir basketçi olabilmek için uzun boylu olmak gerekli.)*

necessity */nı'sesıti/ n* **zorunluluk, zaruret**

neck */nek/ n* **boyun, ense, şişenin boğazı**

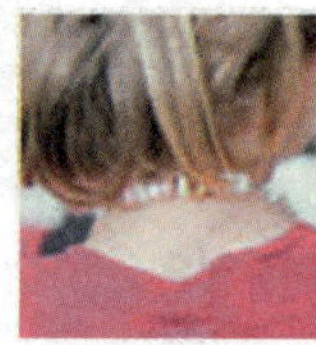

She has got a beautiful **neck**. *(Güzel bir ensesi var.)*

necklace */'neklıs/ n* **kolye, gerdanlık**

I'll buy my wife a **necklace** for her birthday. *(Doğum günü için karıma bir kolye alacağım.)*

need */ni:d/ n* **ihtiyaç, ihtiyacı olmak**

He **needs** some petrol. *(Biraz petrole ihtiyacı var.)*

need to **gerekmek**

We **need to** help the children in hunger in Africa. *(Afrikadaki aç çocuklara yardım etmemiz gerekiyor.)*

needle */nidl/ n* **iğne**

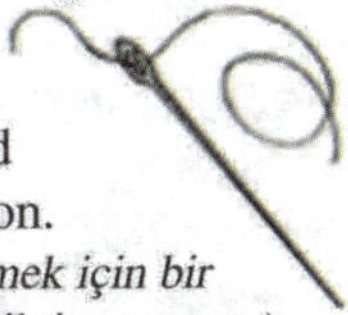

I need a **needle** and some thread to sew this button. *(Bu düğmeyi dikmek için bir iğne ve biraz ipe ihtiyacım var.)*

negative */'negıtiv/ adj* **olumsuz**

My answer will be **negative**, thanks. *(Benim cevabım olumsuz olacak, teşekkürler.)*

neglect */ni'glekt/ v* **ihmal etmek**

There are many children in the streets because their parents **neglect** them. *(Anne babaları ihmal ettiği için sokaklarda çok çocuk var.)*

neglect */ni'glekt/ n* **ihmal**

neighbour */'neybı(r)/ n* **komşu**

He gets on very well with his next-door **neighbour**. *(Bitişik komşusu ile iyi geçiniyor.)*

neighbourhood */'neybıhud/ n* **çevre, civar**

Jane lives in our **neighbourhood**. *(Jane bizim çevrede oturuyor.)*

neighbouring *adj* **komşu**

We have some problems with **neigbouring** countries. *(Komşu ülkelerle bazı sorunlarımız var.)*

neither */'naydı(r)/ /'ni:dı(r)/ adv* **hiç biri**

Neither boy liked the food . *(Çocukların hiç biri yemeği sevmedi.)*

nephew */nefyu:/ n* **erkek yeğen**

I have four **nephews**. *(Benim dört erkek yeğenim var.)*

N

nervous */'nö:vıs/ adj* **sinirli, asabi**

He's **nervous** about somebody else's reading his paper.
(Başka biri gazetesini okuduğu için çok sinirli.)

nest */nest/ n*

The stork laid three eggs in her **nest**.
(Leylek yuvasına üç yumurta yaptı.)

N

net */net/ n* **ağ, file**

net curtains
(tül perde)
a volleyball **net**
(voleybol filesi)
a fishing **net** *(balık ağı)*

network */'netwö:k/ n* **ağ, şebeke**

There is a **network** of computers in our office.
(Büromuzda bir bilgisayar ağı var.)

never */'nevı(r)/ adv* **asla, hiç**

I'll **never** forget the yacht cruise.
(Yat yolculuğunu hiç unutmayacağım.) **Never** say **never**. You can have one one day.
(Asla, asla deme bir gün bir tane sahibi olabilirsin.

new */'nyu:/ adj* **yeni**

We've got a **new** car. *(Yeni bir arabamız var.)*
I'm learning a **new** language.
(Yeni bir dil öğreniyorum.)

news */nyu:z/ n* **haber**

We watch the **news** on television.
(Televizyonda haberleri izleriz.)

newsagent */'nyu:zeycınt/ n* **gazete bayii**

Steeve is a **newsagent**.
(Steeve bir gazete bayiidir.)
newsagent's **gazete satış yeri**

newspaper */nyu:zpeypı(r)/ n* **gazete**

Have you read the **newspaper** today? *(Bugün gazeteyi okudun mu?)*

New Year's Day **Yılbaşı**

I'll be in Rome on the **New Year's Day**. *(Yılbaşında Romada olacağım.)*

New Year's Eve **Yılbaşı (arifesi) akşamı**

next */nekst/ adj* **bir sonraki**

We'll have a short break in the **next** village. *(Bir sonraki köyde kısa bir mola vereceğiz.)*

See you **next** week. *(Gelecek hafta görüşürüz.)*

next to **bitişiğinde, yanında**

The bank is **next to** the supermarket. *(Banka süpermarketin yanındadır.)*

nice */nays/ adj* **hoş, iyi, sevimli**

What a **nice** person! *(Ne iyi bir adam!)*
Our room had a **nice** view. *(Odamızın güzel bir manzarası var.)*

niece */ni:s/ n* **kız yeğen**

I have three **nieces** from my brother's. *(Erkek kardeşlerimden üç kız yeğenim var.)*

N

night */nayt/ n* **gece, akşam**

You can see the stars at **night**.

(Yıldızları gece görebilirsin.)

nightmare */naytmeı(r)/ n* **kabus, karabasan**

I had a **nightmare** last night. *(Dün gece bir kabus gördüm.)*

no */nıu/ fw* **hayır 2. hiç**

"Would you like some tea?" "**No**, thanks."
("Biraz çay ister misin?" "Hayır, teşekkürler.)
I have **no** money.
(Hiç param yok.)

noble */'nıubl/ adj* **asil**

He was a **noble** prince.
(O, asil bir prensti.)
Thanks for your **noble** act.
(Asil davranışın için teşekkürler.)

nobody */'nıubıdi/ n* **no one** */'nıuwan/ p* **hiç kimse**

There is **nobody** here.
(Burada kimse yok.)

noise */noyz/ n* **yüksek ses, gürültü**

You are making a lot of **noise**.
(Çok gürültü yapıyorsun.)
My car makes strange **noises**.
(Arabam garip sesler çıkarır.)

noisily */'noyzili/ adv* **ses çıkararak**

He eats his meal **noisily**.
(Yemeğini ses çıkararak yer.)

noisy */'noyzi/ adj* **gürültülü**
What a **noisy** girl you are!
(Ne gürültücü kızsın!)

nonsense */'nonsıns/ n* **saçma, aptalca**

You're talking **nonsense**. *(Saçma konuşuyorsun.)*
"This donkey smokes." "**Nonsense**!"
"(Bu eşek sigara içiyor.'" "Aptalca.")

nonstop */non'stop/ adj* **durmaksızın, direkt**

We flew **non-stop** from Paris to Ankara.
(Paris'ten Ankara'ya durmadan uçtuk.)

noon */nu:n/ n* **öğlen**

At **noon**, the sun is high in the sky.
(Güneş öğlen vakti gökyüzünde tepede olur.)

normal */no:ml/ adj* **normal**

The body's **normal** temperature is 36,5 degrees Celsius.
(Normal vücut ısısı 36,5 derece Celcius'dur.

normally */nomıli/ adv* **normalde, genelikle**

I **normally** eat less.
(Ben genellikle az yerim.)

north */no:th/ n* **kuzey**

Sinop is in the **north** of Turkey.
(Sinop Türkiyenin kuzeyindedir.)

nose */nıuz/ n* **burun**

He has a big **nose**.
(Büyük bir burnu var.)

nostril */nostrıl/ n* **burun deliği**

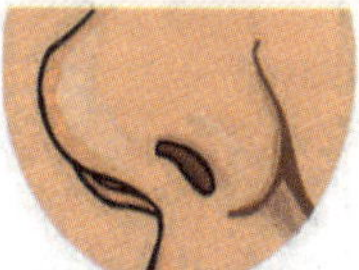

I breathe through my **nostrils**.
(Burun deliklerimden nefes alırım.)

not */not/ adv* **olumsuzluk kelimesi**

I do **not** smoke.
(Ben sigara içmem.)
He doesn't love me.
(Beni sevmiyor.)

note */nıut/ n* **not 2. kağıt para**

Please make a **note** of my new address.
(Lütfen adresimi not et.)
I have a few ten pound **notes**. *(Bir kaç tane kağıt on Sterlinim var.)*

notebook */nıutbuk/ n* **defter**

I've got a **notebook**, pen and a pencil.
(Bir defter, bir tükenmez kalem ve bir kurşun kalemim var.)

notepad */nıutpæd/ n* **bloknot**

I'll note it on my **notepad**.
(Onu bloknotuma not edeceğim.)

nothing */'nathing/ p* **hiç birşey**

I have got **nothing** in my pockets. *(Cebimde hiç bir şey yok.)*

notice */'nıutis/ n* **ilan, duyuru, ihbar**

The **notice** on the door says that the library is closed. *(Kapıdaki ilan kütüphanenin kapalı olduğunu söylüyor.)*

notice2 **fark etmek, farkına varmak**

I **noticed** that the door was open and locked it. *(Kapının açık olduğunu farkettim ve kilitledim.)*

noticeable */'nıutisbl/ adj* **farkedilir**

notice-board */'nıutisbo:d/ n* **ilan levhası**

There is a new announcement on the **noticeboard**. *(İlan tahtasında yeni bir duyuru var.)*

noun */naun/ n* **isim, ad**

In the sentence "The boy threw a stone at the dog." "boy", "stone", and "dog" are **nouns**. *('Çocuk köpeğe taş attı,' cümlesinde çocuk, taş ve köpek birer isimdir.)*

novel */'navl/ n* **roman**

Charles Dickens wrote many **novels**.

novelist */'navılist/ n* **romanyazarı**

November */nıu'vembı(r)/ n* **Kasım**

November comes after October. *(Kasım, Ekim'den sonra gelir.)*

now */nau/ adv* **şimdi**

The shop is open **now**. *(Dükkan şimdi açık.)*

I must go **now** - I can't wait any longer. *(Şimdi gitmeliyim. Daha fazla bekleyemem.)*

nowadays /'nauıdeyz/ *adv*
bugünlerde, bu ara

A lot of people work with computers **nowadays**. *(Bügünlerde bir çok insan bilgisayarla çalışır.)*

nowhere /'nıuweı(r)/ *adv*
hiçbir yer

I have **nowhere** to go. *(Gidecek hiçbir yerim yok.)*
There is **nowhere** to eat around. *(Etrafta yemek yiyecek bir yer yok.)*

nuclear /'nyu:kliı(r)/ *adj*
nükleer

nuclear war *(nükleer savaş)*
nuclear energy *plant (nükleer enerji santrali)*

number /'nambı(r)/ *n*
numara

What's your door **number**?
(Kapı numaranız kaç?)

number /'nambı(r)/ *v*
numaralamak

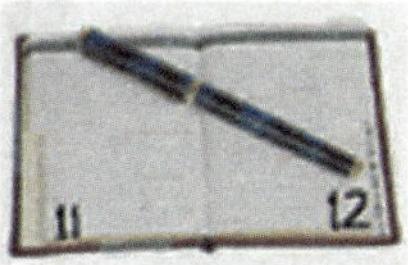

Number the pages from 1 to 100.
(Sayfaları birden yüze kadar numaralayınız.)

number plate /'nambı pleyt/ *n* **plaka**

The **number plate** of the car was RJ 0517. *(Arabanın plaka numarası RJ 0517 idi.)*

nun /nan/ *n* **rahibe**

Susan left home to be a **nun**.
(Susan rahibe olmak için evden ayrıldı.)

nurse /nö:s/ *n* **hemşire**

She works as a **nurse** in a hospital.
(Bir hastanede hemşire olarak çalışır.)

nursery */'nö:sıri/ n* **çocuk yuvası, kreş**

Mary works in a **Nursery**.
(Mary bir kreşte çalışır.)

nursery school */'nö:sıri sku:l/ n* **ana okulu**

nut */nat/ n* **ceviz, civata somunu**

Nuts are healthy fruit.
(Ceviz sağlıklı bir meyvedir.)

nutcracker */'nat krækı/ n* **ceviz kıracağı**

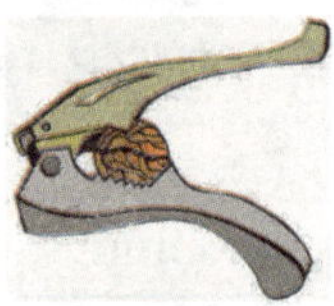

I borrowed a **nutcracker** from my next-door neighbour.
(Kapı komşumdan bir ceviz kıracağı ödünç aldım.)

nylon */'naylon/ n* **naylon**

This parachute is made of **nylon**.
(Bu paraşüt naylondan yapılmadır.)

o */ıu/ n* **o harfi**

O is the 15th letter of the English Alphabet
(O İngiliz Alfabesinin 15. harfidir.)

oak */ıuk/ n* **meşe ağacı, meşe**

There is an **oak** tree in our garden.
(Bahçemizde bir meşe ağacı var.)
I've an **oak** table in my office.
(Büromda meşe ağacından bir masam var.)

oar */o:(r)/ n* **kürek**

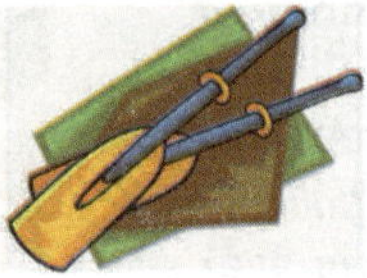

The boat has two **oars**.
(Kayığın iki küreği var.)

obey */ı'bey/ v* **itaat etmek**

The tiger **obeys** his trainer.
(Kaplan eğitmenine itaat eder.)
You should **obey** the rules.
(Kurallara itaat etmelisin.)

object / *'obcikt/ n* **nesne**

Computers are very useful **objects**. *(Bilgisayarlar çok yararlı nesnelerdir.)*

object */ıb'cekt/ v* **itiraz etmek**

She **objected** to the judgement. *(Karara itiraz etti.)*

obligation */obli'geyşn/ n* **zorunluluk**

A mother has an **obligation** to take care of her children. *(Bir annenin çocuklarına bakma zorunluluğu vardır.)*

observation */obzı'veyşn/ n* **gözlem**

NASA sent a new spacecraft into the space for **observation**. *(NASA gözlem için uzaya yeni bir uzay aracı gönderdi.)*

observe */ı'bzöv/ v* **gözlemlemek**

obstacle */'obstıkl/ n* **engel**

He jumped over the **obstacles** one by one successfully. *(Engellerden bir bir başarıyla atladı.)*

obstinate */obstinıt/ n* **inatçı**

He has got a very **obsti-nate** donkey. *(Çok inatçı bir eşeği var.)*

obtain */ıb'teyn/ v* **elde etmek, almak**

He wanted to **obtain** the pizza very much. *(Pizzayı almayı çok istedi.)*

obvious */'obviıs/ adj* **açık, aşikar**

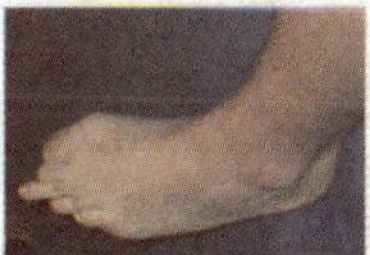

It is **obvious** that his middle toe is longer than the others. *(Şurası aşikar ki orta ayak parmağı diğerlerinden daha uzun.)*

obviously */'obviısli/ adv* **belli ki, besbelli**

occupation */okyu'peyşn/ n* **iş, meşgale**

"What is your **occupation**?" (*"Mesleğiniz ne?"*)

occupy */okyu'pay/ v* **doldurma, işgal etmek**

The painting was so big that it **occupied** the wall. *(Resim o kadar büyük ki bütün duvarı kaplıyor.)*

occupy² **meşgul etmek**

This game will keep the children **occupied** all afternoon. *(Bu oyun çocukları bütün öğleden sonra meşgul eder.)*

occur */ı'kö:(r)/ v* **olmak, meydana gelmek**

6000 lightning strikes **occur** every second, only about 100 strike the ground. *(Her saniye 6000 şimşek çakar, sadece 100 tanesi toprağa düşer.)*

ocean */'ıuşn/ n* **okyanus**

We crossed the Atlantic **Ocean** in two weeks. *(Atlantik Okyanusu'nu iki haftada aştık.)*

octopus */'oktıpıs/ n* **ahtapot**

Octopuses are eaten as food. *(Ahtapotlar yiyecek olarak yenir.)*

odd */od/ adj* **saçma**

It's **odd** that the wolf swallowed the whole hen alive. *(Kurtun tavuğu bütün olarak yutması saçma.)*

odd number **tek sayı**

13 and 15 are **odd numbers**. *(13 ve 15 tek sayılardır.)*

off */of/ pr, adv* **uzağında, açığında**

Please keep **off** the grass! *(Lütfen çimenden uzak durunuz.)*

off[2] **açık değil**

Turn **off** some of the lights to save power. *(Enerji tasarrufu yapmak için ışıkların bir kısmını kapa.)*

off[3] **bayat, taze değil, geçmiş**

This meal is **off** and smells bad. *(Bu yemek bozulmuş ve berbat kokuyor.)*

offense */ı'fens/ n* **suç, yasalara aykırı**

It is an **offense** to keep animals in cages. *(Hayvanları kafeste tutmak suçtur.)*

offensive */ı'fensiv/ adj* **kırıcı, nahoş, iğrenç**

offer */'ofı(r)/ v* **teklif etmek**

He **offered** to help him. *(Ona yardım etmeyi teklif etti.)*

office */'ofis/ n* **büro, ofis**

She works in an **office**. *(Bir büroda çalışır.)* I have a large **office**. *(Büyük bir bürom var.)*

officer */'ofisı(r)/ n* **subay, görevli**

Gen. Hayden was the deputy head **officer** of National Intelligence of the USA. *(Gen. Hayden USA Ulusal İstihbaratında baş görevlidir.)*

often */'ofn/ adv* **sık sık**

People **often** watch eclipses all over the world. *(Dünyanın dört bir tarafında insanlar sık sık güneş tutulmasını izlerler.)*

O

oil */oyl/ n* **petrol 2. yağ**

We burn **oil** for heating or use in machines. *(Petrolü ısınmak için yakarız veya makinelerde kullanırız.)*

oil paint */'oyl peynt/ n* **yağlı boya**

oil painting **yağlı boya resim**

Van Gogh made **oil paintings**. *(Van Gogh yağlı boya resimler yaptı.)*

oil well */'oyl wel/ n* **petrol kuyusu**

Oil wells are located all across Texas. *(Teksas'ın dört bir yanında petrol kuyuları bulunur.)*

ointment */'oyntmınt/ n* **merhem**

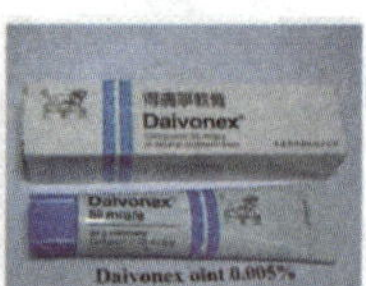

Her skin was burned so she put **ointment** on it. *(Derisi yandı bu yüzden merhem sürdü.)*

OK, Okay */ıu'key/* **tamam**

"Shall we go for a walk?" "**OK**" *("Yürüyüşe çıkalım mı?" "Tamam?")*

old */ıuld/ adj* **yaşlı, ihtiyar**

My grandfather is very **old**. *(Dedem çok yaşlı.)* "How **old** are you?" "I am eleven years **old**." *("Kaç yaşındasın?" "On bir yaşındayım.")*

olive */'oliv/ n* **zeytin**

I like **olives**. *(Zeytin severim.)*

olive oil **zeytin yağı**

omelet / omelette */'omlit/ n* **omlet**

We had an **omelette** for breakfast this morning. *(Bu sabah kahvaltıda omlet yedik.)*

on */on/ pr, adv* **üzerinde**

The ball is **on** the table. *(Top masanın üzerinde.)*

on[2] **kullanımda, çalışıyor, giyili**

The stadium lights are **on**. *(Stad ışıkları yanıyor.)*
She looks very nice with her red hat **on**. *(Kırmızı şapkasıyla çok güzel görünüyor.)*

on[3] **gün ve tarihlerle kullanılır**

My birthday is **on** April the 21st. *(Benim doğum günüm 21 Nisanda.)*

on foot */'on fu:t/ ph v* **yayan, yürüyerek**

Let's go **on foot**. *(Haydi yürüyerek gidelim.)*
Can we go there **on foot**? *(Oraya yürüyerek gidebilir miyiz?)*

once */wans/ adv* **bir kere, bir keresinde**

I caught a big fish **once**. *(Bir keresinde büyük bir balık yakaladım.)*

at once **derhal**

We must leave here **at once**. *(Derhal burayı terk etmeliyiz.)*

once upon a time **bir varmış bir yokmuş**

Once upon a time there was a beautiful princess and seven dwarves. *(Bir varmış bir yokmuş, bir zamanlar bir prenses ile yedi cüce varmış.)*

onion */'anıın/ n* **soğan**

Add some **onion** to the mince. *(Kıymaya biraz soğan ekle.)*

only */'ıunli/ adj* **tek, yalnız 2. sadece**

He's the **only** person in the hall. *(Salondaki tek kişi oydu.)*
It **only** works with a token. *(Sadece bir jetonla çalışır.)*

O

only[3] **ama**

We like sports very much, **only** it is a bit tiring.
(Sporu seviyoruz ama biraz yorucu.)

open */'ıupın/ adj* **açık**

The coffee shop is **open**.
(Kahveci açık.)
Is the bank **open** yet? *(Banka açık mı?)*

open */'ıupın/ v* **açmak, açılmak**

He **opened** the window.
(Pencereyi açtı.)

The safe didn't **open**. *(Kasa açılmadı.)*

opera */'oprı/ n* **opera**

The **opera** music was beautiful.
(Opera müziği güzeldi.)

operation */opı'reyşn/ n* **ameliyat**

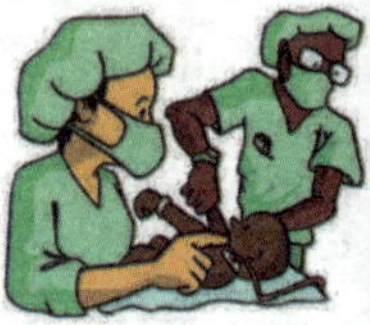

She'll have an **operation**.
(Bir ameliyat olacak.)

operator */'opıreytı(r)/ n* **cerrah, operatör**

opinion */ı'piniın/ n* **fikir, düşünce**

His father's **opinion** is important to him.
(Babasının fikri onun için önemli.)

opponent */ı'pıunınt/ n* **rakip**

We beat our **opponents** at football.
(Futbolda rakiplerimizi yeneriz.)

opportunity */opı'çyu:nıti/ n* **şans, fırsat**

He has a great **opportunity** to find a good job.
(İyi bir iş bulması için büyük şansı var.)
You shouldn't miss this **opportunity.** *Bu fırsatı kaçırmamalısın.*

oppose /ı'pıuz/ *v* **karşı çıkmak, itiraz etmek**

He wanted to get married but his father **opposed** his wish. *(Evlenmek istiyor ama babası karşı çıkıyor.)*

opposite /'opızit/ *adj, adv, pr* **zıt, tezat**

Hot is the **opposite** of cold.
(Sıcak soğuğun zıddıdır.)

optician /op'tişn/ *n* **gözlükçü**

The **optician** told me I need glasses.
(Gözlükçü gözlüğe ihtiyacım olduğunu söyledi.)

optimist /'optimist/ *n* **iyimser kişi**

He's an **optimist**.
(O bir iyimserdir.)

optimistic /'optimistik/ *adj* **iyimser**

I'm **optimistic** that we'll get the project.
(Projeyi alacağız, ben iyimserim.)

option /'opşn/ *n* **seçme, tercih**

You have three **options**.
(Üç seçme hakkın var.)

optional /'opşınl/ *adj* **isteğe bağlı, seçmeli**

French is an **optional** subject.
(Fransızca seçmeli bir derstir.)

or /o:(r)/ **veya, yoksa**

Which doctor is good? This one **or** that one?
(Hangi doktor iyi? Bu mu yoksa şu mu?)

O

oral /'orıl/ *adj* **sözlü, ağız ile ilgili**

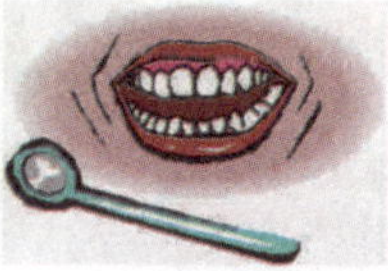

I had an **oral** test yesterday.
(Dün bir sözlü oldum.)

Oral health is very important for everyone. *(Ağız sağlığı herkes için önemlidir.)*

orange /'orınc/ *n* **portakal**

Oranges contain rich vitamin C.
(Portakal zengin C vitamini içerir.)

orange² **portakal rengi**

I have an **orange** T-shirt. *(Portakal rengi bir gömleğim var.)*

orbit */'o:bit/ n* **yörünge**

The space station was placed in its **orbit** last night. *(Uzay istasyonu dün gece yörüngesine yerleştirildi.)*

orbit */'o:bit/ v* **yörüngede dönmek**

orchard */'o:çıd/ n* **meyve bahçesi**

She's picking apples in the **orchard.** *(Meyve bahçesinde elma topluyor.)*

orchestra */'okistrı/ n* **orkestra**

The **orchestra** performed classical music last night. *(Orkestra dün gece klasik müzik çaldı.)*

order */'odı(r)/ n* **emir, buyruk**

Everyone must obey **orders.** *(Herkes emirlere uymalı.)*

order² **düzen, sıralama**

The files are in an **order.** *(Dosyalar bir düzen içinde.)*
The words are in alphabetical **order.** *(Kelimeler alfabetik sıralama içinde.)*

order³ **emretmek, buyurmak, ısmarlamak**

I've **ordered** a pizza. *(Bir pizza söyledi.)*
He **ordered** the soldiers to attack. *(Askerlere saldırmalarını emretti.)*

out of order **bozuk, çalışmıyor**

The toilet is **out of order.** *(Tuvalet bozuk.)*

O

ordinary */'o:din(ı)ri/ adj* **sıradan, alelade**

They are both wearing **ordinary** clothes. *(İkisi de sıradan elbise giyiyorlar.)*

ore */o:(r)/ n* **maden filizi, maden cevheri**

They mine iron **ore** here. *(Buradan demir cevheri çıkarıyorlar.)*

organ */'o:gın/ n* **organ**

The eyes are the **organs** of sight. *(Gözler görme organıdır.)* The brain and the heart are important **organs**. *(Beyin ve kalp önemli organlardır.)*

organ2 **büyük (kilise) org**

Peter plays the **organ** in the church. *(Peter kilisede org çalar.)*

organic */'o:gınik/ adj* **organlara ait, doğal**

You should eat **organic** vegetables and fruit. *(Doğal sebze ve meyve yemelisiniz.)*

organization */ı:gınay'zeyşn/ n* **örgüt, örgütleme**

Good **organization** makes your work easier. *(İyi örgütlenme işini kolaylaştırır.)*

organize */'ı:gınayz/ v* **örgütlemek**

They are **organizing** a campaign together. *(Birlikte bir kampanya örgütlüyorlar.)*

original */ı'ricınl/ adj* **ilk 2. yeni ve farklı 3. asıl**

Indians were the **original** hebitants of America. *(Amerika'nın ilk insanları kızılderililerdir.)*

orphan */ı:fn/ n* **öksüz**

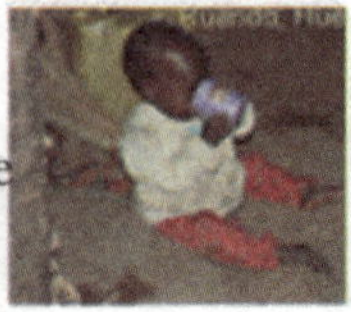

She is an **orphan** because of the war.
(Savaş yüzünden öksüz kaldı.)

orphanage */ı':f(ı)nic/ n* **yetimhane**

ostrich */'o:striç/ n* **deve kuşu**

Ostriches are originally from Africa.
(Deve kuşları asıl olarak Afrikalıdır.)

other */'adı(r)/ adj, p* **diğer**

The green shirt is nice but I'll take the **other** one.
(Yeşil gömlek iyi ama ben diğerini alacağım.)

otherwise */adıwayz/ adv* **aksi takdirde, yoksa**

You should hurry **otherwise** you'll miss the plane.
(Acele etmelisin aksi takdirde uçağı kaçıracaksın.)

ought to */'o:t tı/, /'o:t tu/* **gerek, ... meli**

You **ought to** help people who are in trouble.
(Zorda olan insanlara yardım etmen gerek.)

out */aut/ adj, adv* **dışarı**

The astronaut is coming **out** of the spacecraft.
(Astranot uzay aracından dışarı çıkıyor.)

out2 **dışarıda**

When you phoned we were **out** playing.
(Sen telefon ettiğinde dışarıda oynuyorduk.)

outdoors */aut'do:z/ adv* **açık havada**

It's a nice day; let's spend the day **outdoors** cycling.
(Hava güzel. Günü açık havada bisiklet sürerek geçirelim.)

outgoing */aut'gıuing/ adj* **kafadar**

They are very **outgoing**. *(Çok kafadarlar.)*

outside */aut'sayd/ n* **dışarısı, binanın dışında**

The **outside** of the house was painted yellow. *(Evin dışı sarıya boyandı.)*
We played **outside** yesterday afternoon. *(Dün öğleden sonra dışarıda oynadık.)*

oval */'ıuvl/ n, adj* **oval, yumurta biçiminde**

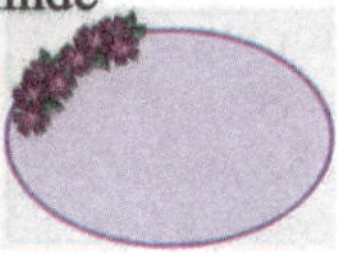

It's an **oval**. *(Bu bir yumurta biçimidir.)*
Her face has an **oval** shape. *(Yüzünün yumurta gibi bir biçimi var.)*

oven */'avn/ n* **fırın**

I roasted meat in the **oven** last night. *(Dün akşam eti fırında pişirdim.)*

over */'ıuvı(r)/ adv, pr* **üzerinden**

We can cross **over** the river on the bridge. *(Köprünün üzerinden nehri geçebiliriz.)*

over2 **baştan başa**

He read this paper **over**. *(Gazeteyi baştanbaşa okudu.)*

be over **bitti**

When we arrived the game **was** already **over**. *(Vardığımızda oyun bitmişti.)*
Time is **over**. *(Vakit bitti.)*

over3 **yukarısında**

I was flying **over** the clouds when this photograph was taken.

(Bu fotoğraf çekildiğinde bulutların üzerinde uçuyordum.)

over4 **fazla, üzerinde**
I flew **over** five minutes.
(Beş dakikadan fazla uçtum.)

O

overalls */ıuvıro:lz/ n* **tulum, iş elbisesi**

Bill wears **overalls** at work.
(Bill işte tulum giyer.)

overcoat */ıuvıkıut/ n* **pardösü**

Put on your **overcoat** if it is cold.
(Hava soğuksa pardösünü giy.)

overcome */ıuvı'kam/ v* **yenmek, üstesinden gelmek**

Manchester United **overcame** Liverpool; 2-1.
(Manchester United Liverpool'u 2-1 yendi.)

overweight */ıuvı'weyt/ adj* **fazla kilolu**

They both eat too much, and are **overweight**. *(İkisi de çok yiyorlar ve fazla şişmanlar.)*

owe */ıu/ v* **borçlu olmak**

You **owe** me lots of money.
(Bana çok borcun var.)

owe2 **borçlu olma**

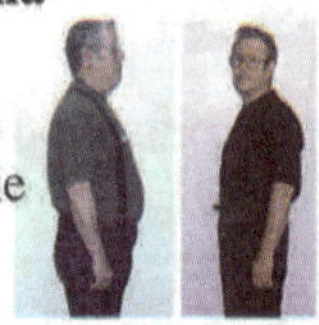

I **owe** my weight loss success to the diet my doctor advised me.
(Kilo verme başarımı doktorumun bana verdiği perhize borçluyum.)

owl */aul/ n* **baykuş**

Owls hunt for mice at night.
(Baykuşlar geceleri fare avlar.)

own */ıun/ adj, p* **kendi**

She's biting her **own** tail.
(Kendi kuyruğunu ısırıyor.)
This is my **own** cow.
(Bu benim kendi ineğim.)

owner /'ıunı(r)/ *n*

The cat is walking towards his **owner**. *(Kedi sahibine doğru yürüyor.)*

ox /oks/ *n* **öküz** **oxen** /'oksın/ *n* **öküzler**

They have a couple of **oxen**. *(Bir çift öküzleri var.)*

oxygen /'oksicın/ *n* **oksijen**

The divers have an hour of **oxygen** in their tanks. *(Dalgıçların tüplerinde bir saatlik oksijen var.)*

ozone layer /'ıuızun leyı/ *n* **ozon tabakası**

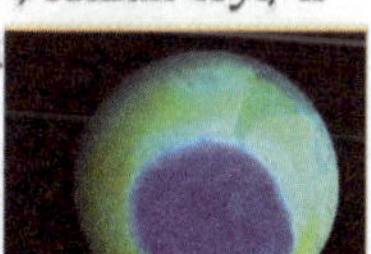

There might be a direct link between the **ozone layer** and global warming. *(Küresel ısınma ile ozon tabakası arasında doğrudan bir bağ olabilir.)*

p / pi:/ *n* **p harfi**

P is the sixteenth letter of the English Alphabet. *(P İngiliz Alfabesinin 16. harfidir.)*

pace /peys/ *n* **adım, gidiş, yürüyüş, sürat**

He walked at a very fast **pace**. *(Çok hızlı adımlarla yürüdü.)*

pace /peys/ *v* **ileri geri adımlamak**

He was nervous and **paced** the room. *(Çok asabiydi ve odayı adımladı.)*

pack /pæk/ *v* **paketlemek**

They **pack** the drugs and send them to Africa. *(İlaçları paketleyip Afrika'ya gönderiyorlar.)*

package /'pækic/ *n* **paket, koli**

The postman brought three **packages** for you.
(Postacı sana üç paket getirdi.)

packet /pækit/ *n* **paket**

I bought a **packet** of sugar.
(Bir paket şeker aldım.)

pact /pækt/ *n* **pakt, anlaşma**

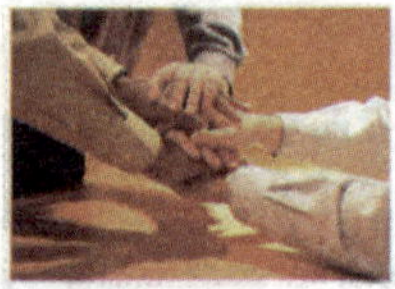

The U.S and Mexico have signed an economic **pact**. *(ABD ve Meksika bir ekonomik anlaşma imzaladılar.)*

page /peyc/ *n* **sayfa**

The book has 160 **pages**.
(Kitabın yüz atmış sayfası var.)
Open your books **page** seventy.
(Kitaplarınızda sayfa yetmişi açınız.)

pain /peyn/ *n* **ağrı, sancı**

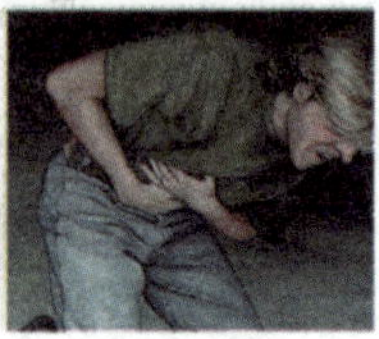

I've got a bad **pain** in my stomach.
(Midemde kötü bir sancı var.)

paint /peynt/ *n* **boya**

He brought several cans of **paint**.
(Birkaç kutu boya aldı.)

paint /peynt/ *v* **boyamak**

He **painted** the walls green and the floor purple.
(Duvarları yeşile, döşemeyi mora boyadı.)

paint2 **resim yapmak**

She **paints** as a hobby.
(Bir hobi olarak resim yapar.)

P

painter /'peyntı(r)/ *n* **boyacı, ressam**

The **painters** painted his house in a week.
(Boyacılar onun evini bir haftada boyadılar.)
Picasso is a famous **painter**.
(Picasso ünlü bir ressamdır.)

painting /'peynting/ *n* **yağlıboya resim, tablo**

La Montagne-Sainte is a well-known **painting** by Paul Cezanne.
(La Montagne-Sainte Paul Cezanne'ın ünlü bir tablosudur.)

pair /peı(r)/ *n* **çift**

Tina has a **pair** of green shoes.
(Tina'nın bir çift yeşil ayakkabısı var.)

pajamas /pıcamız/ *n* **pijama**

She wears cotton **pajamas** in winter.
(Kışın pamuklu pijama giyer.)

palace /'pælıs/ *n* **saray**

They live in a **palace** along the river.
(Irmak boyunda bir sarayda yaşarlar.)

pale /peyl/ *adj* **solgun, soluk**

He was very **pale** after smoking a cigar.
(Bir puro içtikten sonra rengi kaçtı.)
He has a **pale** green shirt.
(Soluk yeşil bir gömleği var.)

palm /pa:m/ *n* **hurma ağacı**

Palm trees grow best in the tropics.
(Hurma ağaçları en iyi tropikal alanlarda yetişir.)

palm² **avuç içi**

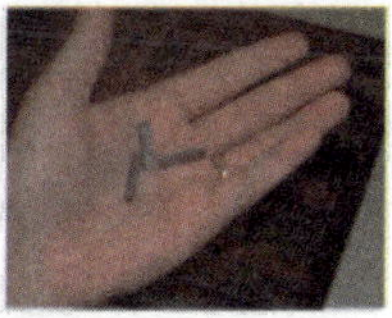

He put the insects in the **palm** of his hand.
(Böcekleri avucunun içine koydu.)

P

pan /pæn/ *n* **tava**

The eggs are cooking in the **pan**. *(Yumurtalar tavada pişiyor.)*

panda /'pændı/ *n* **panda**

Pandas are beautiful animals. *(Pandalar güzel hayvanlardır.)*

panic /pænik/ *n* **panik**

There was a great **panic** when the towers collapsed. *(Kuleler çökünce büyük panik oldu.)*

panic /pænik/*v* **paniklemek**

pants /pænts/ *n* **don, pantolon**

He's wearing white **pants**. *(Beyaz pantolon giyiyor.)*

paper /'peypı/ *n* **kağıt**

I haven't got any writing **paper**. *(Hiç yazı kağıdım yok.)*
We use **paper** bags for fruit. *(Meyveler için kağıt torba kullanırız.)*

parachute /'pærışu:t/ *n* **paraşüt**

He jumped from the plane with a **parachute**. *(Uçaktan paraşütle atladı.)*

paradise /'pærıdays/ *n* **cennet**

Paradise for me is lying on the beach all day. *(Benim için cennet bütün gün plajda yatmaktır.)*

parcel /'pa:sl/ *n* **koli, paket**

She sent a **parcel** of books to Japan. *(Japonya'ya bir koli kitap gönderdi.)*

pardon /'padn/ v **affedersiniz**

Pardon, I didn't hear you.
(Affedersiniz , sizi duymadım.)

parent /'peırınt/ n **anne babadan biri**

The **parent** and his child are reading a newspaper.
(Baba ve kızı gazete okuyorlar.)

park /pa:k/ n **park, büyük bahçe**

We often have a walk in the **park.**
(Sık sık parkta yürüyüş yaparız.)

park /pa:k/ v **park etmek**

He **parked his** car near the school.
(Arabasını okula yakın park etti.)

Where did you **park**?
(Nereye park ettin?)

parrot /'pærıt/ n **papağan**

Parrots live in the tropics.
(Papağanlar tropik ülkelerde yaşarlar.)

part /pa:t/ n **bölüm, kısım, parça**

Which **part** of China do you live in?
(Çin'in hangi kısmında yaşıyor-sunuz?)

take part in **yer almak**

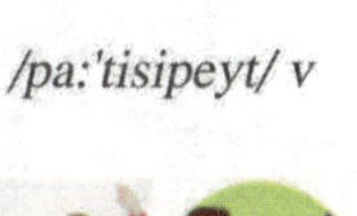

He **took part in** lots of clubs at school.
*(Okulda bir çok **kulüpte** yer alır.)*

participate /pa:'tisipeyt/ v **katılmak**

Bill **participates** in sports at school.
(Bill okulda spora katılır.)

P

partly /'pa:tli/ *adv* **kısmen**

The accident was **partly** my fault and **partly** the other driver's. *(Kaza kısmen benim kısmen diğer sürücünün hatası.)*

It's **partly** cloudy.
(Hava parçalı bulutlu.)

partner /'pa:tnı(r)/ *n* **eş, ortak, partner**

His **partner** is a great dancer.
(Onun partneri (eşi) büyük bir dansçıdır.)

party /'pa:ti/ *n* **parti, eğlence**

Let's have a **party** on Saturday.
(Haydi Cumartesi günü bir parti verelim.)

pass /pa:s/ *v* **geçmek**

The boat is **passing** under the bridge.
(Tekne köprünün altından geçiyor.)

Time **passes** very fast.
(Zaman çok hızlı geçer.)

pass² **aktarmak, pas vermek, uzatmak**

He **passed** the ball to his friend.
(Topu arkadaşına aktardı.)

Pass the salt please.
(Tuzu uzat lütfen.)

pass³ **geçmek (sınıfı, testi)**

I'm having a party when I **pass** my driving test.
(Sürücü testini geçince bir parti veriyorum.)

passage /'pæsic/ *n* **pasaj, geçit**

There is a narrow **passage** to the street here.
(Burada sokağa dar bir geçit var.)

passage² **okuma parçası**

He read a **passage** from the Bible.
(İncilden bir parça okudu.)

passenger /'pæsincı/ *n* **yolcu**

There were only four **passengers** in the bus.
(Otobüste sadece dört yolcu var.)

passive /'pæsiv/ *adj* **pasif, ilgisiz, isteksiz**

He was **passive** about winning.

(Kazanmak için isteksizdi.)

passport /'pa:spı:t/ *n* **pasaport**

This is my new **passport.** *(Bu yeni pasaportum.)*

past /pa:st/ *n* **geçmiş**

I don't know anything about your **past**.
(Senin geçmişin hakkında bir şey bilmiyorum.)
In the **past** there were Indians in America.
(Geçmişte Amerikada Kızılderililer vardı.)

past[2] **geçiyor (saatlerde)**

It's ten **past** twelve.
(Saat on ikiyi on geçiyor.)

pasta /'pæstı/ *n* **makarna**

I like **pasta** very much.
(Makarnayı çok severim.)

paste /peyst/ *v* **yapıştırmak**

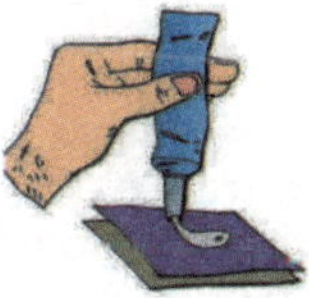

We **pasted** the pieces together.
(Parçaları yapıştırdık.)

pasture /pa:sçı/ *n* **otlak, mera**

We took the sheep to the **pasture**.
(Koyunları otlağa götürdük.)
There is a large **pasture** by the forest. *(Ormanın yanında geniş bir mera var.)*

P

pastry */'peystri/ n* **hamur işi, pasta**

I ate some **pastry** in the pastry shop today. *(Bugün pastanede biraz pasta yedim.)*

patch */pæç/ n* **yama, bez parçası**

He has to wear a **patch** on his eye. *(Gözüne bir bez parçası takmak zorunda.)*

patch */pæç/ v* **yamalamak**

path */pa:th/ n* **patika**

There was a narrow **path** through the trees. *(Ağaçların arasından dar bir patika var.)*

patience */'peyşıns/ n* **sabır**

He had to have **patience** while waiting for his wife. *(Karısını beklerken sabır sahibi olmalı.)*

patient */'peyşnt/ adj* **sabırlı**

patient */'peyşınt/ n* **hasta**

He was gentle with his **patients**. *(Hastalarına karşı naziktir.)*

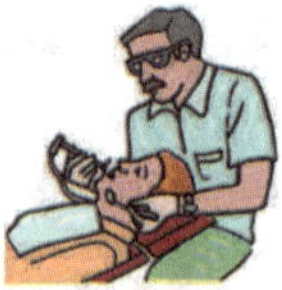

pattern */'pætın/ n* **şekil, desen**

This **pattern** forms a bear's face. *(Bu şekil bir ayı oluşturuyor.)*

The pillow has a nice **pattern**. *(Yastığın hoş bir deseni var.)*

pause */pı:z/ n* **ara, fasıla**

There was a **pause** in the conversation when Mary came in. *(Mary içeri girince konuşmada bir ara oldu.)*

pause */pı:z/ v* **ara vermek**

pavement */'peyvmınt/ n* **kaldırım**

The woman is sweeping the **pavement**. *(Kadın kaldırımı süpürüyor.)*

paw /pı:/ *n* **pençe**

A bear's **paws** are very strong.
(Ayının pençeleri çok güçlüdür.)

pay /pey/ *v* *(paid - paid)* **ödemek**

I **paid** the gas bill.
(Gaz faturasını ödedim.)

pay /pey/ *n* **maaş, ücret**

You'll get your **pay** on Friday.
(Ücretini Cuma günü alacaksın.)

payment /pey'mınt/ *n* **ödeme**

pea /pi:/ *n* **bezelye**

Tim hates eating **peas**, but his wife loves them.

(Bill bezelye yemekten nefret ediyor ama karısı bezelyeyi çok seviyor.)

peace /pi:s/ *n* **sessizlik, sükunet**

I love the **peace** of this village.
(Bu köyün sükunetini seviyorum.)
World **peace** is difficult to achieve.
(Dünya barışını sağlamak zordur.)

peaceful /'pi:sfıl/ *adj* **sessiz ve sakin**

I'd like to live in a **peaceful** place. *(Sessiz sakin bir yerde yaşamak isterim.)*

peach /pi:ç/ *n* **şeftali**

I love **peaches**.
(Şeftaliyi çok severim.)

peak /pi:k/ *n* **tepe, zirve**

Let's climb to the **peak**.
(Haydi zirveye tırmanalım.)

peanut */pi:nat/ n* **fıstık**

I like salty **peanuts.**
(Tuzlu fıstık severim.)

pear */peı(r)/ n* **armut**

Pears grow on trees.
(Armut ağaçta yetişir.)

pearl */pö:(r)l/ n* **inci**

I want to give her a **pearl** necklace.
(Ona bir inci kolye vermek istiyorum.)

P

peasant */'pezınt/ n* **köylü**

Peasants work on farms.
(Köylüler çiftliklerde çalışır.)
My grandfather was a **peasant.**
(Dedem bir köylüydü.)

pedal */'pedl/ n* **pedal**

This is one of the **pedals** of a bicycle.
(Bu bisikletin pedallarından biridir.)

pedal */ v* **pedal çevirmek**

pedestrian */pı'destriın/ n*
yaya

This path is only for **pedestrians,** not cars. *(Bu yol arabalar için değil sadece yayalar içindir.)*

pedestriancrossing
/pı'destriın 'krosing/ n
yaya geçidi

You should cross the road at the **pedestrian crossing.** *(Yaya geçidinden yolu karşıya geçmelisin.)*

peel */pi:l/ n* **kabuk**

A potato has brown **peel.**

(Patatesin kahverengi kabuğu vardır.)

peel */pi:l/ v*
soymak
Please, **peel** the potatoes.
(Lütfen patatesleri soyun.)

pen */pen/ n* **dolma kalem, tükenmez**

Have you seen my **pen**?
(Dolma kalemimi gördün mü?)

penalty */penlti/ n* **ceza**

What is the **penalty** for dangerous driving?
(Tehlikeli araba kullanmanın cezası nedir?)

pence */pens/ n* **penny'nin çoğulu**

This is a two **pence** coin.
(Bu iki pence'lik bir madeni paradır.)
That chocolate costs fifty **pence**.
(Şu çikolata on beş pence eder.)

pencil */pensıl/* **kurşun kalem**

Da Vinci drew many of his works by **pencil**.
(Da Vinci bir çok eserini kurşun kalemle çizmiştir.)

pen friend */pen frend/ n* **kalem arkadaşı**

I have a **pen friend** in France.
(Fransada bir kalem arkadaşım var.)

penguin */pengwin/ n* **penguen**

Penguins can swim but they cannot fly.
(Penguenler yüzebilir ama uçamazlar.)

penny */peni/ n* **en küçük İngiliz parası**

This is a one **penny** coin.
(Bu 1 penny'lik madeni paradır.)

pensioner */penşını(r)/ n* **emekli**

Pensioners deserve better living standards.
(Emekliler daha iyi yaşam standardını hak ediyorlar.)

P

people */pi:pl/ n* **ahali, insanlar**

I saw many **people** at the bazaar.
(Pazarda çok insan gördüm.)

pepper */'pepı(r)/ n* **biber**

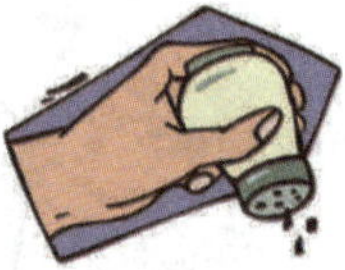

The Nepalese take **pepper** in their tea.
(Nepalliler çaylarında biber alırlar.)

pepper[2] **biber**

My mother makes stuffed **peppers** very well.
(Annem çok güzel biber dolması yapar.)

per cent */pı'sent/ n* **yüzde**

40 **per cent** of the students are girls and 60 **%** of them are boys in the class.
(Sınıfımızda öğrencilerin yüzde kırkı kız, yüzde atmışı erkektir.)

perch */pö:ç/ v* **tünemek, konmak**

The bird **perched** on the branch.
(Kuş dalın üstüne tünedi.)

perch */pö:ç/ n* **tünek, sırık, oturulan yer**

perfect */'pö:fikt/ adj* **mükemmel, kusursuz**

The universe is in itself **perfect**.
(Kainat kendi içinde mükemmeldir.)

perform */pı'fo:m/ v* **yapmak, icra etmek**

They're **performing** a new play tonight.
(Bu akşam yeni bir oyun icra ediyorlar.)

performance **icra, yapma**

perfume */'pö:fyu:m/ n* **parfüm, güzel koku**

I bought a bottle of **perfume** for her birthday.
(Onun doğum günü için bir şişe parfüm aldım.)

period */'piıriıd/ n* **süre, dönem**

This column is from the Roman **period**.
(Bu sütun Roma döneminden.)

permanent */'pö:mınınt/ adj* **daimi, sürekli**

I want to have a **permanent** job.
(Sürekli bir iş istiyorum.)

permanently */'pı:mınıntli/adv* **daimi olarak**
He's left **permanently**.
(Daimi olarak ayrıldı.)

permit */'pö:mit/ v* **izin vermek**

You are not **permitted** to park here after 7 p.m.
(Akşam yediden sonra burada park etmene izin verilmiyor.)

person */'pö:sn/ n* **kişi, insan**

She's a lovely **person**.
(O hoş biridir.)
You're just the **person** I needed.
(Sen tam benim ihtiyacım olan kişisin.)

personal */'pö:sınl/ adj* **kişisel, şahsi**

This is my **personal** space.
(Bu benim kişisel alanımdır.)

personality */pö:sı'nælıti/ n* **kişilik, mizaç**

They all have loveable **personalities**. *(Hepsinin sevilen kişilikleri vardır.)*

persuade */pı'sweyd/ v* **ikna etmek**

He tried to **persuade** his daughter to stay. *(Kızını kalması için ikna etmeye çalıştı.)*

pessimist */pesimist/ n* **kötümser biri**

It's empty!!!!

I'm not a **pessimist**.
(Ben kötümser biri değilim.)

pessimistic */pesi'mistik/ adj* **kötümser**

P

pet /pet/ *n* **evde beslenen hayvan**

This nice dog is Jane's **pet**.
(Bu güzel köpek Jane'nin evcil hayvanıdır.)

petrol /'petrıl/ *n* **petrol**

We should get some **petrol**. The tank is nearly empty.
(Biraz petrol almalıyız. Depo neredeyse boş.)

petrol station /'petrıl steyşın/ *n* **benzin istasyonu**

pet shop /'pet şop/ *n* **evcil hayvan dükkanı**

He went to the **pet shop** to buy some fish.
(Birkaç balık almak için evcil hayvan dükkanına gitti.)

pharmacist /'fa:mısist/ *n* **eczacı**

Sally married a **pharmacist**.
(Sally bir eczacı ile evlendi.)

pharmacy /'fa:mısi/ *n* **eczane, eczacılık**

phone /fıun/ *v* **telefon etmek**

I'll **phone** you again later in the evening.
(Akşam daha sonra seni tekrar arayacağım.)

phone box /'fıun boks/ **telefon kutusu**

The superman didn't have a mobile phone. He used a **phone box**.
(Süpermen'in cep telefonu yoktu. Bir telefon kulübesi kullandı.)

photo /'fıutı/ *n* **fotoğraf**

This is one of my most recent **photos**.
(Bu benim en son fotoğraflarımdan biridir.)

photocopy /'fıutıukopi/ *n* **fotokopi**

Here's a **photocopy** of my diploma.
(İşte benim diplomamın bir fotokopisi.)

photocopy /'fıutıukopi/ *v* **fotokopi yapmak**

photograph */'fıutıgra:f/ n* **fotoğraf**

He is taking a **photograph** of Jane and her husband. *(Jane ve kocasının bir fotoğrafını çekiyor.)*

photographer */fı'togrıfı(r)/ n* **fotoğrafçı**

David Bailey is a famous **photographer**. *(David Bailey ünlü bir fotoğrafçıdır.)*

photography */fı'togrıfi/ n* **fotoğrafçılık**

physics */'fiziks/ n* **fizik**

Einstein made many discoveries in **physics**. *(Einstein fizikte bir çok buluş yapmıştır.)*

pianist */'pi:ınist/ n* **piyanist**

Fazil Say is a famous Turkish **pianist**. *(Fazıl say ünlü bir Türk piyanistidir.)*

piano */pi'ænıu/ n* **piyano**

pick */pick/ v* **almak**

The baby **picked** the biggest apple. *(Bebek en büyük elmayı aldı.)*

pick2 **toplamak**

They **picked** apples all day. *(Bütün gün elma topladılar.)*

pick something up **yerden almak**

He **picked up a stone.** *(Yerden bir taş aldı.)*

Pick up your toys . *(Oyuncaklarını yerden topla.)*

pick someone up **birini bir yerden almak**

I'll **pick you up** at the hotel at eight o'clock. *(Seni otelden saat sekizde alacağım.)*

picnic */piknik/ n* **piknik**

We had a **picnic** by the sea.

(Deniz kenarında piknik yaptık.)

picture */'pikçı(r)/ n* **resim**

He drew a **picture** of me.
(Benim bir resmimi çizdi.)

pie */pay/ n* **turta, meyveli börek**

He made an apple **pie** for us.
(Bizim için bir elmalı turta yaptı.)

piece */pi:s/ n* **parça**

Would you like a **piece** of pizza?
(Bir parça pizza ister misin?)

piercing **acı, keskin 2. delme takı**

I heard a **piercing** cry. *(Acı bir çığlık duydum.)*
He had many **piercings**. *(Bir çok delme takısı var.)*

pig */pig/ n* **domuz**

Pork comes from **pigs**.
(Domuz eti domuzdan gelir.)

pigeon */'picın/ n* **güvercin**

People don't hunt **pigeons**.
(İnsanlar güvercin avlamaz.)

pill */pil/ n* **hap**

Take a **pill** for your headache.
(Baş ağrın için bir hap al.)

Some **pills** are left in the bottle.
(Şişenin içinde birkaç hap kaldı.)

pillow */pilıu/ n* **yastık**

I sleep on a thin **pillow.** *(Ben ince bir yastık üstünde uyurum.)*

pillowcase */pilıukeys/ n* **yastık kılıfı**

pilot */paylıt/ n* **pilot**

My father is a **pilot**. *(Babam bir pilottur.)*

pin */pin/ n* **toplu iğne**

I need a **pin** to fasten this notice. *(Bu ilanı tutturmak için bir toplu iğneye ihtiyacım var.)*

pin */pin/ v* **iğnelemek, tutturmak**

pine */payn/ n* **çam ağacı, çam**

Pine trees are evergreen. *(Çam ağaçları her zaman yeşildir.)*

pineapple */paynæpl/ n* **ananas**

Pineapples grow in hot countries. *(Ananas sıcak ülkelerde yetişir.)*

pink */pink/ n* **pembe rengi**

This is a **pink** elephant. *(Bu pembe renkli bir fildir.)*

Your tongue is **pink**. *(Dilin pembe rengidir.)*

pipe */payp/ n* **boru**

He's fixing the water **pipes**. *(Su borularını tamir ediyor.)*

pipe2 **pipo**

Please, pass your grandpa his **pipe**. *(Lütfen dedene piposunu uzat.)*

P

pipe[3] **kaval**

She's blowing a long pipe.
(Uzun bir kaval çalıyor.)

pirate */'payrıt/ n* **korsan**

the Pirates of Caribbean
(Caribbean korsanı)
This is a pirate CD.
(Bu bir korsan CD.)

pistol */'pistıl/ n* **silah, tabanca**

This isn't a real pistol.
(Bu gerçek bir tabanca değil.)
This is a water pistol.
(Bu bir su tabancası.)

pitcher */piçı (r)/ n* **sürahi**

There is some water in the pitcher.
(Sürahide biraz su var.)
A pitcher of water, please.
(Bir sürahi su, lütfen.)

pity */'piti/ v* **acımak**

He pities her as she has to work in bad conditions.
(Kötü koşullarda çalıştığı için ona acıyor.)

pizza */'pi:tsı/ n* **pizza**

Let's order a pizza and some coke.
(Haydi bir pizza ile biraz kola ısmarlayalım.)

place */pleys/ n* **yer**

The square is a nice place to meet for young people.
(Meydan gençlerin buluşması için iyi bir yerdir.)
Please put the jug back in its place.*(Lütfen sürahiyi yerine koy.)*

place[2] **yer, koltuk**

Is this place taken? *(Bu yer tutulu mu?)*
She had a place by the window.
(Camın kenarında bir yere (koltuğa) oturdu.)

place */pleys/ v* **yerleştirmek**

Place the wraps on the plates.
(Sigara böreklerini tabaklara yerleştir.)

take place **olmak**

Where will the ceremony **take place**?
(Tören nerede olacak?)

plain */pleyn/ n* **ova, düz arazi**

Our village is set in Salisbury **plain**.
(Köyümüz Salisbury ovasında kuruludur.)

plan */plæn/ n* **plan yapmak, tasarlamak**

Have you made any **plans** for the weekend?
(Hafta sonu için bir plan yaptınız mı?)

plan2 **plan**

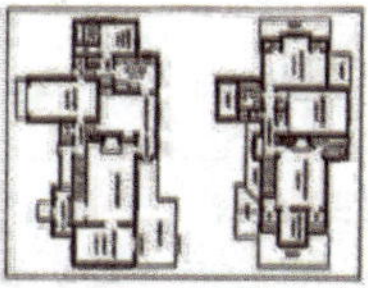

The architect's **plans** were impressive.
(Mimarın planları etkileyiciydi.)

plane */pleyn/ n* **uçak**

What time does the **plane** land?
(Uçak ne zaman inecek?)

planet */'plænit/ n* **gezegen**

Uranus is a **planet** of the sun.
(Uranus güneşin bir gezegenidir.)

plant */pla:nt/ n* **bitki 2. fabrika**

Trees and vegetables are **plants**.
(Ağaçlar ve sebzeler bitkidirler.)
The new vehicle **plant** opened yesterday.
(Yeni araç fabrikası dün açıldı.)

plant

plant */pla:nt/ v* **dikmek**

Spring is the best time to **plant** flowers. *(Çiçek dikmek için en iyi zaman ilkbahardır.)*
He **planted** an apple tree. *(Bir elma ağaçı dikti.)*

plaster */'pla:stı(r)/ n* **band**

I need a **plaster** for my finger. *(Parmağım için bir banda ihtiyacım var.)*

P

plastic */'plæstik/ n* **plastik**

Bottles and tubs are made of **plastic**. *(Şişeler ve leğenler plastikten yapılır.)*

plate */pleyt/ n* **tabak**

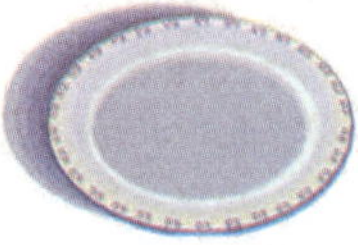

This is a china **plate**. *(Bu bir porse-len tabaktır.)*

platform */'plætfo:m/ n* **peron**

The train at **Platform** 2 is the London train. *(Peron 2 deki tren Londra trenidir.)*

platform2 **yüksekçe yer, kürsü, platform**

The lion is sitting on a **platform**. *(Aslan platformun üzerinde oturuyor.)*

play */pley/ n* **oynamak**

The cats are **playing** with a ball. *(Kediler bir top ile oynuyor.)*
They like **playing** scrabble very much. *(Scrabble oynamayı çok seviyorlar.)*

play2 **çalmak (Müzikal alet)**

He **plays** the bass guitar. *(O bas gitar çalar.)*

play[3] **oyun**

Hamlet is Shakespeare's best known **play**.
(Hamlet Shakespeare'in en ünlü oyunudur.)

player */'pleyı(r)/ n* **oyuncu**

Bill is a baseball **player**.
(Bill bir beyzbol oyuncusudur.)

playground */'pleygraund/ n* **çocuk parkı**

Let's go to the **play-ground**.

(Haydi çocuk parkına gidelim.)

playing cards */'pleying ka:dz/ n* **oyun kağıdı**

I have a pack of plastic **playing cards**.

(Bir deste plastik oyun kartım var.)

please */pli:z/ v* **memnun etmek**

The news **pleased** them.
(Haber onları memnun etti.)

please[2] **lütfen**

Dear God, no homework on the four-day holiday, **please**!

(Sevgili tanrım, lütfen dört günlük tatilde hiç ödev olmasın!)

pleased */pli:zd/ adj* **hoşnut, memnun**

I'm so **pleased** to be relaxing here on holiday at last. *(Nihayet tatilde burada dinlendiğim için oldukça memnunum.)*

pleasure */'plejı(r)/ n* **zevk**

He plays the guitar for **pleasure**.
(O zevk için gitar çalar.)

plentiful */'plentifl/ adj* **bol, çok miktarda**

Fruit is **plentiful** in summer.
(Yazın meyve bol olur.)

plenty */plenti/ p* **çok**

pliers */'playız/ n* **kerpeten, kargaburun**

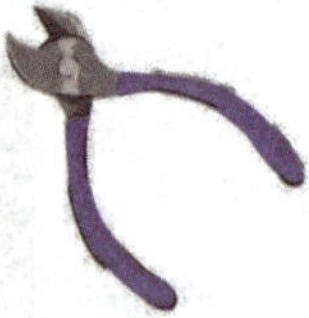

I need a pair of **pliers** to cut this wire.
(Bu teli kesmek için bir kerpetene ihtiyacım var.)

plug */plag/ n* **tıpa, tıkaç**

I took the **plug** out of the plughole.
(Tıkaçı deliğinden çıkardım.)

plug² **fiş**

plug in **fişi takmak**

The lamp isn't **plugged in.**
(Lambanın fişi takılı değil.)

plum */plam/ n* **erik**

Plums grow on a plum tree.
(Erikler erik ağacında büyür.)

plumber */'plambı(r)/ n* **su tesisatçısı**

We called a **plumber** to fix the sink.
(Lavobayı tamir etmesi için su tesisatçısı çağırdık.)

plural */'pluırıl/ n* **çoğul**

"Books" is the **plural** of "book".
("Kitaplar" "kitap"ın çoğuludur.)

plus */plas/ pr* **artı**

One **plus** one is two. *(Bir artı bir ikidir.)*
Two **plus** two is four.
(İki artı iki dörttür.)

pocket */pokit/ n* **cep**

There's a cat in her coat **pocket**. *(Paltosunun cebinde bir kedi var.)*

poem */pıuım/ n* **şiir**

He read her a **poem** about love. *(Ona bir aşk şiiri okudu.)*

poet */pıuıt/ n* **şair**

Shakespeare was a play-wright and a **poet**. *(Shakespeare bir oyun yazarı ve şairdi.)*

point */point/ n* **uc, nokta, puan, sayı**

The pencil has a sharp **point**. *(Kalemin sivri ucu var.)*

point */point/ v* **işaret etmek, göstermek**

He **pointed** to the man standing at the corner. *(Köşede duran adamı işaret etti.)*

point out */point 'aut/ ph v* **belirtmek, göstermek**

She **pointed out** the mistakes in the report. *(Rapordaki hataları gösterdi.)*

poison */poyzın/ n* **zehir 2. (v) zehirlemek**

Arsenic is a **poison**. *(Arsenik bir zehirdir.)*
The waiter **poisoned** the man. *(Garson adamı zehirledi.)*

polar */'pıulı(r)/ adj* **kutba ait**

a **polar** winter *(bir kutup kışı)*

polar bear */pıulı 'beı(r)/ n* **kutup ayısı**

P

pole */pıul/ n* **direk**

electricity **pole** *(elektrik direği)*

flag **pole** *(bayrak direği)*

pole2 **kutup**

Many adventurous people tried to reach the **poles**. *(Bir çok maceraperest kişi kutuplara ulaşmaya çalıştı.)*

policeman */pı'lismın/ n* **erkek polis**
policewoman */pı'lis wumın/ n* **kadın polis**

Mary is a good **policewoman**. *(Mary iyi bir kadın polistir.)*

police station */pı'lis steyşn/ n* **karakol**

They took the criminal to the **police station**. *(Suçluyu karakola götürdüler.)*

policy */'polısi/ n* **politika**

The company brought in a no-smoking **policy**. *(Şirket sigara içilmez politikası getirdi.)*

polish */'poliş/ v* **parlatmak, ayakkabı boyamak**2. (n) **cila**

I **polished** my dirty shoes. *(Kirli ayakkabılarımı boyadım.)*
furniture **polish** *(mobilya cilası)*

polite */pı'layt/ adj* **kibar, nazik**

He's a **polite** driver. *(O kibar bir sürücüdür.)*
A **polite** child always says thank you. *(Kibar bir çocuk her zaman teşekkür ederim der.)*

politician */polı'tişn/ n* **politikacı**

All **politicians** would like to be head of state. *(Her poltikacı devlet başkanı olmak ister.)*

politics */'polıtikz/ n* **politika**

Are you interested in **politics**? *(Politika ile ilgilenir misin?)*

pollen */'polın/ n* **polen, çiçek tozu**

Bees spread **pollen**. *(Arılar polenleri dağıtır.)*

pollute */pı'lu:t/ v* **kirletmek**

Factories **pollute** the water. *(Fabrikalar suyu kirletiyor.)*

pollution */pı'lu:şn/* **kirlilik**

pool */pu:l/ n* **havuz**

The hotel has a big swimming **pool**. *(Otelin büyük bir yüzme havuzu var.)*
They are swimming in the **pool**. *(Havuzda yüzüyorlar.)*

poor */puı(r)/ n* **fakir, zavallı**

He was too **poor** to buy clothes for himself. *(Kendine giysi alamayacak kadar fakirdir.)*
Poor man! He had nowhere to live. *(Zavallı adam! Yaşayacak yeri yok.)*

pop */pop/ n* **pop, sevilen**

Pop is the short form of popular. *(Pop popülerin kısa şeklidir.)*

pop group */'pop gru:p/ n* **pop grubu**

pop star */'pop sta:(r)/ n* **yıldız sanatçı**

Tarkan is a **pop star**. *(Tarkan bir yıldız sanatçıdır.)*

popcorn */popco:n/ n* **patlamış mısır**

I like eating **popcorns** very much. *(Patlamış mısır yemeyi çok severim.)*

P

popular */'popyılı(r)/ adj* **sevilen**

She is **popular** at school. *(O okulda çok sevilir.)*
Brad Pitt is very **popular** in the US.
(Brad Pitt ABD'de çok sevilir.)

popularity */popyu:'lærity/ n* **popülerite**

population */popyu'leyşın/ n* **nüfus**

The **population** of the world is growing fast.
(Dünya nüfusu hızlı büyüyor.)

pork */po:k/ n* **domuz eti**

Pork is used to make bacon, ham and sausage.
(Domuz eti pastırma, salam ve sucuk yapımında kullanılır.)

port */po:t/ n* **liman, liman kenti**

Istanbul has many **ports**.
(İstanbul'un bir çok limanı var.)

portable */'po:tıbl/ adj* **taşınabilir**

This is a **portable** fridge.
(Bu taşınabilir bir buz dolabıdır.)

porter */'po:tı(r)/ n* **hamal, taşıyıcı**

I'll call a **porter** to carry these suitcases.
(Bu valizleri taşımak için bir hamal çağıracağım.)

portion */'po:şn/ n* **porsiyon, miktar**

If you eat smaller **portions**, you will begin to lose weight.
(Daha küçük porsiyonlarda yemek yersen, kilo vermeye başlarsın.)

portrait */'po:treyt/ n* **portre**

He painted a **portrait** of his son.
(Oğlunun bir portresini çizdi.)

position */pı'zişn/ n* **yer, mevki**

What **position** on the map are we?
(Haritada hangi yerdeyiz?)

position[2] **mevki, konum**

He has an important **position** in the company.
(Şirkette önemli bir konumu var.)

position[3] **vaziyet, hal**

She's in a crouching **position**.
(Dizlerinin üzerine çöker vaziyette.)

positive */pozıtiv/ adj* **olumlu, emin, pozitif**

I am **positive** that I gave you his address.
(Onun adresini sana verdiğimden eminim.)
Is the test result **positive**?
(Test sonucu pozitif mi?)

possess */pı'zes/ v* **sahip olmak**

They lost everything that they **possessed** in the fire. *(Yangında sahip oldukları her şeyi kaybettiler.)*

possession */pı'zeşn/ n* **mal, mülk**

possible */'posıbl/ adj* **mümkün**

It's **possible** that I'll be here on time.
(Zamanında burada olmam mümkün.)

possibly */'posıbli/ adv* **belki**
"Can you come tomorrow?"
"**Possibly.**"

post */pıust/ n* **direk**

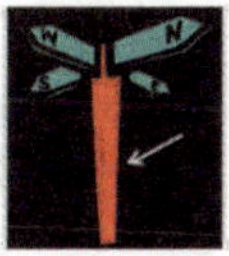

There is a sign **post** here.*(Burada bir işaret direği var.)*

post[2] **posta**
I sent the parcel by **post**.
(Koliyi posta ile gönderdim.)

post */pıust/ v* **postalamak**

I **posted** the letters.
(Mektupları postaladım.)

P

postbox /'pıustboks/ *n* **posta kutusu**

There are some letters in the **postbox**. *(Posta kutusunda bir kaç mektup var.)*

postman /'pıustmın/ *n* **postacı**

Postmen are afraid of dogs. *(Postacılar köpeklerden korkarlar.)*

post office /'pıust ofis/ *n* **postane**

I'll go to the **post office** to collect the parcel. *(Koliyi almak için postaneye gideceğim.)*

postpone /pı'spıun/ *v* **ertelemek**

We **postponed** the meeting from February 12 th to March 19th. *(Toplantıyı 12 Şubat'tan 19 Mart'a erteledik.)*

potato /pı'teytıu/ *n* **patates**

I'll bake some **potatoes**. *(Fırında bir kaç patates pişireceğim.)*

pound /paund/ *n* **Sterlin (İngiliz parası)**

I bought a car for two thousand **pounds**. *(İki bin Sterline bir araba satın aldım.)*

pound[2] **libre (İngiliz ağırlık birimi)**

Can I have two **pounds** of apples, please? *(İki libre (pound) elma alabilir miyim lütfen?)*

pour /po:(r)/ *v* **dökmek, koymak, akıtmak**

She **poured** me a glass of milk. *(Bana bir bardak süt koydu.)*
I'll **pour** the tea. *(Çayı koyacağım.)*

P

poverty */povıti/ n* **sefalet, fakirlik**

He has lived in **poverty** all his life.
(Bütün hayatı boyunca sefalet içinde yaşadı.)

powder */paudı(r)/ n* **toz, pudra, barut**

I washed the clothes with soap **powder**.
(Elbiseleri sabun tozu ile yıkadım.)

power */pauı(r)/ n* **güç, kuvvet**

This mill works with wind **power**.
(Bu değirmen rüzgar gücü ile çalışır.)

powerful */pauıfl/ adj* **güçlü, kuvvetli**

The stream is very **powerful** here.
(Akıntı burada çok kuvvetli.)

powerless */pauılıs/ adj* **güçsüz**

I felt **powerless** to stand on my feet. *(Kendimi ayakta duramayacak kadar güçsüz hissettim.)*

practical */præktikl/ adj* **eli işe yatkın**

He is very **practical** - he can mend almost anything.
(Eli işe yatkındır. Hemen hemen her şeyi tamir edebilir.)

practice */præktis/ n* **uygulama, pratik, çalışma**

You need a lot of **practice** to be better.
(Daha iyi olman için çok çalışmaya ihtiyacın var.)

practice */præktis/ v* **pratik etme, uygulama**

praise */preyz/ v* **övmek**

She **praised** her hard work.
(Onun sıkı çalışmasını övdü.)

pram */præm/ n* **çocuk arabası**

Is the baby in the **pram**?
(Bebek, arabasında mı?)

pray */prey/ v* **dua etmek**

He **prays** every day. *(Her gün dua eder.)*

prayer */'preı(r)/ n* **dua**

precaution */pri'ko:şn/ n* **önlem**

You should take **precaution** against fire.
(Yangına karşı önlem almalısınız.)

precious */'preşıs/ adj* **değerli, çok özel**

This is a **precious** stone.
(Bu değerli bir taşdır.)
I have **precious** memories of my childhood. *(Çocukluğumla ilgili çok özel anılarım var.)*

predict */pri'dikt/ v* **önceden bilmek**

He **predicted** that it would rain and it did.
(Yağmur yağacağını söyledi ve yağmur yağdı.)

prediction */pri'dikşn/ n* **kehanet**

prefer */pri'fö:(r)/ v* **tercih etmek, yeğlemek**

I **prefer** tea to coffee.
(Çayı kahveye yeğlerim.)

preferable */'prefrıbl/ adj* **tercih olunur**

pregnancy */'pregnınci/ n*

She has a difficult **pregnancy.** *(Zor bir hamileliği var.)*

pregnant */'pregnınt/ adj* **hamile**
Mary is **pregnant**.
(Mary hamiledir.)

preparation */prepı'reyşn/ n* **hazırlık**

Surgeons do lots of **preparation** before an operation.
(Cerrahlar ameliyattan önce birçok hazırlık yaparlar.)

prepare */pri'peı/r)/ v* **hazırlamak**

He's **preparing** to go climbing.
(Tırmanışa gitmek için hazırlanıyor.)
He **prepared** the equipment for climbing.
(Tırmanma ekipmanını hazırladı.)

preposition */prepı'ziṣn/ n*
edat

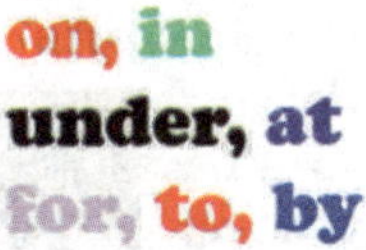

On is a **preposition.**
(Üzerinde kelimesi bir edattır.)

prescription */pri'skripşın/ n*
reçete

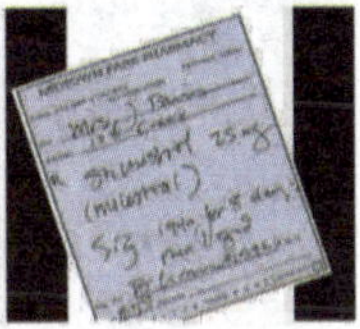

Take this **prescription** and go to the nearest chemist's to get your medicine.
(Bu reçeteyi al ve ilaçlarını almak için en yakın eczaneye git.)

present */'prezınt/ adj* **mevcut, hazır, şimdiki**

There are twenty students **present** today.
(Bugün yirmi öğrenci mevcut.)
What is your **present** job?
(Şu anki işin ne?)

present */'prezınt/ n* **hediye, armağan**

This is a birthday **present** for Mary. *(Bu, Mary'nin doğum günü hediyesi.)*

president */'prezidınt/ n*
başkan

Putin was the **President** of Russia.
(Putin Rusya'nın başkanıydı.)

press */pres/ v* **bastırmak**

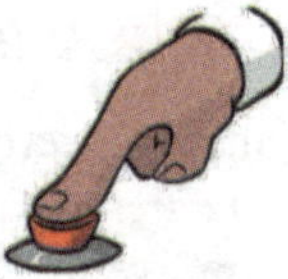

He **pressed** the red button to start the engine.
(Motoru çalıştırmak için kırmızı düğmeye bastı.)

press[2] **basın**

We should protect the freedom of the **press.**
(Basın özgürlüğünü korumalıyız.)

pressure */'preşı(r)/ n*
basınç, baskı

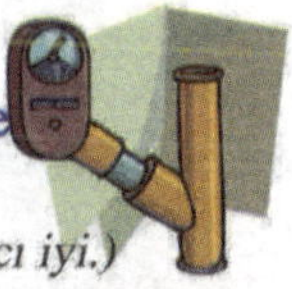

The gas **pressure** is okay now.
(Şu anki gaz basıncı iyi.)
There's a lot of **pressure** on me these days. *(Bugünlerde üzerimde çok baskı var.)*

pretend */pri'tend/ v* **gibi davranmak**

He **pretended** that he was ill so that he could stay at home.
(Hastaymış gibi davrandı böylece evde kaldı.)

pretty */'priti/ adj* **güzel, hoş**

She's a **pretty** girl.
(O güzel bir kızdır.)
She live in a **pretty** village.
(Güzel bir köyde yaşar.)

prevent */pri'vent/ v* **önlemek**

The angel held his arm to **prevent** him killing his son.
(Oğlunu öldürmesini önlemek için melek onun kolunu tuttu.)

price */prays/ n* **fiyat**
The **price** of that jacket is too high.
(Bu ceketin fiyatı çok yüksek.)

priceless */'prayslıs/ adj* **paha biçilmez**
It was a **priceless** painting.

primary school */'praymıri sku:l/ n* **ilkokul**

Helen goes to a **primary school.**
(Helen ilkokula gidiyor.)

prime minister */praym 'ministı(r)/ n* **başbakan**
Tony Blair was the **Prime Minister** of Great Britain.

(Tony Blair Büyük Britanya başbakanıydı.)

prince */'prins/ n* **prens**

Prince William
Princess Diana

princess */prin'ses/ n* **prenses**

principal */'prinsıpl/ n* **müdür**

The **principal** phoned my father and asked him to come to school.
(Müdür babamı telefonla arayıp okula gelmesini istedi.)

P

principle /'prinsıpl/ *n* **ilke, prensip**

Sorry, I can't let you cheat. It's against my **principals**.
(Üzgünüm, kopya çekmene izin veremem. Bu benim ilkelerime aykırı.)

print /print/ *v* **basmak, yazmak**

I **printed** the picture you wanted.
(İstediğin resmi bastım.)

printer /'printı(r)/ *n* **yazıcı**

prison /'prizn/ *n* **hapishane**
He is in **prison** now. *(Şimdi hapishanede.)*

prisoner /'priznı(r)/ *n* **mahkum**
He is a **prisoner**.
(O bir mahkum.)

private /'prayvıt/ *adj* **özel**

He is a **private** detective.
(O, özel bir dedektiftir.)

in private **özel olarak**

prize /prayz/ *n* **ödül**

I won first **prize** in the competition.
(Yarışmada birincilik ödülünü aldım.)

probable /'probıbl/ *adv* **pek mümkün, olası**

It's not **probable** to roll double six every time.
(Her seferinde düşeş atman olası değil.)

probably /'probıbli/ *adv* **muhte**

problem /'problım/ *n* **sorun, mesele, dert**

I can't answer this **problem**.
(Bu problemi cevaplayamam.)

process /'prıuses/ *n* **işlem, metod**

Building a plane is not a simple **process**.
(Bir uçak yapmak kolay bir işlem değildir.)

produce */prı'dyu:s/ v*
üretmek, imal etmek

The factory **produces** a thousand cars a week.
(Fabrika haftada bin araba imal eder.)

producer */prı'dyu:sı(r)/ n*
üretici

product */'prodakt/ n* **ürün. mamül**

These vegetables are this week's **products**.
(Bu sebzeler bu haftanın ürünü.)

production */prı'dakşın/ n*
üretim

The book is currently in **production.**
(Kitap şu anda baskıda.)

profession */prı'feşn/ n* **meslek**

Being a doctor is a **profession.**
(Doktorluk bir meslektir.)

professional */prı'feşınl/ adj*
profesyonel

professor */prı'fesı(r)/ n*
profesör

The **professor** is asking a question.
(Profesör bir soru soruyor.)

profit */'profit/ n* **kar**

The company made a great **profit** on sales.
(Şirket satışlardan büyük kar yaptı.)

profitable */'profitıbl/ adj*
karlı

program */'prıugræm/ n*
program

She uses a new **program.**
(Yeni bir program kullanıyor.)

program */'prıugræm/ v* **programlamak**

progress */'prıugres/ n*
ilerleme

There is a great **progress** in communication by satellites.
(Uydularla haberleşmede büyük ilerleme var.)

prohibit */prı'hibit/ v* **yasaklamak, men etmek**

We should **prohibit** eating unhealthy food.
(Sağlıksız yiyecekler yemeyi yasaklamalıyız.)

project */'procekt/ n* **proje**

This is a new space **project**.
(Bu yeni bir uzay projesidir.)

promise */'promis/ v* **söz vermek**

They **promised** to keep it secret.
(Onu sır olarak tutacaklarına söz verdiler.)

promise */'promis/ n* **söz**

promote */prı'mıut/ v* **terfi ettirmek**

Our teacher has been **promoted** to headmaster.
(Öğretmenimiz müdürlüğe terfi ettirildi.)

pronounce */prı'nauns/ v* **telaffuz etmek**

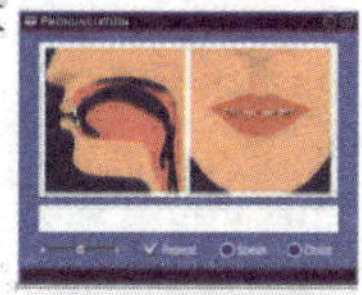

How do you **pronounce** it?
(Onu nasıl telaffuz ediyorsun?)

pronunciation (n) **telaffuz**

proof */pru:f/ n* **kanıt, delil**

Have you any **proof** that he stole your car?
(Arabanı onun çaldığına dair bir kanıtın var mı?)

propeller */prı'pelı(r)/ n* **pervane**

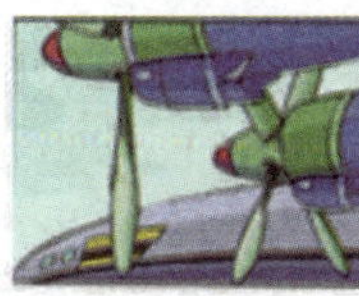

The plane has a problem with its left **propeller**. *(Uçağın sol pervanesi ile bir sorunu var.)*

proper */'propı/ adj* **uygun**

properly */'propıli/ adv* **doğru, uygun şekilde**

He has solved the problem **properly**.
(Problemi doğru çözdü.)

property /'propıti/ *n* **mal, mülk**

This house is my **property**. *(Bu ev benim mülküm.)*
You should save your **proper-ty**.*(Malını korumalısın?)*

prophet /'profit/ *n* **peygamber**

Jesus was a **prophet**. *(İsa bir peygamberdi.)*

proportion /prı'po:şn/ *n* **oran, orantı**

The **proportion** of girls to boys in the school is about equal. *(Okulda kızların erkeklere oranı eşite yakın.)*

propose /prı'pıuz/ *v* **teklif etmek, evlilik teklifi**

He **proposed** that they should meet again. *(Tekrar buluşmayı teklif etti.)*
He **proposed** to her, and she accepted. *(Ona evlilik teklifi yaptı ve o kabul etti.)*

protect /prı'tekt/ *v* **korumak**

An umbrella **protects** you from the rain. *(Şemsiye sizi yağmurdan korur.)*

protection /prı'tekşn/ *n* **koruma**

protest /prı'test/ *v* **karşı çıkmak**

Thousands of people **protested** the war. *(Binlerce kişi savaşı protesto etti.)*

proud /praud/ *adj* **öğünmek, gururlanmak**

She is **proud** of her daugh-ter's success. *(Kızının başarısı ile gururlanıyor.)*

prove /pru:v/ *v* **kanıtlamak**

I will **prove** that you killed her. *(Onu senin öldürdüğünü kanıtlayacağım.)*
Can you **prove** this? *(Bunu kanıtlayabilir misin?)*

P

provide */prı'vayd/ v* **tedarik etmek, sağlamak**

We **provided** food for the hungry children. *(Biz aç çocuklara yiyecek tedarik ederiz.)*

pub */pab/ n* **birahane, meyhane**

We went to the nearest **pub** for a drink after work. *(İşten sonra bir içki için en yakın birahaneye gittik.)*

public */'pablik/ adj* **kamu, halk, umumi**

a **public** library *(Halk kütüphanesi)*
public phones *(Umumi telefon)*
Public opinion is now against the government. (*Kamu oyu şu anda hükümete karşı.)*

publication */pabli'keyşn/ n* **yayın, yayınlama**

publication[2] **yayın**
This is a weekly **publication**.
(Bu haftalık bir yayındır.)

publish */'pabliş/ v* **basmak, yayınlamak**

This dictionary is **published** by MK Publications. *(Bu sözlük MK Publications tarafından yayınlanır.)*
publisher */'pablişı/ n* **yayıncı**

pudding */'puding/ n* **süt tatlısı, muhallebi**

"Mom, what's for dessert?" "**Pudding,** dear!" *(Anneciğim, tatlı olarak ne var?" "Süt tatlısı, canım.")*

pull */pul/ v* **çekmek**

She **pulled** the toy car along the sand. *(Kum boyunca oyuncak arabasını çekti.)*

pullover */'puluuvı(r)/ n* **kazak**

This is my new **pullover.** *(Bu benim yeni kazağım.)*

pulse */pals/ n* **nabız, kalp atışı**

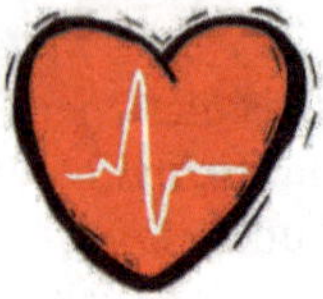

His **pulse** is strong because his heart is healty. *(Nabzı kuvvetli çünkü kalbi sağlıklı.)*

pump */pamp/ v* **pompalamak**

He's **pumping** the tyre. *(Tekeri pompalıyor.)*

pump */pamp/ n* **pompa** A bicycle **pump** puts air into the tyres. *(Bisiklet pompası tekerlere hava verir.)*

pumpkin */'pampkin/ n* **kabak**

She has a big **pumpkin** in her hands. *(Elinde büyük bir kabak var.)*

puncture */'pankçı(r)/ n* **delik, patlak**

There is a **puncture** in his tyre. *(Tekerinde patlak var.)*

punish */'paniş/ v* **cezalandırmak**

His father **punished** him for lying. *(Babası onu yalan söylediği için cezalandırdı.)*

punishment */'panişmınt/ n* **ceza**

puppet */'papit/ n* **kukla**

Most kids love **puppet** shows. *(Çoğu çocuk kukla gösterisini sever.)*

purchase */'pö:çıs/ v* **satın almak**

She **purchased** a loaf of bread. *(Bir somun ekmek aldı.)*

purchase */'pö:çıs/ n* **satın alma, satın alınan şey** Let me see all your **purchases**. *(Satın aldıklarını görmeme izin ver.)*

pure */pyuı(r)/ adj* **saf, katıksız**

This material is **pure** cotton. *(Bu kumaş saf pamuk.)*

purple /'pö:(r)pl/ n **mor**

These flowers are **purple**. *(Bu çiçeklar mor.)*
I've got a new **purple** shirt. *(Yeni bir mor gömleğim var.)*

purpose /'pö:(r)pıs/ n **maksat, amaç, gaye,**

She stayed at home with the **purpose** of helping him with his homework. *(Ödevinde ona yardım etmek amacıyla evde kaldı.)*

purse /pö:(r)s/ n **kadın cüzdanı**

She left her **purse** on her seat. *(Cüzdanını koltuğunun üzerinde unuttu.)*

push /puş/ v **itmek**

He **pushed** the pig. *(Domuzu itti.)*

push /puş/ n **itme**
He gave a hard **push**, and the pig went into the sty.

put /put/ v **koymak**

He **put** the book back in the bookcase. *(Kitabı kitaplığa geri koydu.)*

put something off **ertelemek**

The match has been **put off** because of the rain. *(Maç yağmur nedeni ile ertelendi.)*
I **put off** my homework till the last day. *(Ödevimi son güne kadar erteledim.)*

put something on **giymek**

He **put on his coat** and went out. *(Paltosunu giydi ve dışarı çıktı.)*

put out /put 'aut/ ph v **söndürmek**

He **put** the fire **out** with a fire extinguisher. *(Bir yangın söndürücü ile yangını söndürdü.)*

P

put somebody up

put somebody up

eve yatılı misafir almak

Can you **put me up** for the night?
*(Bu gece için beni misafir **edebilir misin?**)*

puzzle /'pazl/ *n* **bulmaca**

He likes solving **puzzles**.
(Bulmaca çözmesini sever.)

pyjamas /'pı'camız/ *n*

P

pijama

Gaffur wears striped **pyjamas**.
(Gaffur çizgili pijama giyer.)

pyramid /'pirımid/ *n*

piramit

Egypt is famous for its **pyramids**.
(Mısır piramitleri ile ünlüdür.)

q /kyu:/ *n*

Q harfi

Q is the seventh letter of the English alphabet: *(Q İngiliz Alfabesinin 17. harfidir.)*

qualification /kwolifi'keyşn/

n **vasıf, nitelik**

She's got enough **qualifications** for the job.
(İş için yeterli vasıfları var.)

qualified /'kwolifayd/ *adj*

vasıflı, nitelikli

He is very well **qualified** for this job.
(O bu iş için iyi vasıflıdır.)

quality /'kwolıti/ *n* **kalite**

We only sell products of the finest **quality**.
(Biz sadece en iyi kalite malları satarız.)

quantity /'kwontiti/ *n* **miktar, çokluk, nicelik**

There is a small **quantity** of tomatoes on the scale. *(Terazide az miktarda domates var.)*

quarantine /'kworıntiːn/ *n* **karantina**

The animals are in **quarantine** in this district. *(Bu bölgede hayvanlar karantinada.)*

quarrel /'kworıl/ *v* **kavga etmek 2. münakaş etmek**

They are always **quarrelling** over little things. *(Her zaman küçük şeyler için kavga ediyorlar.)*

quarter /'kwoːtı(r)/ *n* **çeyrek, dörtte bir**

I ate a **quarter** of the pizza. *(Pizzanın dörtte birini ben yedim.)*

quartet /'kwoːtıt/ *n* **dörtlü grup**

The **quartet** sangs some gospel. *(Dörtlü bir kaç kilise müziği söyledi.)*

queen /kwiːn/ *n* **kraliçe**

Queen Elizabeth II is also the **queen** of the Canadians. *(Kraliçe II. Elizabeth aynı zamanda Kanadalıların da kraliçesidir.)*

question /'kwesçın/ *n* **soru, sual**

Can I answer the **question**? *(Soruyu cevaplayabilir miyim?)* You haven't answered my **question** yet. *(Hala sorumu cevaplamadın?)*

question /'kwesçın/ *v* **sorgulamak**

He **questioned** the man about the bank robbery. *(Adamı banka soygunu hakkında sorguya çekti.)*

Q

question mark **soru işareti**

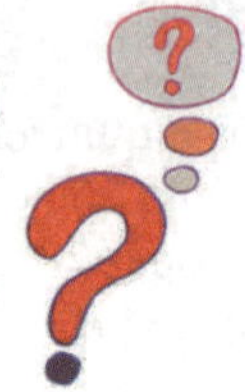

We put a **question mark (?)** at the end of the question sentences. *(Soru cümlelerinin sonuna soru işareti (?) koyarız.)*

questionnaire */kwesçı'neı(r)/ n* **anket**

Please fill in the **questionnaire**. *(Lütfen anketi doldurunuz.)*

queue */kyu:/ n* **kuyruk**

There was a long **queue** outside the theatre. *(Tiyatronun dışında uzun bir kuyruk vardı.)*

quick */kwik/ adj, adv* **hızlı, çabuk**

We had a **quick** meal and then ran to the lesson. *(Çabuk bir yemek yedik ve derse koştuk.)*
He's a **quick** waiter. *(O hızlı bir garsondur.)*

quick-tempered */kwik 'tempıd/ adj* **çabuk öfkelenen, asabi**

My father is a **quick-tempered** man. *(Babam çabuk öfkelenen bir adamdır.)*

quickly */'kwikli/ adv* **çabukça, hızla**

He **quickly** put the papers back in his briefcase. *(Hızla kağıtları çantasına koydu.)*

quiet */kwayıt/ adj* **sessiz**

The streets were **quiet** at night. *(Geceleyin sokaklar sessizdi.)*

quietly */'kwayıtli/ adv* **sessizce**
He walked **quietly**. *(Sessizce yürüdü.)*

quince */kwins/ n* **ayva**

She used some **quinces** to make jam. *(Reçel yapmak için birkaç ayva kullandı.)*

Q

quilt */kwilt/ n* **yorgan**

I have a cotton **quilt**. *(Bir pamuk yorganım var.)*

quit */kwit/ v* **terketmek, bırakmak**

He **quit** fighting. *(Savaşmayı bıraktı.)*

I **quit** smoking. *(Sigarayı bıraktım.)*

quite **oldukça, epey**

They are **quite** happy. *(Oldukça mutlular.)*

quiz */kwiz/ n* **kısa sınav**

Our English teacher gives us a **quiz** every week. *(Öğretmenimiz bizi her hafta sınav yapar.)*

quiz master */'quizma:stı/ n* **yarışma sunucusu**

Kenan Işık is a popular **quiz master**. *(Kenan Işık çok sevilen bir yarışma sunucusudur.)*

r */a:/ n* **r harfi**

R is the eighteenth letter of the English Alphabet. *(R İngiliz Alfabesinin 18. harfidir.)*

rabbit */'ræbit/ n* **tavşan**

People hunt **rabbits** for their fur and meat. *(İnsanlar tavşanları kürkü ve eti için avlar.)*

race */reys/ n* **yarış**

Philip White won the 3.000 m running **race**. *(Philip White 3000 m koşu yarışını kazandı.)*

race */reys/ v* **yarışmak**

She's **racing** against her opponents in business. *(O, işte rakiplerine karşı yarışıyor.)*

race[2] **ırk, soy**

There are people of different **races** in the USA. *(ABD'de değişik ırklardan insanlar vardır.*

racket */'rækit/ n* **racquet**
raket

I have a new tennis **racket**.
(Yeni bir tenis raketim var.)

radar */'reyda:(r)/ n* **radar**

Our boat has a **radar** system.
(Teknemizin radar sistemi var.)

radiator */'reydieytı(r)/ n*
radyatör

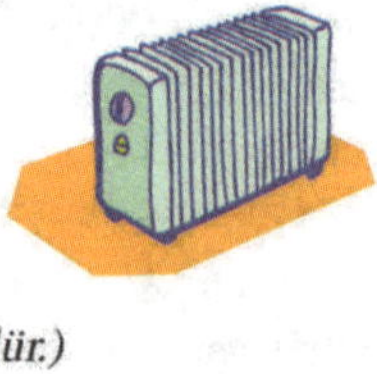

This is an electrical **radiator**.
(Bu bir elektrikli radyatördür.)

radio */rey'diou/ n* **radyo**

He was listening to music on the **radio**.
(Radyoda müzik dinliyordu.)
We have an old **radio**.
(Eski bir radyomuz var.)

rafting */'ra:fting/ n* **ırmakta botla seyahat**

Rafting became a popular sports in Turkey.
(Rafting Türkiyede sevilen bir spor oldu.)

raid */reyd/ n* **hücum , akın**
an air **raid** *(hava akını)*

raid² **hücum etmek, saldırmak**

They **raided** the military bases.
(Askeri üslere saldırdılar.)

railway */'reylwey/ n* **tren yolu**

They're building a new **railway** to the south. *(Güneye yeni tren yolu inşa ediyorlar.)*

railway station */'reylwey steyşın/ n*
tren istasyonu

It was an old **railway station**.
(Eski bir tren yolu istasyonuydu.)

R

rain */reyn/ v* **yağmur yağmak**
(used for water)
It **rained** a lot last night.
(Dün gece çok yağmur yağdı.)

rain */reyn/ n* **yağmur**
Plants need **rain**. *(Bitkilerin yağmura ihtiyacı var.)*

rainbow */'reynbıu/ n* **gökkuşağı**
Look! There is a **rainbow** in the sky. *(Bak! Gökyüzünde bir gökkuşağı var.)*

raincoat */'reynkıut/ n* **yağmurluk**
He had a gray **raincoat**.
(Gri renk bir yağmurluğu vardı.)

rainy */'reyni/ adj* **yağmurlu**
We played football on a **rainy** day.
(Yağmurlu bir günde futbol oynadık.)
It was **rainy** yesterday.
(Dün hava yağmurluydu.)

raise */reyz/ n* **yükseltmek, kaldırmak**
He **raised** his arms above his head.
(Kollarını başının üstüne kaldırdı.)
Her wages were **raised** last week. *(Aldığı ücret geçen hafta arttırıldı.)*

rake */reyk/ n* **tırmık**
He has a **rake** in his hand.
(Elinde bir tırmık var.)

ranch */ra:nç/ n* **sığır çiftliği**
Bill grew up on a **ranch**.
(Bill bir sığır çiftliğinde büyüdü.)

rank */ræŋk/ n* **rütbe, sınıf, tabaka**
A general is an army officer with a high **rank**.
(General yüksek rütbeli bir subaydır.)

rapid */'ræpid/ adj* **hızlı, çabuk**

rapidly */'ræpidli/ adv*

He rowed **rapidly** in order to overcome the stream.

(Akıntıyı yenmek için hızlı kürek çekti.)

rare */reı(r)/ adj* **nadir**

These animal species are very **rare** in the world. *(Bu hayvan türleri dünyada çok nadirdir.)*

rarely **nadiren**

She is old and **rarely** goes out.

(Yaşlı ve nadiren dışarı çıkar.)

rat */ræt/ n* **iri fare, sıçan**

Rats spread lots of diseases.

(Sıçanlar bir çok hastalık yayar.)

rather */'ra:dı/ adv* **oldukça, biraz**

It's **rather** cold today.

(Bugün hava oldukça soğuk.)

The dog is **rather** tired.

(Köpek oldukça yorgun.)

would rather */wud 'ra:dı/* **yeğlemek**

"Shall we go and see that film?"

"I'**d rather** stay in."

("Gidip şu filmi seyredelim mi?" "Evde kalmayı tercih ederim.)

raw */ro:/ adj* **çiğ**

Have you ever eaten **raw** fish?

(Hiç çiğ balık yedin mi?)

ray */rey/ n* **ışın, şua**

Sunglasses protect our eyes from the **rays** of the sun.

(Güneş gözlükleri gözlerimizi güneşin ışınlarından korurlar.)

razor */'reyzı/ n* **traş makinesi**

He bought a new **razor** to shave his beard.

(Sakalını kesmek için yeni bir traş makinesi aldı.)

razor blade */'reyzı bleyd/ n* **traş bıçağı, jilet**

reach */ri:ç/ v* **uzanmak, ulaşmak**

He tried to **reach** the apple. *(Elmaya uzanmaya çalıştı.)*
She **reached** London on Thursday. *(Perşembe günü Londra'ya ulaştı.)*

react */ri'ækt/ v* *tepki* **göstermek, karşılık vermek**

She **reacted** by getting very angry. *(Çok kızarak tepki gösterdi.)*

reaction */ri'ækşn/ n* **tepki**

read */ri:d/ v* **okumak**

He's **reading** a passage from the book. *(Kitaptan bir bölüm okuyor.)*

reader */'ri:dı(r)/ n* **okuyucu**
I'm a good **reader**. *(Ben iyi bir okuyucuyum.)*

ready */'redi/ adj* **hazır**

He's **ready** to start. *(Başlamaya hazır.)*
The tea is **ready**. *(Çay hazır.)*

real */riıl/ adj* **gerçek, hayali değil**

That's a **real** gold watch. *(Bu gerçek bir altın saat.)*
Al is his **real** name. *(Al onun gerçek adı.)*

realize */'riılayz/ v* **farkına varmak, kavramak**

When he saw the sign post he **realized** that he had got lost. *(İşaret levhasını görünce kaybolduğunu anladı.)*

really */'riıli/ adv* **gerçekten**

The fish he caught was **really** very big.

(Tuttuğu balık gerçekten çok büyüktü.)

reason */rizn/ n* **neden, sebep**

He has a **reason** to stay at home. *(Evde kalması için bir nedeni var.)*
Is there any **rea-son** why you are late? *(Geç kalmanın bir nedeni var mı?)*

R

reasonable */ri:znıbl/ adj* **makul, aklı başında**

The price of the pen is quite **reasonable**. *(Kalemin fiyatı oldukça makul.)*
Jeffrey is a ***reasonable*** *politician. (Jeffrey aklı başında bir politikacıdır.)*

receipt */ri'si:t/ n* **alındı, makbuz, fiş**

Ask him to give you a **receipt** when you pay the bill.
(Hesabı ödediğinde sana makbuz vermesini iste.)

receive */ri'si:v/ v* **almak, kabul etmek**

I have **received** a parcel from my friend in the USA.
(ABD'deki arkadaşımdan bir paket aldım.)

receiver */ri'si:vı(r)/ n* **ahize, alıcı**

Lift the **receiver** and dial 9 first to get the line.
(Ahizeyi kaldır ve hat almak için dokuzu çevir.)

recently */'ri:sıntli/ adv* **son zamanlarda**

I have been abroad **recently**.
(Son zamanlarda yurt dışındaydım.)

reception */ri'sepşn/ n* **resepsiyon, karşılama**

I left the key at the **reception**.
(Anahtarı resepsiyona bıraktım.)

receptionist */ri'sepşınist/ n* **resepsiyon görevlisi**

recipe */'resıpi/ n* **reçete yemek tarifi,**

In the **recipe** it tells you to use two eggs.
(Yemek tarifinde iki yumurta kullanmanı söylüyor.)

recognize */'rekıgnayz/ v* **tanımak, ayırt etmek**

She couldn't **recognize** the difference between the pictures.
(Resimler arasındaki farkı ayırt edemedi.)

recommend */re'kımend/ v* **tavsiye etmek**

I **recommend** this hotel because it's cheap and comfortable. *(Bu oteli öneririm çünkü ucuz ve konforludur.)*

record */ri'ko:d/ v* **kayıt etmek**

He **recorded** what I said. *(Söylediğimi kaydetti.)*
I **recorded** the film. *(Filmi kaydettim.)*

record */'reko:d/ n* **plak**

I still keep my old **records**. *(Hala eski plaklarımı saklıyorum.)*

record[2] */'reko:d/ n* **rekor**

He holds the world **record** for the free style. *(Serbest stilde rekoru elinde bulunduruyor.)*

record-player */'reko:d pleyı(r)/ n* **pikap**

We keep the old **record-player** in the attic. *(Eski pikabı tavan arasında tutuyoruz.)*

recover */ri'kavı(r)/ v* **iyileşmek**

He has **recovered** from his cold. *(Soğuk algınlığını atlattı.)*

recovery */n* **iyileşme**

recruit */ri'kru:t/ v* **işe almak**

The police department **recruited** new police officers. *(Polis Şubesi yeni polis memurları işe aldı.)*

rectangle */'rektængl/ n* **dikdörtgen**

He drew **rectangles** in different size. *(Değişik ebatlarda dikdörtgenler çizdi.)*

rectangular *adj* **dikdörtgen biçiminde**

recycle */ri'saykl/ v* **geri dönüştürmek**

These bottles can be **recycled**.
(Bu şişeler geri dönüştürülebilir.)

recycling */ri'saykling/ n* **geri dönüşüm**

red */red/ adj, n* **kırmızı**

She looks very beautiful in her **red** dress.
(Kırmızı elbisesi içinde çok güzel görünüyor.)

reduce */ri'dyu:s/ v* **indirmek, azaltmak**

They've **reduced** the prices in the shop.
(Dükkandaki fiyatları indirdiler.)

reduction */ri'dakşn/ n* **indirim**

refer */ri'fö:/ v* **başvurmak, bakmak**

Refer to a dictionary if you don't know what the word means.
(Kelimelerin anlamını bilmiyorsan sözlüğe bak.)

referee */refı'ri/ n* **hakem**

The **referee** showed Zidane the red card. *(Hakem Zidan'a kırmızı kart gösterdi.)*

reference */'refrıns/ n* **başvurma, müracaaat**

I keep the dictionary on my desk for **reference**.
(Başvurmak için sözlüğü masamın üzerinde tutuyorum.)

reference lettter **referans mektubu**

reflect */ri'flekt/ v* **yansıtmak**

The car **reflects** the light.
(Araba ışığı yansıtıyor.)

reflection */ n* **yansıma**

reform */ri'fo:m/ v* **düzeltmek, iyileştirmek**

We should **reform** the education system.
(Eğitim sistemini iyileştirmeliyiz.)

reform */ri'fo:m/ n* **düzeltme, ıslahat**

refreshments */ri'freshmınts/* *n* **serinletici içki**

They provided **refreshments** in the middle of the match.
(Devre arasında serinletici bir şeyler verdiler.)

refrigerator */ri'fricıreytı(r)/* *n* **buzdolabı**

Put the milk in the **refrigerator**.
(Sütü buz dolabına koy.)

refugee */refyu'ci/* *n* **mülteci**

Thousands of **refugees** come to the USA every year. *(Her yıl ABD'ye binlerce mülteci gelir.)*

refuse */ri'fyu:z/* *v* **reddetmek, kabul etmemek**

He **refused** to let me help.
(Ona yardım etmemi reddetti.)

regard */ri'ga:d/* *v* **saygı göstermek, saymak**

She **regards** him as her best friend.
(Onu en yakın arkadaşı olarak kabul ediyor.)

region */'ri:cın/* *n* **bölge**

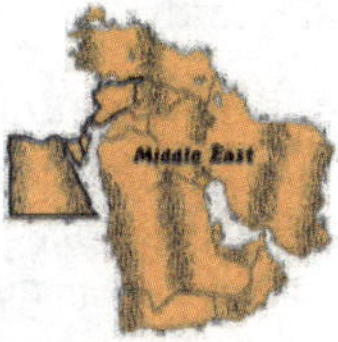

This is the middle east **region**.
(Bu Orta Doğu bölgesidir.)

register */'recistı/* *n* **kayıt defteri, sicil, kütük**

register */'recistı/* *v* **kayıt etmek**

She **registered** the new patient.
(Yeni hastayı kayıt etti.)

regret */ri'gret/* *v* **pişman olmak, üzülmek**

He **regrets** shooting the duck.
(Ördeği vurduğuna pişman.)

I **regret** to say that you failed.
(Kaldığını söylemekten üzüntü duyuyorum.)

R

regular */reg'yulı/ adj* **düzenli**

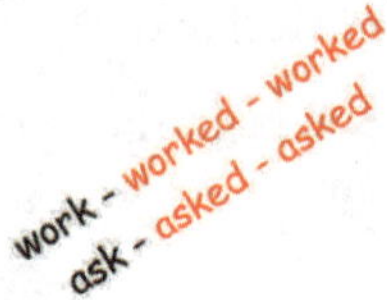

The verbs "work and ask" are **regular**. *("Work ve ask" fiilleri düzenlidir.)*

regular */'regyulı/ n* **düzenli, devamlı**

She is a **regular** visitor of the library. *(Kütüphanenin devamlı ziyaretçisidir.)*

regularly */'regyulırli/ adv* **düzenli olarak**

regulation */regyu'leyşn/ n* **talimat, kural, kaide**

Basketball players must know the basketball **regulations**. *(Basketbol oyuncuları basketbol kaidelerini bilmek zorundalar.)*

rehearse */ri'hö:s/ v* **prova yapmak**

He **rehearsed** his speech last night. *(Konuşmasını dün gece prova etti.)*

reject */ri'cekt/ v* **reddetmek, geri çevirmek**

We **rejected** his idea for a music club. *(Onun müzik klübü için olan fikrini reddettik.)*

relationship */ri'leyşnşip/ n* **ilişki**

"Do you know his **relationship** to that girl?" "She's is her girlfriend." *("Onun şu kızla olan ilişkisini biliyor musun?" "Onun kız arkadaşı.")*

relative */'relıtiv/ n* **akraba**

We spend most of our time with our **relatives**. *(Vaktimizin çoğunu akrabalarımızla geçiririz.)*

relax */ri'læks/ v* **rahatlamak, dinlenmek**

He had a long holiday and **relaxed** well. *(Uzun bir tatil yaptı ve iyi dinlendi.)*

relaxed */ri'lækst/ adj* **rahat, gevşek**

The atmosphere in his office is very **relaxed.** *(Ofisindeki atmosfer çok rahat.)*

release */ri'li:s/ v* **salmak, serbest bırakmak**

She **released** the pigeons and they flew away. *(Güvercinleri serbest bıraktı ve onlar uçup gitti.)*

reliable */ri'layıbl/ adj* **güvenilir**

She is a very **reliable** person - if she says she will do a thing, she will do it. *(Çok güvenilir biridir. Bir şey yapacağını söylerse yapar.)*

religion */ri'licın/ n* **din**

İslam is our **religion.** *(İslam bizim dinimizdir.)*

religious */ri'licıs/ n* **dindar**

My father isn't a very **religious** man. *(Babam çok dindar bir adam değildir.)*

rely */ri'lay/ v* **güvenmek**

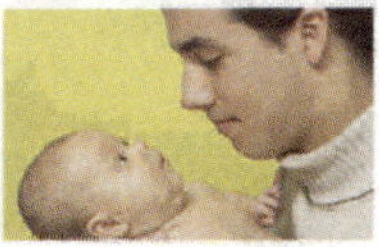

You can **rely** on me to help you. *(Sana yardım etmem için bana güvenebilirsin.)*

remain */ri'meyn/ v* **kalmak, arda kalmak**

It **remained** there for centuries. *(O yüzyıllarca orada kaldı.)*

remains */ n* **kalıntılar**

They found the **remains** of a Roman city in Bergama. *(Bergamada bir Roma şehrinden kalıntılar buldular.)*

remember */ri'membı(r)/ v* **hatırlamak**

Did you **remember** his wedding date? *(Onun nikah tarihini hatırladın mı?)*

I'll always **remember** you. *(Seni her zaman hatırlayacağım.)*

R

remind */ri'maynd/ v* **hatırlatmak**

Remind me to write to my uncle.
(Amcama yazmamı hatırlat.)
That smell **reminds** me of the seaside. *(Bu koku bana deniz kenarını hatırlatıyor.)*

remove */ri'mu:v/ v* **kaldırmak**

He **removed** the snow from his garden.
(Bahçeden karı kaldırdı.)

rent */rent/ n* **kira**

He pays 100 dollars a week **rent**.
(O haftada 100 dolar kira öder.)

rent */rent/ v* **kiralamak**

My father **rented** an office in the city.
(Babam şehirde bir büro kiraladı.)

repair */ri'peı(r)/ v* **tamir etmek**

Have you **repaired** the shoes yet?
(Ayakkabıları tamir ettin mi?)

repairman */ri'peımın/ n* **tamirci**

We called a **repairman** to fix the washing machine.
(Çamaşır makinesini tamir etmesi için bir tamirci çağırdık.)

repeat */ri'pi:t/ v* **tekrarlamak**

Could you **repeat** the question?
(Soruyu tekrar eder misiniz?)

repetition */repı'tişn/ n* **tekrar**
The **repetition** of the same exercise is boring. *(Aynı alıştırmanın tekrarı sıkıcıdır.)*

replace */ri'pleys/ v* **yerine yerleştirmek 2. yenisini ile değiştirmek**

He **replaced** my windscreen.
(Benim ön camı değiştirdi.)

reply */ri'play/ v* **cevap vermek, yanıtlamak**

"Yes, of course," he **replied** quietly. *("Evet, tabi," diye sessizce cevapladı.)*

reply */ri'play/ n* **cevap, yanıt**

report */ri'po:t/ v* **bildirmek, rapor etmek**

He **reports** the flash news to the newspaper he works for. *(Flaş haberleri çalıştığı gazeteye rapor ediyor.)*

reporter */ri'po:tı(r)/ n* **muhabir**

Jim White is a BBC **reporter**. *(Jim White bir BBC muhabiridir.)*

representative */repri'zentı tiv/ n* **vekil**

They sent a **representative** to the meeting. *(Toplantıya bir vekil gönderdiler.)*

republic */ri'pablik/ n* **cumhuriyet**

Romania is a **republic**. *(Romanya bir cumhuriyettir.)*

reputation */repyu'teyşn/ n* **ün, şöhret**

This restaurant has a good **reputation**. *(Bu lokantanın iyi bir ünü vardır.)*

request */ri'kwest/ v* **rica etmek, istemek**

Please **request** help if you need it. *(İhtiyacın olursa lütfen yardım iste.)*

require */ri'kwayı(r)/ v* **istemek, ihtiyaç duymak**

He **requires** gas because his car is out of petrol. *(Petrole ihtiyaç duyuyor çünkü arabası petrolsüz kaldı.)*

requirement */ri'kwayımınt/ n* **ihtiyaç, talep**

rescue */'reskyu:/ v* **kurtarmak**

They **rescued** the boy from the sea two days after his boat sank.
(Teknesi battıktan iki gün sonra çocuğu denizden kurtardılar.)

research */ri'sö:ç/ n* **araştırma, inceleme**

She's making a medical **research**
(Tıbbi bir araştırma yapıyor.)

resemble */ri'zembl/ v* **andırma, benzemek**

Our dog **resembles** a wolf. *(Bizim köpeğimiz bir kurdu andırıyor.)*

reservation */rezı'veyşn/ n* **yer ayırtma**

Have you made a **reservation** at the hotel?
(Otelden yer ayırttın mı?)

reserve */ri'zö:v/ v* **tedbir olarak ayırmak**

We've **reserved** enough drink for the restaurant.
(Lokanta için yeterli içecek ayırdık.)

residence */'rezidıns/ n* **konut, ikamet**

The Wilsons **residence** is for sale.
(Wilsonların konutu satılık.)

resign */ri'zayn/ v* **istifa etmek**

He **resigned** from the Government.
(O hükümetten istifa etti.)

resignation */rezig'neyşn/ n*
Have you signed your **resignation**. *(İstifanı imzaladın mı?)*

resist */ri'zist/ v* **direnmek, karşı koymak**

He seems not to **resist** much.
(Fazla direnemeyecek gibi görünüyor.)

resistance */ri'zistıns/ n*
direnç, rezistans

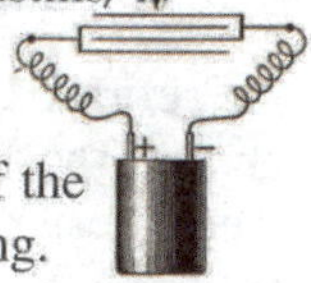

The **resistance** of the iron is not working.
(Ütünün rezistansı çalışmıyor.)

resources */ri'so:siz/ n*
kaynaklar

Wood and oil are natural **resources** .
(Odun ve petrol doğal kaynaklardır.)

respect */ri'spekt/ n* **saygı**

He has great **respect** for his parents.
(Anne babasına büyük saygısı var.)

respect */ri'spekt/ v* **saygı duymak**
He **respects** you much.
(O, sana çok saygı duyuyor.)

respectable */ri'spektıbl/ adj*
saygıdeğer

Mary's husband was a **respectable** young man.
(Mary'nin kocası saygın bir genç adamdır.)

respond */ri'spond/ v* **cevap vermek**

She **responded** to his question. *(Sorusunu cevapladı.)*

response */ri'spons/ n* **cevap**

responsibility **sorumluluk**
/risponsıbiliti/ n

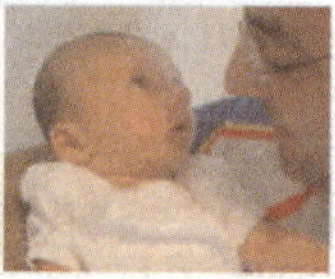

My children are my **responsibility**.
(Çocuklarım benim sorumluluğumdur.)

responsible */ri'sponsıbl/ adj*
sorumlu

Our hotel is not **reponsible** for lost or stolen articles. *(Kayıp veya çalıntı eşyalar için otelimiz sorumlu değildir.)*

rest */rest/ n* **dinlenme, mola**
2. istirahat etme

The camel had an hour's **rest** after walking long.
(Uzun yürüyüşten sonra deve bir saat dinlendi.)

restaurant */'restront/ n* **lokanta**
I went to an expensive **restaurant** for lunch yesterday. *(Dün öğle yemeği için pahalı bir lokantaya gittim.)*

result */ri'zalt/ n* **sonuç** / *v* **sonuçlanmak**

That's good, the test **result** is negative. *(Bu iyi, test sonucun negatif.)*

retire */ri'tayı(r)/ v* **emekli olmak**

He **retired** from the business when he was 65. *(Atmışbeşinde işinden emekli oldu.)*

retirement */ri'tayımınt/ n* **emeklilik**

return */ri'tö:(r)n/ v* **geri dönmek**
He **returned** to his own country. *(Kendi ülkesine geri döndü.)*

return² **iade etmek**

She **returned** the shirt she bought yesterday. *(Dün satın aldığı gömleği iade etti.)*

review */ri'vyu/ v* **tekrar gözden geçirmek**

She **reviewed** the latest news. *(Son haberleri tekrar gözden geçirdi.)*

revision */ri'vijn/ n* **tekrar, gözden geçirme**
They've done the last **revision** for the exam. *(Sınav için son bir tekrar yaptılar.)*

revolution */revılu:şn/ n* **devrim, ayaklanma, isyan**
The peasants led a **revolution** against the king. *(Köylüler krala karşı bir isyana öncülük ettiler.)*

revolutionary / *n* **devrimci**

reward */ri'wo:d/ n* **ödül**

The police are offering a **reward** for information about the robbery. *(Polis soygun hakkında bilgiye ödül teklif ediyor.)*

rib */rib/ n* **kaburga kemiği**

Two of my **ribs** were broken in the car accident. *(Kaburga kemiklerimden ikisi araba kazasında kırıldı.)*

ribbon */'ribın/ n* **kurdela**

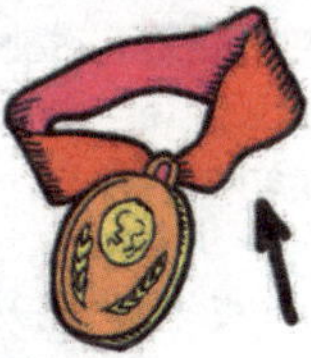

They gave me a medal with a red **ribbon**. *(Bana kırmızı kurdelalı bir madalya verdiler.)*

rice */rays/ n* **pirinç**

Would you like **rice** with your chicken? *(Tavuğunla beraber pirinç ister misin?)*

rich */riç/ adj* **zengin 2. çok yağlı, ağır**

He's a **rich** man. *(O zengin bir adamdır.)*
I don't like **rich** food. *(Ağır yemekleri sevmem.)*

rid */rid/ v*
get rid of something **kurtulmak, başından atmak**

He got **rid** of his old computer. *(Eski bilgisayarını başından defetti.)*

ride */rayd/ v* **binmek, at, deve, bisiklet sürmek**
(rode-ridden)

I **rode** a camel in Urfa last summer. *(Geçen yaz Urfada deveye bindim.)*

rider */'raydı(r)/ n* **binici**

ridiculous */ri'dikyulıs/ adj* **gülünç, anlamsız**

Don't be **ridiculous** - you can't catch fish like this! *(Gülünç olma-böyle balık tutamazsın!)*

R

rifle */'rayfl/ n* **tüfek**

My father has a **rifle**.
(Babamın bir tüfeği var.)

right */rayt/ adj* **doğru**

They made **right** music for their fans.
(Hayranları için doğru müzik yaptılar.)

right */rayt/ adv*
I did all my sums **right**.
(Bütün hesapları doğru yaptım.)

right2 */rayt/ adj* **sağ** (yön)

Take the next **right** turn.
He broke his **right** arm.
Turn **right** at the corner.

right3 **hak**
We must work for equal **rights** for everyone.
(Herkese eşit hak için mücadele etmeliyiz.)

right away **hemen, derhal**
without any delay

right now **hemen şimdi**

I'll check it **right now**.
(Hemen kontrol edeceğim.)

ring */ring/ n* **yüzük**

I lost my wedding **ring**.
*(Nikah **yüzüğümü** kaybettim.)*

ripe */rayp/ adj* **olmuş**

These tomatoes are **ripe** - we can eat them.
(Bu domatesler olmuş - onları yiyebiliriz.)

rise */rayz/ v* (rose-risen)
yükselmek, çıkmak

Smoke **rose** from the chimney.
(Bacadan duman çıkıyor.
The sun **rose** at seven o'clock.
(Güneş saat yedide doğdu.)

rise2 **yükselmek, artmak**

There is a big **rise** in petrol prices. *(Petrol fiyatlarında büyük yükseliş var.)*

river */rivı(r)/ n* **ırmak**

The longest **river** in Africa is the Nile. *(Afrikadaki en uzun nehir Nil'dir.)*
We swam in the **river** yesterday. *(Dün nehirde yüzdük.)*

road */rıud/ n* **yol**

They built a new **road** between the city and our town. *(Kasabamız ve şehir arasına yeni bir yol inşa ettiler.)*

roar */ro:(r)/ v* **kükremek**

The lion **roared**. *(Aslan kükredi.)*

roar */ro:(r)/ n* **kükreme**

roast */rıust/ v* **fırında pişirmek, kızartmak**

Mom **roasted** a chicken for dinner. *(Annem akşam yemeği için fırında piliç pişirdi.)*
I'll have **roast** chicken *(Fırında kızarmış piliç alacağım.)*

rob */rob/ v* **soymak, çalmak**

He **robbed** the car. *(Arabayı soydu.)*
They **robbed** her of everything she possessed. *(Onun sahip olduğu her şeyi çaldılar.)*

robber */'robıri/ n* **soyguncu**

Billy the Kid was a bank **robber**. *(Billy the Kid bir banka soyguncusuydu.)*

robbery **soygun**

robot */'rıubot/ n* **robot**

Cars are built by **robots** in this factory. *(Bu fabrikada arabalar robotlar tarafından yapılır.)*

R

rock */rok/ n* **kaya**

The ships driven on to the **rocks** by a storm.
(Gemiler fırtına tarafından kayalıklara sürüklendi.)

rocket */'rokit/ n* **roket, füze, 2. havai fişek**

The **rocket** exploded in the air.
(Roket havada infilak etti.)

roll */rıul/ v* **yuvarlanmak**

His bag **rolled** down the hill.
(Torbası tepeden aşağı yuvarlandı.)

roll2 **yuvarlamak**

They are **roll**ing the carpet up so that it doesn't get damaged.
(Halıyı yuvarlıyorlar böylece hasar görmez.)

roller skate */'rıulı skeyt/ n* **paten**

I brought a pair of **roller skates** from England for my son.

roller skating */'rıulı skeyting/ n* **paten kayma**

roof */ru:f/ n* **çatı**

There's a cat on our **roof**.
(Çatıda bir kedi var.)

room */ru:m/ n* **oda**

This is a very comfortable **room**.
(Bu çok konforlu bir oda.)
The house had six **rooms**.
(Evin altı odası vardı.)

room2 **yer**

There isn't **room** for anyone else in the car.
(Arabada başka biri için yer yok.)
This desk takes up a lot of **room**.
(Bu sıra çok yer kaplıyor.)

root */ru:t/ n* **kök**

We eat the **root** of turnips and carrots. *(Biz havuçların ve turpların kökünü yeriz.)*

rope */rıup/ n* **ip, halat**

They tied him to the tree with a **rope**. *(Onu halat ile ağaca bağladılar.)*
We need some **rope**. *(Biraz ipe ihtiyacımız var.)*

rose */rıuz/ n* **gül**

He gave his girlfriend a bunch of red **roses**. *(Kız arkadaşına bir demet kırmızı gül verdi.)*

rotate */rıu'teyt/ v* **dönmek**

The Earth **rotates** round the sun. *(Dünya güneşin etrafında döner.)*

rotation */rıu'teyşn/ n* **dönme**

rough */raf/ adj* **kaba, pürüzlü, engebeli**

We sailed in the **rough** sea. *(Dalgalı denizde seyahat ettik.)*

roughly */'rafli/ adv* **kabaca, aşağı yukarı**

round */raund/ adj* **yuvarlak**

A baseball is solid and **round**. *(Beyzbol topu sert ve yuvarlaktır.)*

roundabout */'rıundıbaut/ n* **göbek**

They built a new **round-about** up the road. *(Yolun yukarsına yeni bir göbek inşa ettiler.)*

roundabout[2] **atlı karınca**

Children like the **roundabout** very much. *(Çocuklar atlı karıncayı çok severler.)*

R

row /rıu/ *n* **sıra, dizi**

There is a **row** of marble columns in front of the museum.
(Müzenin önünde bir dizi mermer sütün var.)

row² **kürek çekmek**

Rowing downstream is much more easier than **rowing** upstream.
(Nehir aşağı kürek çekmek nehir yukarı kürek çekmekten çok daha kolay.)

rowing boat /'rıuing bıut/ *n* **kayık**

rub **oğuşturmak**

He **rubbed** his eyes.
(Gözlerini oğuşturdu.)

rub² **silmek, sürmek**

She **rubbed** the drawing on the paper.
(Kağıttaki çizimi sildi.)

rubber **silgi**

rubber² **lastik**

Rubber is used for making things such as car tyres.
(Lastik araba lastiği gibi şeylerin yapımında kullanılır.)

rubbish /'rabiş/ *n* **çöp**
2. saçma

The streets were full of **rubbish** because of the strike. *(Grev yüzünden sokaklar çöple dolu.)*
It was a **rubbish** story.
(Saçma bir hikayeydi.)

rude /ru:d/ *adj* **kaba**

He was very **rude** to her.
(Ona karşı çok kabaydı.)

rug /rag/ *n* **halı**

There was a hand-made **rug** on the floor.
(Yerde el yapımı bir halı vardı.)

R

ruin /'ru:in/ v **yıkmak, harap etmek**

The latest flood **ruined** the bridge badly. *(Son sel köprüyü fena yıktı.)*

ruin /'ru:in/ n **harabe, harap ev, yıkıntı**

There was a **ruin** on the hill. *(Tepede harap bir ev vardı.)*

ruins /'ru:inz/ pl, n **harabe, kalıntı**

We saw the **ruins** of the church. *(Kilisenin kalıntılarını gördük.)*

rule /ru:l/ n **kanun, yönetim**

The country was under military **rule** those year. *(O yıllarda ülke askeri idare altındaydı.)*

ruler /ru:lı/ n **cetvel**

I measured the line with a **ruler**. *(Çizgiyi bir cetvelle ölçtüm.)*

run /ran/ v (ran-run) **koşmak**

Bob **ran** faster than John. *(Bob, John'dan daha hızlı koştu.)*

run[2] **çalışmak, çalıştırmak**

The trains **run** 20 hours a day. *(Trenler günde 20 saat çalışır.)*

Don't touch the engine while it's **running**. *(Çalışırken motora dokunma.)*

Helen **runs** a restaurant. *(Helen bir lokanta işletir.)*

run away /ran ı'wey/ ph v **kaçmak**

He **ran away** from home when he was thirteen. *(On üçünde iken evden kaçtı.)*

run into sb or sth

araba ile çarpmak

He was nearly killed when a car **ran into his car**. *(Bir araba arabasına çarpınca neredeyse ölüyordu.)*

R

runner */'ranı(r)/ n* **koşucu, atlet**

Adisaba was a good **runner**. *(Adisaba iyi bir koşucuydu.)*

runway */'ranwey/ n* **uçak pisti**

The plane has taken off from the **runway**. *(Uçak pistten havalandı.)*

rural */'ruırıl/ adj* **kırsal**

Crops are grown in **rural** areas. *(Ekin kırsal alanda yetiştirilir.)*

rush */raş/ v* **acele etmek**

He **rushed** into the room to serve him the coffee. *(Kahve servisi için aceleyle odaya daldı.)*
She **rushed** into the toilet. *(Acele ile tuvalete daldı.)*

rush hour */'raş auı/ n* **İşin veya trafiğin en yoğun oldu zaman**

I don't like driving at the **rush hour**. *(İş çıkış saatlerinde araba kullanmayı sevmem.)*

rust */rast/ n* **pas**

There was an old lock with a lot of **rust**. *(Çok paslı eski bir kilit vardı.)*

rusty */'rasti/ adj* **paslı**

The lock and chains were **rusty**. *(Kilit ve zincirler paslıydı.)*

rut */rat/ n* **tekerlek izi**

We followed the **ruts** on the muddy and snowy road. *(Karlı ve çamurlu yolda tekerlek izlerini takip ettik.)*

s */es/ n* **s harfi**

S is the 19th letter of the British Alphabet. *(S İngiliz Alfabesinin 19. harfidir.)*

sack */sæk/* **torba**

He put the money in sacks. *(Parayı torbalara koydu.)*

sacrifice */'sækrifays/ v* **kurban etmek**

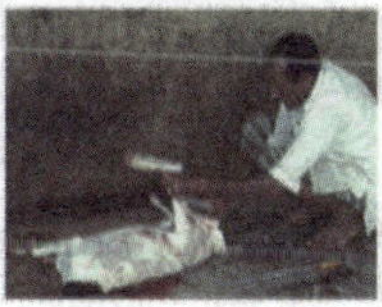

He sacrificed a sheep on the first day of the Kurban Holiday. *(Kurban bayramının ilk günü bir koyun kurban etti.)*

sad */sæd/ adj* **üzgün**

She felt very sad that she was left alone. *(Yalnız bırakıldığı için kendini çok üzgün hissetti.)*

sadly *adv* **üzgün bir şekilde**
She waited for her mom sadly. *(Üzüntü içinde annesini bekledi.)*

saddle */'sædl/ n* **eyer**
2. *(v)* **eyerlemek**

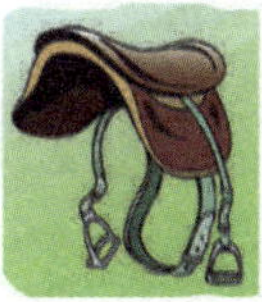

He saddled up the horse for the journey. *(Yolculuk için atını eyerledi.)*

safe */seyf/ adj* **güvenli, güvenilir**

This town is very safe at night. *(Bu kasaba geceleri çok güvenlidir.)*

safe */seyf/ n* **kasa**

I keep my important documents in a safe. (Önemli belgelerimi bir kasada saklıyorum.)

safety */'seyfti/ n* **güvenlik**

You must use a safety helmet in the construction area.

(İnşaat sahasında güvenlik kaskı takmalısın.) It's for your safety. *(Senin güvenliğin içindir.)*

S

sail */seyl/ v* **suda seyahat etmek**

His ship **sails** today. *(Gemisi bugün yola çıkıyor.)*

sail2 */seyl/ v* **yelkenli sürmek**

We **sailed** for Bodrum in the early morning. *(Sabah erken saatlerde Bodruma yelken açtık.)*

sailor */'seylı(r)/ n* **denizci**

My cousin is a **sailor**. *(Kuzenim bir denizcidir.)*

salad */'sælıd/ n* **salata**

You should eat more **salad** for your health. *(Sağlığın için daha fazla salata yemelisin.)*

salary */'sælıri/ n* **maaş**

I got my **salary** this morning. *(Maaşımı bu sabah aldım.)*

sale */seyl/ n* **satış 2. ucuzluk vakti**

He got $ 400 from the **sale** of the shirts. *(Gömleklerin satışından 400 $ elde etti.)*
The shirts are on **sale** this week. *(Gömlekler bu hafta ucuzlukta.)*

salesman */'seylzmın/ n* **satıcı**

Jack is a very successful **salesman**. *(Jack çok başarılı bir satıcısıdır.)*

salt */so:lt/ n* **tuz**

Pass the **salt**, please. *(Lütfen tuzu uzat.)*

salty */'so:lti/ adj* **tuzlu**

The soup is **salty**. *(Çorba tuzlu.)*

salute */sı'lu:t/ v* **selam vemek**

The soldier **saluted** his officer. *(Asker subayını selamladı.)*

same */seym/ adj*
aynı

Your dress is the **same** as mine. *(Senin elbisen benimkinin aynısı.)*

sample */'sa:mpl/ n* **nümune, örnek**

a **sample** of his work *(çalışmasının bir örneği)*
a blood **sample** *(bir kan örneği)*

sand */sænd/ n* **kum**

He made a castle on the **sand**. *(Kumun üzerine bir kale yaptı.)*

sandy */'sændi/ adj* **kumlu**

sandwich */sæn'wic/ n* **sandviç**

I made a chicken **sandwich**. *(Tavuklu bir sandviç yaptım.)*

satellite */'sætılayt/ n* **uydu**

The moon is the **satellite** of the earth. *(Ay Dünyanın uydusudur.)*

satisfaction */sætis'fækşn/ n* **tatmin, haz**

I get great **satisfaction** from playing golf. *(Golf oynamaktan büyük haz alıyorum.)*

satisfactory */sætis'fæktıri/ adj* **tatminkar**

satisfied */'sætisfayd/ adj* **tatmin olmuş, hoşnut**

He is **satisfied** with the sales. *(Satışlardan hoşnut.)*

satisfy */'sætisfay/ v* **tatmin etmek**
The sales **satisfied** him. *(Satışlar onu tatmin etti.)*

sauce */so:s/ n* **sos**
Would you like some tomato **sauce** for your steak? *(Bifteğin için biraz domates sosu ister misin?)*

S

saucepan */'so:spın/ n* **saplı tencere**

First fill the **saucepan** with boiling water. *(Önce tencereyi kaynar su ile doldur.)*

saucer */'so:sı(r)/ n* **çay veya kahve tabağı**

There is a cup and **saucer** on the table. *(Masada bir fincan ve bir kahve tabağı var.)*

flying saucer **uçan daire**

sausage */'so:sic/ adj* **sosis**

A full English breakfast includes cooked **sausages**. *(Tam bir İngiliz kahvaltısı pişmiş sosisi kapsar.)*

save */seyv/ v* **korumak, kurtarmak**

He **saved** the child from the fire. *(Çocuğu yangından kurtardı.)*

save[2] **tasarruf etmek**

Turn off the tap to **save** water. *(Su tasarruf etmek için musluğu kapa.)*

save[3] **biriktirmek**

You need to **save** money to buy the computer you want. *(İstediğin bilgisayarı almak için para biriktirmelisin.)*

savings */'seyvingz/ n* **tasarruf**

saw */so:/ n* **testere 2. testere ile kesmek**

His magic trick is to **saw** a woman in the box. *(Onun sihirli numarası kutudaki kadını testere ile kesmektir.)*

say */sey/ v* (said-said) **söylemek**

"I love you," he **said**. *("Seni seviyorum," dedi.)*

scales */skeylz/ n* **terazi, tartı**

I want to weigh myself on the **scales**.
(Tartıda kendimi tartmak istiyorum.)

scandal */'skændl/ n* **skandal**

The papers wrote about the latest government **scandal**. *(Gazeteler en son hükümet skandalını yazdı.)*

scar */ska:(r)/ n* **yara veya bıçak izi**
scar */v*
yara izi bırakmak

His face was badly **scarred** during a fight. *(Onun yüzü bir kavgada kötü çizildi.)*

scare */skeı(r)/ v* **korkutmak**

The ghost **scared** the cat.
(Hayalet kediyi korkuttu.)

scarf */ska:f/ n* **fular, boyun atkısı**

She's wearing a grey **scarf**.
(Gri bir fular takıyor.)

scene */si:n/ n* **manzara 2. olay mahalli 3. sahne**

He painted a lovely country **scene** with trees and a river.
(Ağaçlar ve nehir ile güzel bir kır resmi yaptı.)
There's a big crowd at the **scene** of the accident. *(Kaza mahallinde büyük bir kalabalık var.)*

This play is divided into three acts, and each act has three **scenes**. *(Oyun üç bölümdür ve her bölümün üç sahnesi vardır.)*

scent */sent/ n* **koku, parfüm**

Roses have a nice **scent**. *(Güllerin güzel kokusu vardır.)*
What a lovely smell! Are you wearing **scent**?
(Ne güzel bir koku! Parfüm mü sürüyorsun?)

schedule */'şedyu:l/ n* **tarife, program**

She checked the **schedule** for her lessons.
(Dersleri için programı kontrol etti.)

scholarship */'skolışip/ n* **burs**

He won a **scholarship** to Yale University.
(Yale Üniversitesine burs kazandı.)

school */sku:l/ n* **okul**

I went to **school** in England.
(Okula İngilterede gittim.)
This is a primary **school** in Kenya.
(Bu Kenyada bir ilkokuldur.)

science */sayıns/ n* **fen bilimi**

Are you interested in **science**?
(Fen bilimi ile ilgilenir misin?)

science fiction */sayıns 'fikşın/n* **bilim kurgu**

I like **science fiction** books and films.
(Bilim kurgu kitap ve filmleri severim.)

scientific */sayın'tifik/ adj* **bilimsel**

He does some **scientific** studies.
(O, bazı bilimsel çalışmalar yapar.)

scientist **bilim adamı**

scissors */'sizız/ n* **makas**

I need a pair of **scissors**.
(Bir makasa ihtiyacım var.)

score */sko:(r)/ n* **maç sayısı, skor**

The **score** in the football game was Fenerbahçe 3 - M. United 0.
(Futbol maçındaki skor Fenerbahçe 3 M. United 0 idi.)

scoreboard **skor tabelası**

S

scorpion */sko:pıın/ n* **akrep**

Scorpions can cause serious harm.
(Akrepler ciddi zararlara neden olabilirler.)

scout */skaut/ n* **izci**

I was a scout when I was in primary school.
(Ben ilkokuldayken bir izciydim.)

scratch */skræç/ v* **çizmek**

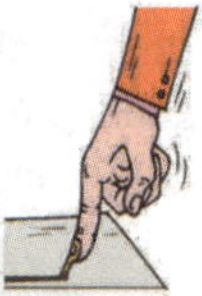

He scratched the side of the car with a key.
(Arabanın kenarını bir anahtarla çizdi.)

scratch[2] */skræç/ v* **tırmalamak**

The cat scratched him badly.
(Kedi onu kötü tırmaladı.)

scream */skri:m/ v* **çığlık atmak**

He screamed with fear.
(Korkudan çığlık attı.)

scream */ n* **çığlık, feryat**

screen */skri:n/ n* **sahne, ekran**

a television screen *(televizyon ekranı)*
a computer screen *(bilgisayar ekranı)*

screw */skru:/ n* **vida**

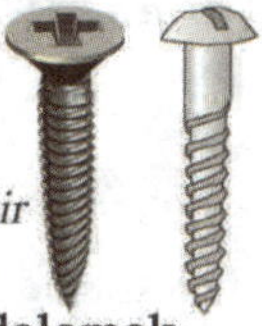

I need a screw to fix the shelf.
(Rafı tutturmak için bir vidaya ihtiyacım var.)

screw */skru:/ v* **vidalamak**

screwdriver */'skru:drayvı(r)/ n* **tornavida**

He screwed the plate with a screwdriver.
(Bir tornavida ile tabelayı vidaladı.)

S

sculptor */'skalptı(r)/ n*
heykeltıraş

Robin is a **sculptor**.
(Robin bir heykeltıraştır.)

sculpture */'skalpçı(r)/ n*
heykel

He makes nice **sculptures.**
(İyi heykeller yapar.)

sea */si:/ n* **deniz**

Are there any sharks in the Mediterranean **Sea?**
(Akdenizde hiç köpekbalığı var mı?)

seal */si:l/ v* **mühür**

She **sealed** the envelope and put a stamp on it.
(Zarfı mühürledi ve üstüne pul yapıştırdı.)

search */sö:ç/ v* **araştırmak**

I've **searched** everywhere for her letter.
(Onun mektubu için her yeri araştırdım.)

seashore */'si:şo:(r)/ n*
seaside */'si:sayd/ n*
deniz kenarı, sahil

We went to the **seashore** last Sunday.
(Geçen Pazar sahile gittik.)

season */si:zn/ n* **mevsim**

There are four **seasons** in a year.
(Bir yılda dört mevsim vardır.)

Summer is the hottest **season**.
(Yaz en sıcak mevsimdir.)

seat */si:t/ n* **oturacak yer, koltuk, yer, sandalye**

Please take a **seat**! *(Lütfen bir sandalyeye otur!)*

seat-belt */'si:t belt/ n*
emniyet kemeri

Please fasten your **seat-belts**!
(Lütfen emniyet kemerlerinizi bağlayınız!)

second /'sekınd/ *n* **saniye**

There are 60 **seconds** in one minute.
(Bir dakikada atmış saniye vardır.)
Just a **second**, please.
(Bir saniye lütfen.)

second hand /sekınd 'hænd/ *adj* **ikinci el**

Arthur bought a **second hand** car.
(Arthur ikinci el bir araba satın aldı.)

secret /'si:krıt/ *n* **sır**

Don't tell anyone about my new friend, it's a **secret**.
(Yeni arkadaşımdan kimseye bahsetme, bir sırdır.)

secretary /'sekrıtri/ *n* **sekreter**

I asked my **secretary** to type the letter.
(Sekreterime mektubu daktilo etmesini söyledim.)

section /'sekşn/ *n* **bölüm, kısım**

There are three **sections** in the briefcase. *(Çantada üç bölme var.)*

secure /si'kyuı(r)/ *adj* **emniyetli, güvenli**

She's more **secure** now.
(O, şimdi daha güvenli.)
Keep your money in a **secure** place.
(Paranı güvenli bir yerde sakla.)

security /si'kyuırıti/ *n* **güvenlik**

see / si:/ *n* (saw-seen) **görmek**

I can't **see** anything with these glasses.
(Bu gözlüklerle bir şey göremiyorum.)

see2 **anlamak**

Do you **see** what I mean?
(Ne demek istediğimi anlıyor musun?)

S

seed */si:d/ n* **tohum**

I'm sowing cherry **seeds** in my field this year.
(Bu yıl tarlama kiraz tohumları ekiyorum.)

seek */si:k/ v* (sought-sought) **aramak**

I'm **seeking** a job as a secretary in the paper.
(Gazetede sekreterlik işi arıyorum.)

seem */si:m/ n* **görünmek**

The dog **seems** very tired.
(Köpek yorgun görünüyor.)
You **seem** to be hungry.
(Aç görünüyorsun.)

see-saw */'si so:/ n* **tahterevalli**

They are playing on a **see-saw**.
(Bir tahterevallinin üzerinde oynuyorlar.)

seize */si:z/ v* **kapmak, yakalamak, tutmak**

He **seized** the python by its neck.
(Pitonu boynundan tuttu.)

select */si'lekt/ v* **seçmek**

Which dress should I **select**?
(Hangi elbiseyi seçmeliyim?)

selection */si'lekşn/ n* **seçme**

selfish */'selfiş/ adj* **bencil**

Don't be so **selfish**! The bathroom isn't only yours!
(Bu kadar bencil olma. Banyo sadece senin değil.)

selfishly */ adv* **bencilce**
She behaves **selfishly**. *(Bencilce davranır.)*

sell */sell/ v* **satmak**

He **sells** newspapers and magazines.
(O, dergi ve gazete satar.)
What does that shop **sell**?
(Şu dükkan ne satıyor?)

send */send/ v* **göndermek**

She **sent** her son to school. *(Oğlunu okula gönderdi.)*
I **sent** her a letter. *(Ona bir mektup gönderdim.)*

sender */'sendı/ n* **gönderen**

senior */'si:niı(r)/ adj* **yaşlı, üst kademede**

He's a **senior** professor. *(O kıdemli bir profesördür.)*
Who's your **senior** at your company? *(Şirkette senin üstünde kim var?)*

sense */sens/ n* **duyu**

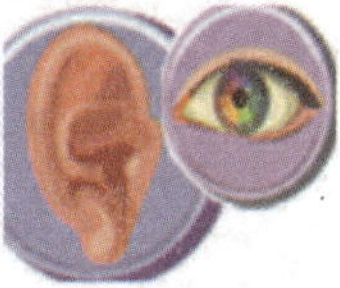

He has a good **sense** of smell. *(İyi koku duyusu var.)*

sensible */'senbıbl/ adj* **duyarlı, hassas**

Be careful when you talk to him because he is very **sensible**. *(Onunla konuşurken dikkatli ol çünkü çok duyarlıdır.)*

sensitive */'sensitiv/ adj* **hassas, duyarlı**

Some animals are very **sensitive**. *(Bazı hayvanlar çok duygusaldır.)*

sentence */'sentıns/ n* **cümle**

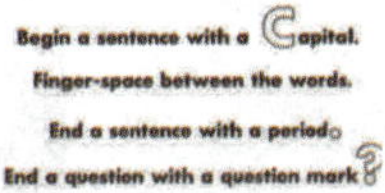

A **sentence** begins with a capital letter and ends with a full stop or a question mark.
(Bir cümle büyük harfle başlar ve nokta veya soru işareti ile biter.)

sentence2 **ceza, hüküm**

He got a five year **sentence**. *(Beş yıl hüküm giydi.)*

separate */'seprıt/ adj* **ayrı, farklı**

They have gone to **separate** places. *(Ayrı yerlere gittiler.)*

separate */'sepıreyt/ v* **ayırmak, ayrılmak**
They **separated**. *(Onlar ayrıldılar.)*

sergeant */'sa:cınt/ n* **çavuş**

The **sergeant** was very angry with him.
(Çavuş ona çok kızdı.)

serious */'siıriıs/ adj* **ciddi 2. endişe verici**

She is a **serious** girl.
(O ciddi bir kızdır.)
She has a **serious** illness.
(Endişe verici bir hastalığı var.)

servant */'sövınt/ n* **hizmetçi**

They have two new **servants**.
(İki yeni hizmetçileri var.)
The **servant** will do it for us.
(Hizmetçi onu bizim için yapar.)

serve */sö:(r)v/ v* **hizmet etmek**

He **served** in the army for 15 years.
(Orduda 15 yıl

serve[2] **hizmet etmek, servis yapmak**

The waitress **served** the food with a great care.
(Garson kız büyük bir dikkatle yemeği servis etti.)

service */'sı:vis/ n* **servis**

The **service** in that new restaurant is very slow.
(Şu yeni lokantada servis çok yavaş.)

set */set/ n* **takım**

We have a new coffee **set**.
(Yeni kahve takımımız var.)

set[2] **film seti**

They had a small problem with the camera at the **set** this morning.
(Bu sabah film setinde kamera ile ufak bir sorunları oldu.)

S

set[3] **batmak**

The sun was **setting** when we arrived in Seattle. *(Seatle'a vardığımızda güneş batıyordu.)*
What time does the sun **set?** *(Güneş ne zaman batar?)*

set the table **masayı sermek/kurmak**

The waiter **set the table** by the pool for us. *(Garson bizim için masayı havuzun kenarına kurdu.)*

settle */'setl/ v* **yerleşmek**

The Newtons decided to **settle** in California and bought a house there. *(Newtonlar Kaliforniya'ya yerleşmeye karar verdiler ve orada bir ev satın aldılar.)*

settle[2] **karara varmak**

We finally **settled** who should pay for the meal. *(Sonunda kimin hesabı ödeyeceğine karar verdik.)*

sew */sıu/ v* **dikmek**

She **sewed** a button onto the shirt. *(Gömleğe bir düğme dikti.)*

sewing machine */'sıuing mışi:n/ n* **dikiş makinesı**

She sewed the fabric on her **sewing machine**. *(Kumaşı dikiş makinesinde dikti.)*

shade */şeyd/ n* **gölge 2. gölge yapmak**

The cow was in the **shade** of the tree. *(İnek ağacın gölgesinde.)*
I **shaded** my eyes with my hand. *(Ellerimle gözüme gölge yaptım.)*

shadow */'şædıu/ n* **gölge**

The **shadows** of the boy grew longer as the afternoon went on. *(Öğleden sonra ilerledikçe çocuğun gölgesi daha uzadı.)*

S

shake */şeyk/* (shook-shaken) **sallamak**

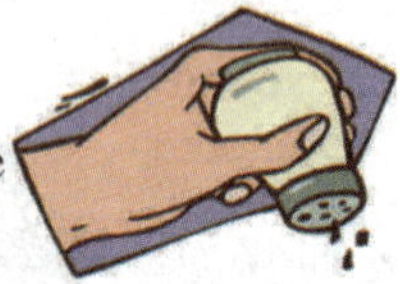

He **shook** the **shaker** for some salt.
(Tuzluğu biraz tuz için salladı.)

shake hands **tokalaşmak**

They **shook hands** at the end of the meeting.
(Toplantının sonunda tokalaştılar.)

shallow */'şælıu/ adj* **sığ, derin değil**

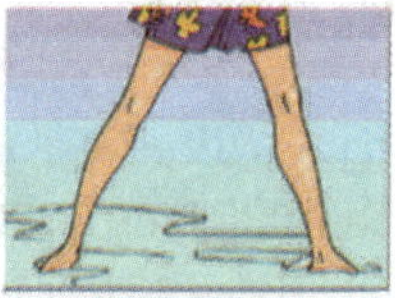

The sea is **shallow** here.
(Deniz burada sığ.)
She's at the **shallow** end of the swimming pool.
(O yüzme havuzunun sığ ucunda.)

What a shame! **ne utanç verici ! / Ne acı!**

"We lost again! **What a shame!**"
(Yine kaybettik! Ne utanç verici!")

shampoo */şæm'pu:/ n* **şampuan**

Is there any **shampoo** in the bathroom?
(Banyoda hiç şampuan var mı?)

shape */şeyp/ n* **şekil**

What's the **shape** of the frame? *(Çerçevenin şekli ne?)*

shape */şeyp/ v* **şekil vermek**

He **shaped** the teapot into a strawberry.
(Çaydanlığa çilek şekli verdi.)

share */şeı(r)/ v* **paylaşmak, beraber kullanmak**

We **shared** the fish between us.
(Balığı aramızda paylaştık.)

shark */şa:k/ n* **köpekbalığı**

Some types of shark attack people.

(Bazı tür köpekbalıkları insanlara saldırır.)

sharp */şa:p/ adj* **keskin, sivri**

He carries a **sharp** knife in his pocket.
(Cebinde keskin bir bıçak taşır.)
a **sharp** needle *(sivri bir iğne)*

sharpen */'şa:pın/ v*
sivriltmek, keskinleştirmek

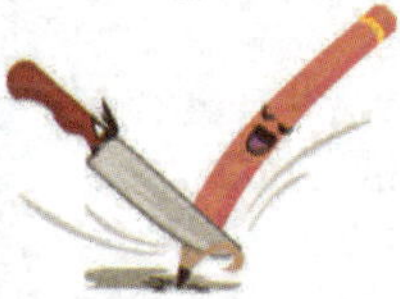

I **sharpened** my pencil with a knife.
(Kalemimi bıçakla sivrilttim.)

sharpener */'şa:pını(r)/*
bileyici; kalemtıraş

He has a **sharpener**.
(Onun biley makinesi var.)

I have a pencil **sharpener.**
(Benim bir kalem-tıraşım var.)

shave */şeyv/ v*
ıraş olmak, tıraş

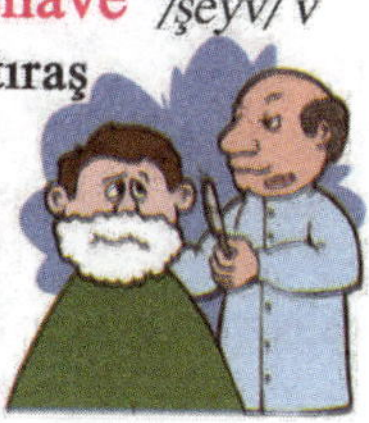

had a **shave** his morning.
Bu sabah ıraş oldum.)

she */şi:/ p* **o (bayan)**

My sister's name is Mary - **She**'s nine and **she**'s got long brown hair. *(Benim kız kardeşimin adı Mary. O dokuz yaşında ve kahverengi saçı var.)*

sheep */şi:p/ n*
koyun

There are many **sheep** in the farm.
(Çiftlikte çok koyun var.)

sheet */şi:t/ n* **yaprak, dal, tabaka, levha**

a **sheet** of paper
(bir dal kağıt)
a **sheet** of glass
(bir tabaka cam)

S

sheet2 **çarşaf**

She's changing the **sheets**.
(Çarşafları değiştiriyor.)
I asked for a new **sheet**.
(Yeni bir çarşaf istedim.)

shelf */şelf/ n* **raf**

The books are on the **shelf**. *(Kitaplar rafın üzerinde.)*

shell */şel/ n* **kabuk**

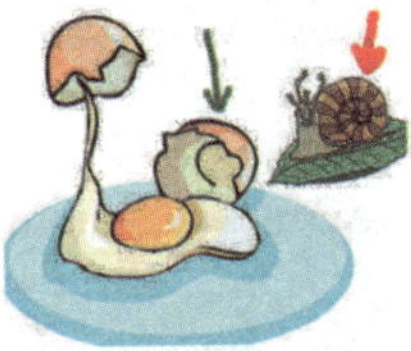

You need to crack the **shell** of the eggs to fry them. *(Yumurtaları pişirmen için kabuğunu kırman gerekiyor.)*

shelter */'şeltı(r)/ n* **barınak, sığınak**

He built a small **shelter** for his car in his garden. *(Bahçesine arabası için bir barınak yaptı.)*

shepherd */'şepıd/ n* **çoban**

The **shepherd** took the sheep to the meadow. *(Çoban koyunları otlağa götürdü.)*

shine */şayn/ v* (shone - shone) **parlamak**

The bulb **shone** all night. *(Ampül bütün gece yandı.)* Her diamond ring was **shining**. *(Elmas yüzüğü parlıyordu.)*

ship */şip/ n* **gemi**

We took a cruise on a huge **ship**. *(Büyük bir gemi ile geziye çıktık.)* We **ship** textile products to the USA. *(Amerikaya tekstil ürünleri ihraç ederiz.)*

shirt */şö:t/ n* **gömlek**

These are clean **shirts**. *(Bunlar temiz gömlekler.)*

shock */şok/ n* **şok**

He had a great **shock** when he saw his wife dead. *(Karısını ölü bulunca büyük bir şok yaşadı.)*

S

shoe */şu:/ n* **ayakkabı**

I have a new pair of **shoes.** *(Yeni bir çift ayakkabım var.)*

shoelace */'şu:leys/ n* **ayakkabı bağı**

Your **shoelaces** are undone. *(Ayakkabı bağların çözük.)*

shoot */şu:t/ v* **ateş etmek**

He **shoots** very well. *(Çok iyi ateş eder.)*

shop */şop/ n* **dükkan**

Let's go to the **shop**. *(Haydi dükkana gidelim.)*

shop */şop/ v* **alışveriş yapmak**

We often **shop** in the open market. *(Sık sık pazardan alışveriş yaparız.)*

shoplifter */'şopliftı(r)/ n* **dükkan hırsızı**

A **shoplifter** was caught in the supermarket this morning. *(Bu sabah süpermarkette bir dükkan hırsızı yakalandı.)*

shopping */'şoping/ n* **alışveriş**

He's **shopping** in the mall. *(Büyük alışveriş merkezinde alışveriş yapıyor.)*

shore */şo:(r)/ n* **sahil, deniz kıyısı**

We walked along the **shore**. *(Sahil boyunca yürüdük.)*

short */şo:t/ adj* **kısa, uzun sürmeyen**

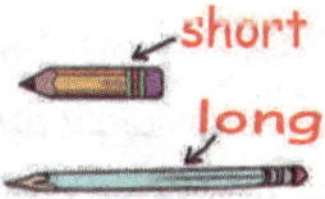

The yellow pencil is very **short**. *(Sarı kalem çok kısa.)* We had a **short** holiday in Marmaris. *(Marmariste kısa bir tatil yaptık.)*

short[2] **kısa boylu**

Helen is very **short.** *(Helen çok kısa boyludur.)*
She's the **shortest** girl in the class.
(O sınıfımızın en kısa kızıdır.)

shorts */şo:ts/ n* **şort**

I have a pair of yellow **shorts.**
(Sarı bir şortum var.)

shoulder */'şıuldı(r)/ n* **omuz**

The cat is standing on her **shoulder**.
(Kedi onun omuzunda duruyor.)

shout */şaut/ v* **bağırmak**

"Go to Hell!" he **shouted**.
("Cehenneme git!"diye bağırdı.)
Don't **shout** at me. I can hear you!
(Bana bağırma. Seni duyabiliyorum!)

shovel */şavl/ n* **kürek**

You need a **shovel** to dig in your garden.
(Bahçeni kazmak için bir küreğe ihtiyacın var.)

show */şıu/ v* **göstermek**

He **showed** me his new baseball.
This photograph **shows** me with a ball on holiday.
(Bu fotoğraf beni tatilde bir topla beraber gösteriyor.)

show */şıu/ n* **gösteri**

There is a dance **show** at the Antique Theatre tonight.
(Bu akşam Antik Tiyatroda bir dans gösterisi var.)

shower */şauı(r)/ n* **duş**

Is the **shower** powerful enough?
(Duş yeteri kadar güçlü mü?)
I'll have a **shower.**
(Bir duş alacağım.)

shut /*şat*/ *v* **kapamak**

The banks **shut** at 5.30.
(Bankalar 5:30'da kapanır.)

shut /*şat*/ *adj* **kapalı**

The shop is **shut** on Sunday. *(Dükkan Pazar günü kapalıdır.)*

shy /*şay*/ *adj* **utangaç**

The little girl was **shy** and hid behind her mother. *(Küçük kız utangaçtı ve annesinin arkasına saklandı.)*

sick /*sik*/ *adj* **hasta, midesi bulanmak**

My father's **sick** - he's got to stay in bed. *(Babam hasta - yatakta yatmak zorunda.)*

side /*sayd*/ *n* **kenar, yüz , yan**

A cube has six **sides**. *(Bir küpün altı yüzü vardır.)*
There are two windows on the back **side** of the house. *(Evin arka tarafında iki pencere var.)*

sigh /*say*/ *v* **iç çekmek**

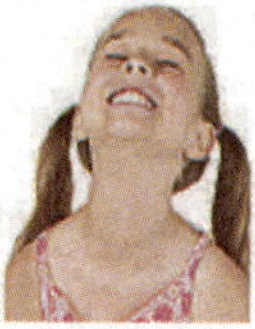

She **sighed** when she finished her homework. *(Ödevini bitirince iç çekti.)*

sight /*sayt*/ *n* **görme gücü, görüş**

She has poor **sight**, because she lost most of her **sight** in an accident.
(Görüşü zayıf çünkü kazada görme gücünün çoğunu kaybetti.)

sight2 **manzara**

Venice had a beautiful **sight**.

(Venediğin güzel manzarası vardı.)

sightseeing /*'saytsi:ing*/ **gezip dolaşma**

Shall we go **sightseeing** today?
(Bugün gezilmeye değer yerleri dolaşmaya çıkalım mı?)

sign /*sayn*/ *n* **işaret, levha**

There is a stop **sign** in front of us.
(Önümüzde bir dur levhası var.)

sign2 **imzalamak**

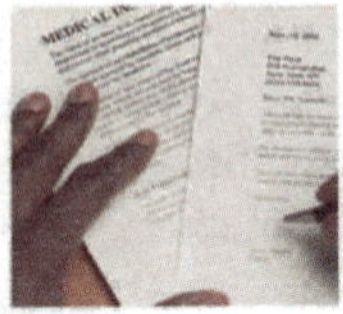

He **signed** the letter and put it in an envelope. *(Mektubu imzalayıp bir zarfa koydu,)*

signal */'signıl/ n* **sinyal, işaret**

The railway **signal** showed that the train had to stop. *(Tren yolu sinyali trenin durmak zorunda olduğunu gösterdi.)*

signature */'signıçı(r)/ n* **imza**

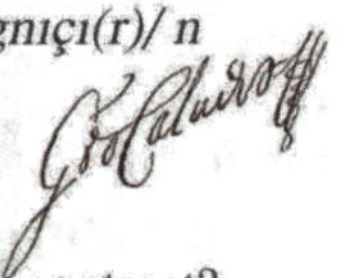

Is this your **signature** on the contract? *(Kontratın üzerindeki senin imzan mı?)*

silence */'saylıns/ n* **sessizlik**

They stood in **silence**. *(Sessizlik içinde ayakta durdular.)*

silent */'saylınt/ adj* **sessiz**

It was a **silent** place. *(Sessiz bir yerdi.)*

silk */silk/ n* **ipek**

These are **silk** scarves. *(Bunlar ipek atkılar.)*
I have a red **silk** shirt. *(Kırmızı bir ipek gömleğim var.)*

silly */'sili/ adj* **ahmak, aptal, saçma, gülünç**

Don't be **silly**! That insect can't hurt you. *(Aptallaşma! Bu böcek sana zarar veremez.)*

silver */'silvı(r)/ n* **gümüş, gümüş rengi**

She has a **silver** ring. *(Gümüş bir yüzüğü var.)*
He has a **silver** car. *(Gümüş rengi bir arabası var.)*

similar */'simılı(r)/ adj* **benzer**

Mine is very **similar**. *(Benimki çok benzer.)*

similar to

These boats are **similar to** each other. *(Bu kayıklar birbirine benziyor.)*

simple */simpıl/ adj* **basit, sade**

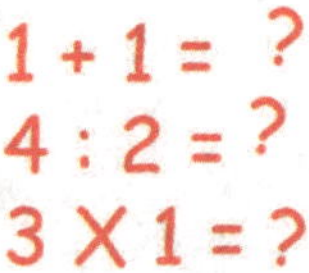

These are **simple** *problems.* *(Bunlar basit problemler.)*

sin */sin/ n* **günah**

She's confessing her **sins**. *(Günahlarını itiraf ediyor.)*

since */sins/ pr* **... den beri**

She has been ill **since** Christmas. *(Noelden beri hasta.)*

sincere */sin'siı(r)/ adj* **samimi, içten, candan**

She was **sincere** in her wish to help us. *(Bize yardım etme isteğinde samimi idi.)*

sincerely */sin'siıli/ adv* **içtenlikle**

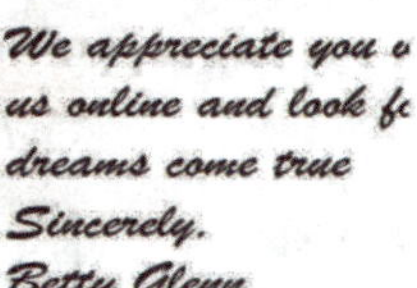

She spoke **sincerely**. *(İçten konuştu.)*

sing */sing/ v* **şarkı söylemek**

He **sang** beautiful songs. *(Güzel şarkılar söyledi.)*

singer */singı(r)/ n* **şarkıcı**

David Bowie is a famous English **singer**. *(David Bowie ünlü bir İngiliz şarkıcıdır.)*

single */'singıl/ adj* **tek, yanlız 2. bekar**

She's **single** in the gym. *(O, jimnastik salonunda yalnız.)*

Are you **single** or married? *(Evli misin yoksa bekar mı?)*

single³ **bir kişilik, tek**

Excuse me, have you got a room with a **single** bed? *(Özür dilerim, tek yataklı bir odanız var mı?)*

sink */sink/ n* **lavoba, bulaşık teknesi**

The dirty dishes are in the **sink**. *(Bulaşıklar lavobada.)*

S

sink *(sank - sunk)* **batmak 2. batırmak**

The ship is **sinking**. *(Gemi batıyor.)*

A torpedo **sank** the ship. *(Bir torpil gemiyi batırdı.)*

sister */'sistı(r)/ n* **kız kardeş**

Helen is in the park with her **sister**. *(Helen kız kardeşiyle parkta.)* Her **sister** is playing with balloons. *(Kız kardeşi balonlarla oynuyor.)*

sister in law **yenge, baldız, görümce**

Judith and her **sister in law** look very happy with their husbands. *(Judith ve görümcesi kocalarıyla çok mutlu görünüyorlar.)*

sit */sit/ v* **oturmak**

Sue is **sitting** on the sofa. *(Sue kanepede oturuyor.)*

site */sayt/ n* **yer, mevki, site**

The **site** of the new hotel is by the sea. *(Yeni otelin yeri deniz kenarında.)*

sitting-room */'siting ru:m/ n* **oturma odası**

Helen is in the **sitting - room** with her children. *(Helen çocukları ile birlikte oturma odasında.)*

situation */sityu'eyşın/ n* **durum, vaziyet**

He's using the computer in a strange **situation**. *(Garip bir vaziyette bilgisayar kullanıyor.)*

size */sayz/ n* **beden, ölçü**

What's the **size** of the dresses? *(Elbiselerin bedenleri ne?)*

skate */skeyt/ v* **paten kaymak 2. paten**

They **skated** over the ice towards us.
(Buzun üzerinde bize doğru kaydılar.)
roller **skates** *(tekerlekli paten)*
ice **skates** (*buz pateni)*

skateboard */'skeytbo:d/ n* **kay kay**

He's very good on the **skateboard**.
(Kay kay üzerinde çok iyi.)

skeleton */'skelitn/ n* **iskelet**

These **skeletons** are dancing.
(Bu iskeletler dans ediyorlar.)

ski */ski/ n* (plural **skis**) kayak

I bought a pair of **skis.**
(Bir çift kayak satın aldım.)

ski */ski/ v* (skied-skied) **kayak kaymak**
I like **skiing**.
(*Kayak kaymasını severim.)*

skill */skil/ n* **beceri, hüner**

Do you have any **skills**?
(Bir becerin var mı?)
What **skills** are needed for this job? *(Bu iş için ne gibi beceriler gerek?)*

skin */skin/ n* **deri**

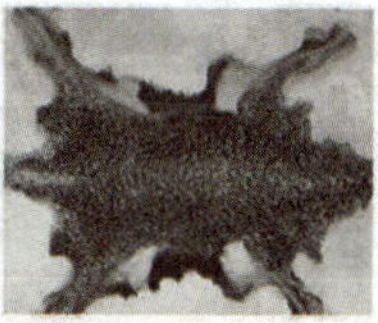

You can make shoes from the **skins** of animals.
(Hayvan derilerinden ayakkabı yapabilirsiniz.)

skirt */skö:t/ n* **etek**

Megie has a green **skirt**.
(Megie'nin yeşil eteği var.)

sky */skay/ n* **gökyüzü**

The **sky** was blue. *(Gökyüzü maviydi.)*
He's looking at the stars in the **sky**.
(Gökyüzündeki yıldızlara bakıyor.)

slave */sleyv/ n* **esir**

There were **slaves** in their farm. *(Çiftliklerinde köleler vardı.)*

slavery */'sleyvıri/ n* **esaret**

The **slavery** ended in the world. *(Dünyada esaret bitti.)*

sleep */sli:p/ v* **uyumak**

Mom is **sleeping** now. *(Annem şimdi uyuyor.)*

sleepless */'sli:plıs/ adj* **uykusuz**

I had a **sleepless** night last night. *(Dün uykusuz bir gece geçirdim.)*

sleepy */'sli:pi/ adj* **uykulu**

I felt **sleepy** all day. *(Bütün gün uyumak istedim.)*

sleeve */sli:v/ n* **elbise kolu**

He was wearing a shirt with long **sleeves**. *(Uzun kollu bir gömlek giyiyordu.)*

slice */slays/ n* **dilim 2.** *(v)* **dilimlemek**

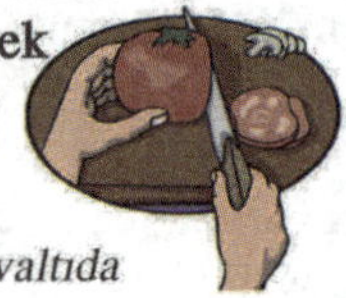

I ate two **slices** of tomatoes at breakfast. *(Kahvaltıda iki dilim domates yedim.)*

I **sliced** the tomato. *(Domatesi dilimledim.)*

slide */slayd/ v* **kaymak 2. kaydırak**

She likes **sliding**. *(Kaymasını sever.)*

She's on the **slide** all day. *(Bütün gün kaydırağın üzerinde.)*

slight */slayt/ adj* **hafif, az, zayıf**

There was a **slight** light in the room. *(Odada zayıf bir ışık vardı.)*

slightly */'slaytli/ adv* **hafifçe**

slim */slim/ adj* **narin, ince, zayıf 2.** */ v* **zayıflamak**

She's tall and **slim**. *(Uzun boylu ve zayıftır.)*

She's trying to **slim**. *(Zayıflamaya çalışıyor.)*

slip */slip/ v* **kaymak**

He stepped on a banana shell and **slipped** .
(Bir muz kabuğuna basıp kaydı.)

slipper */slipı(r)/ n* **terlik**

She has a pair of pink **slippers**.
(Bir çift pembe terliği var.)

slope */slıup/ n* **yamaç, yokuş, meyillenmek**

He climbed up the **slope** to the top of the hill.
(Yamaçtan yukarı tepenin üstüne tırmandı.)
The hill **slopes** down to the lake. *(Tepe göle meyilleniyor.)*

slow */slıu/ adj* **yavaş**

A tortoise has a very **slow** walk. *(Kaplumbağanın çok yavaş bir yürüyüşü vardır.)* You're very **slow**. *(Çok yavaşsın.)*

slowly */slıuli/ adv* **yavaşça**

small */smo:l/ adj* **küçük**

He has a **small** car.
(Küçük bir arabası var.)
Their children are **small**.
(Onun çocukları küçük.)

smart */sma:t/ adj* **şık, zeki, akıllı**

She always wears **smart** clothes.
(Her zaman şık elbiseler giyer.)
She's a **smart** woman.
(Akıllı bir kadındır.)

smell */smel/ v* (smelt-smelt) **koklamak, kokmak**

He **smelt** the meal.
(Yemeği kokladı.)
It **smells** delicious.
(Lezzetli kokuyor.)

smile */smayl/ v* **gülümsemek**

She **smiled** at us politely.
(Kibarca bize gülümsedi.)

smile */smayl/ n* **gülümseme**

There was a **smile** on her face.
(Yüzünde bir gülümseme vardı.)

S

smoke

smoke */smıuk/ n* **duman**

Thick **smoke** is coming out the funnel of the factory.
(Fabrikanın bacasından kalın bir duman çıkıyor.)

smooth */smu:d/ adj* **düz , pürüzsüz 2.** *(v)* **düzlemek**

"Can you climb a **smooth** wall?" Certainly not."
("Düz duvara tırmanabilir misin?" "Tabi ki hayır.)

He's **smoothing** the floor.
(Döşemeyi düzleştiriyor.)

smuggle */'smagl/ v* **kaçakçılık yapmak**

They **smuggle** drugs into the country.
(Ülkeye kaçak ilaç sokuyorlar.)

smuggler */'smaglı(r)/ n* **kaçakçı**

snack bar **büfe**

Sally is serving at the **snack bar**.
(Sally bir büfede servis yapıyor.)

sneeze */sni:z/ v* **hapşırmak, aksırmak**

He **sneezed** loudly.
(Yüksek sesle hapşırdı.)

snore */sno:(r)/ v* **horlamak**

He **snores** terribly.
(Çok kötü horluyor.)

snow */snıu/ n* **kar**

Snow at Christmas time is beautiful.
(Noelde kar güzeldir.)

snow */snıu/ v* **kar yağmak**

Look! It's **snowing**! *(Bak! Kar yağıyor!)*

snowball */'snıubo:l/ n* **kartopu**

He hit me with a **snowball**.
(Beni bir kartopu ile vurdu.)

S

snowman */'snıumæn/ n* **kardan adam**

He made a big **snowman** in his garden.
(Bahçesinde büyük bir kardan adam yaptı.)

snowy */'snıui/ adj* **karlı, kar yağışlı**

The roofs were **snowy**.
(Damlar karlıydı.)
When I got up the weather was **snowy**.
(Kalktığımda hava kar yağışlıydı.)

soak */sıuk/ v* **suya sokmak, ıslatmak**

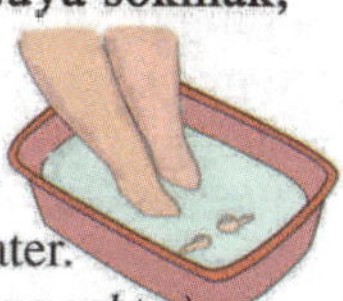

She **soaked** her feet in warm water.
(Ayaklarını ılık suya soktu.)

soap */sıup/ n* (no plural) **sabun**

She washed her hands with **soap**.
(Ellerini sabun ile yıkadı.)

soccer */'sakı/ n* **futbol**

Arsenal is a **soccer** team.
(Arsenal bir futbol takımıdır.)
The **soccer** season has started in England.
(İngiltere'de futbol sezonu başladı.)

social */sıuşl/ adj* **sosyal**

They have a busy **social** life.
(Yoğun bir sosyal yaşamları var.)

society */sı'sayıti/ n* **toplum**

Society makes laws to protect people.
(Toplum insanları korumak için kanunlar yapar.)

sock */sok/ n* **çorap**

The **socks** are white and clean.
(Çoraplar beyaz ve temiz.)

S

socket */sokit/ n* **priz 2. ampül yuvası**

I pushed the plug into an electric **socket** in the wall. *(Fişi duvardaki bir prize taktım.)*
Fit the bulb in its **socket**. *(Ampulü yuvasına tak.)*

sofa */sıufı/ n* **kanape**

There are many pillows on the **sofa**. *(Kanapenin üzerinde bir sürü minder var.)*

soft */soft/ adj* **yumuşak**

I slept in a **soft** bed. *(Yumuşak bir yatakta uyudum.)*
She had a **soft** skin. *(Yumuşak bir derisi var.)*

soil */soil/ n* **toprak**

The dry rocky **soil** is suitable for planting pine trees. *(Kuru taşlı toprak çam ağacı dikmek için uygundur.)*
She added some **soil** into the flowerpot. *(Saksıya biraz toprak ekledi.)*

the solar system **güneş sistemi**

The Earth is a planet in **the solar system**. *(Dünya güneş sisteminde bir gezegendir.)*

soldier */sıulcı(r)/ n* **asker**

My brother is a **soldier** in Hakkari now. *(Kardeşim şimdi Hakkari'de asker.)*

sole */sıul/ n* **taban**

My **soles** are hurting from too much walking. *(Çok yürümekten tabanlarım ağrıyor.)*

solid */solid/ adj* **katı, sert, sağlam**

Gold is **solid**, but when you heat it, it becomes liquid. *(Altın katıdır ama ısıtınca sıvı olur.)*

solution */sı'lu:şn/ n* **çözüm, eriyik**

We should find a **solution** to this problem. *(Bu soruna bir çözüm bulmalıyız.)* There are different **solutions** in the tubes. *(Tüplerde değişik eriyikler var.)*

solve */solv/ v* **çözmek**

She asked her friend's help to **solve** the problem. *(Problemi çözmek için arkadaşından yardım istedi.)*

son */san/ n* **oğul, erkek evlat**

They have a **son**. *(Bir oğulları var.)* Arda is their **son**. *(Arda onların oğludur.)*

song */song/ n* **şarkı**

Bohemian Rhapsody is a famous **song** by Queen. *(Bohemian Rhapsody Queen gurubunun ünlü şarkısıdır.)*

son-in-law */'san in lo:/ n* **damat**

Mr. White has a good relationship with his **son-in-law**. *(Bay White'ın damadı ile iyi ilişkileri var.)*

soon */su:n/ adv* **yakında**

Get well **soon**. *(Geçmiş olsun.)* Come and see me **soon**. *(Yakın zamanda gel ve beni gör.)*

sore */so:(r)/ adj* **ağrılı 2. deride açılan yara**

I have a **sore** throat. *(Boğazım ağrıyor.)*

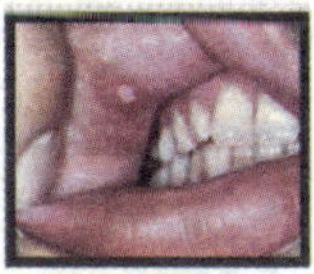

He has a **sore** on his lip. *(Dudağında bir yara var.)*

sorrow */'sorıu/ n* **acı, keder, üzüntü**

She expressed great **sorrow** at her husbands tragic death. *(Kocasının trajik ölümünde büyük üzüntü çekti.)*

sorry */sori/ adj* **üzgün**

I was **sorry** to hear your bad news. *(Kötü haberini duyduğuma üzgünüm.)*
I'm **sorry** but I couldn't here you. *(Üzgünüm ama sizi duyamadım.)*

sort */so:t/ n* **tür, çeşit**

A yellow daisy is a **sort** of flower. *(Sarı papatya bir çiçek türüdür.)*
What **sort** of books do you read? *(Ne tür kitaplar okursun?)*

sort */so:t/ v* **tasnif etmek, ayırmak**

S

He's **sorting** the letters. *(Mektupları tasnif ediyor.)*

soul */sıul/ n* **ruh**

Do you know what happens to the **souls** of dead people? *(Ölü insanların ruhlarına ne olduğunu biliyor musun?)*

sound */saund/ n* **ses 2. görünmek**

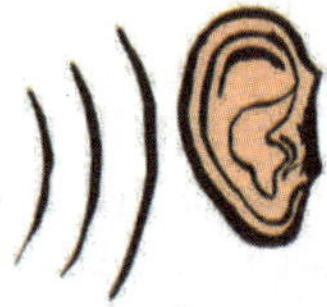

Can you hear the **sound** of birds singing? *(Kuşların ötme sesini duyabiliyor musun?)*
That **sounds** like a good idea. *(İyi bir fikir gibi görünüyor.)*

soup */su:p/ n* **çorba**

There's a bowl of chicken **soup** on the table. *(Masada bir kase tavuk çorbası var.)*

sour */sauı(r)/ adj* **ekşi, ekşimiş**

If it's too **sour**, put some more sugar in it. *(Çok ekşiyse içine biraz şeker at.)*
The milk has gone **sour**. *(Süt ekşimiş.)*

source */so:s/ n* **kaynak**

The sun is the **source** of light and heat. *(Güneş ışık ve ısı kaynağıdır.)*

south */sauth/ n* (no plural) **güney**

Florida is in the **south** of the USA. *(Florida Amerika'nın güneyindedir.)*

souvenir */su:vı'niı(r)/ n* **hediyelik eşya, hatıra**

I bought this plate as a **souvenir** of Kütahya. *(Bu tabağı Kütahya hatırası olarak satın aldım.)*

space */speys/ n* **uzay, boşluk**

There are many satellites in **space**. *(Uzayda birçok uydu var.)*

Is there a **space** for me at your table? *(Masanızda benim için bir yer var mı?)*

spacecraft */'speyskra:ft/ n* **uzay aracı**

spaceship */'speysşip/ n* **uzay gemisi**

They travelled to the moon in a **spaceship**. *(Bir uzay gemisinin içinde aya yolculuk ettiler.)*

space shuttle */speysşatl/ n* **uzay aracı**

spade */speyd/ n* **kürek 2. maça**

I need a **spade** to dig the garden. *(Bahçeyi kazmak için bir küreğe ihtiyacım var.)*

spaghetti */spı'geti/ n* **uzun makarna**

I like **spaghetti**. *(Ben makarna severim.)*

spare time */speı 'taym/ n* **boş zaman**

He plays bowling in his **spare time**. *(Boş zamanlarında bowling oynar.)*

S

speak */spi:k/ v* **konuşmak**

What languages do you **speak**? *(Hangi dilleri konuşuyorsun?)*

Can I **speak** to you about something? *(Sizinle bir şey hakkında konuşabilir miyim?)*

speaker */'spi:kı(r)/ n* **konuşmacı, spiker, sözcü**

John Sutton was the last **speaker** at the meeting.
(Toplantıdaki son konuşmacı John Sutton'dı.)

speaker[2] **hoparlör**

These **speakers** are broken.
(Bu hoparlörler bozuk.)

special */speş'ıl/ adj* **özel, hususi, özgü**

A wedding or a wedding anniversary is a **special** day.
(Evlilik veya evlilik yılı özel bir gündür.)

S

species */spi'şiz/ n* **tür, cins, nevi**

You can see rare **species** of flowers in our garden.
(Bahçemizde nadir çiçek türleri görebilirsin.)

specific */spisif'ik/ adj* **bir türe/kendine özgü**

He writes books for **specific** age group.
(Belirli bir yaş gurubu için kitaplar yazar.)

spectator */spek'teytı(r)/ n* **seyirci**

There were many **spectators** at the match.
(Maçta çok seyirci vardı.)

speech */spi:ç/ n* **konuşma**

The President made a long **speech**.
(Başkan uzun bir konuşma yaptı.)

speed */spi:d/ n* **hız**

Don't exceed the **speed** of 80 miles an hour!
(Saatte 80 mili geçme!)
We traveled at high **speed** for a long time.
(Uzun süre yüksek hızla seyahat ettik.)

spell */spel/ v* **harf harf söylemek, kodlamak**

You **spell** dog, D-O-G.
How do you **spell** your name, please?
(Adınızı nasıl kodlarsınız?)

spend */spend/ v* **harcamak**

How much money do you **spend** each week?
(Haftada ne kadar para harcıyorsun?)

spend[2] **vakit geçirmek**

I like **spending** time with my family.
(Ailem ile vakit geçirmesini seviyorum.)
How do you **spend** your spare time? *(Boş zamanlarını nasıl geçiriyorsun?)*

sphere */sfi:(r)/ n* **küre**

The Earth is a **sphere**.
(Dünya bir küredir.)
A football is a **sphere**.
(Futbol topu bir küredir.)

spice */spays/ n* **baharat**

Pepper is a **spice**.
(Biber bir baharattır.)

spicy */spay'si/ adj* **baharatlı**

I like **spicy** food.
(Baharatlı yemekleri severim.)

spill */spil/ v* (spilt - spilt) **dökmek**

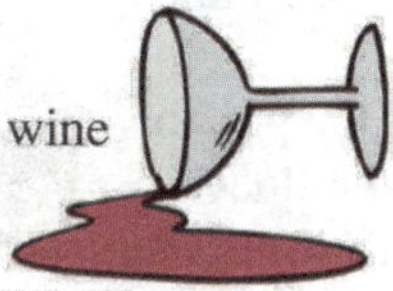

She **split** the wine on the table.
(Masanın üzerine şarap döktü.)

spinach */spi'niç/ n* **ıspanak**

I like eating **spinach**. *(Ispanak yemesini severim.)*
Do you eat **spinach**?
(Ispanak yer misin?)

spine */spayn/ n* **belkemiği, omurga**

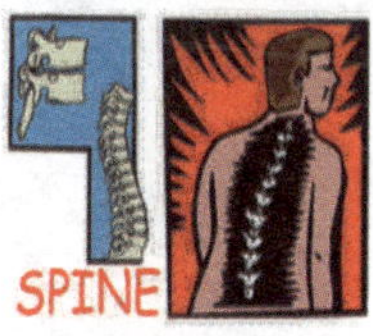

He has a slipped disc in his **spine**.
(Omurgasında disk kayması var.)

spirit */spi'rit/ n* **ruh**

Where do the **spirits** of dead peo-ple go?
(Ölü insanların ruhları nereye gider?)

spit */spit/ v* (spat-spat) **tükürmek**

He **spat** on the floor.
(Yere tükürdü.)
The child **spat** out its food.
(Çocuk yiyeceğini tükürdü.)

spoilt */spoylt/ adj* **şımarık**

Is she a **spoilt** child, do you think?
(Sence o şımarık bir çocuk mu?)

sponge */spanc/ n* **sünger**

I cleaned the floor with a **sponge**.
(Bir sünger ile yeri temizledim.)

spoon */spu:n/ n* **kaşık**

You eat soup with a **spoon**.
(Çorbayı kaşık ile yeriz.)

sport */spo:t/ n* **spor**

She's good at **sports**.
(Sporda iyidir.)
Do you do any **sports**?
(Bir spor yapar mısın?)

spot */spat/ n* **nokta, benek, ben, puan**

The dog has black **spots** on its skin. *(Köpeğin derisinde siyah benekler var.)*
She's wearing a white dress with red **spots** on it. *(Kırmızı benekli beyaz elbise giyiyor.)*

spout */spaut/ n* **ağız, meme**

Pour tea from the **spout** of the teapot.
(Demliğin ağzından çayı koy.)

spray */sprey/ v* **püskürtmek, serpmek**

He **sprayed** water over the flowers.
(Çiçeklere su püskürttü.)
He **sprayed** the flowers with water.
(Çiçekleri su fışkırtarak suladı.)

spread */spred/ v* **yaymak, dağıtmak**

She **spread** the butter on the bread.
(Ekmeğin üzerine yağ sürdü.)

spring */spring/ n* **ilkbahar**

Spring flowers cover the ground in April.
(İlkbahar çiçekleri Nisanda yerleri kaplar.)

spy */spay/ n* **casus**

James Bond is a fictional **spy**.
(James Bond hayali bir casustur.)

square */skweı/ n* **kare**

The teacher drew a **square** on the whiteboard.
(Öğretmen tahtaya bir kare çizdi.)

square2 **alan, meydan**

Kadıköy **square** in Istanbul is always very busy.
(İstanbulda Kadıköy meydanı her zaman çok işlektir.)

squash */skwaş/ v* **ezmek**

The giant **squashed** many people under his big feet.
(Dev, ayakları altında bir sürü insanı ezdi.)

orange-squash **portakal suyu**

squeeze */skwi:z/ v* **sıkmak**

He **squeezed** the tube to get the toothpaste out.
(Diş macununu dışarı çıkarmak için tüpü sıktı.)
He **squeezed** the sponge.
(Süngeri sıktı.)

S

squirrel */skwir'ıl/ n* **sincap**

Squirrels are hunted for their skin.
(Sincaplar derileri için avlanır.)

stable */stey'bıl/ n* **ahır 2. sağlam**

There is only one horse in the **stable**.
(Ahırda sadece bir at var.)
This table is very **stable**.
(Bu masa çok sağlam.)

stadium */stey'diyım/ n* **stad**

Galatasaray built a new football **stadium** in Seyrantepe.
(Galatasaray Seyrantepede yeni bir futbol sahası inşa etti.)

staff */stæf/ n* **personel, çalışanlar**
I took a photograph of the **staff** in our school.

(Okulumuz çalışanlarının bir fotoğrafını çektim.)

staff room **personel odası**

stage */steyc/ n* **sahne**

The band is on **stage** now.
(Grup şimdi sahnede.)

stain */steyn/ v* **lekelemek 2. leke**

He **stained** his apron.
(Önlüğünü lekeledi.)
There are wine **stains** on the apron.
(Önlüğünde şarap lekeleri var.)

stairs */steız / /sterz/ n* **basamaklar, merdiven**

You should climb up the **stairs** to go to the toilet.
(Tuvalete gitmek için merdiveni çıkmalısın.)

stale */steyl/ adj* **bayat, kuru**

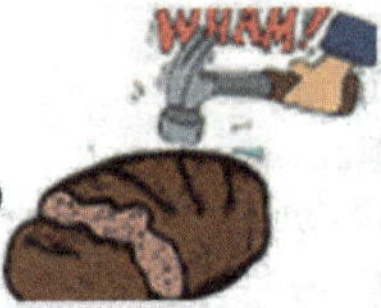

The bread is **stale**.
(Ekmek bayat.)

S

stall */sto:l/ n* **sergi, tezgah**

That's a fruit **stall**.
(Şu bir meyve sergisidir.)

stamp */stæmp/ n* **pul**

I have a 80p **stamp** to post the letter.
(Mektubu postalamak için 80 penilik bir pulum var.)

stamp² **ıstampa, damga**

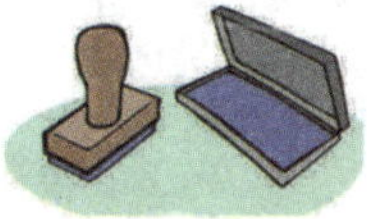

The **stamp** is on the table.
(Istampa masanın üzerinde.)

stand */stænd/ v* **ayakta durmak**

I had to **stand** all the way home in the bus.
(Eve gidene kadar otobüste ayakta durmak zorunda kaldım.)

Stand up, please.
(Lütfen ayağa kalkınız.)

star */sta:/ n* **yıldız, sinema yıldızı**

Look at the North **Star** tonight.
(Bu gece kutup yıldızına bak.)
Şener Şen is a movie **star**.
(Şener Şen bir sinema yıldızıdır.)

stare */steyr/ v* **uzun uzun bakmak**

He **stared** at her dress.
(Onun elbisesine bakakaldı.)

start */sta:t/ v* **başlamak**

They haven't **started** to run yet.
(Henüz koşmaya başlamadılar.)

starve */sta:v/ v* **açlıktan ölmek**

Many children are **starving** in Africa. *(Afrikada birçok çocuk açlıktan ölüyor.)*
I'm **starving**. I haven't eaten anything for 24 hours.
(Açlıktan ölüyorum. 24 saattir bir şey yemedim.)

state */state/ n* **durum, vaziyet**

He's in a **state** of shock.
(Şok durumunda.)
This book is in a very bad **state**.
(Bu kitap çok kötü durumda.)

state² **eyalet, devlet**

Pennsylvania is one of the 50 **states** in the United States of America.*(Pensilvanya ABD'de 50 eyaletten biridir.)*

statement */steytmınt/ n* **ifade, söz, beyan**

The man made a **statement** to the police.
(Adam polise ifade verdi.)

station */steyşın/ n* **istasyon, karakol**

This is an old railway **station**.
(Bu eski bir tren istasyonudur.)

stationery */steyşn(ı)ri/ n* **kırtasiye**

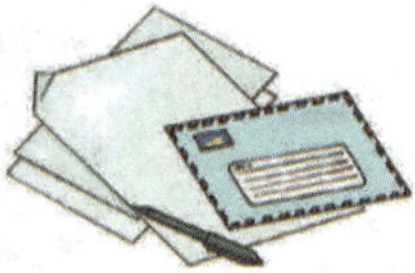

I've bought some **stationery**.
(Biraz kırtasiye satın aldım.)

statue */stæçu:/ n* **heykel**

Many people go to Samsun to see the **statue** of Mustafa Kemal Atatürk.
(Birçok insan Samsun'a Mustafa Kemal Atatürk'ün heykelini görmek için gider.)

stay */stey/ v* **kalmak**

We **stayed** in our classroom until we finished our work. *(İşimizi bitirene kadar sınıfta kaldık.)*

steak */steyk/ n* **biftek, külbastı**

I'd like my **steak** medium rare, please.
(Bifteğimi orta pişmiş istiyorum, lütfen.)

steal */sti:l/ v* **çalmak**

Who **stole** my money? *(Paramı kim çaldı?)*

steam */sti:m/ n* **buhar**

There was **steam** coming from the ship's machine. *(Geminin makinesinden buhar çıkıyor.)*

steam */sti:m/ v* **buğulama**

steel */sti:l/ n* **çelik**

I cooked the meal in a **steel** pan. *(Yemeği çelik tencerede pişirdim.)*

steer */stiı/ v* **dümenle idare etmek**

She **steered** the boat carefully between the rocks. *(Kayalıkların arasından tekneyi dikkatlice geçirdi.)*

steering wheel */n* **direksiyon**

stem */stem/ n* **ağaç gövdesi**

The **stem** of the plant is very weak. *(Bitkinin gövdesi çok zayıf.)*

step */step/ v* **adım atmak**

He is going to **step** on a banana skin. *(Bir muz kabuğuna basacak.)*

step[2] **adım**

He took a **step**. *(Bir adım attı.)*

stern */stö:n/ adj* **geminin kıç tarafı**

They stood on the **stern** and waved hands to their friends. *(Geminin kıç tarafında durdular ve arkadaşlarına el salladılar.)*

stew */styu:/ n* **yahni, kapama**

We'll have meat **stew**. *(Et yahnisi yiyeceğiz.)*

stew */styu:/ v* **ateşte kaynatıp pişirmek**

S

stick */stik/ n* **sopa, deynek**

Mr. Glen has to walk with a **stick** now.
(Bay Glen şimdi deynekle yürümek zorunda.)

stick */stik/ v* (stuck-stuck) **yapıştırmak**

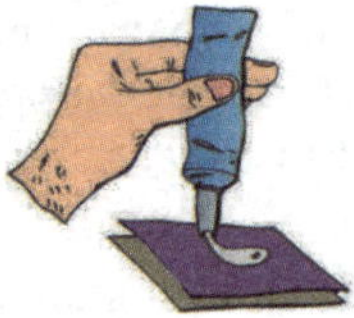

I **stuck** a stamp on the envelope.
(Zarfın üzerine bir pul yapıştırdım.)

stick2 batırmak, saplamak, sokmak

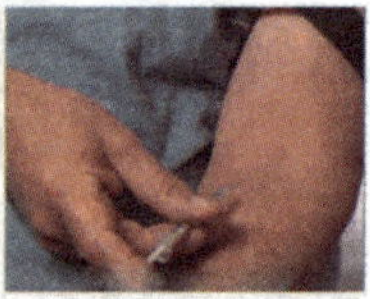

He **stuck** a needle into his arm.
(Koluna bir iğne batırdı.)

sticker */'stikı/ n* **çıkartma**

She has a lot of **stickers** on her case.
(Çantasının üzerinde bir sürü çıkartma var.)

sting */sting/ v (stung-stung)* **sokmak (arı, akrep)**

The wasp **stung** an American football.
(Eşek arısı futbol topunu soktu.)
The bee **stung** her leg.
(Arı bacağını soktu.)

sting */sting/ n* **sokma**

stir */stö:(r)/ v* **karıştırmak**

He put some flour and sugar in the pot and **stirred** it.
(Kazana biraz un ve şeker attı ve karıştırdı.)

stock */stok/ v* **satılacak malı depolamak**

We **stock** our goods in this vault.
(Mallarımızı bu mahzende depoladık.)

stocking */'stoking/ n* **çorap**

She's pulling up her **stockings**.
(Çoraplarını yukarı çekiyor.)

stomach */stamık/ n* **mide**

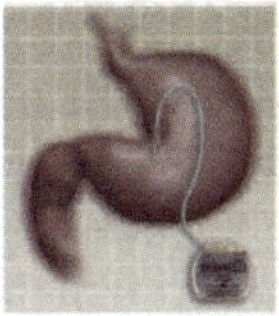

I have a **stomach** ache.
(Mide ağrım var.)
He has some **stomach** problems.
(Bazı mide sorunları var.)

stone */stıun/ n* **taş**

There are lots of **stones** here.
(Burada çok taş var.)
The walls are made of **stone**.
(Duvarlar taştan yapılı.)

stool */stu:l/ n* **tabure**

The **stools** are empty.
(Tabureler boş.)

stop */stop/ v* **durmak**

The horse **stopped** suddenly.
(At aniden durdu.)

stop[2] **durdurmak, engel olmak**

He **stopped** the vehicles.
(Araçları durdurdu.)
You must **stop** Joe from telling them about it.
(Joe'nun onlara ondan bahsetmesine engel ol.)

store */sto:(r)/ v* **depolamak, stok etmek**

We **stored** some wood for the winter.
(Kış için biraz odun stok ettik.)

storm */sto:m/ n* **fırtına**

There is a **storm** on the island.
(Adada bir fırtına var.)

stormy */'sto:mi/ adj* **fırtınalı**
It's **stormy** today. *(Bugün hava fırtınalı.)*

story */'sto:ri/ n* **hikaye**

He writes short **stories**.
(O kısa hikayeler yazar.)

stove */stıuv/ n* **fırın, soba**

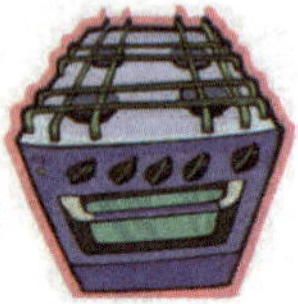

I've cleaned the **stove**.
(Fırını temizledim.)

straight */streyt/ adj* **doğru, düz**

She drew a **straight** line.
(Düz bir çizgi çizdi.)
The first picture is **straight**, the second is not.
(Birinci resim düz, ikincisi değil.)

strange */streync/ adj* **acaip, garip**

What a **strange** machine!
(Ne acaip bir makine!)
He lives in a **strange** house. *(Garip bir evde oturuyor.)*

stranger */'streyncı/ n* **yabancı**

The dog growled at the **stranger**.
(Köpek yabancıya hırladı.)

strap */stræp/ n* **kayış, şerit**

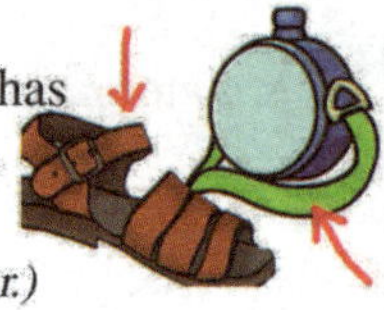

The canteen has a long **strap**.
(Mataranın uzun kayışı var.)

straw */stro:/ n* **saman**

There is a bunch of **straw** in the garden.
(Bahçede bir demet saman var.)

strawberry */'stro:bıri/ n* **çilek**

I like **strawberries** and ice-cream very much.
(Çileği ve dondurmayı çok severim.)

stream */stri:m/ n* **dere, çay**

We walked down alongside the **stream**.
(Dere boyunca aşağı yürüdük.)

street */stri:t/ n* **sokak**

Robert lives in Bridge **Street**. *(Robert, Bridge sokakta oturuyor.)*
This is a wide **street**. *(Bu geniş bir sokak.)*

stretch */streç/ v* **germek, gerinmek**

He **stretched** it between his arms. *(Onu kollarının arasında gerdi.)*

strict */strikt/ adj* **sıkı, sert, katı**

He's very **strict** with his children. *(Çocuklarına karşı çok serttir.)*

strictly */'striktli/ adv* **tam anlamıyla**
What you say is **strictly** true. *(Söylediğin tamamen doğru.)*

strike */strayk/ n* **grev**

There is a **strike** at the factory. *(Fabrikada grev var.)*
The workers are on **strike**. *(İşçiler grevde.)*

string */string/ n* **ip**

I tied the parcel with **string**. *(İple koliyi bağladım.)*

stripe */strayp/ n* **çizgi**

A zebra has black and white **stripes**. *(Zebranın siyah beyaz çizgileri vardır.)*

striped */straypt/ adj* **çizgili**
I like **striped** clothes. *(Ben çizgili elbiseleri severim.)*

strong */strong/ adj* **kuvvetli, güçlü**

Jack is a very **strong** man. He's also a **strong** swimmer. *(Jack çok kuvvetli bir adamdır. O aynı zamanda güçlü bir yüzücüdür.)*

structure */strakçı(r)/ n* **yapı, bina**

The new hospital will be a very tall **structure**. *(Yeni hastane çok yüksek bir bina olacak.)*

S

struggle /stragl/ *v* **mücadele etmek, savaşmak**

He **struggled** with the lion.
(Bir aslanla mücadele etti.)

struggle /stragl/ *n* **mücadele, gayret**

stubborn /'stabın/ *adj* **inatçı**

Ann is very **stubborn**.
(Ann çok inatçıdır.)

student /'styudınt/ *n* **öğrenci**

She is a hardworking **student**.
(O çalışkan bir öğrencidir.)

study /'stadi/ *v* **çalışmak, okumak**

They are **studying** biology at university. *(Onlar üniversitede biyoloji okuyorlar.)*
They enjoy **studying** together.
(Birlikte çalışmaktan hoşlanıyorlar.)

stuff /staf/ *v* **içini doldurmak**

These are **stuffed** toys for children.
(Bunlar çocuklar için içi doldurulmuş oyuncaklardır.)

stupid /'styu:pid/ *adj* **ahmak, aptal, saçma**

What a **stupid** question!
(Ne aptalca bir soru!)

style /stayl/ *n* **tarz, usul, üslup**

He teaches several different **styles** of Karate.
(Değişik karate tarzları öğretiyor.)

subject /'sabcikt/ *n* **ders 2. konu**

Mathematics is the **subject** I like best.
(En sevdiğim ders matematiktir.)
Today's **subject** is addition.
(Bugünkü konumuz toplama.)

submarine */sabmı'ri:n/ n*
denizaltı

I did my military service on a **submarine**. *(Askerliğimi bir denizaltında yaptım.)*

substance */'sabstıns/ n*
madde, cisim

Salt is a **substance** we use in cooking.
(Tuz yemek pişirmede kullandığımız bir maddedir.)

substitute */'sabstityu:t/ n*
yedek

They are the **substitutes**.
(Onlar yedekler.)

subtract */sab'trækt/ v*
çıkartmak

If you **subtract** 7 from 13 what number do you get?
(13 ten 7'i çıkartırsan hangi sayıyı elde edersin?)

subtraction */sab'trækşn/ n*
çıkartma
I'm good at **subtraction**.
(Çıkartmada iyiyim.)

suburb */'sabö:b/ n* **varoş, banliyö, dış mahalle**

He had a big house within a large garden in the **suburb** of the city.
(Şehrin banliyösünde büyük bir bahçe içinde bir evi vardı.)

succeed */sak'si:d/ v*
başarmak

If you try hard, you'll **succeed**.
(Çok çalışırsan başarırsın.)

success */sık'ses/ n* **başarı**

They envy his **success**.
(Onun başarısını kıskanıyorlar.

successful */adj* **başarılı**

suck */sak/ v* **emmek**

Babies like **sucking** their thumbs.
(Bebekler başparmaklarını emmesini severler.)

S

sudden */'sadn/ adj* **ani, birden**

He had a **sudden** fear.
(Birden korktu.)

suddenly */'sadnli/ adv* **aniden**
It all happened **suddenly**.
(Her şey aniden oldu.)

suffer */'safı(r)/ v* **(acı, sıkıntı) çekmek**

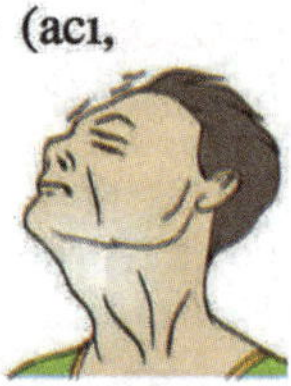

My uncle was **suffering** from a terrible headache.
(Amcam korkunç baş ağrısı çekiyordu.)

sugar */'şugı(r)/ n* **şeker**

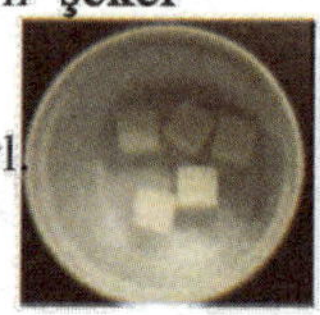

There is some **sugar** in the bowl.
(Kasenin içinde biraz şeker var.)

suggest */sı'cest/ v* **önermek, teklif etmek**
I **suggest** that you keep your Xerox shares for a while.
(Xerox hisselerini bir müddet tutmanı öneririm.)

suggestion */sı'cesçın/ n* **öneri**

suicide */'su:isayd/ n* **intihar**
commit suicide **intihar etmek**

Nobody understood why she **committed suicide**.
(Niye intihar ettiğini kimse anlamadı.)

suit */su:t/ n* **takım elbise**

He has a dark **suit**.
(Koyu bir takım elbisesi var.)

suitable */'su:tıbl/ adj* **uygun**

The waves were very **suitable** for surfing.
(Dalgalar sörf yapmak için çok uygundu.)
This book isn't **suitable** for children. *(Bu kitap çocuklar için uygun değil.)*

suitcase */'su:tkeys/ n* **valiz, bavul**

It's time to pack your **suitcase**.
(Bavulunu hazırlamanın zamanı.)

sum */sam/ n* **basit hesap, toplam, miktar**

Children learn to do **sums** at school. *(Çocuklar hesap yapmasını okulda öğrenir.)*

I've lost a large **sum** of money. *(Büyük miktarda para kaybettim.)*

summary */samıri/ n* **özet**

I read the **summary** of the report. *(Raporun özetini okudum.)*

summarize */samırayz/ v* **özetlemek**

summer */'samı(r)/ n* **yaz**

Where will you spend your **summer** holiday? *(Yaz tatilini nerede geçireceksin?)*

sun */san/ n* **güneş**

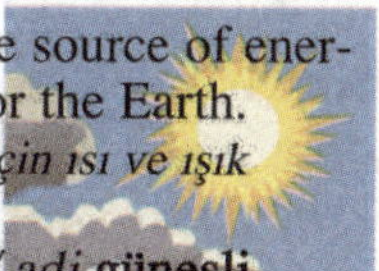

The **Sun** is the source of energy and heat for the Earth. *(Güneş Dünya için ısı ve ışık kaynağıdır.)*

sunny */sani/ adj* **güneşli**

It was **sunny** yesterday. *(Dün hava güneşliydi.)*

sun-glasses */'sanglasiz/ n* **güneş gözlüğü**

I wear my **sunglasses** to protect my eyes. *(Gözlerimi korumak için güneş gözlüğümü takarım.)*

sunrise */'sanrays/ n* **güneşin doğuşu**

We went to the seaside to watch the **sunrise.** *(Güneşin doğuşunu seyretmek için deniz kenarına gittik.)*

sunset */'sanset/ n* **güneşin batışı**

It was a beautiful **sunset**. *(Güzel bir güneş batışıydı.)*

sunshine */'sanşayn/ n* **güneş ışığı**

They had to work in the **sunshine**. *(Güneş ışığında çalışmak zorundaydılar.)*

super */'su:pı(r)/ adj* **üstün, çok iyi, süper**

There is a **super** car parked outside.
(Dışarda park etmiş süper bir araba var.)

supermarket */su:'pıma:kit/ n* **süpermarket**

They went to the **supermarket** to do some shopping.
(Biraz alışveriş yapmak için süpermarkete gittiler.)

superstition */su:'pı'stişn/ n* **batıl inanç**

Seeing a black cat is unlucky is just a **superstition**.
(Siyah kedi görmenin uğursuzluk olduğu sadece batıl bir inançtır.)

superstitious */su:pı'stişız/ adj* **batıl inançlı**

supper */'sapı(r)/ n* **akşam yemeği**

We had a wonderful **supper** outside last night.
(Dün gece dışarıda şahane bir akşam yemeği yedik.)

supply */sı'play/ v* **sağlamak, tedarik etmek**

Their company **supplies** flour to bakeries.
(Onların şirketi fırınlara un sağlar.)

support */sı'po:t/ v* **desteklemek, arka çıkmak**

She **supports** her husband when he has problems in business.
(İş sorunları olduğunda kocasını destekler.)

supporter */sı'po:tı(r)/ n* **destekçi, taraftar**

His **supporters** filled the square to support him.
(Onun taraftarları onu desteklemek için meydanı doldurdu.)

suppose */sı'pıuz/ v* **farzetmek, zannetmek**

Someone will hear them, I **suppose**.
(Sanırım biri onları duyar.)

sure */şo:(r)/ , /şuı/ adj* **emin**

He's **sure** that he will be thrown out like these pieces of paper soon. *(Bu kağıt parçaları gibi bir gün dışarı atılacağından emin.)*

make sure */meyk 'şo:/ v* **emin olmak**

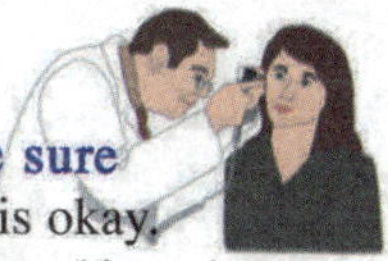

I'll just **make sure** that your ear is okay. *(Sadece kulağının bir şeyi olmadığından emin olmak istiyorum.)*

surf */sö:(r)f/ n* **köpüklü dalgalar**

We waited for high **surf** to get on our surfboards. *(Sörf tahtalarına binmek için yüksek dalgaları bekledik.)*

surf */sı:f/ v* **sörf yapmak**

surface */sö:'fis/ n* **yüzey, üst kısım**

Don't scratch the **surface** of the table, please. *(Masanın yüzeyini çizme lütfen.)*

surfboard */'sö:(r)f bo:d/ n* **sörf tahtası**

She got her **surfboard** and went to the seaside. *(Sörf tahtasını alıp deniz kenarına gitti.)*

surgeon */'sö:(r)cın/ n* **cerrah, operatör**

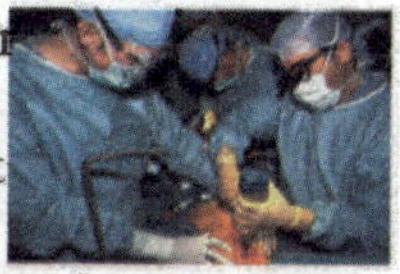

Don't distract the **surgeon** when he's operating. *(Cerrah ameliyat yaparken onun dikkatini dağıtma.)*

surgery */'sö:cıri/ n* **ameliyat 2. muayenehane**

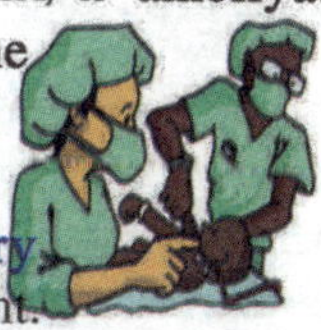

The child needed a **surgery** after the accident. *(Çocuk kazadan sonra bir ameliyata gerek duydu.)*

They are in his **surgery**. *(Onun muayenehanesindeler.)*

surname */'sö:neym/ n* **soyadı**

What's your **surname**? *(Senin soyadın ne?)*

Dr. Henry Newton
Title : Dr
First Name: Henry
Surname: Newton

S

surprise /sı'prayz/ *n* **şaşırtıcı olay, sürpriz**

Don't tell him about the present - it's a **surprise**. *(Ona hediyeden bahsetme-sürpriz olsun.)*

surprise /sı'prayz/ *v* **şaşırtmak**

surprised /sı'prayzd/ *adj* **şaşırmış**

He's **surprised.** *(Şaşırdı.)*

surprising /sı'prazing/ *adj* **şaşırtıcı**

What **surprising** news! *(Ne şaşırtıcı haber!)*

survive /sı'vayv/ *v* **hayatta kalmak**

The ship sank but he **survived**. *(Gemi battı ama o hayatta kaldı.)*

suspect /'saspekt/ *v* **şüphe etmek**

She **suspects** that he is telling a lie. *(Onun yalan söylediğinden şüpheleniyor.)*

suspect **şüpheli, zanlı**

swallow /'swolıu/ *v* **yutmak**

The snake is trying to **swallow** a big egg. *(Yılan büyük bir yumurtayı yutmaya çalışıyor.)*

She **swallowed** the chewing gum. *(Sakızı yuttu.)*

swear /sweı(r)/ *v* **küfür etmek**

He was so angry that he **swore** at his friend. *(O kadar kızgındı ki arkadaşına küfretti.)*

swear2 **and içmek, söz vermek**

sweat /swet/ *n* **terlemek**

She was **sweating** when she reached the top of the hill. *(Tepenin üstüne ulaştıklarında terliyordu.)*

sweater /'swetı(r)/ *n* **kazak, süveter**

Her **sweater** is purple. *(Onun süveteri mordur.)*

sweatshirt */swetşö:t/ n*
svetşört

Sweatshirts are often worn after sports.
(Svetşört çoğunlukla spordan sonra giyilir.)

sweep */swi:p/ v* **süpürmek**

He **swept** the floor.
(Yeri süpürdü.)

sweet */swi:t/ n* **tatlı**

Sweets are bad for your teeth.
(Tatlılar dişlerin için kötüdür.)
Children like **sweets** very much.
(Çocuklar tatlıları çok sever.)

swell */swel/ v* **şişmek**

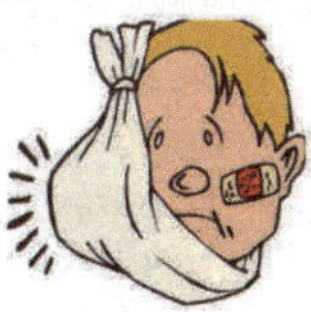

A bee stung my cheek and it has **swelled** up.
(Bir arı yanağımı soktu ve yanağım şişti.)
After the rain, the river **swelled.** *(Yağmurdan sonra ırmak kabardı/taştı.)*

swim */swim/ v* **yüzmek**

He **swam** across the pool.
(Havuzu karşıdan karşıya yüzdü.)
Can you **swim** well?
(İyi yüzebilir misin?)

swimmer */swimı/ n*
yüzücü
Duncan Goodhew was a famous British **swimmer.**
(Duncan Goodhew ünlü bir İngiliz yüzücüydü.)

swimming pool */swiming pu:l/ n* **yüzme havuzu**

Swimming pools are still a luxury for most people.
(Yüzme havuzları hala çoğu insan için lükstür.)

swimming trunks */swim-ing tranks/ n* **mayo**

Has he got his **swimming trunks** on?
(Mayosu üzerinde mi?)

S

swimsuit */'swimsu:t/ n* **mayo (bayanlar için)**

She can't decide whether to wear the **swimsuit** or the bikini. *(Bikini mi yoksa mayo mu giysin karar veremiyor.)*

swing */swing/ v* **sallanmak**

The girl swung on the **swing** tied to a tree. *(Kız ağaca bağlı salıncakta sallandı.)*
The door was **swinging** in the wind. *(Kapı rüzgarda sallanıyordu.)*

switch */swiç/ n* **anahtar, şalter**

There is a **switch** by the door. *(Kapının yanında bir elekrik düğmesi var.)*

sword */so:d/ n* **kılıç**

He has a very sharp **sword**. *(Çok keskin bir kılıcı var.)*
"Draw your **sword**, sir!" *(Kılıcını çek, efendim!)*

syllable */'silıbl/ n* **hece**

There are two **syllables** in "pencil", "pen", and "cil". *(Pencil kelimesinde iki hece var, "pen" ve "cil".)*

symbol */'simbıl/ n* **sembol**

The **symbol** for a church on a map is usually a cross. *(Haritada kilise sembolü genellikle bir haç işaretidir.)*

syringe */si'rinc/ n* **şırınga**

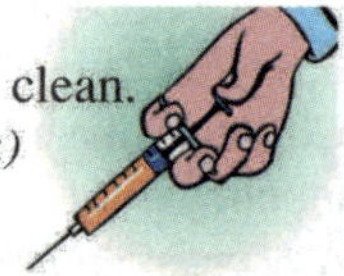

The **syringe** is clean. *(Şırınga temizdir.)*

syrup */'sirıp/ n* **şurup**

I took some **syrup**. *(Biraz şurup içtim.)*
Do you like taking **syrup**? *(Şurup içmesini sever misin?)*

t /ti:/ *n*
T is the twentieth letter of the English Alphabet. *(T İngiliz Alfabesinin 20. harfidir.)*

table /'teybl/ *n* **masa**

This is a wooden **table**.
(Bu ahşap bir masadır.)
The family was sitting at the kitchen **table**.
(Aile muttak masasında oturuyor.)

tablecloth /'teyblcloth/ *n*
masa örtüsü

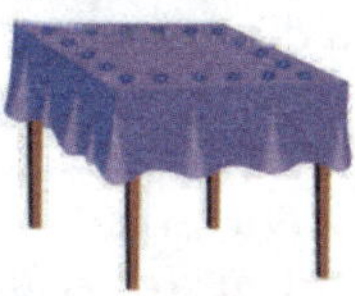

There is a purple **tablecloth** on the table. *(Masanın üzerinde mor bir masa örtüsü var.)*

tablet /'tæblit/ *n* **tablet, hap**

Have you taken your **tablets** today?
(Bugün haplarını aldın mı?)
A few **tablets** are left in the bottle.
(Şişede birkaç tablet kaldı.)

table tennis /'teybıl tenis/ *n*
masa tenisi

Table tennis is very popular in China.
(Masa tenisi Çin'de çok popülerdir.)

tail /teyl/ *n* **kuyruk**

It has a long striped **tail**.
(Uzun çizgili bir kuyruğu var.)

tailor /'teylı(r)/ *n* **terzi**

The **tailor** is measuring the arm of the jacket now.
(Terzi ceketin kolunu ölçüyor.)
He's a good **tailor**.
(O, iyi bir terzidir.)

take /teyk/ *v* (took - taken)
almak

She **took** a file from the shelf.
(Raftan bir dosya aldı.)

Shall I **take** your coat?
(Paltonuzu alabilir miyim?)

take

take2 **götürmek**

The ambulance is **taking** the injured man to hospital now.
(Ambulans şimdi yaralı adamı hastaneye götürüyor.)

take3 **(ilaç) almak, içmek**

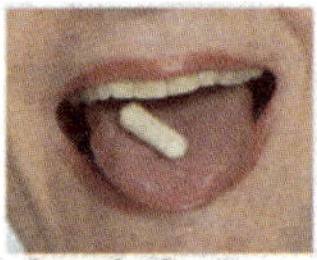

I've **taken** a tablet for my headache.
(Başağrım için bir hap içtim.)

take an exam **sınav olmak**

We **took an English exam** this morning.

(Bu sabah İngilizce sınavı olduk.)

T

take off */teyk of/ ph v* **havalanmak**

The space shuttle **took off** for the moon.

(Uzay aracı aya gitmek için havalandı.)
When is the plane **taking off?**
(Uçak ne zaman kalkıyor?)

take a photograph **fotoğraf çekmek**

He's **taking a photograph** of the flower.
(Çiçeğin fotoğrafını çekiyor.)

tale */teyl/ n* **hikaye**

Have you read the **tale** of the little mermaid?
(Küçük deniz kızının hikayesini okudun mu?)

talent */'tælınt/ n* **hüner, beceri, yetenek**

My sister has a **talent** for singing.
(Kız kardeşimin şarkı söyleme yeteneği var.)

talented */'tælıntid/ adj* **usta, becerikli**
He's a **talented** photographer.
(O usta bir fotoğrafçıdır.)

talk */to:k/ v* **konuşmak, bahsetmek**

They were **talking** about the young man. *(Genç adam hakkında konuşuyorlardı.)*

talkative */'to:kıtiv/ adj*
konuşkan, geveze

The man next to me was very **talkative**, so I had a terrible flight.
(Yanımdaki adam çok gevezeydi bu nedenle berbat bir uçak yolculuğu yaptım.)

tall */to:l/ adj* (taller-tallest)
uzun

James is **taller** than Paul, but Richard is the **tallest**.
(James Paul'den daha uzun ama Richard en uzun boylusudur.)

tank */tænk/ n* **sarnıç, depo**

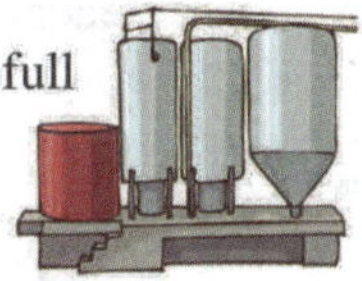

The **tanks** are full of hydrogen gas.
(Depolar hidrojen gazı doludur.)

tank² **tank**

The army sent many **tanks** to the Iraq border.
(Ordu Irak sınırına bir sürü tank gönderdi.)

tap */tæp/ n*
musluk

Always turn off **taps** to save water.
(Su tasarrufu için her zaman muslukları kapatınız.)

tape */teyp/ n* **kaset**

Which **tape** shall we listen to next?
(Bundan sonra hangi kaseti dinleyeceğiz?)

taperecorder */'teyp riko:dı(r)/ n* **teyp**

You can record yourself on a **tape recorder**.
(Kendini teybe kaydedebilirsin.)

target */'ta:git/ n* **hedef**

He hit the **target**.
(Hedefi vurdu.)
Our **target** is to double last years profits.
(Hedefimiz geçen yılın karını ikiye katlamak.)

T

task */ta:sk/ n* **görev, vazife**

Painting the house is a **task** I enjoy.
(Evi boyamak hoşlandığım bir görevdir.)

taste */teys/ n* **tat, lezzet**

My sense of **taste** is very good; this coffee is horrible.
(Benim tat duyum iyidir; bu kahve berbat.)

taste */teyst/ v* **tadına bakmak**

She's **tasting** the meal her mother made.
(Annesinin yaptığı yemeğin tadına bakıyor.)

tasty */'teysti/ adj* **lezzetli**

She cooked a **tasty** meal.
(Lezzetli bir yemek yaptı.)

tax */tæks/ n* **vergi**

The **tax** rate in Norway is extremely high.
(Norveç'te vergi oranı çok yüksek.)

taxi */'tæksi/ n* **taksi**

I took a **taxi** to the station.
(İstasyona taksi tuttum.)

taxi driver */'tæksi drayvı(r)/ n* **taksi şoförü**

tea */ti:/ n* **çay**

She made a pot of **tea**.
(Bir demlik çay yaptı.)

teach */ti:ç/ v* (taught- taught) **öğretmek**

Mr. Jones **teaches** English.
(Bay Jones İngilizce öğretir.)

teacher */'ti:çı(r)/ n* **öğretmen**

She is a **teacher** at a state school.
(O, bir devlet okulunda öğretmendir.)

I like my **teacher** very much.
(Ben öğretmenimi çok severim.)

team */ti:m/ n* **takım**

They are the players on a football **team**.
(Onlar bir futbol takımının oyuncularıdır.)

teapot */'ti:pot/ n* **çaydanlık**

I poured some water into the **teapot**.
(Çaydanlığın içine biraz su koydum.)

tear */tiı(r)/ n* **gözyaşı**

Wipe away your **tears**.
(Gözyaşlarını sil.)

in tears
/in 'tiız/ **ağlamak**
She was **in tears** all day.
(Bütün gün ağladı.)

tear */teı(r)/ n* **yırtık 2. v (tore-torn) yırtmak**

Everybody laughed at him because he had a **tear** in his trousers.
(Herkes ona güldü çünkü pantolonunda bir yırtık vardı.)

He **tore** the letter.
(Mektubu yırttı.)

teaspoon */'ti:spu:n/ n*
çay kaşığı

Stir your coffee with a **teaspoon**.
(Kahveni bir çay kaşığı ile karıştır.)

technician */tek'nişn/ n*
teknisyen

The **technician** is setting the film studio.
(Teknisyen film südüdyosunu kuruyor.)

teddy bear */'tedi beı(r)/ n*
oyuncak ayı

Arda likes his **teddy bear** very much.
(Arda oyuncak ayısını çok seviyor.)

teenager */'ti:neycı(r)/ n*
genç, yeni yetme

He's a clever **teenager**.
(O zeki bir gençtir.)

telephone /'telifıun/ n , v
telefon, telefon etmek

This **telephone** is with an answering machine.
(Bu telefon tele sekreterlidir.)
He often **telephones** her.
(Sıksık ona telefon eder.)

telescope /'teliskıup/ n
teleskop

You can see the stars better with a **telescope**.
(Teleskopla yıldızları daha iyi görebilirsin.)

television/telly /'telivijn/ n
televizyon

Turn the **television** on, please.
(Lütfen televizyonu aç.)
We have a cable **television**.
(Kablolu televizyonumuz var.)

tell /tel/ v (told-told)
anlatmak, söylemek

She **told** her a story before she went to sleep.
(Uyumadan önce ona bir hikaye anlattı.)

tell[2] **anlatmak, göstermek**

She **told** her how to behave in public.
(Toplum içinde nasıl davranılacağını ona anlattı.)

temper /'tempı(r)/ adj
mizaç, huy

He had a bad **temper** all day.
(Bütün gün kötü huyluydu.)

lose your temper **öfkeden kendini kaybetmek**

His wife **lost her temper** again.
(Karısı yine öfkeden kendini kaybetti.)
Please, don't **lose your temper**!
(Lütfen soğukkanlılığını kaybetme!)

temperature /'temprıçı/ n
ısı, sıcaklık derecesi

In cold weather the **temperature** gets very low.
(Soğuk havalarda ısı çok düşer.)

temporary /'temprıri/ adj **geçici**

He has a **temporary** job.
(Geçici bir işi var.)

tenant /'tenınt/ n **kiracı**

All **tenants** have rights in the UK.
(İngilterede bütün kiracıların hakları vardır.)

tend /tend/ v **meyletmek, meşgul olmak**

He **tends** to help his son on weekends.
(Hafta sonları oğluna yardımcı olmakla meşgul.)

tendency /'tendınci/ n **eğilim, temayül**

tennis /'tenis/ n **tenis oyunu**

I like playing **tennis**.
(Tenis oynamasını severim.)

tennis player
tenis oyuncusu, teniçci

Agassi was a famous **tennis player**. *(Agassi ünlü bir tenis oyuncusuydu.)*

tennis court /'tenis ko:t/ n **tenis kortu**

There is a new **tennis court** at the back of our house. *(Evimizin arkasında yeni bir tenis kortu var.)*

tent /tent/ n **çadır**

We had a week's holiday in a **tent**.
(Bir haftalık tatili bir çadırda geçirdik.)

term /tö:m/ n **dönem, sömestre**

In Turkey, there are two **terms** in a school year. We don't go to school in summer **term**.
(Türkiyede eğitim yılında iki sömestre vardır. Yaz dönemi okula gitmeyiz.)

terrace /'terıs/ n **teras**

Our **terrace** has a sea view.
(Terasımızın deniz manzarası var.)

T

terrible /'terıbl/ **korkunç, berbat**

It was a **terrible** day.
(Berbat bir gündü.)
There was a **terrible** accident on the motorway this morning.
(Otobanda bu sabah korkunç bir kaza vardı.)

terribly /adv **berbat şekilde**

terror */'terı(r)/ n* **terör, dehşet, büyük korku**

a feeling of **terror**
(dehşet duygusu)

terrorism */'terırizım/ n*
9/11 was the most notorious act of **terrorism**. *(9/11 en kötü terörizm hareketiydi.)*

terrorist */'terırist/ n*
terörist, tedhişçi

Who is the world's most wanted **terrorist**?
(Dünyanın en çok aranan teröristi kim?)

T

test */test/ v* **yoklama**
Before I changed my glasses, I had an eye **test**.
(Gözlüklerimi değiştirmeden önce bir göz yoklaması oldum.)

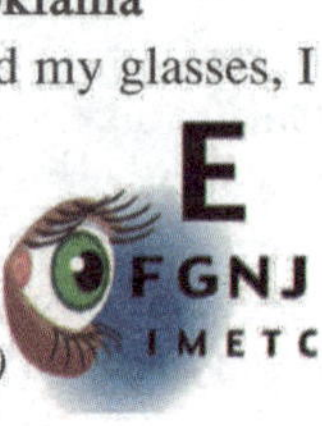

test[2] **sınav yapmak, sınav**

He **tested** his driving ability.
(Onun araba kullanma becerisini test etti.)
He passed his driving **test**.
(Sürücü sınavını geçti.)

text */tekst/ n* **metin**

Read the **text** below the picture carefully.
(Resmin altındaki metni dikkatle oku.)

thank */thængk/ v* **teşekkür etmek**

I **thanked** her for his offer.
(Teklifi için ona teşekkür ettim.)

thankful
/'thængkfıl/ adj **memnun, müteşekkir**
I'm **thankful** for your support.
(Desteğiniz için müteşekkirim.)

that */dæt/ adj* **şu**

I didn't like this bike; I liked **that** red one.
(Bu bisikleti sevmedim, şu kırmızı olanı sevdim.)

theatre */'thiıtı(r)/ n* **tiyatro**

I've had many wonderful nights at the **theatre**.
(Tiyatroda birçok muhteşem gece geçirdim.)

theory */'thiıri/ n* **teori**

The **theory** of relativity. *(İzafiyet teorisi.)*
The **theory** of evolution. *(Evrim teorisi.)*

therapy */'thrıpi/ n* **tedavi**

She's in a **therapy** session right now.
(Şu anda bir terapi seansında.)

there */deı(r)/ adv* **orada, oraya**

Don't sit **there** by the door; come and sit here.
(Oraya kapının yanına oturma; gel ve buraya otur.)
Look at that man over **there**.
(Oradaki adama bak.)

thermometer */thı'momitı(r)/ n* **termometre**

The doctor put a **thermometer** under my arm to see if I had a temperature. *(Doktor ateşim olup olmadığını görmek için kolumun altına termometre koydu.)*

thick */thik/ adj* **kalın**

The red pencil is short and **thick**.
(Kırmızı kalem kısa ve kalındır.)

thickness */n* **kalınlık**

thief */'thi:f/ n* **hırsız**

The **thief** was caught in the house and sent to prison.
(Hırsız evde yakalandı ve hapse gönderildi.)

thin */thin/ adj* **ince**

This pencil is too **thin**; I need a thicker one.
(Bu kalem çok ince; biraz daha kalınına ihtiyacım var.)

T

thin[2] **zayıf**

Mary is **thin** but her husband is very fat.
(Mary zayıf ama kocası çok şişman.)
There is **thin** oil in the first container. *(İlk kapta ince yağ var.)*

thing */thing/ n* **şey**

What is that **thing** she is carrying in her mouth?
(Ağzında taşıdığı şey ne?)

think */thingk/ v* **düşünmek**

Think carefully before you decide.
(Karar vermeden önce iyi düşün.)
What are you **thinking** about?
(Ne düşünüyorsun?)

thirsty */'thö:sti/ adj* **susuz, susamış**

Can I have some water? I'm really **thirsty**.
(Biraz su alabilir miyim? Çok susadım.)

thorn */tho:n/ n* **diken**

Every rose has its **thorn**.
(Her gülün bir dikeni vardır.)
A **thorn** stuck into my finger.
(Parmağıma bir diken battı.)

thought */tho:t/ n* **düşünce**

He had bad **thoughts** about her.
(Onun hakkında kötü düşünceleri var.)
I want to read his **thoughts**.
(Onun düşüncelerini okumak istiyorum.)

thread */thred/ n* **iplik**

Pass the **thread** so I can fix these trousers.
(İpliği uzat lütfen böylece patolonunu tamir edebilirim.)

threaten */'thretn/ v* **tehdit etmek**

Somebody is **threatening** your brother.
(Biri kardeşini tehdit ediyor.)

throat */thrıut/ n* **boğaz**

I had a minor **throat** operation last year. *(Geçen yıl ufak bir boğaz ameliyatı oldum.)*

throne */trıun/ n* **taht**

The king talked to the messenger sitting in his **throne**. *(Kral tahtında oturarak haberci ile konuştu.)*

throw */thrıu/ v* **atmak, fırlatmak**

He **threw** the javelin 120 m away. *(Ciriti 120 metre uzağa fırlattı.)*

thumb */tham/ n* **baş parmak**

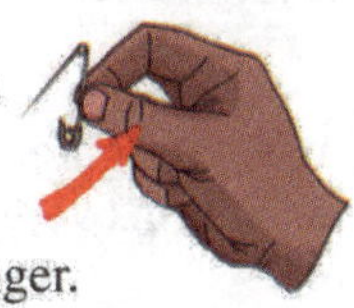

He's holding a safety pin between his **thumb** and finger. *(Başparmağı ile parmağı arasında bir çengelli iğne tutuyor.)*

thunder */'thandı(r)/ n* **gök gürültüsü**

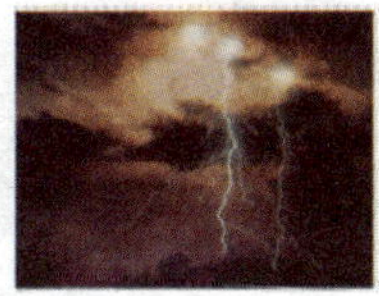

He was frightened by **thunder** as a child. *(Çocuk olarak gök gürültüsünden korktu.)*

tick */tik/ n* **tiktak sesi**

***tick** tock*

tick2 */tik/ v* **tik tak sesi çıkarmak**

The watch is **ticking**. *(Saat tik tak yapıyor.)*

tick3 */tik/ n* **kontrol edildi , doğru işareti**

All the correct answers had **ticks** beside them. *(Her doğru cevabın yanında bir doğru işareti var.)*

tick4 */tik/ v* **işaretlemek**

Tick the correct answer. *(Doğru cevabı işaretle.)*

ticket */'tikit/ n* **bilet**

I got a bus **ticket**. *(Bir otobüs bileti aldım.)*

tide */tayd/ n* **denizin alçalıp yükselmesi**

The moon causes the oceans' **tide** to change.
(Okyanusların med cezir değişimine ay neden olur.)

tidy */'taydi/ adj* **düzenli, tertipli, toplu**

I'll sleep in a **tidy** room.
(Toplu bir odada uyuyacağım.)

tidy */'taydi/ v* **düzeltmek, tertiplemek, toplamak**

My sister **tidies** her room herself every morning. *(Kız kardeşim her sabah odasını kendi toplar.)*

I **tidied** my room.
(Odamı topladım.)

tie */tay/ n* **kıravat, boyun bağı**

I have a blue striped grey **tie**.
(Mavi çizgili yeşil bir kıravatım var.)

tie */tay/ v* **bağlamak**

The robbers **tied** him to his chair.
(Soyguncular onu sandalyesine bağladı.)

tiger */'taygı(r)/ n* **kaplan**

This is a Bengal **tiger**.
(Bu bir Bengal kaplanıdır.)

tight */tayt/ adj* **sıkı, gergin**

This belt is very **tight**.
(Bu kemer çok sıkı.)

tight² **sıkı tutturulmuş**

His hands were clenched **tight**.
(Elleri sıkı kenetlenmişti.)

tighten */'taytn/ v* **sıkılaştırmak**

I need to **tighten** this nut; it's very loose.
(Bu somunu sıkılaştırmam gerekiyor; çok gevşek.)

tightly /'taytli/ *adv* **sıkıca**

He held the iron bar **tightly**.
(Demir çubuğu sıkıca tuttu.)

tights /tayts/ *n* **tayt, dar cambaz pantalonu**

She's wearing a pair of white **tights**.
(Beyaz bir tayt giyiyor.)

tile /tayl/ *n* **kiremit**

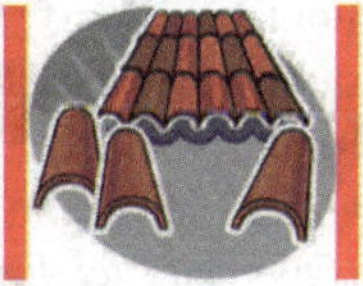

The **tiles** came loose.
(Kiremitler gevşemiş.)

time /taym/ *n* **zaman**

How do you spend your **time** at home?
(Evde vaktini nasıl geçiriyorsun?)

just in time **vaktinde**

He woke up **just in time**.
(Tam zamanında uyandı.)

on time **tam zamanında**

He arrived **on time**.
(O, tam zamanında geldi.)

times /taymz/ *n* **kez, kere**

How many **times** do you play tennis a week?
(Haftada kaç kere tenis oynarsın?)

times /taymz/ *adv* **kere**

Seven **times** three is twenty-one.
(Yedi kere üç yirmi bir yapar.)

7 X 3 = 21

timetable /'taymteybl/ *n* **tarife, ders programı**

Have you got the school **timetable**?
(Okul programını aldın mı?)

T

tin */tin/ n* **teneke, teneke kutu**

We've got three **tins** of beans. *(Üç kutu fasülyemiz var.)*

tiny */'tayni/ adj* **çok küçük, minik**

He has a **tiny** sword. *(Çok küçük bir kılıcı var.)*
Ants are **tiny** animals. *(Karıncalar küçük hayvanlardır.)*

tip */tip/ v* **bahşiş vermek**

How much should we **tip** in this country? *(Bu ülkede ne kadar bahşiş vermeliyiz?)*

tip */tip/ n* **bahşiş**
The bellboy is waiting for a **tip**. *(Belboy bahşiş için bekliyor.*

tiptoe */'tiptıu/ v* **parmak ucunda yürümek**

He came home very late and **tiptoed** to his room. *(Eve çok geç geldi ve parmak ucunda odasına gitti.)*

tired */tayıd/ adj* **yorgun**

I felt **tired** after studying for hours. *(Saatlerce çalıştıktan sonra kendimi çok yorgun hissettim.)*
I'm very **tired**. *(Çok yorgunum.)*

tissue */'tişu:/ n* **kağıt mendil**

I have a box of **tissues**. *(Bir kutu kağıt mendilim var.)*

title */'taytıl/ n* **başlık**

The Lord of Football is the **title** of the book I wrote about Pierre Van Hooijdonk. *(Futbolun Efendisi Pierre Van Hooijdonk hakkında yazdığım kitabın başlığıdır.).*

toast */tıust/ n* **kızartılmış ekmek**

I had **toast** for breakfast. *(Kahvaltıda kızarmış ekmek yedim.)*

toaster */'tustı(r)/ n* **ekmek kızartma aleti**

tobacco /tı'bækıu/ *n* **tütün**

Samsun is famous for its high quality **tobacco**.
(Samsun yüksek kaliteli tütünü ile meşhurdur.)

today /tı'dey/ *adv* **bugün**
Today is Monday.
(Bugün Pazartesi.)

today[2] **günümüzde**
Many people use computers **today**.
(Günümüzde çok kişi bilgisayar kullanıyor.)

toe /tıu:/ *n* **ayak parmağı**

The crab bit his **toe**.
(Yengeç ayak parmağını ısırdı.)

toenail /'tıuneyl/ *n* **ayak tırnağı**
My **toenail** hurts.
(Ayak tırnağım acıyor.)

together /tı'gedı(r)/ *adv* **birlikte**

They read the book **together**.
(Kitabı birlikte okudular.)

toilet /'toylıt/ *n* **tuvalet, hela**

The plumber fixed the **toilet**.
(Tesisatçı tuvaleti tamir etti.)
The **toilet** is very clean.
(Tuvalet çok temiz.)

toilet paper /'toylıt peypı/ *n* **tuvalet kağıdı**
We have a roll of **toilet paper**.
(Bir rulo tuvalet kağıdımız var.)

toilet roll
tuvalet kağıdı rulosu

token **fiş, jeton**

These are gambling **tokens**, not telephone **tokens**. *(Bunlar kumar fişi, telefon jetonu değil.)*

tomato /tı'ma:tıu/ *n* **domates**

Is **tomato** a fruit or a vegetable?
(Domates meyve mi yoksa sebze midir?)
I like **tomatoes** much.
(Domatesi çok severim.)

tomb */tu:m/ n* **mezar**

This is the **tomb** of an important poet.
(Bu önemli bir şairin mezarıdır.)

tombstone */'tu:mstıun/ n* **mezar taşı**

tomorrow */tı'morıu/ adv, n* **yarın**

This is your homework for **tomorrow**.
(Bu yarınki ödeviniz.)

Are you going to school **tomorrow**?
(Yarın okula gidiyor musun?)

ton / tonne */tan/ n* **ton**

tons */tanz/ adv* **tonlarca**

She's got **tons** of money.
(Tonlarca parası var.)

tongue */targ/ n* **dil**

The dog has a long **tongue**.
(Köpeğin uzun dili var.)

tonight */tı'nayt/ n, adv* **bu gece**

We are setting our clock ahead one hour **tonight**.
(Bu gece saatlerimizi bir saat ileri alıyoruz.)

tool */tu:l/ n* **alet**

He keeps his **tools** in a **tool box**.
(Aletlerini bir alet kutusunda saklar.)

tool box */'tu:l baks/ n* **alet kutusu**

tooth */tu:th/ n* (pl teeth) **diş**

You should brush your **teeth** after every meal.
(Her yemekten sonra dişlerini fırçalamalısın.)

toothache */'tu:theyk/ n* **diş ağrısı**

I've had **toothache** all day.
(Bütün gün diş ağrım vardı.)

I couldn't sleep well last night because of the **toothache**.
(Diş ağrısı yüzünden dün iyi uyuyamadım.)

toothbrush */'tu:th braş/ n* **diş fırçası**

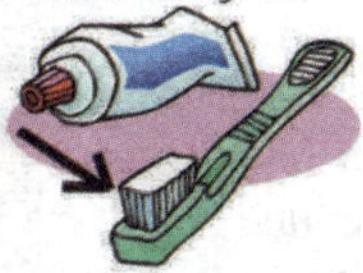

I have a new **toothbrush**. *(Yeni bir diş fırçam var.)*

toothpaste */'tu:th peyst/ n* **diş macunu**

There's some **toothpaste** in the tube. *(Tüpün içinde biraz diş macunu var.)*

top */tap/ n* **en yüksek yer, doruk, kapak**

They have reached the **top**. *(Zirveye ulaştılar.)*
He took the **top** off the box. *(Kutunun kapağını açtı.)*

topic */'tapik/ n* **konu başlığı**

What's the **topic** of today's conversation class? *(Bugünkü konuşma sınıfımızın konu başlığı ne?)*

torch */to:ç/ n* **meşale, el feneri**

He used a **torch** to see into the dark cupboard. *(Karanlık dolabın içini görmek için bir el feneri kullandı.)*

tortoise */'to:tıs/ n* **kaplumbağa**

A **tortoise** lives very long. *(Kaplumbağa çok uzun yaşar.)*

torture */'to:çı/ n* **işkence**

He had to tell the truth under **torture**. *(İşkence altında gerçeği söylemek zorunda kaldı.)*

total */'tıutl/ n* **toplam**

Add up these numbers and tell me the **total**. *(Sayıları topla ve bana toplamı söyle.)*

totally */'tıutli/ adv* **tamamen**

I **totally** agree. *(Tamamen katılıyorum.)*

touch */taç/ v* **dokunmak**

Don't **touch** that bulb; it's very hot. *(O ampüle dokunma çok sıcak.)*

T

tour */tuı(r)/ n* **dolaşma, tur**

They have gone on a **tour** of Italy.
(Bir İtalya turuna çıktılar.)

tourism */'tuırizım/ n* **turizm**

This country earns a lot of money from **tourism**.
(Bu ülke turizmden çok para kazanıyor.)

tourist */'tuırist/ n* **turist**

towel */'tauıl/ n* **havlu**

There is a purple **towel** in the bathroom.
(Banyoda mor bir havlu var.)
Do we have any clean **towels**?
(Hiç temiz havlumuz var mı?)

tower */'tauı/ n* **kule**

Galata **tower** is one of the highest buildings in Istanbul.
(Galata Kulesi İstanbul'un en yüksek binalarından biridir.)

town */taun/ n* **kasaba**

I was born in a small **town** called Alaçam.
(Alaçam adında küçük bir kasabada doğdum.)

town hall */taun 'ho:l/ n* **belediyet binası**

I'll go to the **town hall** to see the mayor.
(Belediye Başkanını görmek için belediye binasına gideceğim.)

toy */toy/ n* **oyuncak**

A plastic duck is a bath time **toy**.
(Plastik ördek banyo zamanı oyuncağıdır.)

trace */treys/ v* **iz sürmek**

The hunter **traced** the pig to the forest.
(Avcı ormana kadar domuzun izini sürdü.)

tracksuit */'træksu:t/ n* **eşofman**

Athletes wear **tracksuits** after competing.
(Atletler yarışmadan sonra eşofman giyerler.)

trade */treyd/ n* **ticaret**

Turkey and China have good **trade**.
(Türkiye ve Çin'in iyi ticareti vardır.)

trader */'treydı/ n* **tüccar, tacir**

My father is a **trader**.
(Babam bir tüccardır.)

tradesman */'treydsmın/ n* **dükkancı, esnaf**
He is the **tradesman** of the year. *(O yılın esnafıdır.)*

tradition */trı'dişın/ n* **anane, gelenek**

This an old Jewish **tradition**.
(Bu eski bir Yahudi geleneğidir.)

traditional */trı'dişnl/ n* **geleneksel**

traffic */'træfik/ n* **trafik**

There is a heavy **traffic** in the city.
(Şehir de yoğun bir trafik var.)

traffic jam */'træfik jæm/ n* **trafik sıkışıklığı**

I'm late for work because of a **traffic jam**.
(Trafik sıkışıklığı nedeni ile işe geç kalıyorum.)

traffic lights */'træfik layts/ n* **trafik ışıkları**

There is an accident at the **traffic lights**.
(Trafik ışıklarında bir kaza var.)

tragedy */'træcıdi/ n* **trajedi**

Her father's death at a car accident was a great **tragedy** for her.
(Babasının bir araba kazasında ölmesi onun için büyük bir trajediydi.)

tragic */'træcik/ adj* **trajik**
It was a **tragic** accident.
(Trajik bir kazaydı.)

T

trail /treyl/ *n* **iz**

The hunter followed a bear's **trail**.
(Avcı bir ayının izlerini takip etti.)

train /treyn/ *n* **tren**

There are some tortoises in front of the **train**.
(Trenin önünde birkaç kaplumbağa var.)

train station /'treyn steyşın/ *n* **tren istasyonu**

I met her at the **train station**.
(Onu tren istasyonunda karşıladım.)

train /treyn/ *v* **antreman yapmak, idman yaptırmak, eğitmek**

They are **training** for the tournament.
(Turnuva için idman yapıyorlar.)

trainer /'treynı/ *n* **antrenör, çalıştırıcı**

My swimming **trainer** is excellent.
(Benim yüzme antrenörüm mükemmeldir.)

trainers /'treynı:z/ **spor ayakkabısı**

Do you like my new **trainers**?
(Yeni spor ayakkabılarımı beğeniyor musun?)

tram /træm/ *n* **tramvay**

There are new **trams** all over Istanbul.
(İstanbul'un her tarafında yeni tramvaylar var.)

transfer /trænsfö:/ *v* **aktarmak**

They **transfered** data from one computer to another.
(Bir bilgisayardan diğerine bilgi aktardılar.)

transform /trans'fo:m/v
dönüşmek, dönüştürmek

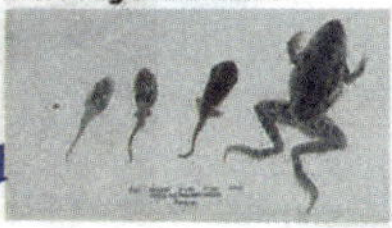

The tadpole **transformed** into a frog.
(İribaş kurbağaya dönüştü.)

translate /træns'leyt/ v **tercüme etmek**

He **translated** the speech from Spanish into English.
(Konuşmayı İspanyolcadan İngilizceye çevirdi.)

translation /træns'leyşın/ n
tercüme, çeviri

The **translation** of the letter is ready.
(Mektubun çevirisi hazır.)

translator /træns'leytı/ n
çevirmen, tercüman
He's a good **translator**.
(O iyi bir tercümandır.)

transport /'trænspo:t/ v
taşımak, ulaştırmak

The goods were **transported** by trucks.
(Mallar kamyonlarla taşındı.)

trap /træp/ n **kapan, tuzak**

We set a **trap** for the mouse.
(Fare için bir kapan kurduk.)

trash /træş/ n **çöp**

Put out the **trash**.
(Çöpü at.)
trash can
Put the **trash can** out. *(Çöp kutusunu dışarı koy.)*

travel /'trævıl/ v **seyahat etmek, dolaşmak**

Jack **travelled** round the world in four years.
(Jack dünyanın etrafını dört yılda dolaştı.)

travel agency /'trævl eycınsi/ n
seyahat acentası

They booked the tickets through a **travel agency**.
(Seyahat acentasından biletleri ayırttılar.)

travel agent /'trævl eycınt/ n
seyahat görevlisi

tray /trey/ *n* **tepsi**

The bottle and glasses are on the **tray**. *(Şişe ve bardaklar tepsinin üzerinde.)*

treasure /'trejı/ *n* **hazine, define**

He found the **treasure** buried under a tree. *(Bir ağacın altında gömülü olan defineyi buldu.)*

treat /tri:t/ *v* **davranmak**

My aunt **treats** the children very well. *(Teyzem çocuklara çok iyi davranır.)*

treat² **tedavi etmek**

T

He is **treating** him for his headaches. *(Başağrıları için onu tedavi ediyor,)*

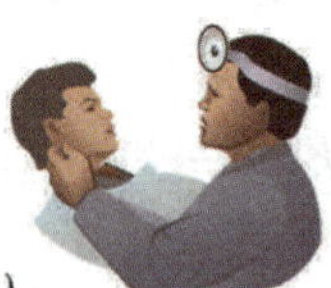

treatment /'tri:tmınt/ *n* **tedavi**

The **treatment** cured him. *(Tedavi onu iyileştirdi.)*

trek /trek/ *n* **uzun, zorlu yürüyüş**

trekking /treking/ *n* **zevk için yapılan zorlu yürüyüş**

They are going **trekking** in the mountains. *(Dağlarda yürüyüşe gidiyorlar.)*

tree /tri:/ *n* **ağaç**

This is an oak **tree**. *(Bu bir meşe ağacı.)*

tremendous /trı'mendıs/ *adj* **çok büyük, kocaman, muazzam**

These mushrooms are **tremendous**. *(Bu mantarlar kocaman.)*

trial /'trayıl/ *n* **mahkeme, duruşma**

The murder **trial** lasted three months. *(Cinayet duruşması üç ay sürdü.)*

triangle /trayængıl/ *n* **üçgen**

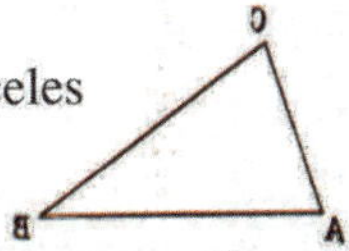

This is an isosceles **triangle**. *(Bu ikiz kenar bir üçgendir.)* Any two sides of an isosceles **triangle** are equal. *(İkiz kenar üçgenin iki kenarı eşittir.)*

tribe /'trayb/ *n* **kabile**

This **tribe** is quite war-like. *(Bu kabile oldukça savaşçıdır.)*

trick /trik/ *n* **hile, oyun**

He used interesting **tricks** to amuse us. *(Bizi eğlendirmek için ilginç oyunlar yaptı.)*

trick2 **aldatmak**

He **tricked** him into showing him somewhere else. *(Ona başka bir yeri göstererek onu kandırdı.)*

trip /trip/ *n* **kısa gezi, gezinti, seyahat**

I made a **trip** to my hometown last weekend. *(Geçen hafta benim kasabama ufak bir gezi yaptım.)*

tropical /'tropikl/ *adj* **tropikal, çok sıcak**

These are **tropical** plants. *(Bunlar tropikal bitkilerdir.)*

trouble /trabl/ *n* **güçlük, dert, zahmet**

He's having great **trouble** with his car. *(Arabası ile büyük derdi var.)*

Did you have any **trouble** finding the hotel? *(Oteli bulmakta güçlük çektiniz mi?)*

get into trouble **başı derde girmek**

He will **get into trouble** with the new manager. *(Yeni müdürle başı belaya girdi.)*

trousers /'trauzıs/ *n* **pantalon**

I've bought a new pair of **trousers**.
(Yeni bir pantalon aldım.)

truck /trak/ *n* **kamyon**

This is a 38 ton **truck**.
(Bu 38 tonluk bir kamyon.)
We moved our goods with a **truck.**
(Mallarımızı kamyonla taşıdık.)

true /tru:/ *adj* **doğru, gerçek**

It is **true** that I'm a Mexican.
(Benim Meksikalı oluşum doğru.)

T

come true /kam tru:/ *v* **gerçekleşmek**

His wish to win the tournament **came true**.
(Onun turnuvayı kazanma dileği gerçekleşti.)

trunk /trangk/ *n* **ağaç gödesi, kütük**

trunk[2] **filin hortumu**

Elephants can lift heavy things with their **trunks**.
(Filler hortumları ile ağır şeyleri kaldırabilirler.)

trunk[3] **sandık**

Their **trunk** was too heavy for the porter to carry.
(Onların sandığı hamalın taşıması için haddinden fazla ağırdı.)

trust /trast/ *v* **güvenmek**

Babies **trust** their parents very much.
(Bebekler anne babalarına çok güvenirler.)

truth /'tru:th/ *n* **gerçek**

You should always tell the **truth**.
(Her zaman gerçeği söylemelisin.)

try */tray/ v* **çalışmak, yapmaya teşebbüs etmek**

He is **trying** to limbo dance.
(Limbo dansı yapmayı deniyor.)
I **tried** to do it, but I couldn't.
(Onu yapmaya çalıştım ama olmadı.)

try² **denemek**

Have you **tried** this sandwich?
(Bu sandviçi denedin mi?)

try something on **giyip denemek**

She's **trying a new skirt on**.
(Yeni bir eteği giyip deniyor.)

T-shirt */'ti: şö:t/ n* **tişört**

What colour is this **T-shirt**? *(Bu Tişört ne renk.)*

tube */tyu:b/ n* **tüp**

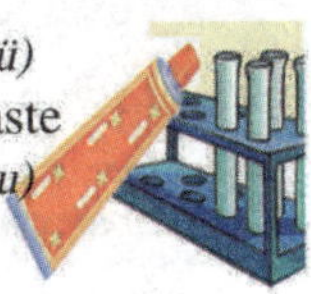

test **tube** *(test tüpü)*
a **tube** of toothpaste
(Bir tüp diş macunu)

tulip */'tyu:lip/ n* **lale**

Tulips were introduced to Holland from Istanbul.
(Laleler Hollandaya İstanbuldan tanıtıldı.)

tune */tyu:n/ n* **nağme, ezgi**

I know this **tune** but I can't remember the words.
(Bu nağmeyi biliyorum ama sözlerini hatırlayamıyorum.)

tunnel */'tanl/ n* **tünel**

A car is coming out of the **tunnel**.
(Bir araba tünelden çıkıyor.)

turkey */'tö:ki/ n* **hindi**

Mom stuffed a **turkey** for Christmas.
(Annem Noel için bir hindi doldurdu.)

turn /*tö:(r)n*/ *v* **çevirmek**

Turn the wheel to the left.
(Çarkı sola çevir.)

turn2 **dönmek, sapmak**

You should **turn** left at the end of the road.
(Yolun sonundan sola dönmelisin.)

turn something down **sesini kısmak, azaltmak**

Turn the television down; it's too loud.
(Televizyonun sesini kıs; sesi çok yüksek.

T

turn something off
kapatmak

He **turned the light off**.
(Işığı kapattı.)
Please **turn** the TV **off** before you go to bed. *(Lütfen yatmadan önce televizyonu kapat.)*

turn something on
açmak

She **turned the light on**.
(Işığı açtı.)

turn3 **yapma sırası**

It's my **turn** to change her nappy and it's your **turn** to answer the door.
(Onun bezini değiştirme sırası benim ve kapıyı cevaplama sırası senin.)

turnip /*'tö:(r)nip*/ *n* **şalgam**

Turnip juice is very popular in Turkey.
(Şalgam suyu Türkiyede çok popülerdir.)

turtle /*'tö:(r)tl*/ *n* **kaplumbağa**

Turtles swim well.
(Kaplumbağalar iyi yüzer.)

tusk */task/ n* **fil, mors, yabandomuzunun uzun dişi**

The elephants' **tusks** are very dangerous for other animals. *(Filin dişleri diğer hayvanlar için çok tehlikelidir.)*

tutor */'tyu:tı/ n* **özel öğretmen**

My **tutor** teaches me at home. *(Benim özel öğretmenim bana evde ders veriyor.)*

tutor *v* **öğretmek**

She **tutors** me in English. *(Bana İngilizce öğretiyor.)*

twice */tways/ adv* **twice**

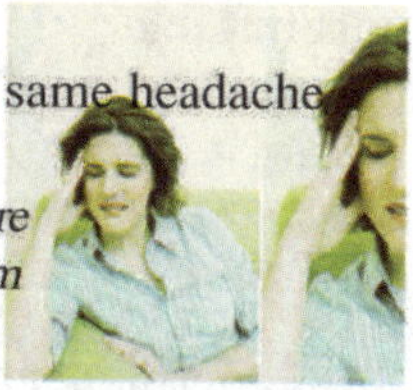

I've had the same headache **twice** today. *(Bugün iki kere aynı baş ağrım tuttu.)*

twin */twin/ n* **ikiz**

They are identical **twins**. *(Onlar aynı yumurta ikizleridir.)*

twist */twist/ v* **bükmek, bükülmek, dolamak**

She **twisted** her hair round her fingers. *(Saçlarını parmağına doladı.)* He **twisted** the pens to each other. *(Tükenmez kalemleri birbirlerine doladı.)*

type */tayp/ n* **tür, çeşit, cins**

They are wearing the same **type** shorts but different shirts. *(Aynı tip şort ama farklı gömlek giyiyorlar.)*

type */tayp/ v* **daktilo etmek**

type writer **daktilo**

typist **daktilograf, daktilo**

tyre */tayı/ n* **lastik teker**

These are old bald tyres. *(Bunlar eski kabak lastik tekerler.)*

T

u /yu:/ *n*

U is the twenty-first letter of the English Alphabet. *(U ingiliz Alfabesinin 21. harfidir.)*

UFO /yu: ef 'ıu/ *n* **kimliği belirlenemeyen cisim**

UFO is short for 'unidentified flying object'. *(UFO tanımlanmayan uçan şey'in kısaltılmış halidir.)*

ugly /'agli/ *adj* **çirkin**

She was an ugly woman. *(Çirkin bir kadındı.)*

umbrella /am'brelı/ *n* **şemsiye**

Put your umbrella up. *(Şemsiyeni aç.)*

unable /an'eybıl/ *adj* **çaresiz**

He was so fast that they were unable to stop him. *(O kadar hızlı idi ki onu durdurmakta çaresiz kaldılar.)*

unarmed /an'a:md/ *adj* **silahsız**

The security guard is unarmed. *(Güvenlik görevlisi silahsız.)*

unavoidable /anı'voydıbıl/ *adj* **kaçınılmaz**

He was driving on the wrong side of the road, so the accident was unavoidable. *(Yolun yanlış tarafında gidiyordu bu yüzden kaza kaçınılmazdı.)*

unbelievable /an'bi'li:vıbıl/ *adj* **inanılmaz**

It was unbelievable how quickly she did it. *(Onu bu kadar hızlı yapması inanılmaz.)*

uncle /ankıl/ *n* **amca, dayı**

Hello, Uncle John. *(John Amca, merhaba.)*
She likes her uncle very much. *(Dayısını çok sever.)*

uncomfortable /an'kamftıbıl/ *adj* **rahatsız**

He looks **uncomfortable**. *(Rahatsız görünüyor.)*

unconscious /an'konşıs/ *adj* **baygın**

After he hit his head onto the goal post he was **unconscious** for several minutes. *(Kafasını kale direğine vurduktan sonra birkaç dakika kendinde değildi.)*

under /'andı/ *pr, adv* **altında**

She sat out of the sun **under** a tree. *(Güneşten uzak bir ağacın altında oturdu.)*

The shoes were **under** the bed. *(Ayakkabılar yatağın altında.)*

under² **altında**

Judith is **under** five years old. *(Judith beş yaşının altında.)*
The shirt costs **under** $ 10. *(Gömlek10 $'ın altında eder.)*

underground /'andıgraund/ **metro**

We went there by **underground**. *(Oraya metro ile gittik.)*

underline /andı'layn/ *v* **altını çizmek**

He **underlined** the word 'cat'. *(Kedi kelimesinin altını çizdi.)*

understand /andı'stænd/ *v* (understood-understood) **anlamak**

Do you **understand** the language I speak? *(Benim konuştuğum dili anlıyor musun?)*

undertake /andı'teyk/ *v* **üstlenmek**

They **undertook** to complete the project by themselves. *(Projeyi kendileri yalnız tamamlamayı üstlendiler.)*

U

undertaker */andı'teykı/ n* **mezar işlerini organize eden kişi**

I hired an **undertaker** to organize the funeral. *(Cenazeyi organize etmesi için mezar işleri yapan birini tuttum.)*

underwear */'andıweı/ n* **iç giyim**

She changes her **underwear** everyday. *(İç çamaşırlarını her gün değiştirir.)*

undress */an'dres/ v* **soyunmak, soymak**

The doctor asked him to **undress**. *(Doktor ona elbiselerini çıkarmasını söyledi.)*
She **undressed** the baby. *(Bebeği soydu.)*

get undressed **soyunmak**

He **got undressed** and went to bed. *(Elbiselerini çıkardı ve yattı.)*

unemployed */anim'ployd/ adj* **işsiz**

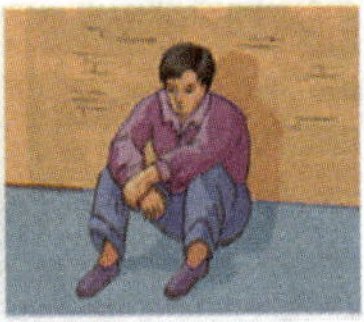

He was **unemployed** for two years after leaving college. *(Üniversiteden ayrıldıktan sonra iki yıldır işsiz.)*

unemployment */anim'ploymınt/ n* **işsizlik**

The **unemployment** in the country is very high these days. *(Bu günlerde ülkedeki işsizlik çok yüksek.)*

unexpected */anik'spektid/ adj* **beklenmedik**

We had an **unexpected** visitor last night. *(Dün gece beklenmedik bir ziyaretçimiz vardı.)*

unfair */an'feı/ adj* **adil değil**

It's **unfair** to hit under the waist. *(Belden aşağı vurmak adil değildir.)*

unfamiliar */anfı'milii/ adj* **tanıdık olmayan, yabancı**

Most people at the meeting were **unfamilar** to me. *(Toplantıda çoğu insan bana yabancıydı.)*

unfortunate */an'fo:çınıt/ adj* **talihsiz**

It was an **unfortunate** end for her. *(Onun için talihsiz bir sondu.)*

unfortunately */an'fo:çınıtli/ adv* **ne yazık ki**

Unfortunately, he had a bad accident again. *(Ne yazık ki yine kötü bir kaza yaptı.)*

unfriendly */an'frendli/ adj* **düşmanca, soğuk**

He's so **unfriendly** to the customers. *(Müşterilere karşı soğuktu.)*

unhappy */an'hæpi/ adj* **mutsuz, bedbaht**

He was very **unhappy.** *(Çok mutsuzdu.)*

unhealthy */an'helthi/ adj* **sağlıksız, hasta**

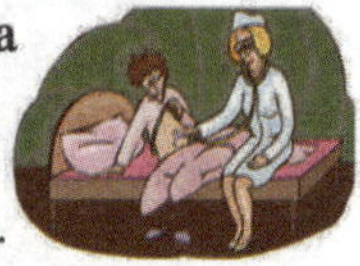

He looks thin and **unhealthy**. *(Zayıf ve sağlıksız görünüyor.)*

uniform */'yu:nifo:m/ n* **üniforma**

British policemen wear dark blue **uniforms**. *(İngiliz polisi lacivert üniforma giyer.*

union */'yuniın/ n* **sendika, birlik**

The worker **unions** protested the latest increases in prices. *(İşçi sendikaları fiyatlardaki son artışları protesto ettiler.)*

unit */yu'nit/ n* **birim, parça**

This closet consists of four **units**. *(Bu dolap dört parçadan oluşur.)*

There is a **unit** of furniture here. *(Burada bir parça mobilya var.)*

U

unit² **birim (para, ölçü birimi)**

The franc was the **unit** of money in France.
(Frank, Fransız para birimiydi.)

unite */yu'nit/ v* **birleşmek, bir araya gelmek**

The threat of being alone for the rest of their life **united** the old folks.
(Hayatlarının geri kalanında yalnızlık tehlikesi eski dostları bir araya getirdi.)

universe */'yu:nivö:s/ n* **evren, kainat**

The **universe** is infinite.
(Evren sonsuzdur.)

university */yu:ni'vö:siti/ n* **üniversite**

I graduated from Istanbul **University**.
(Ben İstanbul Üniversitesinden mezun oldum.)

unknown */an'nıun/ adj* **bilinmeyen**

The names of the singers are **unknown**.
(Şarkıcıların adı bilinmiyor.)

unlock */an'lok/ v* **kilidi açmak**

He **unlocked** the safe, put the document in and then locked again.
(Kasayı açtı, belgeleri koydu ve sonra tekrar kilitledi.)

unlucky */an'laki/ adj* **şanssız**

He was **unlucky** - He lost all his money again.
(Şanssızdı. Yine bütün parasını kaybetti.)

unpack */an'pæk/ v* **paketi açmak**

He has **unpacked** the box and took out a bottle of wine.
(Kutuyu açtı ve içinden bir şişe şarap çıkardı.)

unsuccessful */ansık'sesfıl/ adj* **başarısız**

He made an **unsuccessful** attempt to lift the weight. *(Ağırlığı kaldırmak için başarısız bir teşebbüste bulundu.)*

until */an'til/ conj* **... e kadar**

He stayed at work **until** midnight last night. *(Dün gece yarısına kadar işte kaldı.)*

unusual */an'yujuıl/ adj* **alışılmadık, acayip, olağandışı**

It's an **unusual** baby. *(Olağandışı bir bebek.)*

up */ap/ pr, adv* **yukarı, yukarıda**

The mountaineers are climbing **up** the mountain. *(Dağcılar dağa yukarı tırmanıyorlar.)*
Fuel prices went **up** by 12 % last year. *(Akaryakıt fiyatı geçen yıl %12 yükseldi.)*

up to **..e kadar**

The elevator can hold **up to** 8 people. *(Asansör sekiz kişiye kadar alabilir.)*

What's up? **Sorun ne? Ne var ne yok?**

"Hey, George! **What's up?**" *(Hey George! Ne var ne yok?)*

update */ap'deyt/ v* **güncelleştirmek**

The information on the computer is **updated** every week. *(Bilgisayardaki bilgi her hafta güncelleştirilir.)*

upper */'apı(r)/ adj* **üst, daha yüksek**

Her **upper** lip is wider than the lower one. *(Üst dudağı alt dudağından daha geniş.)*

He's studying **Upper** Intermediate English. *(Orta üstü İngilizce okuyor.)*

upset */ap'set/ adj* **üzgün, perişan, alt üst olmuş**

He was **upset** because his wife left him with a child.
(Perişandı çünkü karısı onu bir çocuğu ile terketti.)

upset */ap'set/ v* **üzmek, perişan etmek**

The news **upset** him. *(Haber onu perişan etti.)*

upside down */apsayd 'daun/ adv* **baş aşağı, ters**

The turtle is **upside down**.
(Kaplumbağa ters dönmüş.)

upstairs */ap'steız/ adv* **üst kata, üst katta**

She's going **upstairs**.
(Üst kata çıkıyor.)
"Where is mom?"
"**Upstairs.**"
("Annem nerede?" "Üst katta.")

U

urban */'ö:bın/ adj* **şehir, şehre**

Most people live in **urban** areas.
(Çoğu insan şehir alanında oturuyor.)

urgency */'ö:cınsi/ n* **aciliyet, ivedilik, önem**

The doctor is in a hurry. There must be an **urgency**.
(Doktor acele ediyor. Acil bir durum olmalı.)

urgent */ö:cınt/ adj* **acil, ivedi, önemli**

I must give this letter to the boss. It's very **urgent**.
(Bu mektubu patrona vermeliyim. Çok acil.)

use */yu:z/ v* **kullanmak**

Do you know how to **use** a computer?
(Bilgisayarı nasıl kullanacağını biliyor musun?)

use[2] **maksat, yarar, kullanım**

What's the **use** of waiting for her call?
(Onun telefon etmesini beklemenin maksadı ne?)
The telephone is ready for **use**.
(Telefon kullanıma hazır.)

used */yu:zt/ adj* **kullanılmış, ikinci el**

I've bought a **used** car.
(Kullanılmış bir araba aldım.)

be used to **alışkın olmak**

He's **used to** using electronic machines.
(O elektronik makineler kullanmaya alışkındır.)

used to² **bir zamanlar yapmak**

She **used to** be a great dancer.
(Eskiden büyük bir dansçı idi.)

use up */yu:z ap/ v* **bitirmek**

Have you **used** all the toothpaste **up**? *(Bütün diş macununu bitirdin mi?)*

useful */'yu:sfl/ adj* **yararlı, kullanışlı**

Dustpans and brooms are **useful**.
(Faraş ve fırçalar kullanışlıdır.)

useless */'yu:slıs/ adj* **yararsız, işe yaramaz**

This is a **useless** tractor - the wheels are buckled!
(Bu işe yaramaz bir traktör. Tekerleri bükülmüş.)

user */'yu:zı/ n* **kullanıcı**

The number of telephone **users** is increasing very fast.
(Telefon kullanıcılarının sayısı hızla artıyor.)

usual */'yu:juıl/ adj* **her zamanki, olağan**

We put the presents in front of our **usual** Christmas tree.
(Hediyeleri her zamanki Noel ağacının önüne koyduk.)

as usual **her zaman olduğu gibi**

As usual, he fell asleep on the way back home.
(Her zamanki gibi eve giderken uyuya kaldı.)

usually /'yu:juıli/ *adv* **genellikle**

I **usually** go to work by bus in the mornings. *(Sabahları genellikle işe otobüsle giderim.)*
We are **usually** on the bus at this time of the day.
(Günün bu vakitleri genellikle otobüste oluruz.)

utensil /yu:'tensil/ *n* **kap kaçak**

Pans and frying pans are cooking **utensils**
(Tavalar ve tencereler yemek pişirme kap kaçağıdır.)

utter /'atı/ *v* **söylemek**

He listened to me without **uttering** a word. *(Bir kelime demeden beni dinledi.)*
She followed him without **uttering** a word. *(Bir kelime söylemeden onu takip etti.)*

v /vi:/
V is The 22nd letter of the English Alphabet. *(V İngiliz Alfabesinin 22. harfidir.)*

vacancy /'veykınsi/ *n* **boş yer**

No **vacancies**.

(Boş yer yok.)

vacancy² **boş iş**

There is a **vacancy** for a secretary in our office. *(Ofisimizde sekreter için boş yer var.)*

vacation /vı'keyşın/ *n* **tatil**

She was in Antalya during the long **vacation**.
(Uzun tatil boyunca Antalyadaydı.)

vacuum */vækyıum/ n* **hava boşluğu**

There is **vacuum** inside these tubes.
(Tüplerin içinde hava boşluğu vardır.)

vacuum² */vækyuım/ v* **elektrikli süpürge ile süpürmek**

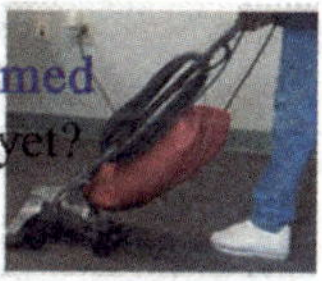

Have you **vacuumed** the sitting room yet?
(Oturma odasını elektrikli süpürge ile süpürdün mü?)

vacuum cleaner */vækyuım kli:nı/ n* **elektrikli süpürge**

vague */veyg/ adj* **muğlak, belirsiz**

I can't say what it is. It's very **vague**.
(Ne olduğunu söyleyemem. Çok belirsiz.)

valid */'vælid/ adj* **geçerli**

This bank card was **valid** until Dec. 2008.
(Bu banka kartı Aralık, 2008'e kadar geçerliydi.)

valley */væli/ n* **vadi**

There is a beautiful village in the **valley**.
(Vadinin içinde güzel bir köy var.)

valuable */'vælyuıbıl/ adj* **değerli**

This is a **valuable** diamond necklace.
(Bu değerli bir elmas kolye.)
Your help has been very **valuable** for us. *(Sizin yardımınız bizim için çok değerliydi.)*

valve */vælv/ n* **vana**

I turned the **valve** off to stop the gas.
(Gazı durdurmak için vanayı kapadım.)

van */væn/ n* **kapalı araç, servis aracı**

We need a **van** to carry our goods.
(Mallarımızı taşımak için bir kapalı araca ihtiyacımız var.)

vandal */væn'dıl/ n* **kendini bilmez**

All the seat covers on the train had been torn by **vandals**.
(Trendeki bütün koltuk kılıfları kendini bilmezler tarafından yırtılmış.)

vandalism **kamu malına zarar verme**

vanilla */vı'nilı/ n* **vanilya**

Get me some **vanilla** ice cream, will you?
(Bana biraz vanilyalı dondurma al, olur mu?)

vanish */'væniş/ v* **gözden kaybolmak**

The rabbit **vanished** into the top hat. *(Tavşan melon şapkanın içinde gözden kayboldu.)*

vapour */vey'pır/ n* **buhar**
Vapour is coming out from the tubes. *(Tüplerde buhar çıkıyor.)*

vapourize */vey'prayz/ v* **buharlaşmak**

variety */vira'iti/ n* **değişiklik**

You need **variety** in your life.
(Hayatında bir değişikliğe ihtiyacın var.)

variety² **tür**

They sell different **varieties** of fruit.
(Meyvenin farklı türlerini satıyorlar.)

various */ver'iyıs/ adj* **çeşitli, muhtelif**

There are **various** brushes here; which would you like to buy? *(Burada çeşitli fırçalar var; hangisini almak istersiniz?*

varnish */va:'niş/ n* **cila**
a can of **varnish** *(bir kutu cila)*
varnish */va:niş/ v* cilalamak

He's **varnishing** the table leg.
(Masanın bacağını cilalıyor.)

vary */veıri/ v* **değişmek, değiştirmek**

The choice of cakes **varies** from day by day.
(Pasta tercihi günden güne değişiyor.)

vase */va:z/ n* **vazo**

This is an ornamental **vase**.
(Bu süslemeli bir vazodur.)
I changed the flowers in the **vase**.
(Vazodaki çiçekleri değiştirdim.)

vegetable */'vectıbl/ n* **sebze**

I've bought some **vegetables** from the bazaar.
(Pazardan biraz sebze aldım.)

vegetarian */vecıteırıın/ n* **vejeteryan**

Zebras are **vegetarian**.
(Zebralar vejeteryandır.)

vehicle */veykıl/ n* **ulaşım aracı, nakil vasıtası**

A plane is the fastest **vehicle**.
(Uçak en hızlı ulaşım aracıdır.)

veil */veyl/ n* **peçe**

In many Muslim countries, women wear **veils**.
(Bir çok İslam ülkesinde kadınlar peçe takar.)

vein */veyn/ n* **damar**
Leaves, animals and people have **veins**.

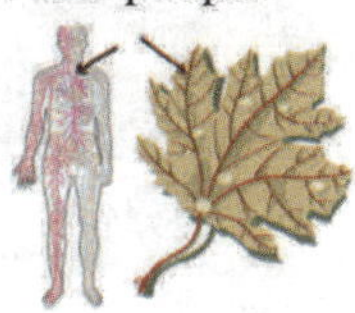

(Yapraklar, hayvanlar ve insanların damarları vardır.)

velvet */velvit/ n* **kadife**

We have red **velvet** curtains.
(Kırmızı kadife perdelerimiz var.)
She wore brown **velvet**.
(Kahverengi kadife giydi.)

ventilate */'ventileyt/ v* **hava-landırmak**

Fans **ventilate** buildings.
(Vantilatörler binaları havalandırır.)

verandah */ve'rændı/ n* **veranda, kapalı taraça**

Let's have tea on the **verandah**.
(Haydi verandada çay içelim.)

verb */vö:b/ n* **fiil, eylem**

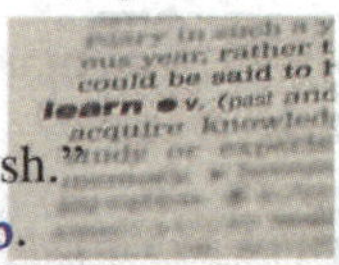

In the sentence "We learn English." "learn" is a **verb**.
("Biz İngilizce Öğreniyoruz," cümlesinde 'öğreniyoruz' bir fiildir.)

verse */vö:s/ n* **nazım, kafiye, kıta**

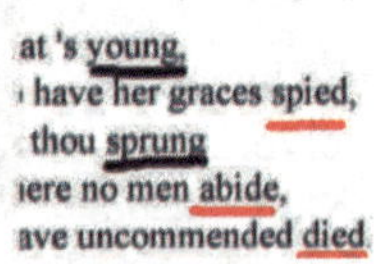

There is a **verse** in these sentences. *(Bu cümlelerde bir kafiye var.)*

version */'vö:jn/ n* **yorum, anlatım**

This is the new **version** of the book.
(Bu kitabın yeni bir yorumu.)

vertical */'vö:tikl/ adj* **dikey**

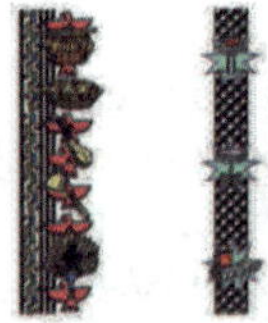

These lines are **vertical**.
(Bu çizgiler dikey.)

very */'veri/ adv* **çok**

VIP stands for **very** important person.
(VIP çok önemli insan anlamına gelir.)
I looked for this key **very** much.
(Bu anahtarı çok fazla aradım.)

vest */vest/ n* **atlet**

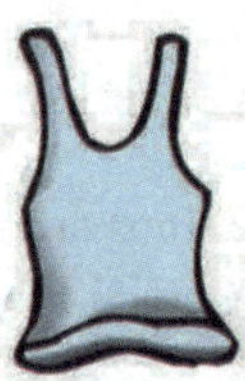

I always wear a **vest**.
(Ben her zaman bir atlet giyerim.)

vet / veterinarian /vet/, /vet(ı)rı'neırıın/ *n* **veteriner**

We needed to take our dog to the **vet**.
(Köpeğimizi veterinere götürmemiz gerekti.)

vibration /vay'breyşın/ *n* **titreşim**

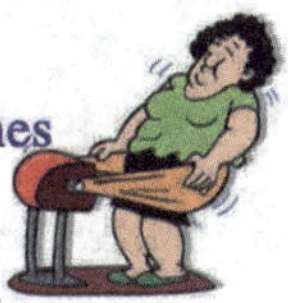

Vibration machines help people to lose weight.
(Titreşim makineleri insanlara kilo vermede yardımcı olur.)

vicar /'vikı/ *n* **papaz**

They went to the church to see the **vicar**.
(Papazı görmek için kiliseye gittiler.)

victim /'viktm/ *n* **kurban, mağdur**

They threw the **victim** into the sea.
(Kurbanlarını denize attılar.)

victory /'vikt(ı)ri/ *n* **zafer**

They won a great **victory**.
(Büyük bir zafer kazandılar.)

video /'vidiıu/ *n* **video**

This is the **video** of the wedding.
(Bu nikahın videosudur.)

video /video recorder **video kaydedici**

Our **video recorder** is out of order.
(Bizim video kaydedici bozuk.)

video game **oyun**

My brother has many **video games**.
(Kardeşimin bir sürü video oyunu var.)

view /vyu:/ *n* **görüntü, manzara**

Our terrace has got a beautiful sea **view**.
(Terasımızın güzel bir deniz manzarası var.)

view2 **görüş**

What's your **view** about this painting?
(Senin bu resim hakkındaki görüşün ne?)

village /'vilic/ *n* **köy**

This is a fishing **village** by the sea.
(Bu deniz kenarında bir balıkçı köyüdür.)

villager /'vilicı/ *n* **köylü**

The **villagers** get water from this fountain.
(Köylüler çeşmeden su alırlar.)

vine /vayn/ *n* **asma, bağ kütüğü**

There are nice grapes on the **vine**.
(Asmada iyi üzüm var.)

vinegar /'vinigı/ *n* **sirke**

Would you like some **vinegar** for your soup?
(Çorban için biraz sirke ister misin?)

vineyard /'vinyıd/ *n* **üzüm bağı**

Let's go to the **vineyard** and pick some grapes.
(Haydi bağa gidip biraz üzüm toplayalım.)
I spent a week in my uncle's **vineyard** this summer.
(Bu yaz amcamın üzüm bağında bir hafta geçirdim.)

viola /vi'ıulı/ *n* **viyola**

A **viola** is a stringed music instrument.
(Viyola telli bir müzik aletidir.)

violence */'vayılıns/ n* **şiddet**

There is a lot of violence in schools these days.
(Bu günlerde okullarda çok şiddet var.)

violent */'vayılınt/ adj* **şiddetli, zorlu, haşin**

She was a violent woman who attacked her husband.
*(O kocasına saldıran **haşin** bir kadındı.*

violently */'vayılıntli/ adv* **şiddetle, sert şekilde**

violet */'vayılet/ n* **menekşe 2. menekşe rengi**

The colour violet comes from violets.
(Menekşe rengi menekşelerden gelir.)

violin */vayı'lin/ n* **keman**

My brother plays the violin very well.
(Erkek kardeşim çok iyi keman çalar.)

violinist */vayı'linist/ n* **kemancı**

virus */'vayrıs/ n* **virüs**

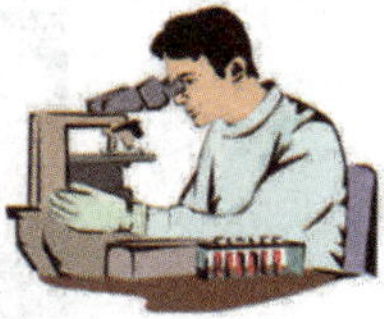

A vaccine protects you from a particular virus.
(Aşı sizi belli bir virüsten korur.)

visa */'vi:zı/ n* **vize**

I got a six month's visa for the USA.
(Amerika için altı aylık vize aldım.)

visible */'vizıbl/ adj* **görünür, görülebilir**

Stars are visible on a clear night.
(Yıldızlar berrak bir gecede görülebilirler.)

vision */'vijn/ n* **görüş, hayal gücü**

She has good vision.
(İyi bir görüşü var.)

visit */'vizit/ v* **ziyaret etmek**

We visited our friends in town last night.
(Dün gece kentte arkadaşlarımızı ziyaret ettik.)

visit / *n* **ziyaret**

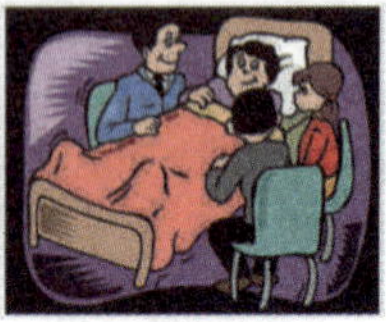

They are on a **visit** in the hospital.
(Hastanede bir ziyadetteler.)

visitor /*'vizitı/ n* **ziyaretçi**

He has lots **visitors** today.
(Bugün çok ziyaretçisi var.)

visual /*'vijuıl/ n* **görsel**

Painting and cinema are **visual** arts.
(Resim ve sinema görsel sanatlardır.)

vital /*'vaytl/ adj* **hayati, çok önemli**

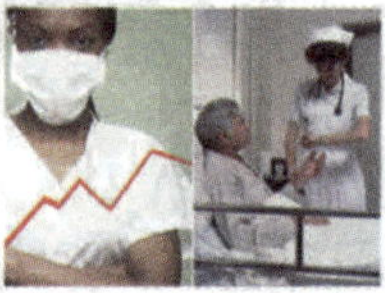

It's **vital** that she sees a doctor - she's very ill. *(Onun doktoru görmesi hayati- çok hasta.)*

vitamin /*'vitımin/ n* **vitamin**

Oranges contain **vitamin** C.
(Portakallar C vitamini içerir.)

vocabulary /*vıu'kæbyulıri/ n* **kelime bilgisi**

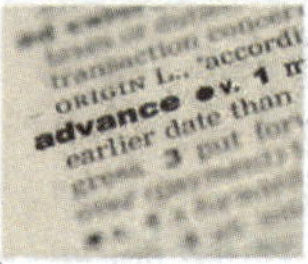

He has a wide **vocabulary** and likes crosswords.
(Onun geniş kelime bilgisi vardır ve kare bulmaca sever.)

voice / *voys/ n* **ses**

We could hear the children's **voices** in the garden.
(Bahçedeki çocukların sesini duyabiliyorduk.)
He sang in a loud **voice**.
(Yüksek sesle şarkı söyledi.)

volcano /*vol'keynıu/ n* **volkan, yanardağ**

Etna is a big **volcano** in Italy.
(Etna İtalyada büyük bir yanardağdır.)

volleyball /*'voli bo:l/ n* **voleybol**

I played **volleyball** when I was at school.
(Okuldayken voleybol oynadım.)

volt */vıult/ n* **volt**

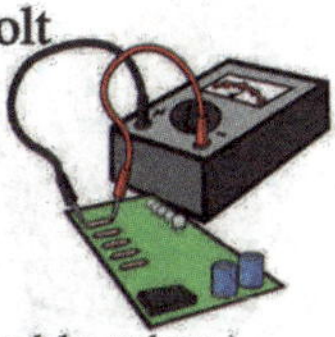

This machine works with 220 **volts**.
(Bu makine 220 voltla çalışır.)

voltmeter **voltmetre, volt ölçer**

volume */'volyu:m/ n* **hacim**

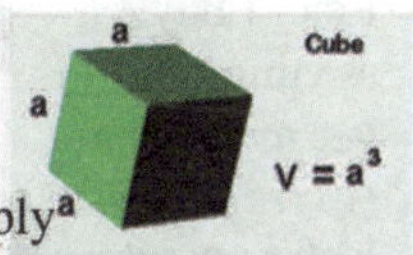

To find the **volume** of a cube, multiply a_1, a_2 and a_3. *(Küpün hacmini bulmak için a_1, a_2 ve a_3'ü çarp.)*

volume[2] **ses miktarı**

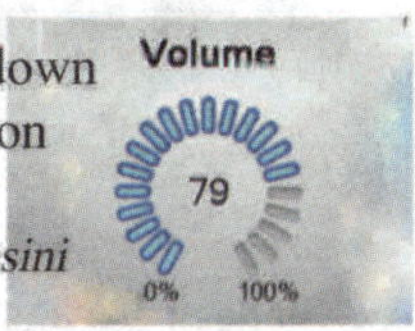

She turned down the **volume** on the radio.
(Radyonun sesini kıstı.)
The **volume** of the music is very high.
(Müziğin ses miktarı çok fazla.)

volume[3] **baskı**

This **volume** of encyclopedia is updated.
(Ansiklopedinin bu baskısı güncellenmiş.)

voluntarily */'volınt(ı)ri/ n*
gönüllü olarak

They did it so **voluntarily**.
(Onu oldukça gönüllü yaptılar.)

voluntary[2] **gönüllü**

He was a **voluntary** soldier in the Civil War.
(O iç savaşta gönüllü askerdi.)

volunteer */volıntiı/ n*
gönüllü kişi

We want some **volunteers** to deliver food to the poor. *(Fakirlere yiyecek dağıtmak için birkaç gönüllüye ihtiyacımız var.)*

vomit */'vomit/ v* **kusmak**

The woman **vomited** after eating the bad meat.
(Kadın bozulmuş eti yedikten sonra kustu.)

vote */vıut/ v* **oy vermek**

I'm **voting** for Hillary Clinton.
(Hillary Clintona'a oy veriyorum.)

vote2 **oy**

She had most of the **votes**.
(Oyların çoğunu aldı.)

vowel */'vauıl/ n* **ünlü harf**

A, **e**, **i**, **o** and **u** are **vowels** in the English Alphabet.
(İngiliz Alfabesinde a, e, i, o ve u ünlü harflerdir.)

a, e
i, o,
u

voyage */'vouc/ n* **deniz veya uzay yolculuğu**

We had a fantastic **voyage**.
(Şahane bir deniz yolculuğu yaptık.)

w */'dablyu:/ n*
W is the twenty-third letter of the English Alphabet. *(W İngiliz Alfabesinin 23. harfidir.)*

wages */'weycıs/ n* **ücret**

I can't buy anything until I get my **wages**.
(Ücretimi alana kadar hiçbir şey satın alamam.)

wagon */'weygın/ n* **vagon**

We slept in a **wagon** last night.
(Dün gece bir vagonda uyuduk.)

waist */weyst/ n* **bel**

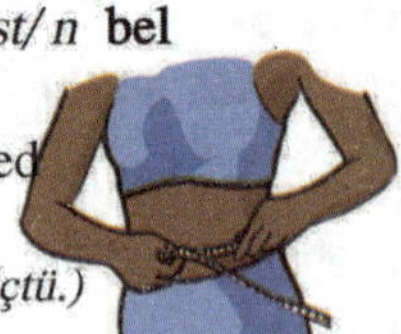

Ann measured her **waist**.
(Ann belini ölçtü.)

She has a thin **waist**.
(İnce bir beli var.)

waistcoat */'weyskıut/ n* **yelek**

A **waistcoat** has buttons down the front and no arms.
(Bir yeleğin önde yukardan aşağı düğmeleri vardır ve kolu yoktur.)

wait */weyt/ v* **beklemek**

We were **waiting** for the lift when she came.
(O geldiğinde biz asansör bekliyorduk.)

waiter */'weytı/ n* **garson**

Jo is an experienced **waiter**.
(Jo deneyimli bir garsondur.)

waitress */'weytrıs/ n* **bayan garson**

wake */weyk/ v* **uyandırmak, uyanmak**

I **woke** up with difficulty this morning.
(Bu sabah zor uyandım.)

walk */wo:k/ n v* **yürüyüş, yürümek**

They had a short **walk** after lunch.
(Yemekten sonra kısa bir yürüyüş yaptılar.)
I **walked** to school this morning. *(Bu sabah okula yürüdüm.)*

take sb/sth for a walk **yürüyüşe çıkarmak**

She **took the dogs out for a walk** after work.
(İşten sonra köpekleri yürüyüşe çıkardı.)

wall */wo:l/ n* **duvar**

There was a high **wall** around his house.
(Onun evinin etrafında yüksek bir duvar vardı.)

wallet */'wolit/ n* **cüzdan**

I have got some money in my **wallet**?
(Cüzdanımda biraz para var.)

W

walnut */wo:lnat/ n* **ceviz ağacı, ceviz**

Walnuts are delicious and healthy food.
(Ceviz lezzetli ve sağlıklı bir yiyecektir.)

want */want/ v* **istemek**

She **wants** some chocolate.
(Biraz çikolata istiyor.)

war */wo:/ n* **savaş**

The two countries have been at **war** for four years.
(İki ülke dört yıldır savaşıyorlar.)

ward */wo:d/ n* **koğuş**

She is cleaning the **ward**.
(Koğuşu temizliyor.)
John is the only patient in this **ward**.
(John bu koğuştaki tek hastadır.)

wardrobe */'wo:drıub/ n* **gardırop, elbise dolabı**

The **wardrobe** is full of new dresses.
(Elbise dolabı yeni elbiselerle dolu.)

ware */weı/ n* **kilden yapılı şeyler**

wares */weız/ pl n* **emtia, mal**

The man spread his **wares** on the table.
(Adam mallarını masaya yaydı.)

warehouse */weı haus/ n* **depo, büyük magaza**

warm */wo:m/ adj* **ılık, sıcak hava**

The snowman melted in the **warm** sun.
(Sıcak güneşte kardan adam eridi.)
This water is **warm**.
(Bu su ılık.)

warm2 **sıcak tutan**

He wore **warm** clothes to school yesterday.
(Dün okula sıcak tutan (kalın) giysiler giydi.)

W

warmth /wo:mth/ n **sıcaklık**

The **warmth** of her smile made us feel more comfortable.
(Onun gülüşünün sıcaklığı hepimizi daha rahatlattı.)

warn */wo:n/ v* **uyarmak**

Nobody **warned** me about the dangerous fluid in the bottle.
(Kimse beni şişenin içindeki tehlikeli sıvı için uyarmadı.)

wash */woş/ v* **yıkamak**

I have **washed** my car. *(Arabamı yıkadım.)*
Have you **washed** your hands? *(Ellerini yıkadın mı?)*

wash up */woş 'ap/ ph v*
bulaşıkları yıkamak

It's my turn to **wash up** tonight.
(Bulaşıkları yıkama sırası bu akşam benim.)

have a wash **yıkanmak**

He **had a** quick **wash**.
(Çabuk yıkandı.)
Have you **had a wash** today?
(Bugün yıkandın mı?)

washbasin */'woşbeysn/ n*
lavoba

Washbasins are made of porcelain.
(Lavobalar porselenden yapılır.)

washing machine
çamaşır makinesi

We have bought a new **washing machine**.
(Yeni bir çamaşır makinesi satın aldık.)

waste */weyst/ v* **israf etmek**

Don't **waste** your money on unnecessary things.
(Paralarını lüzumsuz şeylere israf etme.)

W

waste[2] **çöp, artık**

The **waste** from the factory was taken away in lorries.
(Fabrika artıkları kamyonlarla uzağa götürülüyor.)

watch */woç/ n* **kol saati**

I'll check my **watch** for the time.
(Vakit için saatime bakacağım.)

watch */woç/ v* **seyretmek**

How often do you **watch** television?
(Ne kadar sık televizyon seyrediyorsun?)

water */'wo:tı/ n* **su**

We get **water** from the river for irrigation.
(Sulama için nehirden su alırız.)

water */'wo:tı/ v* **sulamak**

He's **watering** the plants in the garden.
(Bahçedeki bitkileri suluyor.)

waterfall */'watıfo:l/ n* **şelale**

There is a beautiful **waterfall** in Manavgat.
(Manavgat'ta güzel bir şelale var.)

watermelon */'wo:tı melın/ n* **karpuz**

A **watermelon** is red inside and with a lot of black seeds.
(Karpuzun içi kırmızı ve bol siyah çekirdeklidir.)

waterproof */'wo:tı pru:f/ adj* **su geçirmez**

I like swimming with my **waterproof** goggles.
(Su geçirmez deniz gözlüklerim ile yüzmesini severim.)

W

water-skiing */'wo:tı skiing/*
n **su kayağı**

Water-skiing is an enjoyable sport.
(Su kayağı zevkli bir spordur.)

wave */weyv/ v* **el sallamak**

She **waved** goodbye to them.
(El sallayarak onları uğurladı.)

wave */weyv/ n* **dalga**

It's difficult to swim in the **waves**.
(Dalgalar içinde yüzmek zordur.)

wavy */'weyvi/ adj* **dalgalı**

.

wax */wæks/ n* **balmumu**

This is a **wax** candle.
(Bu balmumu bir mumdur.)

way */wey/ n* **yön, taraf**

Look both **ways** before you cross the road.
(Yolu karşıya geçmeden önce iki tarafa da bak.)
Which **way** should I go?
(Hangi yöne gitmeliyim?)

WC */dablyu: si:/n* **tuvalet**

Pardon, where is the **WC,** please?
(Affedersiniz, tuvalet nerede?)

weak */wi:k/ adj* **zayıf, güçsüz**

How **weak** his arms are!
(Kolları ne kadar ince!)
He was **weak** after his illness.
(Hastalığından sonra çok güçsüzdü.)

weakness */'wi:knıs/ n*
zayıflık, zaaf

Wasting too much time and money on gambling is his **weakness**.
(Kumarda çok para ve zaman harcamak onun zaafı.)

W

wealth /welth/ *n* **varlık, zenginlik**

The father passed on the family's **wealth** to his son. *(Baba ailesinin varlığını oğluna geçirdi.)*

wealthy /'welti/ *adj* **zengin**

weapon /'wepın/ *n* **silah**

A gun is a **weapon**. *(Tabanca bir silahtır.)*

wear /weı/ v **giymek, takmak, taşımak**

She **wore** a pretty dress. *(Güzel bir elbise giydi.)*
He's **wearing** a suit. *(Takım elbise giyiyor.)*

weather /'wedı/ *n* **hava**

I don't like cold **weather**. *(Soğuk havayı sevmem.)*
The **weather** has been dry this week. *(Bu hafta hava sıcak.)*

weather forecast **hava durumu**

The **weather forecast** says it will be sunny and dry tomorrow. *(Hava durumu yarın havanın güneşli ve yağışsız olacağını söylüyor.)*

weave /wi:v/ v (wove-woven) **dokuma**

He's **weaving** a carpet. *(Halı dokuyor.)*

weaver /wi:vı/ *n* **dokumacı**

web /web/ *n* **örümcek ağı**

There is a **web** in the corner of the ceiling. *(Tavanın köşesinde bir örümcek ağı var.)*

wedding /'weding/ *n* **nikah**

Bob and Aslı invited me to their **wedding**. *(Bob ve Aslı beni nikahlarına davet etti.)*

weed */wi:d/ n* **çalı**

The garden is full of **weeds**. *(Bahçe çalı ile dolu.)*

week */wi:k/ n* **hafta**

This is Business Women's **week**.

(Bu hafta iş kadınları haftası.)

weekday */'wi:kdey/ n* **hafta içi günü**

I work from nine to seven on **weekdays**. *(Hafta içi yediden dokuza kadar çalışıyorum.)*

weekend */wi:k'end/ n* **hafta-sonu**

I don't work at the **weekend**. *(Haftasonu çalışmam.)*

weekly */'wi:kli/ n, adv* **haftalık, haftada bir**

This is a **weekly** paper; it is printed **weekly**. *(Bu haftalık bir gazete; haftada bir basılır.)*

weep */wi:p/ v* (wept-wept) **ağlamak, gözyaşı dökmek**

She **wept** when she heard the bad news. *(Kötü haberi duyunca gözyaşı döktü.)*

weigh */wey/ v* **tartmak**

She **weighed** the baby. *(Bebeği tarttı.)*

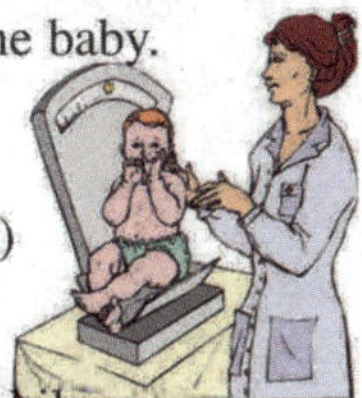

weigh2
gelmek (kiloca)

The baby **weighed** eight kilos. *(Bebek sekiz kilo geldi.)*

weight */'weyt/ n* **ağırlık**

The baby's **weight** is eight kilos. *(Bebeğin ağırlığı sekiz kilo.)*

welcome */'welkım/ v* **iyi karşılamak**

They **welcomed** me very well. *(Beni çok iyi karşıladılar.)*

welcome */'welkım/*
hoşgeldin

He said '**welcome**' to him. *(Ona 'hoşgeldin' dedi.)*

weld */weld/ v* **kaynak yapmak**

He **welded** the broken pieces. *(Kırık parçaları kaynattı.)*

welder */'weldı/ n* **kaynakçı**

well */wel/ adj* (better-best) **iyi**

I feel very **well** today. *(Bugün kendimi çok iyi hissediyorum.)*

well */wel/ adv* **iyi bir şekilde**

He did his job very **well**. *(İşini çok iyi yaptı.)*
Can you swim **well**? *(İyi yüzebilir misin?)*

well */wel/ n* **kuyu**

We had a traditional **well** in our garden in the village. *(Köyde bahçemizde geleneksel bir kuyumuz var.)*

well-known */wel 'nıun/ adj* **ünlü, iyi tanınan**

That writer is very **well-known**. *(Şu yazar çok ünlüdür.)*

well off */wel of/ adj* **zengin**

Is it right that more people are poor than **well off**? *(Zenginden çok fakir insanın olması doğru mu?)*

west */west/ adj, adv, n* **batı**

He lives on the **west** side of the river. *(Nehrin batı yakasında oturur.)*

western */'westın/ adj* **batıya ait, batılı**
He has a **western** accent. *(Batılı bir aksanı var.)*

wet */wet/ adj* **ıslak, yaş**

Don't touch the **wet** paint. *(Yaş boyaya dokunma.)*
The clothes are still **wet**. *(Elbiseler hala ıslak.)*

wet[2] **yağışlı, yağmurlu**

It was a **wet** day.
(Yağmurlu bir gündü.)

wet */wet/ v* **ıslatmak**

The rain is **wetting** us.
(Yağmur bizi ıslatıyor.)

whale */weyl/ n* **balina**

Whales are mammals.
(Balinalar memelidir.)

what */wot/ fw* **ne, hangi**

What is new in the paper today?
(Bugün gazetede yeni ne var?)
What does it say? *(Ne söylüyor?)*

wheat */wi:t/ n* **buğday**

People grow **wheat** in Konya.
(Konyada insanlar buğday yetiştirir.)
Bread is made from **wheat.**
(Ekmek buğdaydan yapılır.)

wheel */wi:l/ n* **tekerlek**

Wheels make cars, lorries and bicycles move.
(Tekerler arabaları, kamyonları ve bisikletleri hareket ettirir.)

wheelchair */'wi:l çeı/ n* **tekerlekli sandalye**

He has to live on a **wheelchair**.
(O, tekerlekli sandalyede yaşamak zorunda.)

when */wen/ fw* **ne zaman**

When did the train leave?
(Tren ne zaman gitti?)
When were you born?
(Ne zaman doğdun?)

when[2] **belli bir zamanda**

I was here **when** he came.
(O gelince burdaydım.)

where */weı/ fw* **nereye, nerede**

Where is he going?
(O, nereye gidiyor?)
Where do you live?
(Nerede oturuyorsun?

W

whether */wedı/ conj* **eğer, mi acaba**

I don't know **whether** he'll come or not.
(Onun gelip gelmeyeceğini bilmiyorum.)

which */wiç/ fw* **hangi, hangisi**

Which doctor should I see; Dr A or Dr B?
(Hangi doktoru gönmeliyim; Dr. A'yımı yoksa Dr. B'yimi?)

while */wayl/ conj* **... iken**

He kept on talking on the phone **while** the table was burning.
(Masa yanıyorken o telefonda konuşmaya devam etti.)

whip */wip/ n* **kırbaç**

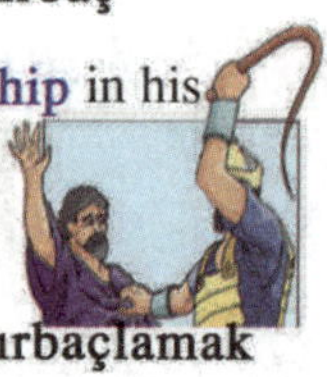

He had a long **whip** in his hand.
(Elinde uzun bir kırbaç var.)

whip */wip/ v* **kırbaçlamak**
He **whipped** him.*(Onu kırbaçladı.)*

whisper */wispı/ n* **fısıltı**

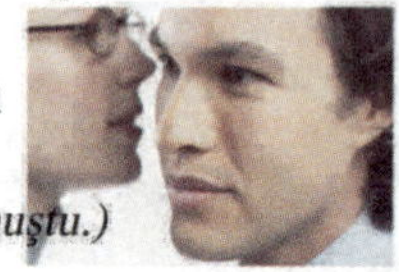

She spoke in a **whisper**.
(Fısıltı ile konuştu.)

whisper */wispı/ v* **fısıldamak**
'He'll cheat you,' he **whispered** in his ear.
(Kulağına 'O seni aldatacak,' diye fısıldadı.)

whistle */wisl/ n* **düdük**

The teacher blew a **whistle** to start the race.
(Öğretmen yarışı başlatmak için düdüğü öttürdü.)

whistle2 **ıslık çalmak**

He walked home **whistling** with his dog.
(Islık çalarak köpeği ile eve yürüdü.)

white */wayt/ adj , n* **beyaz**

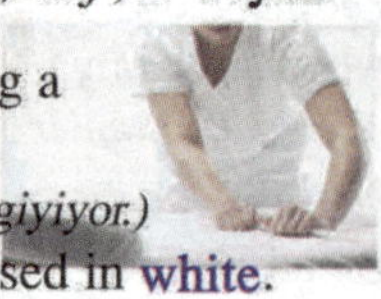

She's wearing a **white** dress.
(Beyaz elbise giyiyor.)
He was dressed in **white**.
(Beyaz giyinmişti.)

who */hu:/ p* **kim, kimi**

Who am I?
(Ben kimim?)
Who do you love best?
(En çok kimi seviyorsun?)

whole */hıul/ adj* **bütün, hepsi, tamamı**

We ate the **whole** pizza.
(Bütün pizzayı yedik.)

whom */hu:m/ p* **kimi, kime**

Whom did you have a drink with last night?
(Dün gece kiminle içki içtin?)

whose */hu:z/ fw* **kimin**

Whose dog is this?
(Bu kimin köpeği?)
This is the dog **whose** owner is in hospital.
(Bu sahibi hastanede olan köpek.)

why */way/ fw* **niçin, niye**

Why is he crying?
(Niçin ağlıyor.)
I can't tell you **why** he is crying.
(Niye ağladığını sana söyleyemem.)

wide */wayd/ adj* **geniş**

This vase is very **wide**.
(Bu vazo çok geniş.)
How **wide** is this room?
(Bu odanın genişliği ne kadar?)

widen */'waydın/ v* **genişletmek**
They are **widening** the road.
(Yolu genişletiyorlar.)

widow */'widıu/ n* **dul bayan**

She became a **widow** at a very young age.
(Çok genç yaşta dul kaldı.)

widower */'widıuı/ n* **dul erkek**

He has just become a **widower**. *(Yeni dul kaldı.)*

width */width/ n* **genişlik**

The **width** of this bridge is only two meters.
(Bu köprünün genişliği sadece 2 metre.)

wife */wayf/ n* **karı, eş**

Jack loves his **wife** very much.
(Jack karısını çok seviyor.)

wig */wig/ n* **peruk**

She's wearing a colourful **wig**.
(Rengarenk bir peruk takıyor.)

wild */wayld/ adj* **vahşi, yaban**

Wild animals live in this forest.
(Bu ormanda vahşi hayvanlar yaşar.)
She was **wild** with anger.
(Hırsından vahşileşmişti.)

will */wil/ mv* **... ecek, ... acak**

You **will** have a bright future.
(Parlak bir geleceğin olacak.)

will2 **vasiyet**

The man left his farm to his son in his **will**.
(Adam vasiyetinde çiftliğini oğluna bıraktı.)

win */win/ v* (won,won) **kazanmak**

He **won** the final.
(Finali kazandı.)

win2 **kazanmak (ödül veya beleş para)**

He **won** a lot of money from the gambling machine.
(Kumar makinesinden çok para kazandı.)

wind /wind/ *v* (wound-wound) **kurmak**

He tried to **wind** the tower's big clock.
(Kulenin büyük saatini kurmaya çalıştı.)

wind /wind/ *n* **rüzgar**

The **wind** blew his hat off his head.
(Rüzgar şapkasını kafasından uçurdu.)

The **wind** is blowing hard.
(Rüzgar sıkı esiyor.)

windmill /windmil/ *n* **rüzgar değirmeni**

There is a **windmill** on the hill.
(Tepede bir rüzgar değirmeni var.)

window /windıu/ *n* **pencere**

Someone left the **window** open.
(Biri pencereyi açık bıraktı.)

wind screen /'wind skri:n/ *n* **ön cam**

There is a crack in the **wind screen**.
(Ön camda bir çatlak var.)

windscreen wiper **ön cam sileceği**

windsurfing /'wind sı:fing/ *n* **rüzgar sörfü**

Have you been **windsurfing**?
(Hiç rüzgar sörfüne gittin mi?)

windy /'windi/ *adj* **rüzgarlı**

It was **windy** weather.
(Rüzgarlı bir havaydı.)

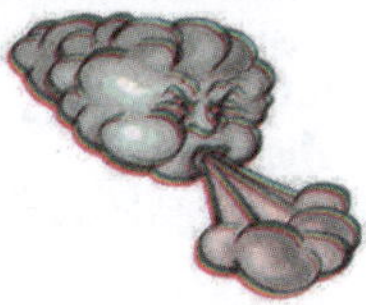

wine /wayn/ *n* **şarap**

There is a glass of **wine** on the table with two bottles.
(Masanın üzerinde iki şişe ile bir bardak şarap var.)

wing /wing/ n **kanat**

Eagles have large wings.
(Kartalların geniş kanatları var.)

wink /wink/ v **göz kırpmak**

She winked at me.
(Bana göz kırptı.)

wink /wink/ n
göz kırpma
She gave me a wink.
(Bana göz kırptı.)

winter /'wintı/ n **kış**

We go sledging in winter.
(Kışın kızak kaymaya gideriz.)

wipe /wayp/ v **silmek**

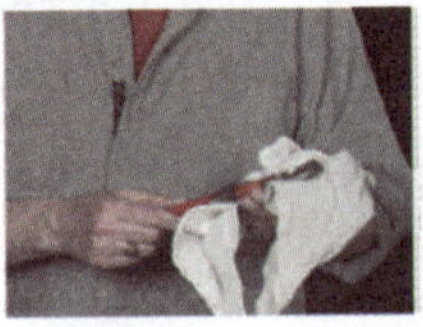

He wiped the brush with a piece of cloth.
(Bir parça kumaş ile fırçasını sildi.)

wire /wayı/ n **metal tel**

The birds perched on the wire.
(Kuşlar telin üzerine pineklediler.)

wireless /'wayılıs/ adj **telsiz, eski tip radyo**

This is a wireless phone.
(Bu telsiz bir telefon.)

wise /wayz/ **akıllı, bilge**

He's a wise old man.
(O, bilge bir ihtiyar adamdır.)

wisdom /'wizdım/ n
bilgelik
People praise him for his wisdom . *(İnsanlar onun bilgeliğini övdüler.)*

wish /wiş/ v **dilemek**

I wish I could fly.
(Keşke uçabilsem.)

wish /wiş/ n **dilek arzu**
What's your wish?
(Senin dileğin ne?)

witch /wiç/ *n* **cadı**

She's an old **witch**.
(O ihtiyar bir cadıdır.)
Witches are believed to fly on a broom.
(Cadıların bir süpürgenin üzerinde uçtuklarına inanılır.)

with **ile**

He cut the meat into small pieces **with** a knife.
(Bir bıçak ile eti küçük parçalara böldü.)

with[2] **ile** (sahip olarak)

She is a beautiful woman **with** long hair.
(Uzun saçlı güzel bir kadındır.)
She is wearing a blue jumper **with** vertical stripes. *(Dik çizgili mavi bir kazak giyiyor.)*

with[3] **ile**
I played table tennis **with** Jack yesterday.
(Dün Jack ile masa tenisi oynadım.)

without /wid'aut/ *fw* **... siz, sız**

He left the house **without** his trousers.
(Evinden pantolonsuz çıktı.)
I'm nothing **without** you. *(Sensiz ben bir hiçim.)*

witness /'witnıs/ *n* **tanık, şahit**

He was the only **witness** at the accident.
(O kazanın tek şahidiydi.)
Have you got a **witness**?
(Bir tanığın var mı?)

wizard /'wizıd/ *n* **sihirbaz**

He's a financial **wizard**.
(O bir para sihirbazıdır.)

wolf /wulf/ *n* **(pl wolves) kurt**

Wolves come close to villages to find food in cold weather. *(Kurtlar yiyecek bulmak için soğuk havalarda köylere yaklaşırlar.)*

woman /'womın/ *n* **kadın**

(pl women)
She's a beautiful **woman** with long fair hair.
(Uzun kumral saçlı güzel bir bayandır.)

wonder /'wandı/ *v* **merak etmek**

I **wonder** what else we can do for her.
(Acaba onun için başka ne yapabilirim.)

wonderful /'wandıfl/ *adj* **şahane, harikulade**

What **wonderful** news! I won the lottery.
(Ne harikulade bir haber. Piyangoyu kazandım.)

wood /wud/ *n* **odun**

They stored enough **wood** for the winter.
(Kış için yeterli odun depoladılar.)
Put some more **wood** on the fire. *(Ateşe biraz odun koy.)*

wood[2] **or woods** **koru**

We had a long walk in the **wood**.
(Koruda uzun bir yürüyüş yaptık.)

wooden /wudn/ *adj* **odundan, ahşap**

This is a nice **wooden** chair.
(Bu güzel bir ahşap sandalye.)

wool /wul/ *n* **yün**

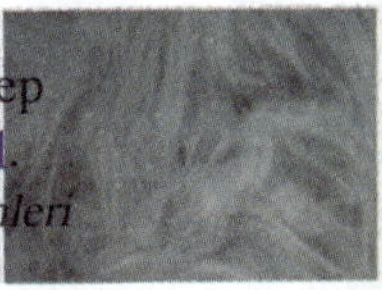

We shear sheep for their **wool**.
(Koyunları yünleri için kırparız.)
I slept in a **wool** bed.
(Yün bir yatakta uyudum.)

wool[2] **yün**

Her scarf is made of **wool**. *(Onun atkısı yünden yapılı.)*

woollen /'wuln/ *adj* **yünden yapılmış**
They are wearing **woollen** jumpers and hats.
(Yünden yapılmış kazak ve şapkalar giyiyorlar.)

word /wö:(r)d/ *n* **kelime**

Here are four new **words** for you.
(İşte sizin için dört yeni kelime.)

pencil dog want sleep

work /wö:(r)k/ *n* **çalışma, iş**

Shovelling the snow in the garden is hard **work**.
(Bahçedeki karı kürekle temizlemek zor bir iştir.)
I start **work** at eight thirty.
(İşe 8:30'da başlarım.)

work[2] **iş yeri**

I phoned him at **work**.
(İş yerinde ona telefon ettim.)
I'm not going to **work** today.
(Bugün işe gitmiyorum.)

work /wö:(r)k/ *v* **çalışmak**

You will need to **work** harder if you want to earn more.
(Daha fazla kazanman için daha sıkı çalışman gerekecek.)

worker /'wö:(r)kı/ *n* **işçi**

He is a factory **worker.**
(O bir fabrika işçisidir.)

workshop /'wö:(r)kşop/ *n* **atölye**

There is nobody in the **workshop** now.
(Bugün atölyede kimse yok.)

world /wö:ld/ *n* **dünya**

This is a map of the **world**.
(Bu bir dünya haritasıdır.)
How many people live in the **world**?
(Dünyada kaç kişi yaşıyor?)

worm /wo:m/ *n* **solucan, kurt**

Worms live in the ground or in other animals.
(Solucanlar toprakta veya başka hayvanların içinde yaşarlar.)

worn out */wo:n 'aut/ adj*
eskimek, yıpranmak

I threw the boots away because they were **worn out**. *(Botları attım çünkü yıpranmışlardı.)*

worried */'warid/ adj*
endişeli

Fiona is **worried** that she's going to lose her son. *(Fiona oğlunu kaybedecek diye endişeli.)*

worry */'wari/ v*
endişelenmek

He **worried** when Helen didn't come home at the usual time. *(Helen her zamanki vaktinde eve gelmeyince o endişelendi.)*

worse */wö:(r)s/ adj, adv*
daha kötü

The weather today is **worse** than yesterday. *(Bugünkü hava dünkünden daha kötü.)*

worth */wö:(r)th/ adj*
değerinde 2. değer

This painting is **worth** $20.000 *(Bu resim $20.000 değerinde.)*
Is this painting **worth** buying? *(Bu resim almaya değer mi?)*

worthless */'wö:thlıs/ adj*
değersiz

would **'will' kelimesinin past hali**

I **would** pass the exam if I studied harder. *(Sıkı çalışsam sınıfı geçerim.)*

would² **kibar ricalarda kullanılır**

Would you give me some more time to finish the job? *(İşi bitirmek için bana biraz daha zaman verir misin?)*

would like */wud 'layk/ ph v*
istemek

Would you **like** to come fishing with me? *(Benimle balık tutmaya gelmek ister misin?*

wound */wund/ n* **yara**

She has a **wound** on her head.
(Başında bir yara var.)

wrap */ræp/ v* **sarmak, dolamak**

She **wrapped** the present up in paper.
(Hediyeyi bir kağıda sardı.)

wrapping paper **ambalaj kağıdı**

wreck */rek/ n* **batık, enkaz**

We saw a ship **wreck** at the seaside this morning.
(Bu sabah sahilde bir gemi enkazı gördük.)

wrestle */'resl/ n* **güreşmek**

People often **wrestle** as a sport.
(İnsanlar sık sık spor olarak güreşir.)

wrestler */'reslı/ n* **güreşçi**

wrinkle */ringkl/ n* **kırışık**

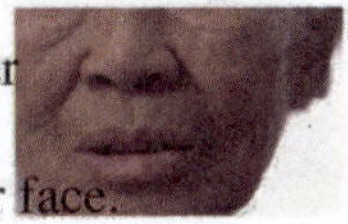

My grandmother has a lot of **wrinkles** on her face.
(Büyükannemin yüzünde çok kırışık var.)

wrinkled */'rinkld/ adj*
She has **wrinkled** skin.
(Kırışmış derisi var.)

wrist */rist/ n* **bilek**

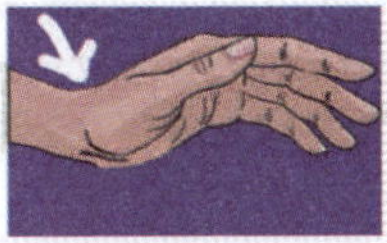

She has a slim **wrist**.
(İnce bir bileği var.)

write */rayt/ v* (wrote - written) **yazmak**

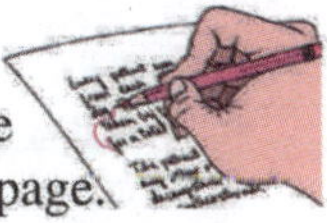

Write your name at the top of the page.
(Adını kağıdın üst tarafına yaz.)

writer */'raytı/ n* **yazar**
He's a good **writer**.
(İyi bir yazardır.)

wrong */rong/ adj* **yanlış**
What's **wrong** with this picture?
(Bu resimde yanlış olan ne?)

He drew the shadow on the **wrong** side.
(Gölgeyi yanlış tarafa çizdi.)

x */eks/ n*
X is the twenty fourth letter of the English Alphabet.
(X İngiliz Alfabesinin 24. harfidir.)

x[2] **çarpı işareti**

used as a symbol of multiplication: 3 **x** 5 = 15
Three times five is 15.
(3 çarpı 5 onbeştir.)

Xmas */'krismıs, 'eksmıs/ n* **Noel**

December 25th, the day of the year when Christians thank God for the birth of his son Jesus Christ: People get together with their family and friends to eat and drink special nice things and give each other presents at **Xmas**.
(Noelde insanlar ailesi ve arkadaşları ile bir araya gelir, güzel şeyler yerler ve içerler ve birbirlerine hediye verirler.)

x-ray */'eks rey/ n* **röntgen**

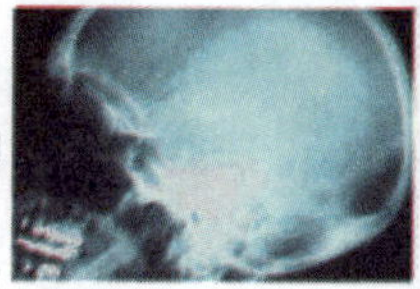

The **x-ray** showed that there was a bullet in the boy's skull.
(Röntgen gösteriyor ki çocuğun kafatasında bir mermi var.)

x-ray */'eks rey/ v* **röntgen çekmek**

I had my lungs **x-rayed**.
(Ciğerlerimin röntgenini çektirdim.)

xylophone */zay'lıfon/ n* **ksilafon**

He plays **xylophone** very well.
(Çok iyi ksilafon çalar.)

y /way/ *n*
Y is the 25th letter of the English Alphabet.
(Y İngiliz Alfabesinin 25. harfidir.)

yacht /yot/ *n* **yat**

It's a nice **yacht**.
(Güzel bir yat.)

yachtsman /'yotsmın/ *n* **yat sahibi/kullanan**

yard /ya:d/ *n* **avlu, bahçe**

We played football in the school **yard** yesterday.
(Dün okul bahçesinde futbol oynadık.)

yard2 **İngiliz ölçü birimi**

The room is five **yards** long and three yards **wide**.
(Oda beş yard uzunluğunda ve üç yard eninde.)

yawn /yo:n/ *v* **esnemek, esneme**

I felt so sleeply I couldn't stop **yawning**.
(Uyku gözümden akıyordu bu yüzden esnemeden edemedim.)

year /yiı/ *n* **yıl**

She was seven **years** old in the year 1998.
(1998 yılında 7 yaşındaydı.)

yearly /yiıli/ *adj* **yıllık, yılda bir**

yell /yel/ *v* **acı acı bağırmak, feryat etmek**

"Watch out!" He **yelled**.
("Dikkat et!" diye feryat etti.)

yellow /'yelıu/ *n, adj, v* **sarı**

She's dressed in **yellow**.
(Sarı giyinmiş.)
It's **yellow**.
(O sarıdır.)
Your teeth **yellows** over time.
(Dişlerin zamanla sararır.)

Y

yes */yes/ adv, n* **evet**

"Can you start?" "**Yes**, I can."
("Başlayabilir misin?" "Evet, başlayabilirim.")

yesterday */'yestıdey/ adv, n*
dün

We went to the seaside **yesterday**. *(Dün deniz kenarına gittik.)*

yield */yild/ v* **ürün vermek**

This cow **yields** about 12 litres of milk a day.
(Bu inek günde 12 litre süt verir.)

yoghurt */'yogıt/ n* **yoğurt**

I like **yoghurt** very much.
(Yoğurdu çok severim.)

yolk */yıuk/ n* **yumurta sarısı**

The **yolk** of the egg contains a lot of vitamin.
(Yumurtanın sarısında çok vitamin vardır.)

young */yang/ adj* **genç**

He is a **young** man. *(O genç bir adamdır.)*

youth */yu:th/ n* **gençlik**

In her **youth** she was very beautiful.
(Gençliğinde o çok güzeldi.)

yummy */'yami/ adj*
nefis, enfes

"How is the soup?"
"Mmmm, it's **yummy**!"
("Çorba nasıl?" "Mmmm, enfes!)")

Y

z */zet/ n* **z harfi**
Z is the twenty sixth and last letter of the English Alphabet. *(Z İngiliz Alfabesinin 26. ve son harfidir.)*

zap */zæp/ v* **lazerle vurmak, öldürmek**

The robot **zapped** the aliens with their lazers.
(Robot uzaylıları lazerleriyle vurdu.)

zebra */'zebrı/ n* **zebra**

Zebras live in Africa.
(Zebralar Afrikada yaşar.)

zebra crossing
yaya geçidi

People cross the road safely using the **Zebra Crossing.**
(İnsanlar yaya geçidini kullanarak yolu güvenle geçerler.)

zigzag */zigzæg/ n, v, adv* **zigzag, zigzag yapmak**

She ran **zigzag** across the playground.
(v) She **zigzagged** past the defenders. *(Zigzag yaparak müdafayı geçti.)*

zinc */zingk/ n* **çinko**

There are rich **zinc** deposits in Turkey.
(Türkiye'de zengin çinko rezervleri var.)

zip / zipper */'zipı/ n* **fermuar** /v **fermuarını çekmek**

He **zipped** his coat.
(Paltosunun fermuarını çekti.)

zip code */'zip kıud/ n* *(Am. E)* **posta kodu**

Don't forget to write the **zip code** of the address on the envelope.
(Zarfın üzerine adresin posta kodunu yazmayı unutma.)

zone /zıun/ *n* **bölge, saha**

Do not enter the loading **zone**. *(Yükleme sahasına girme.)*

They are walking in the pedestrian **zone**. *(Yaya bölgesinde yürüyorlar.)*

zoo /zu:/ *n* **hayvanat bahçesi**

We went to the **zoo** last Sunday. *(Geçen Pazar hayvanat bahçesine gittik.)*

zoologist /zu'olıcist/ *n* **zooloji uzmanı**

Helen studied zoology and became a **zoologist**. *(Helen zooloji okudu ve zooloji uzmanı oldu.)*

zoology /zu:'oloci/ *n*

My sister studies **zoology** at university. *(Kız kardeşim üniversitede zooloji okudu.)*

zoom /zu:m/ *v* **yakınlaştırmak**

He **zoomed** the tiny letters in the letter. *(Mektuptaki küçücük harfleri yakınlaştırdı.)*

zoom2 **hızla gelmek, birden belirmek**

The superman **zoomed** in front of the bank robbers. *(Süpermen soyguncuların önünde belirdi.)*

zucchini /zu'ki:ni/ *n* **kabak, sakız kabağı**

You can make different kinds of meals using **zucchini**. *(Kabak kullanarak değişik türde yemekler yapabilirsin.)*

VOCABULARY TEST - 1

Circle the correct answer/Doğru cevabı daire içine al.

1.

a. banana
b. pear
c. apple
d. grape

2.

a. horse
b. camel
c. donkey
d. sheep

3.

a. fly
b. jump
c. run
d. cross

4.

a. angry
b. happy
c. pleased
d. calm

5.

a. hut
b. kennel
c. cage
d. camp

VOCABULARY TEST - 2

Circle the correct answer/Doğru cevabı daire içine al.

1. 

a. refuse
b. hate
c. agree
d. disagree

2. 

a. different
b. alike
c. opposite
d. comfortable

3. 

a. meat
b. beef
c. bone
d. pork

4. 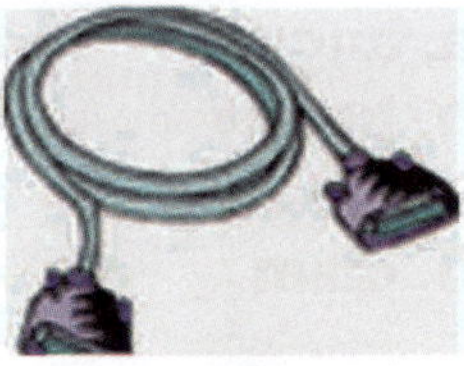

a. wire
b. thread
c. rope
d. cable

5. 

a. light
b. candle
c. lamp
d. bulb

VOCABULARY TEST - 3

Circle the correct answer/Doğru cevabı daire içine al.

1. 

a. angel
b. devil
c. butterfly
d. bird

2. 

a. throw
b. catch
c. carry
d. break

3. 

a. roses
b. bushes
c. daffodils
d. daisies

4. 

a. above zero
b. below zero
c. over zero
d. at zero

5. 

a. wall
b. bridge
c. dam
d. underground

VOCABULARY TEST - 4

Circle the correct answer/Doğru cevabı daire içine al.

1.

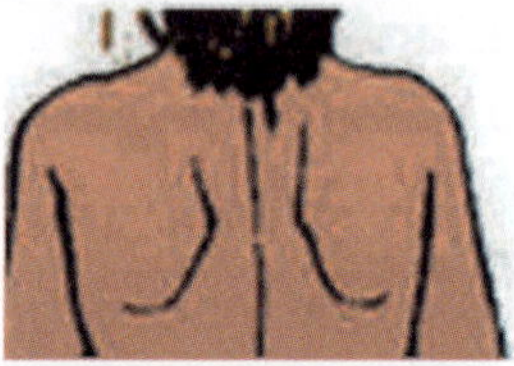

a. leg
b. chest
c. head
d. back

2.

a. apple
b. banana
c. pear
d. grape

3.

a. olive
b. jam
c. ham
d. cheese

4.

a. jump over
b. get off
c. get on
d. fall down

5.

a. dark
b. light
c. dim
d. bright

VOCABULARY TEST - 5

Circle the correct answer/Doğru cevabı daire içine al.

1. 

a. ring
b. horn
c. bell
d. belt

2. 

a. sports
b. game
c. gamble
d. board

3. 

a. taste
b. see
c. smell
d. hear

4. 

a. bath
b. basin
c. sink
d. toilet

5. 

a. connect
b. reach
c. pull
d. cut

VOCABULARY TEST - 6

Circle the correct answer/Doğru cevabı daire içine al.

1. 

a. ugly
b. beautiful
c. sad
d. blonde

2. 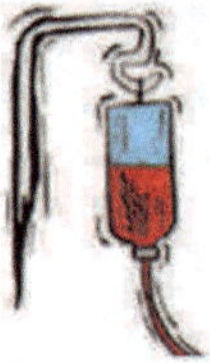

a. blood
b. flood
c. jam
d. cherry juice

3. 

a. pin
b. nail
c. key
d. kettle

4. 

a. waiter
b. teacher
c. plumber
d. cook

5. 

a. come out
b. enter
c. entertain
d. run

VOCABULARY TEST - 7

Circle the correct answer/Doğru cevabı daire içine al.

1. 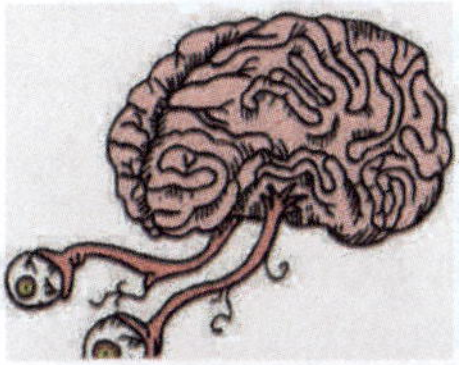

a. kidney
b. lung
c. liver
d. brain

2. 

a. pigeon
b. crow
c. sparrow
d. eagle

3. 

a. disgust
b. like
c. enjoy
d. want

4. 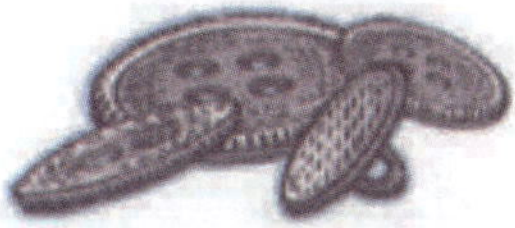

a. buttons
b. needles
c. pins
d. nails

5. 

a. hit
b. put
c. pull
d. catch

VOCABULARY TEST - 8

Circle the correct answer/Doğru cevabı daire içine al.

1. 

a. early
b. late
c. happy
d. comfortable

2. 

a. drop an egg
b. put an egg
c. lay an egg
d. find an egg

3. 

a. classmate
b. flatmate
c. enemy
d. neighbour

4. 

a. pack
b. slice
c. paint
d. point

5. 

a. purse
b. bag
c. packet
d. wallet

VOCABULARY TEST - 9

Circle the correct answer/Doğru cevabı daire içine al.

1. 

a. queue
b. glue
c. gum
d. quince

2. 

a. aggrement
b. quarrel
c. interview
d. meeting

3. 

a. rain
b. bow
c. rainbow
d. sunlight

4. 

a. rich
b. lean
c. reach
d. lie

5. 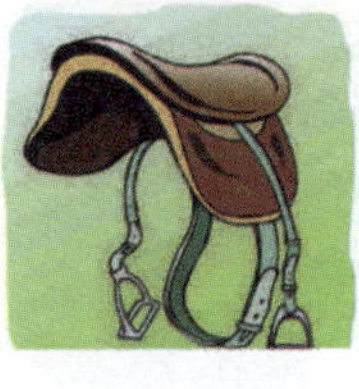

a. seat
b. stool
c. chair
d. saddle

VOCABULARY TEST - 10

Circle the correct answer/Doğru cevabı daire içine al.

1.

a. box
b. safe
c. cupboard
d. closet

2.

a. teacher
b. doctor
c. veterinarian
d. chemist

3.

a. town
b. city
c. airport
d. village

4.

a. ugly
b. beautiful
c. pretty
d. young

5.

a. take in
b. take on
c. take off
d. take out

VOCABULARY TEST - 11

Circle the correct answer/Doğru cevabı daire içine al.

1. 

a. wave
b. salute
c. hold up
d. stand

2. 

a. play
b. work
c. visit
d. sleep

3. 

a. technician
b. butcher
c. grocer
d. tailor

4. 

a. scratch
b. paint
c. draw
d. delete

5. 

a. corner
b. wall
c. hut
d. kennel

VOCABULARY TEST - 12

Circle the correct answer/Doğru cevabı daire içine al.

1. 

a. scarlet
b. scare
c. scar
d. star

2. 

a. jacket
b. shirt
c. tie
d. waistcoat

3. 

a. yawn
b. sleep
c. speak
d. mourn

4. 

a. hut
b. house
c. bungalow
d. tent

5. 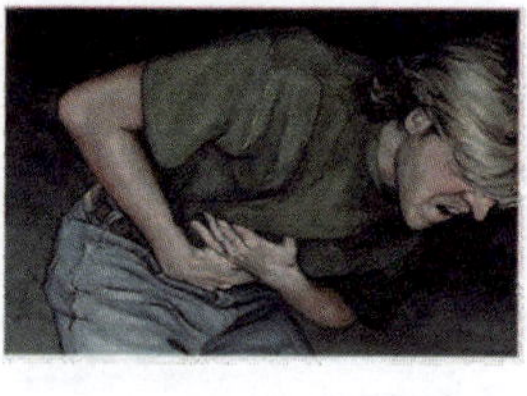

a. pain
b. gain
c. painkiller
d. strike

VOCABULARY TESTS - KEY
(KELİME TESTLERİ CEVAP ANAHTARI)

VOCABULARY TEST - 1
1. c 2. b 3. d 4. a 5. c

VOCABULARY TEST - 2
1. c 2. b 3. c 4. d 5. b

VOCABULARY TEST - 3
1. a 2. c 3. d 4. b 5. c

VOCABULARY TEST - 4
1. d 2. b 3. d 4. d 5. a

VOCABULARY TEST - 5
1. c 2. b 3, d 4. a 5. a

VOCABULARY TEST - 6
1. b 2. a 3. c 4. d 5. b

VOCABULARY TEST - 7
1. d 2. d 3. a 4. a 5. d

VOCABULARY TEST - 8
1. b 2. c 3. d 4. a 5. d

VOCABULARY TEST - 9
1. a 2. b 3. c 4. c 5. d

VOCABULARY TEST - 10
1. b 2. c 3. d 4. a 5. c

VOCABULARY TEST - 11
1. b 2. c 3. d 4. a 5. b

VOCABULARY TEST - 12
1. c 2. d 3.a 4. d 5. a

IRREGULAR VERBS

Present	Past	Past Participle	Türkçesi
be	was	been	olmak
bear	bore	borne	katlanmak,taşımak,doğurmak
beat	beat	beaten	yenmek, vurmak, dövmek
become	became	become	olmak
begin	began	begun	başlamak
bend	bent	bent	eğilmek
bet	bet	bet	bahse girmek
bite	bit	bitten	ısırmak
bleed	bled	bled	kanamak
bless	blessed, blest	blessed, blest	kutsamak
blow	blew	blown	esmek
break	broke	broken	kırmak
breed	bred	bred	beslemek,yetiştirmek
bring	brought	brought	getirmek
broadcast	broadcast	broadcast	yayın yapmak
build	built	built	inşa etmek
burn	burnt,burned	burnt,burned	yanmak, yakmak
bust	bust	bust	patlatmak, patlamak, bozmak
buy	bought	bought	satın almak

cast	cast	cast	sıraya koymak, döküm etmek
catch	caught	caught	yakalamak, yetişmek
chose	chose	chosen	seçmek
clothe	clad, clothed	clad, clothed	giydirmek
come	came	come	gelmek
cost	cost	cost	etmek, mal olmak
creep	crept	crept	farkettirmeden yürümek
cut	cut	cut	kesmek
deal	dealt	dealt	pay etmek, vermek, iş yapmak
dig	dug	dug	kazmak
dive	dived	dived	dalmak
do	did	done	yapmak
draw	drew	drown	çizmek, çekmek
dream	dreamt	dreamt	rüya görmek
drink	drank	drunk	içmek
drive	drove	driven	sürmek
eat	ate	eaten	yemek
fall	fell	fallen	düşmek
feed	fed	fed	beslemek
feel	felt	felt	hissetmek
fight	fought	fought	kavga etmek
find	found	found	bulmak

flee	fled	fled	kaçmak
fly	flew	flown	uçmak
forbid	forbade	forbidden	yasaklamak
forecast	forecast	forecast	tahmin etmek
forget	forgot	forgotten	unutmak
forgive	forgave	forgiven	affetmek
freeze	froze	frozen	donmak
get	got	got	elde etmek, almak
give	gave	given	vermek
go	went	gone	gitmek
grind	ground	ground	öğütmek
grow	grew	grown	büyümek, yetişmek
hang	hung	hung	asmak
have	had	had	sahip olmak, yemek, içmek
hear	heard	heard	duymak
hide	hid	hidden	saklamak
hit	hit	hit	vurmak
hold	held	held	tutmak
hurt	hurt	hurt	incitmek, acıtmak
keep	kept	kept	tutmak, muhafaza etmek
kneel	knelt	knelt	diz çökmek
knit	knit	knit	bağlamak, düğüm atmak

know	knew	known	bilmek, tanımak
lay	laid	laid	yatırmak, koymak, sermek
lead	led	led	önderlik etmek
lean	leant	leant	eğilmek, meyletmek
learn	learnt, learned	learnt, learned	öğrenmek
leave	left	left	ayrılmak, terk etmek
lend	lent	lent	ödünç vermek
let	let	let	izin vermek
lie	lay	lain	uzanmak
light	lit, lighted	lit, lighted	yakmak, aydınlatmak
lose	lost	lost	kaybetmek
make	made	made	yapmak
mean	meant	meant	demek istemek, kastetmek
meet	met	met	buluşmak, karşılamak
misunderstand	misunderstood	misunderstood	yanlış anlamak
mow	mowed	mowed, mown	çimen biçmek
overcome	overcame	overcome	beklenenden daha iyi yapmak
pay	paid	paid	ödemek
prove	proved	proved, proven	kanıtlamak
put	put	put	koymak
quit	quit	quit, quitted	terk etmek
read	read	read	okumak

rend	rent	rent	yırtmak, koparmak
rid	rode	ridden	kurtarmak, başından atmak
ride	rode	ridden	ata, bisiklete binmek
ring	rang	rung	zil, telefon çalmak
rise	rose	risen	yükselmek
run	ran	run	koşmak, işletmek
saw	sawed	sawn, sawed	biçmek, kesmek
say	said	said	söylemek
see	saw	seen	görmek
seek	sought	sought	aramak, araştırmak
sell	sold	sold	satmak
send	sent	sent	göndermek
set	set	set	koymak, başlatmak, kurmak
shake	shook	shaken	sallamak
shear	sheared	shorn, sheared	kırpmak, kesmek
shine	shone	shone	parlamak
shoe	shod	shod	ayakkabı giydirmek, nallamak
shoot	shot	shot	ateş etmek
show	showed	shown, showed	göstermek
shut	shut	shut	kapatmak
sing	sang	sung	şarkı söylemek
sink	sank	sunk	batmak

sit	sat	sat	oturmak
sleep	slept	slept	uyumak
slide	slid	slid	kaymak, kaydırmak
smell	smelt	smelt	koklamak, kokmak
sow	sowed	sown	tohum ekmek, saçmak
speak	spoke	spoken	konuşmak
speed	sped	sped	hız yapmak
spell	spelt	spelt	harf harf söylemek
spend	spent	spent	harcamak
spill	spilt	split	dökmek, saçmak
spin	span, spun	spun	döndürmek, eğirmek, bükmek
spit	spat, spit	spat, spit	tükürmek
split	split	split	yarmak, çatlatmak, bölmek
spoil	spoilt	spoilt	bozmak, berbat et-, şımartmak
spread	spread	spread	yaymak
stand	stood	stood	ayakta durmak
steal	stole	stolen	çalmak
stick	stuck	stuck	saplanmak, yapıştırmak
sting	stung	stung	(arı, akrep) sokmak, ısırmak
strike	struck	struck	çarpmak, çalmak (saat)
swear	swore	sworn	yemin, küfür etmek
sweep	swept	swept	süpürmek

swell	swelled	swollen, swelled	şişmek, şişirmek
swim	swam	swum	yüzmek
swing	swung	swung	sallanmak, dönmek
take	took	taken	almak, götürmek
teach	taught	taught	öğretmek
tear	tore	torn	yırtmak
tell	told	told	anlatmak, söylemek
think	thought	thought	düşünmek
throw	threw	thrown	atmak, fırlatmak
understand	understood	understood	anlamak
undertake	undertook	undertaken	üzerine almak, anlaşmak
underwrite	underwrote	underwritten	altına yazmak
upset	upset	upset	üzmek, alt üst etmek
wake	woke	waken	uyanmak, uyandırmak
wear	wore	worn	giymek, eskitmem
weave	wove	woven, weaved	dokunmak, örmek
weep	wept	wept	ağlamak
win	won	won	kazanmak
wind	wound	wound	çevirmek, kurmak, öttürmek
write	wrote	written	yazmak